KB247317

고교생과 함께하는
김윤식 교수의 한국고전 특강

엮은이 / 김윤식

문학평론가

주요 저서에 『한국 근대소설사 연구』『작가와 내면풍경』
『현대소설과의 대화』와 고등학교 『문학』 교과서(한샘출판) 등
80여 종이 있고, 1985~90년까지 약 5년 간
KBS TV 교양 프로그램 「고전백선」을 진행한 바 있음.

고교생과 함께하는
김윤식 교수의 한국고전 특강 ①

1998년 7월 16일 초판 1쇄 발행
2002년 12월 20일 초판 3쇄 발행

엮은이 : 김윤식
펴낸이 : 홍정균
펴낸곳 : (주)한국문학사

주소 : 서울특별시 마포구 대흥동 433-2 한상빌딩 8층
전화 : 편집 / (02)706-8541~3
영업 / (02)706-8545
팩시밀리 : (02)706-8544

출판등록 1979. 8. 3. 제16-15호

값 7,000원

© 1998 김윤식

ISBN 89-87527-17-4 04810
89-87527-16-6 (세트)

통합교과형 수능 · 논술 대비

고교생과 함께하는
김윤식 교수의 한국고전 특강

김윤식 엮음
(문학 평론가)

㈜한국문학사

책을 펴내며

　고전(古典)이란, 오랜 세월이 흘렀음에도 불구하고 여전히 인류의 귀중한 정신적 자산으로 남아 있는 작품을 말한다. 선인들이 고전 속에서 인생의 숭고한 가치를 배워야 한다고 말하는 것은 이 때문이다. 그러나 고전을 읽는 사람은 그리 많지 않다. 고전은 오히려 골치 아픈 책, 재미없는 책으로 취급받기 일쑤다. 고전을 읽지 않는 이유에는 여러 가지가 있을 것이다.

　첫째, 고전 읽는 일 자체의 어려움을 들 수 있다. 상당한 정신집중이 필요하며, 때에 따라서는 그 고전이 씌어졌던 당대의 시대상황이나 정신 풍토에 대해서도 풍부한 지식이 있어야 한다. 예를 들어, 실학파들의 작품을 제대로 읽기 위해서는 그 당시의 정치상황에 대한 이해가 있어야 한다. 그러나 대부분의 사람들은 고전을 읽을 때, 그 책 한 권이면 모든 내용을 충분히 이해할 수 있으리라고 기대한다. 이러한 기대감이 곧바로 실망감과 연결되는 것이다. 고전을 읽을 때는 충분한 해설이 부가된 작품을 골라 읽는 일이 필요한 것은 이 때문이다.

　둘째, 고전의 현대적 의의에 대한 적극적 관심의 부족을 들 수 있다. 고전은 역사 속에 갇혀 있는 화석이 아니다. 고전의 현재적 의미를 이해하고 끊임없이 우리 생활에 응용하는 창조적 자세가 필요하다.

누군가는 '고전'을 '모든 사람이 말하는 책, 그러나 아무도 읽지 않는 책'이라고 지적하여, 고전을 읽지 않는 풍토에 대해 재치 있는 비판을 가하기도 했다. 이제 고전이 독자에게 친숙한 책, 현대인들에게 가치 있는 책이 되기 위해서는 어떤 식의 독서가 필요할 것인가에 대해 고민할 시점이 되었다. 이 책은 이러한 문제의식 속에서 편집된 것이다. 다행히 대학입시 논술고사가 '고전을 대상으로 출제한다'는 원칙을 천명하고 있어, 고전 읽기가 그들 수험생에게도 많은 도움을 줄 수 있으리라 생각된다.

편자가 1985년부터 1990년까지 약 5년 간에 걸쳐 진행했던 KBS TV 교양 프로그램 「김윤식의 고전백선」을 기반으로 하고, 아울러 「서울대 선정 고전 200선」 자료도 참고로 하여 작품을 선정하였다. 그러나 이러한 기준을 기계적으로 적용한 것은 아니다. 고등학생의 눈높이에 맞춰 지나치게 전문적이거나 어려운 고전은 제외했고, 최근 저술 중에서도 고전적인 의의를 가진다고 생각하는 책들은 과감하게 수록하였다.

이 책을 집필하면서 한 가지 아쉬움으로 남는 것은 분량 관계상 고전 작품의 전체 내용을 게재하지 못하고 부분적으로 예시할 수밖에 없었다는 점이다. 길고 중량감 있는 고전을 처음부터 끝까지 인내심을 가지고 읽으면서, 인류의 스승이라 할 만한 그들 저자들과 내면의 대화를 나누는 것이 가장 바람직한 고전 읽기 방식임에는 틀림없다. 그러나 방대한 양의 고전을 읽는 데 있어 절대적인 시간이 부족하거나, 또는 고전이라는 중압감 때문에 선뜻 고전 읽기를 겁내 하는 청소년들에게도 고전에 대한 이해가 필요하리라는 생각에서 이러한 편집체제를 택했다. 따라서 이 책은 고전의 세계를 향해 가는 안내서의 일종이다. 이 책을 읽고 난 다음에, 왜 우리에게 고전이 절실히 필요한지 이해할 수 있을 정도만이라도 된다면, 이 책의 편집의도는 실현된 셈이다.

이 책은 크게 세 부분으로 나누어져 있다. 첫째, 작가와 작품의 개요를 설명하는 부분이다. 독자들은 이 대목에서 고전이 탄생하게 된 시대적 사상적 배경을 이해하게 된다. 둘째, 고전작품의 한 대목을 발췌한 부분이다. 해당 작품 중에서 가장 중요하다고 생각되는 부분을 발췌한 이 대목을 읽으면서 작품 전체의 모습을 생각해 보는 것도 좋은 공부거리가 될 것이다. 셋째, 통합형 문·답 부분이다. 이 대목은 대입 논술고사를 준비중인 수험생들에게 도움이 될 것이다. 그러나 독자들에게 이 책을 단순한 수험서로 읽지 말아 줄 것을 당부드린다. 책을 읽는다는 것은 결국 '저자와 독자 간의 대화'이다. 저자의 견해에 대해 질문하고 비판하는 것이야말로 독자를 또 한 사람의 저자로 만들어 주는 요소이기 때문이다.

우리는 고전의 저자들에게 존경심을 표하기 위해 책을 읽는 것은 아니다. 그들의 견해는 분명 지혜롭고 통찰력으로 가득 차 있지만, 우리는 그들과 다른 환경에서 살고 있다. 그러므로 우리는 우리 자신을 위해서 책을 읽는 것이고, 따라서 우리 식으로 읽을 자유가 있는 것이다. 고전이란 소문만 무성한 책이 아니다. 우리 현대인들에게 귀중한 토론의 장을 제공하는 귀한 자료로 거듭날 때 비로소 고전은 고전다워질 것이다.

1998년 여름
김 윤 식

고교생과 함께하는
김윤식 교수의 한국고전 특강 ①

차 례

사상

차 례

1권의 체제와 내용

　제1권은 한국의 사상을 대표할 만한 작품이나 저술들을 중심으로 내용을 꾸몄다. 보통 사상이라고 하면 특정한 전공 분야별로 나눌 수 있는데, 우리 고전의 사상은 전통적으로 문학·역사·철학·과학 등이 통합되어 있는 모습을 보인다는 점에서 특징을 찾을 수 있다. 그러므로 역사서로 알려진 저작이라 하더라도, 그 속에는 다채로운 문학적 표현과 철학적 사고가 함께 들어 있고, 현실의 개혁을 부르짖는 저서라고 하더라도 상상력과 형이상학적 사고가 함께 공존하고 있는 일이 허다하다. 우리의 전통 사상을 표출한 고전들을 읽는 일이 단순히 몇 가지 지식을 획득하려는 목적 이상의 것이라 함은 이런 연유에서이다.

　고전의 성향에 따라 다소 차이가 있기는 하지만, 아무런 명확한 답변을 제시하지 않고 오히려 독자들에게 답을 제시해 보라고 요구하는 대목도 있고, 정작 하고 싶은 말은 계속 감추고 엉뚱한 전제만 계속 나열하는 장면도 있다. 물론, 목소리를 높여 잘못된 현실을 지적하고 개혁을 촉구하는 내용도 많다. 이처럼 고전이 고전이기 위해서는 심오한 사상을 담고 있어야 하지만, 뿐만 아니라 타성에 젖은 일반인들의 습관을 바꾸어 주면서 보다 정진하기를 요구하는 면모도 함께 갖추어야 할 것이다. 이 책에서 다루는 많은 고전적 사상서들은 바로 이러한 맥락에서 고전으로서 손색이 없는 내용을 풍부하고 다채롭게 보여 주고 있다.

그렇다고 고전을 읽는다는 것에 너무 커다란 부담을 가질 필요는 없다. 고전이 고전으로 평가되는 이유 중 으뜸으로 꼽는 것은 그 사상의 창조성에 있다. 고전이 알려 주는 사실을 아무런 비판이나 의문 없이 맹목적으로 받아들이려 노력하는 것이 아니라, 고전의 창조성을 이해하고 그 창조성을 어떻게 하면 자신이 이해하여 올바르게 활용할 수 있는가에 주안점을 두면 된다. 요컨대, 참된 고전 공부는 자기 스스로 고전의 창조성을 창조적으로 이해하는 작업이다. 그러므로 언제나 자기 자신의 삶이나 자기 주변의 현실과 고전에 담긴 내용을 관련시키려 노력해야 한다. 고전의 권위에 짓눌려 글자의 의미나 따지지 말고, 그 전체적 성격이 어떤지 알아보고 그 내용이 자기의 생활과 사고에 어떤 도움을 줄 수 있는지 늘 질문하는 습관이 필요하다. 여기에서 소개하는 고전들과 거기서 추린 부분들은 모두 이런 맥락에서 선택된 것들이다.

서두를 장식하는 「단군신화」는 누구나 다 아는 이야기다. 따라서 새삼스러울 것이 없다고 볼 수 있고, 또한 이것이 일반인과 여러분 고교생들의 상식이다. 그럼에도 불구하고 「단군신화」가 고전으로서 지닌 탁월함은, 그런 상식에 의문을 제기하고, 인간의 본성과 결부시킬 만한 중요한 문제가 담겨 있음을 깨우쳐 준다는 점에 있다. 사람들은 누구나 꿈을 꾼다. 일어나지도 않은 일이 일어나기를 줄기차게 희망한다. 그래서 상상한다. 그 꿈이 현실로 나타난다면 어떤 모습일까. 그러면서 이야기한다. 물론 그 이야기와 꿈의 내용은 현실이 아니다. 그러나 그 속에는 엄연히 그 당시에 그 사람이 느꼈던 현실이 은연중에 배어 있다. 어느 누구도 「단군신화」가 사실이라고 믿지 않는다. 그렇지만 그 속에는 그 이야기를 만들어 낸 사람들의 생각과 그 사람들이 살던 시대의 현실이 어떻게든 담겨져 있다. 「단군신화」는 이런 말을 독자에게 던진다. '네가 되고 싶어하는 존재는 물론 너 자신이 아니지만, 그 희망에는 너 자신의 특성이 고스란히 담겨 있다.'

고구려의 영웅인 광개토왕의 일생을 소개한 비석이 하나 있다. 아들 장수왕이 세운 것으로, 광개토왕의 치적과 기상이 잘 드러나 있다. 「광개토왕릉비문」은 고구려 시대의 한 모습에 불과하다. 그렇지만, 「광개토왕릉비문」을 둘러싼 논란은 지금까지 계속되고 있다. 그것은 글자의 의미를 따지고 사실 여부를 확인하는 다소 지루한 작업처럼 보이기조차 한다. 그런 작업이 지속적으로 이루어지는 배경에는 참으로 거대한 대결의 장이 마련되어 있다. 일본의 제국주의에 맞서 민족의 자존과 자주성을 지키려는 우리의 절박한 노력이 거기에 담겨 있는 것이다. 한국은 옛날부터 일본의 식민지였다는 일본의 주장에 맞서, 일본 주장이 얼마나 왜곡되었고 침략주의적 탐욕을 얼마나 드러내고 있는가를 증명하려는 우리의 치열한 노력들이 「광개토왕릉비문」을 둘러싸고 있다. 「광개토왕릉비문」은 저 아득한 옛날의 죽어 있는 유물이 아니다. 지금도 살아 우리 민족에게 자주성과 독립성을 갖추기를 요구하는 선조의 간절한 가르침과도 같다.

해골에 담긴 물을 마시고 문득 깨달음에 이른 스님 한 분이 신라시대에 살았다. 승려의 몸으로 여인과 관계를 맺어 아들을 두기도 하였고, 범속한 사람들의 눈으로는 도저히 이해가 되지 않는 미치광이처럼 행세하기도 하였다. 불교를 통해 극락에 이르는 길이 어찌 잘 먹고 잘사는 귀족들의 것이랴. 누구에게나 그렇게 될 수 있는 길이 열려져 있는 종교가 불교라는 것을 설법하며, 모든 계층을 아우르고 모든 가르침을 종합하여 커다란 통합의 길로 나아간 원효가 바로 그이다. 그 사상의 핵심을 담은 『금강삼매경론』은 우리 나라뿐만 아니라 중국과 일본에서도 찬탄을 금하지 못하는 명저다. 마음에 갈등과 고민이 생겨 힘겨워하고 아파하거나, 다른 사람들과 좋은 관계를 맺지 못하여 불편해 하고 때론 절망한 경험이 있는 청소년이라면 원효의 소리에 귀를 기울여 보자. 마음을 잘 가꾸고 사람들과 편안한 관계를 맺을 수 있는 방도를 만날 수 있을 것이다. 물론 원효는 그 방편만 일러 준다. 답은 각자의 내부에 있다. 답은 스스로 찾아야 한다. 모든 분열과 차별을 넘어서는 원융의 경지를 엿보는 즐거움을 놓쳐서는 안 될 것이다.

부처가 될 수 있게 '깨달음'을 얻으려면, 어떻게 해야 할까. 부처님 말씀이 담겨져 있는 불경을 열심히 읽어 진리를 만나는 길과, '부처가 되려면 스스로 깨달아야 하는 것이지 누가 대신해 줄 수 없는데 그것은 부처님 말씀이라고 예외가 아니다'고 하면서, 계속 명상을 추구하는 길이 있다. 앞의 길을 가면 참으로 공부를 많이 하게 될 것이고, 뒤의 길을 가면 어느 누구도 아닌 바로 나 자신이 부처라는 깨달음을 얻을 수 있을 것이다. 어느 길로 갈 것인가? 누가 하나만 선택하면 된다고 하는가. 교과서를 열심히 읽고 참고서적을 열심히 읽어 배움을 넓히는 것도 중요하고, 그렇게 배운 지식을 창조적으로 이해하여 전혀 새로운 경지에 이르도록 노력하는 것도 중요하다. 성현들의 말씀에 잘 따르는 것도 중요하고 스스로 잘되려고 노력하는 것도 중요하다. 고려시대 고승 지눌의 말씀에 귀기울이면 내가 나이면서 동시에 학생이고 아들딸이고 형이고 동생인 까닭이 무엇인지 궁금해진다.

고려 중기 무렵이다. 시도 잘 짓고 글도 잘 쓰기로 유명한 사람이 있었다. 이규보였다. 세상은 다소 혼란스러운 상태가 지속되었다. 무신들이 반란을 일으켜 문신들을 억누르고 정권을 장악하였다. 이전 시기 권문세가를 이루며 잘 지내던 여러 문신들이 산속으로 숨어 자연과 술 등을 벗하며 지내고 있었다. 세상을 등지고 숨어 지내듯이 풍류나 즐기며 사는 삶이 올바른 삶인가 의문이

들 만하다. 세상이 난세이므로 세속의 일에는 관심이 없고 개인의 즐거움이나 누리고 사는 생활의 방탕함이 옳은 일일까. 그런 삶을 비판하려면 어떤 방법이 있을까. 자연을 벗한다고 하면서 풍류를 즐기며 사는 인생의 논리도 만만치 않다. 이 글을 읽는 독자들도 그런 생각을 한 번 정도는 하지 않았을까. 이 번잡한 도시를 떠나 나 하고 싶은 일이나 하면서 살고 싶다고 말이다. 그러나 이와 반대로 세상일에 적극적으로 나서서 사회의 여러 문제를 해결하고 자신의 뜻을 펼치고 싶다는 열망을 지닌 사람도 있을 것이다. 스스로 더 깊이 생각하고 자신의 견해를 풍부하게 만드는 길의 단서가 이규보의 『동국이상국집』에 실린 여러 글에 마련되어 있다.

역사란 무엇일까. 그냥 사람들의 삶을 기록하기만 하면 역사가 되는 것일까. 지나간 시간에 생겨난 사람살이와 관련된 사건이나 사실들의 기록에 불과한 것일까. 한 사람의 일생을 소개하고 그 사람의 삶이 본받을 만하거나 혹은 비판받아 마땅하거나 간에 그 것을 통해 삶의 교훈을 얻으려는 일은 역사의 본령이라고 할 수 있을까. 사람들은 왜 특정한 인물의 삶을 역사 속에 편입시켰을까. 사람을 평가하는 기준이 무엇이길래 하필 그 사람을 선택한 것일 까. 『삼국사기』와 『삼국유사』를 보면서 이런 생각이 찾아드는 것 은 어쩌면 당연한 일이다. 일연은 『삼국유사』를 저술하면서 『삼국 사기』와는 다른 여러 면모를 보여 주고 있다. 이 두 역사서의 차 이는 어떤 의미를 지니는 것일까. 확인하는 방법 중의 하나는 직 접 읽고 스스로 느껴 보는 길이다. 『삼국유사』는 왜 여러 다양한 설화를 삼국의 역사를 서술한다고 표방한 책에서 소개하고 있을 까. 모든 역사는 결국 이야기라는 의미인 듯하다. 『삼국사기』는 왜 중국의 역사서를 본떴을까. 중국과 같아진다는 것은 문화적 상승 을 의미해서인 듯하다. 『삼국유사』는 왜 그렇게 하지 않았을까. 모 든 고전이 그렇듯이, 『삼국사기』와 『삼국유사』는 읽으면 읽을수록

흥미와 더불어 의문을 만들어 낸다.

임진왜란 때 활약한 승려로, 서산대사와 사명대사를 들 수 있다. 이들의 불교식 이름은 각각 휴정과 유정이다. 휴정은 유정의 스승이다. 일반인들에게 알려진 휴정은 도술을 부리는 서산대사지만, 실제 휴정은 『선가귀감』이라는 탁월한 고전을 남긴 분이기도 하다. 불교의 가르침을 담은 말들을 모아 거기에 자신의 입장에서 풀이한 주석을 붙인 저술이 『선가귀감』이다. 지눌의 『수심결』에서와 마찬가지로, 휴정도 교종과 선종의 대립이라는 문제를 해결하려는 입장에서 여러 가지 가르침을 전하고 있다. 교종과 선종은 서로 배타적이기만 한 관계가 아니라, 서로의 한계와 약점을 보완해 줄 수 있는 상호보완적 관계라는 입장에서 논의를 전개하였다. 이것은 되고 저것은 안 된다는 분별과 구별의 의식이야말로 불교의 참된 깨달음에 이르는 데 장애가 된다고 하였다. 원효와 지눌의 저술과 함께, 우리 불교사상사의 흐름을 이해하려면 반드시 거쳐야 할 관문과도 같은 저술이다.

고려 말 우리 나라에 중국의 성리학이 도입된 이래, 조선의 통치이념으로 채택되어 지속적으로 발전해 나가는 과정에서 여러 가지의 분화가 일어났다. 그 가운데 중요한 줄기의 하나로 자리잡은 기(氣)철학은 서경덕에 의해 그 대체적인 모습이 형성되었다. 박연폭포, 황진이 등과 더불어 개성(송도)의 세 가지 명물 중의 하나로 사람들 입에 오르내린 인물이 서경덕이다. 서경덕 사상의 핵심은 '기'에서 찾을 수 있다. 서경덕은 우주가 어떻게 형성되었고 무엇으로 이루어졌는가 하는 형이상하적 사유의 체계를 분명하게 보여 준 사상가다. 이 우주를 구성하는 원리를 '기'라는 개념 하나만으로도 설명할 수 있다는 입장에서, 서경덕의 사상은 중국의 여러 유교사상가들의 견해를 종합하여 독특한 이론으로 전개한 것이다. 서경덕의 사상을 잘 이해한다면, 단일한 원리에 입각해 이 모든 우주의 삼라만상을 설명하는 방법을 배울 수 있다.

　서경덕에서 본격화되기 시작한 성리학의 한국적 변용과정은 이황과 이이에 이르러 찬연하게 꽃피워졌다. 이황은 원효와 더불어 한국사상의 대표적 인물로 거론되는 사상가이고, 이이는 이황과는 다른 관점에서 성리학 체계를 정리하여 이황과 쌍벽을 이루는 학자로 평가되고 있다. 이황과 이이의 성리학은 사람이라면 누구나 앎과 삶의 영역 모두에서 완성에 이른 '성인'이 될 수 있다는 전제에서 출발하였다. 배우는 사람이 행하는 참된 공부도 바로 성인이 되고자 노력하는 과정에서 가능하게 된다고 보았다. 우리와 같은 평범한 사람들이 공부하고 학문을 하는 이유는 성인들을 그저 맹목적으로 따르겠다는 데 있는 것이 아니라, 스스로도 성인의 경지에 이르려는 데 놓여 있다. 그러므로, 이들에게는 참된 공부란 무엇이고 그것은 어떻게 해야 하는가 하는 문제가 중요하였다. 누구나 성인이 되려고 노력해야 한다는 의무에는 누구도 예외일 수는 없다. 임금도 마찬가지였다. 오히려 높은 자리에 있는 사람일수록 그러한 자각이 뚜렷해야 한다고 하였다. 이황과 이이가 임금에게 성인의 학문 곧 성학의 실체를 설명해 주는 책을 저술하여 바치면서, 성학에 힘쓰지 않는 임금은 임금이라 볼 수 없다는 극언까지 발설한 데는 그만한 근거와 맥락이 있어서였다. 자기 완성을 지향하는 이 두 사람의 사상에서 우리는 훌륭한 사람이 되기 위해서 거쳐야 하는 인격의 수양과 정신의 수련이 무엇인지 발견할 수 있을 것이다. 도를 깨쳐 완성된 인간이 되자고 외치는 이들의 사상은 고리타분한 과거의 잔해가 아니라, 현재에도 적극 계승해야 하는 내용을 풍부하게 담고 있다. 부모에게 효도하고 어른을 공경하며 친구들끼리 우의가 돈독해야 한다는 주장이 과연 지금 청소년들에게는 해당도 되지 않는 허황한 이야기인지 생각해 보아야 한다.

이황과 이이가 세상을 뜬 다음에 조선에는 커다란 전쟁이 발발하였다. 왜군이 침략하였던 것이다. 이 당시 조정에서 높은 관직에 있으면서 이 나라와 백성을 구하기 위해 애쓴 사람 중의 한 사람이 유성룡이다. 이황의 제자인 유성룡은 임진왜란을 직접 체험하였고, 그 난리를 진정시키기 위해 백방으로 애썼는데, 그 체험과 노력을 『징비록』이라는 책으로 남겼다. 『징비록』에서 유성룡은 왕자들이 조선인들 손으로 결박되어 왜군에 넘겨졌다는 사실, 명나라 군사의 도움으로 평양성을 탈환하게 된 경위, 명나라 군사들은 자기의 전쟁이 아니라 여겨 왜군과 일부러 싸움하려 하지 않았다는 사실 등을 두루 적었다. 『징비록』의 내용은 단순히 조선시대의 전쟁을 기록한 저술에 불과하다고 보아서는 안 된다. 명군으로 대표되는 외세, 국내 계층·계급 간의 갈등, 자신의 안위만을 위하는 이기적 본성들 등의 문제는 바로 지금 우리의 문제이기도 한 것이다. 사람살이가 과연 완전히 달라질 수 있는가 하는 질문을 던지면서, 황폐한 전쟁의 현실 속에서 살아가는 인간의 고통과 분노를 곱씹어 볼 필요가 있다. 『징비록』은 그 필요성을 일깨우는 저술이다.

　「홍길동전」이라는 소설이 있다. 서자 출신의 홍길동을 주인공으로 하여, 적서차별의 부당함과 사회개혁의 정당함을 주장한 작품이다. 확실하게 밝혀진 것은 물론 아니지만, 그 저자는 허균이라고 보는 것이 통설이다. 허균의 독특한 사상은 비단 「홍길동전」에만 국한될 수 없다. 시인이고 비평가였던 허균은 부모 형제가 모두 자질을 보였던 집안 출신으로, 참된 글이란 어떤 글이고 참된 사상이란 어떤 사상인지 암시하는 발언을 많이 남겼다. 허균이 역모에 연루되어 죽기는 하였지만, 새로운 사회와 세상을 만들어 보고자 분투한 흔적이 『성소부부고』에는 역력하게 드러나 있다. 타성에 젖기 시작하고 차츰 부패상을 드러내던 당시 현실을 외면하지 않고 오히려 적극적으로 고치려던 인물이 허균이었다. 허균의 글에 비난과 불평불만이 많이 등장하는 것은 이 때문이다. 당시 현실을 향하여 비판적인 시선을 거두어들이지 않는 삶을 살았던 허균은 주자학 중심의 사상 동향에 배치되는 견해를 적극적으로 표명하기도 하였고, 기이한 행동과 거침 없는 말투로 인해 따돌림을 당하기도 하였다. 참된 사상이란 마음의 본바탕에서 자연스레 분출하는 정감에서 찾아야 하고, 억지로 꾸미거나 수식하는 글은 좋은 글이 아니라는 입장에서, 자신의 문학을 만들어 나가려 하였다.

김창협은 뛰어난 학자이자 문인이었다. 김창협의 문장은 후대에 두루 칭송을 받았다. 그렇다고 김창협의 일생이 꼭 행복한 삶이었다고 하기는 어렵다. 높은 벼슬을 살았던 적도 있지만, 가급적 관직에 나가려 하지 않았다. 김창협의 아버지 김수항은 유배지에서 사약을 받고 죽었다. 아버지뿐만 아니라 일가 친척과 가족들 여럿이 정쟁의 소용돌이 속에서 헤어나지 못하고 죽거나 폐인이 되고 말았다. 김창협은 그 과정을 다 지켜볼 수밖에 없었다. 비록 후세 사람들에게 김창협이 뛰어난 학자요 문장가라고 평가받는다 한들, 그것이 과연 김창협 개인의 삶을 충분히 이해한 결과라고 할 수 있을까. 김창협 스스로 자신의 삶의 고통을 노골적으로 드러내지는 않았지만, 그런 상황까지도 고려해서 읽어 보면 더 큰 의미를 발견할 수 있을 것이다. 크게 생각하면, 사상이 크면 클수록 깊으면 깊을수록 그것은 무엇인가 부족하고 결여된 부분을 채우겠다는 욕구가 더욱 강렬하다는 사실을 짐작할 수 있다. 현실과 자신이 만족스럽다면 왜 사상을 수립하려 하겠는가. 그렇기에, 탁월한 모든 사상은 언제나 격렬하다. 우리들도 현재 자신의 공부 수준이 마음에 들지 않고, 무엇인가 부족하다고 느낄 때에야, 훨씬 치밀하고 계획적인 생활을 모색하지 않는가. 그 과정이 사상의 탄생 과정이라 해보자. 사상은 언제나 부족함이 클수록 더 높고 깊어지는 법이다.

널리 알려져 있다시피, 임진왜란 이후 조선의 상황은 피폐한 상태였다. 참된 지식인이라면 이런 현실을 묵과할 수 없는 법이다. 권력의 주위에서 벼슬자리를 얻으려 기웃거리거나 자신의 이익만을 추구하는 삶을 살려고 하는 사람들과는 달리, 참된 지식인 유형원은 당시 현실의 여러 모순을 통렬하게 지적하고 그것을 개선할 수 있는 방안을 모색하면서 일생을 보낸 재야 학자였다. 흔히 유형원에게서 조선 후기 실학 발생의 연원을 찾는 이유도 여기에 있다. 유형원의 학문과 사상은 공리공론을 철저하게 배격하고, 현실의 삶을 향상시키는 데 도움이 되는 길을 찾으려 하였다. 이것은 한편으로 생각하면, 그럴 수 있는 일이고 그런 사람이 역사에 허다하게 존재하였다는 느낌이 드는 정도에 그칠 수도 있다. 그런데 만일 유형원처럼 관료 생활을 열심히 하여 현실의 구체적 실상을 많이 접할 만한 사람이 아니면서도, 스스로 현실의 잘못을 깊이 통감하면서 마치 자신의 일인 양 개혁의 방안을 모색하는 일이 얼마나 어려운 일이겠는가. 만약 우리들 자신이 현실 제도를 개혁하고 현실의 토지제도를 새롭게 마련해야 하는 위치에 있다면, 과연 얼마나 그러한 목표에 부합하는 방안을 창출하였겠는가. 『반계수록』이란 결과물만을 본다면 쉬운 일이라는 생각이 들 수도 있지만, 스스로 유형원과 같은 처지에서 그러한 일을 하기란 얼마나 어려운 일인지 생각해 볼 수 있다. 사회 모순의 근본이 어디에 있고, 그 근본적 문제는 어떻게 해야 해결할 수 있을까 직접 생각해 보면, 『반계수록』에 담긴 탁월한 인간의 능력과 노력을 십분 체험할 수 있으리라. 고전이 고전인 이유는 여러 가지겠지만, 독자 자신과 저자의 입장을 바꿔 생각해 보면 그 고전의 놀라움을 잘 느끼게 될 것이다.

이제 실학의 시대에 이르렀다. 실학의 경향은 다채롭지만, 크게 두 가지 부류로 나누어 볼 수 있다. 현실 개혁의 가능성을 토지제도나 국가제도의 개혁을 통해서 추구하고자 하는 흐름이 하나이고, 대외적 관련을 중시하여 청나라(중국)와의 관계를 새롭게 정립하면서 현실을 변화시켜야 한다고 보는 흐름이 다른 하나이다. 이익은 전자의 흐름을 형성시킨 비조에 해당한다. 인문과학, 사회과학, 자연과학 할 것 없이 이익의 사상은 다채롭다. 『택리지』의 저자 이중환은 바로 이익의 제자였다. 이중환의 일생은 참으로 기구하였다. 벼슬살이 하던 중, 역모사건에 연루되어 비참한 상태로 전락하였고, 그것을 비통하게 생각하여 전국 각지를 떠돌아다니며 당시의 자신처럼 불우한 삶을 살아야 하는 존재가 참으로 마음 편하게 살 수 있는 땅은 어딘가 탐색하였다. 『택리지』가 단순한 지리서가 아닌 것은 이런 이유에서이다.

　이익과 이중환과는 달리, 홍대용・박지원・박제가 같은 사람은 국제관계의 현실성에 주목하였다. 시대착오적으로 청나라는 오랑캐이고 명나라의 원수라고 하여 망하고 없는 명나라의 이념에 연연하는 세력에 반대하고 발달된 청의 문물을 받아들이고자 하는 점에서 그들은 현실주의자였다. 그러기 위해서 기존의 잘못된 관념을 타파하는 데도 노력하였다. 홍대용은 자연과학적 인식을 바탕으로 새로운 사상을 펼쳐 보였고, 박지원은 주로 존재의 실상과 올바른 인식의 문제를 바탕으로 북학사상을 개진하였으며, 박제가도 이들 선배들의 사상에 영향을 받으면서 적극적으로 청나라 문물의 수용을 제창하였다. 그렇지만 인간의 생각은 쉽게 바뀌지 않는 법이다. 누구나 현실에 안주하고 싶어한다. 지금의 삶은 익숙하고 편하기 때문이다. 보수적인 사람들이 개혁에 동참하지 않으려는 이유는 예나 지금이나 마찬가지다. 이미 굳어져 버린 기존의 인식이 편협하고 왜곡된 것임을 알려 주면서 새로운 변화를 주장하는 일은 참으로 어렵다. 주위 사람들이 인정하려 들지 않기 때문이다. 그들을 설득하는 일은 경우에 따라서는 소 귀에 경 읽는 행위와 마찬가지다. 그런데 이들 실학자들의 저서에는 우리가 어떤 방법에 입각하여야 의도한 효과를 거둘 수 있고, 어떻게 완고한 통념과 기존 질서에 변화를 불러일으킬 수 있는가 하는 문제를 좀더 깊이 생각해 볼 수 있는 단서가 제시되어 있다.

실학의 흐름과 성향은 다양하지만, 정약용이 그러한 여러 경향을 집대성한 실학자라는 데는 거의 의견이 일치된다. 정조 임금 시절, 정약용은 젊은 학자요 관리로서 임금의 개혁정치를 적극적으로 보필하고자 노력하였다. 그러나 그다지 커다란 실효를 거두었다고 보기는 어렵다. 그 자신이 천주교도로 몰려 유배생활을 하게 된 것도 그렇게 된 이유의 하나이다. 현실 관료로서, 혹은 정치가로서 자신의 뜻을 제대로 펼치지 못한 정약용은 20년에 가까운 유배생활 동안 방대한 저술을 남겨 거대한 사상 체계를 선보였다. 다양한 현실 제도의 개혁 방안과 더불어 참된 정치란 무엇인가를 밝히려 하였고, 유교의 경전들을 폭넓게 연구하여 그 현실적 의의를 적극적으로 탐색하려고 하였다. 큰 사상일수록 큰 고통과 함께 한다는 말이 정약용에게도 해당된다고 할 수 있다. 철저한 민본주의를 바탕으로 새로운 사회 질서와 제도를 마련하려고 노력한 정약용의 사상은 다양하기 그지없고 너무도 폭넓다. 후세의 많은 사람들이 정약용의 사상에 심취하였던 바, 그 사상의 방대함과 아울러 그 식을 줄 모르는 열정과 노력에 매혹되었기 때문이리라. 사상이 곧 열정이기도 하다는 점을 정약용의 글에서 쉽게 느낄 수 있을 것이다.

실학이 조선 후기의 여러 문제를 해결하기 위한 '위로부터의' 노력이었다면, '아래로부터의' 노력 역시 확인할 수 있다. 19세기 후반부터 세력을 확장하여 1894년 동학농민운동을 일으켰고, 그 결과 진압을 구실로 조선에 들어온 청나라와 일본 사이의 충돌이 일어나게끔 했으며, 전쟁에서 이긴 일본측이 이른바 갑오경장을 시작으로 조선에서의 세력을 결정적으로 확장해 나가게 한 동학이 그 대표적 예라 할 수 있다. 몰락 양반 출신이었던 최제우는 구도 생활 끝에 하느님을 직접 보는 체험을 하고 동학의 가르침을 세웠다. 사물의 시초를 골똘히 따지면 끝없는 의문에 빠질 수밖에 없으나, 천지를 관장하는 '한울님'의 섭리를 알고 보면 사물을 밝게 알 수 있다는 주장을 펼쳤다. 또 천지는 곧 부모이므로 천지 공경하기를 부모 공경하듯 해야 한다 하고, 사람은 무릇 천지의 마음을 타고났으니 '사람이 곧 하늘'이라 주장했다. 사람이 곧 하늘이고 세상은 곧 나이므로, 나를 위해 세상을 괴롭혀서도 안 되고 세상을 위해 나를 억눌러서도 안 된다. 동학사상이 환경운동의 사상적 근거로 기능하는 이유도 여기에 있다. 유학에 비겨보면 최제우가 말한 '한울님'은 서구에서 말하는 신의 개념에 훨씬 가까운 것으로, 당시 세력을 뻗쳐 가던 서학의 역설적인 영향을 확인할 수 있다. 서양 사상과 문물이 수입되고 우리 나라의 전통 사상과 종교가 무시당하는 현실에서, 동학은 민중을 중심으로 하는 종교로서, 민중생활에 자리하고 있는 성향을 사상의 차원으로 끌어올린 세계관으로서 꽃피웠다. 동학의 역량은 단순히 최제우 개인의 능력이 아니라, 역사 속에서 지속적으로 계승되어 온 우리 민족과 민중의 잠재력이 발휘된 결과이다. 혹세무민한다는 죄명으로 최제우가 처형당하고, 제2대 교주 최시형 아래서 동학농민운동을 일구어 낼 정도로 급속하게 자라난 동학의 세력은 운동의 실패 이후 왜곡·축소된다. 천도교와 시천교로 분리되고, 특히 시천교는 일진회의 주축 세력이 되어 일본의 조선 침탈에 앞장서게 된 것이다.

1894년 이후 1910년 일제에 의한 국권 강탈에 이르기까지, 조선은 비상한 혼란기를 겪었다. 그러나 이 혼란기는 또 여러 가지 새로운 사고가 용솟음친 활력의 시기이기도 했으니, '근대적' '서구적'이라 하는 온갖 사고가 들어오고 이를 비판적으로 소화하기 위한 움직임이 활발했던 것이 바로 이 시기이다. 황현의 『매천야록』은 이 시기에 대한 생생한 증언이다. 황현은 나라의 부패를 깨닫고 벼슬길에 나서지 않았지만, 강위·이건창·김택영 등 빼어난 학자들과 교유하면서 식견을 넓혀 나갔다. 황현은 동생과 더불어 '조용히 살고 싶으면 구례의 두 황씨와 접하지 말라'는 수군거림을 낳았을 정도로 꼿꼿한 지사적 태도로 이목을 모았고, 1910년 나라를 빼앗기자 '사람으로 태어나 선비 노릇 하기가 이토록 어렵구나'라고 탄식한 절명시 네 수를 남기고 스스로 목숨을 끊었다. 황현은 타협할 줄 모르는 지조와 절개의 소유자였다. 『매천야록』은 개항부터 1910년까지, 황현이 두루 듣고 겪은 바를 기록한 글이다. 궁중의 소문, 시정의 평판, 주요 사건의 객관적 기술 등이 자세히 실려 있어 이 시기의 모습을 생생하게 알기 위해서는 빼놓을 수 없는 자료이다. 구례에 묻혀 살면서도 황현의 관심은 중앙 정계의 소소한 일도 놓치지 않았으며, 서구 편향의 '개화'와 옛것만을 고집하는 '수구'를 다같이 비판하는 감각과 식견 또한 보여 주어, 현실적인 힘으로 자라나는 데는 미흡했던 개혁 유학의 가능성을 새삼 느끼도록 해주고 있다. 자신이 살고 있는 시대를 생생하게 기록하여 정리한다는 것은, 현실에 주체적으로 참여하는 한 가지 방식이다. 자신의 방식으로 세상과 시대를 이해하고 그것을 기록하여 남기는 행위에는 그 사람 나름의 주체적 인식이 담겨 있을 수밖에 없다.

1894~1910년의 시기에 가장 활발한 활동을 보였던 것은 서구 사상의 소화에 보다 적극적이었던 축이었다. 이들은 신문·잡지 등의 새로운 매체를 주장을 전파하는 기관으로 삼았으며, 이를 통해 애국주의·실력주의 등의 새로운 가치를 선전하였다. 박은식은

전통 주자학을 비판하고 양명학을 발전시켜 시대의 흐름에 부합하는 사상 혁신을 꾀하기도 하였다. 조선시대에 지역 차별을 받아 많은 인재들이 양성되지 못하였던 황해도 출신으로서, 새로운 시대의 새로운 상황이 도래하자 보수적 질서와는 지역적으로 떨어진 곳에서 성장한 박은식의 등장은 사상사적으로 보아 중요한 의미를 지닌다고 할 수 있다. 박은식은 『황성신문』의 주필로 활약하면서 많은 글을 남겼다. 박은식은 '나라를 살리기 위해 글을 쓴다'는 투철한 의식으로 일관했으며, 1910년 이후 만주로 망명해서도 '나라의 정신이 죽지 않은 이상 나라가 망한 것은 아니다'라고 믿고, 나라의 정신을 살리는 길로 역사 서술에 몰두했다. 『한국통사』와 『조선독립운동지혈사』는 그 결과물이다. 『한국통사』는 '한국의 아픈 역사'라는 제목대로 개항 이후 나라를 빼앗기게 되기까지의 과정을 서술했다. 중요 사건을 개괄·정리하고, 나라를 살리기 위한 시도가 어떻게 좌절되었는지를 밝혀 이후 역사의 거름으로 삼고자 했다.

신채호의 『조선상고사』 역시 비슷한 취지에서 출발한 역사서라 할 수 있다. 『조선상고사』는 본래 조선의 역사를 옛날부터 최근에 이르기까지 정리하려 한 '조선사' 계획의 일부였으나, 고조선 시대부터 신라의 삼국통일 직전까지를 다루는 데서 끝났기 때문에 '조선상고사'라 한다. '역사는 나와 나 아닌 자 사이의 투쟁'이라는 신채호의 독특한 역사관이 잘 나타난 책이다. 신채호는 "나의 범위란 입장에 따라, 또 시대에 따라 달라지는 것이지만 오늘날 요청되는 '나'란 곧 민족"이라 하고, 철저히 조선 민족의 입장에 서서 생각하고 행동하려고 노력했다. 신채호가 보기에 조선 민족을 흥기시키려 한 일체의 노력은 긍정적인 것이요, 반대로 민족의 축소를 불러온 사고는 모두 부정적인 것이다. 그러므로 중국에서 온 기자가 조선의 문물을 확립했다는 기자조선설의 의의는 신채호에게 있어서 축소·비판되었고, 고구려의 영토 확대가 고평된 대신 당나라와 연합하여 삼국통일을 이루면서 조선 민족의 판도를 한반도로 좁힌 신라는 가혹하리만큼 비판을 받았다. 또 고려 초기 묘청의 난이 '한민족의 세력을 뻗쳐 나가려 한 노력으로 최대의 것이요 최후의 것'이었다고 보고, 묘청의 난이 실패함으로써 조선 민족의 정신이 결정적으로 쇠퇴하기 시작했다고 논하고 있다. 그러나 민족을 중심으로 생각하고 다른 민족을 정복한 역사를 자랑스레 기술하는 의식이란 제국주의의 자장(磁場)에서 벗어나기 어렵다. 제국주의야말로 자민족 중심주의의 전형이기 때문이다. 신채호는 이후 무정부주의에 기대어 이 문제를 해결하려 한 듯 보인다. 자기 존재와 번영을 꾀하는 것은 인간사의 당연한 법칙이지만, 또 자기 존재를 침탈당할 때 항거하는 것도 당연한 일이며, 두 개의 힘이 부딪힐 때는 폭력이 쓰일 수밖에 없는 바, 이때 중요한 것은 '끝까지 싸우려는 자세'이고, 누가 정당한지 혹은 누가 승리하는지는 문제 밖의 일이라는 의견은, 신채호가 기초한 「조선혁명선언」에서 확인할 수 있다.

김구는 아직도 민족주의의 대표적 위인으로 생각되는 인물이다. 민족주의는 원리상으로도 많은 문제를 가지고 있고, 실제로 한국에서 민족주의가 전개된 과정을 보더라도 권력 의지와 결합하지 않은 민족주의를 보기는 어렵다. 그러나 해방 직후 남·북한 분단이라는 문제를 해결하기 위해 고투하다 암살된 김구는 민족주의의 긍정적 전범으로 받아들여지고 있다. 민족주의 역시 한시적 이념이리라는 통찰, 그럼에도 지금은 민족주의 외에 다른 길이 없다는 결의, 이런 결의를 지켜 나가는 우직한 자세가 보통 김구를 생각하면 떠올리는 인상일 터이다. 『백범일지』는 이런 인상을 확인시켜 주면서도, 한편으로 정치가 김구의 면모를 읽게 해준다. 뿐만 아니라, 『백범일지』는 우리에게 그저 완고한 민족주의자로만 흔히 기억되는 김구의 인간적인 면모를 새삼 느끼게 해준다. 동학운동에 가담하면서 고통을 겪게 되는 상황과 일본인은 곧 조선의 원수라고 여기고 일본인을 살해하는 장면 등은 민족의 단결과 민족제일을 외치던 김구의 이면 역사를 구성하는 내용이다. 거의 아무런 힘이 없는 상태에서, 일제에 타격을 주기 위해 산발적인 테러 활동을 벌일 수밖에 없었던 임시정부 시절 김구의 독립운동 노선도 다시금 음미해야 할 대목이다. 임시정부와 김구라는 이름은 들어 보았어도, 우리 나라의 법통이 임시정부에 있다는 헌법의 '전문'을 기억하는 사람은 드물다. 김구는 역사상의 인물일 뿐 아니라, 지금도 영향력을 행사하는 살아 있는 정신이기도 하다.

이상으로써 한국의 사상을 대표하는 26편의 저술을 대략적으로 검토해 보았다. 우리 민족의 얼과 혼이 담긴 글들을 통해 고전을 보다 친숙하게 받아들이는 계기가 되기를 기대해 본다.

단군신화

단군(檀君)은 한민족의 시조(始祖)로 받드는 고조선의 첫 임금이다. 천제(天帝)인 환인의 손자이며 환웅의 아들로, BC 2333년 아사달에 도읍을 정하고 단군조선을 개국하였다. 이 개국신화에 대해서는 지금까지 연구하는 학자에 따라 많은 해석이 나왔는데, 중요한 것은 한민족이 수난을 당하고 위기에 처할 때마다 「단군신화」가 민족의 단합을 요구하는 구심체적 역할을 해 왔다는 사실이다.

우리 민족이라면 누구나 알고 있으리라 짐작되는 「단군신화(檀君神話)」는 대중적으로 널리 알려져 있기는 하지만, 실제로는 매우 복잡하고 난해하며 때로는 미묘한 문제를 내포하고 있다. 「단군신화」는 우리 민족 최초의 국가인 고조선의 건국신화이면서 동시에 한국사의 첫장을 차지하는 개국과 민족 시조의 역사로 받아들여져 왔다. 아울러 단군이 민족 시련기에는 늘상 하나의 정신적 구심점으로 작용해 왔다는 사실에서 보자면, 한국사상사의 중요 주제이기도 한 것이다. 그렇지만, 이미 상식처럼 받아들여지고 있는 이러한 인식을 조금만 구체적으로 분석해 들어가면, 해결하기 쉽지 않은 다양한 문제들이 서로 얽혀 있는 상황과 만나게 된다.

구체적으로 「단군신화」는 언제 형성되었는가 하는 형성시기 문제, 「단군신화」는 그저 상상적인 허구일 따름인가 아니면 역사적 사실을 반영한 것인가 하는 신화와 역사의 관계 문제, 「단군신화」에 담긴 내용들을 가지고 과연 얼마만큼 고조선의 실상을 재구성할 수 있는가 하는 고조선 인식 문제, 「단군신화」의 단군은 역사상 실존인물인가 아니면 고조선 시대에 수장을 일컫는 보통명사인가 하는 단군에 대한 이해 문제, 「단군신화」에 등장하는 고조선의 시조 단군이 민족사의 전개과정 속에서 어떻게 민족시조로 확대되어 갔는가 하는 단군인식의 변천 문제, 민간신앙이나 신흥종교에서 숭배하는 단군의 의미는 무엇인가 하는 종교신앙적 문제 등이 이에 해당된다.

이러한 문제들을 통해서 짐작할 수 있듯이, 「단군신화」는 그저 단순한 신화나 이야기에 머무는 것이 아니라 우리 민족의 형성과 민족사의 전개과정에 깊숙이 관여하고 있다. 제국주의 열강의 침략이 노골화되고 일본이 우리 나라를 식민지로 강점하던 19세기에서 20세기 초에 단군 신앙은 급속도로 확산되었고, 이와 유사한 이유에서 13세기의 승려 일연이 『삼국유사』에 「단군신화」를 실었던 것이고, 이승휴의 『제왕운기』에도 「단군신화」가 등장하게 되었던 것이다. 그 후 조선시대에 들어오면서도 여러 가지 형태의 단군에 대한 이해가 있었는데, 이들 모두 조선조 사회의 문화적 재통합을 필요로 할 때 일어났다. 이처럼 역사적으로 민족의식의 고양이 요청될 때면 단군 혹은 「단군신화」가 새로운 의미로 해석되곤 하였다. 그 해석은 곧 우리 민족과 그 문화의 정체감에 대한 새로운 자각의 역사적 형태들이었다고 볼 수 있을 것이다.

그러나 「단군신화」에 얽힌 문제가 매우 다양하고 복잡한 양상을 보인다고 해도, 「단군신화」는 신화일 따름이다. 「단군신화」에 담긴 의미를 정확하게 이해하기 위해서는 무엇보다 신화로서 「단군신화」에 접근하는 작업이 우선적이어야 한다. 그런 다음에 「단군신화」에 담긴 역사적 의미를 분석하고 추출해야 순리에 맞을 것이다. 「단군신화」의 내용을 담고 있는 문헌자료들은 여럿이 있으나 일연의 『삼국유사』와 이승휴의 『제왕운기』가 대표적인 경우에 해당한다. 〈작품 읽기〉에는 『삼국유사』와 『제왕운기』에 실린 「단군신화」를 각각 소개한다.

작품 읽기

(가) 『위서』에 이르기를, '지난 2천 년 전에 단군왕검(檀君王儉)이라는 이가 있어 도읍을 아사달에 정하고 나라를 창건하여 이름을 조선(朝鮮)이라 하니 요임금과 같은 시대이다'라고 하였다.

『고기(古記)』에는 이렇게 말하였다. "옛날 환인(桓因))의 서자(庶子)에 환웅(桓雄)이란 이가 있었는데, 자주 나라를 가져 볼 뜻을 품고 있어 인간 세상에 관심을 기울였다. 그 아버지가 아들의 뜻을 알고 아래로 삼위 태백(三危太伯 : 삼위산과 태백인 듯함. 삼위산은 중국 서북방에 있는 산임) 땅을 내려다보매 인간들에게 크나큰 이익을 줌직한지라 이에 천부인(天符印 : 신의 위력과 영험한 힘의 표상으로, 방울·칼·거울로 추정된다) 세 개를 주어 보내어 이곳을 다스리게 하였다. 환웅은 무리 3천 명을 거느리고 태백산 꼭대기 신단수(神壇樹 : 신단(神壇)에 서 있는 나무) 아래에 내려와 이곳을 신시(神市)라 불렀다. 이분을 환웅 천왕이라 한다. 환웅은 풍백(風伯)·우사(雨師)·운사(雲師)를 거느리고, 곡식·수명·질병·형벌·선악 등을 주관하며, 인간의 360여 가지나 되는 일을 관장하여 인간 세계를 교화하였다.

이때 곰 한 마리와 범 한 마리가 같은 굴에서 살았는데, 늘 환웅에게 사람되기를 빌었다. 때마침 신이 신령한 쑥 한 심지와 마늘 스무 개를 주면서 말했다. "너희들이 이것을 먹고 백일 동안 햇빛을 보지 않는다면 곧 사람이 될 것이다." 곰과 범은 이것을 받아서 먹었다. 곰은 그렇게 한 지 21일 만에 여자의 몸이 되었으나, 범은 능히 그렇게 하지 못하였으므로 사람이 되지 못하였다. 여자가 된 곰은 그와 혼인할 상대가 없었으므로 항상 신단수 밑에서 아이 배기를 축원하였다. 환웅은 이에 임시로 변하여 그와 결혼하였다. 곰은 임신하여 아들을 낳았는데, 이름을 단군왕검이라 하였다.

왕검은 요임금이 왕위에 오른 지 50년인 경인년에 평양성에 도읍을 정하고 비로소 조선이라 하였다. 또다시 도읍을 백악산 아사달에 옮겼다. 그곳을 궁홀산 또는 금미달이라 한다. 왕검은 1천5백 년 동안 여기서 나라를 다스렸다. 주나라 호왕이 왕위에 오른 기묘년에 기자를 조선에 봉하니, 단군은 이에 장당경으로 옮아갔다가 후에 돌아와 아사달에 숨어서 산신이 되었는데, 나이가 1,908세였다고 한다.

(일연, 『삼국유사』, 「기이」편 중에서)

(나) 처음에 어느 누가 나라를 열었던고
　　석제(釋帝) 손자 이름은 단군(檀君)일세

　본기(本紀)에 다음과 같이 적혀 있다. "상제(上帝) 환인(桓人)에게 서자(庶子)가 있었으니 이름이 웅(雄)이었다고들 한다. 이 웅(雄)에게 일러 말하기를, '내려가 삼위태백(三危太白)에 이르러 크게 인간을 이롭게 할 수 있을까?'라고 하였다. 이리하여 웅(雄)이 천부인(天符印) 세 개를 받고 키신(鬼神) 삼천(三千)을 거느려 태백산(太白山) 마루에 있는 신단수(神檀樹) 아래에 내려왔다. 이분을 단웅천왕(檀雄天王)이라 이른다고들 한다."

　손녀로 하여금 약을 먹여 사람되게 하여 단수신(檀樹神)과 결혼시켜 아들을 낳게 했다. 이름을 단군(檀君)이라 하고, 조선의 땅을 차지하여 왕이 되었다.

　이런 까닭에 시라(是羅 : 신라)·고례(高禮 : 고구려)·남북옥저(南北沃沮 : 남옥저와 북옥저)·동북부여(東北扶餘 : 동부여와 북부여)·예(濊)와 맥(貊)은 모두 단군의 자손인 것이다.

　1,038년을 다스리다가 아사달(阿斯達)에 들어가서 신이 되어 죽지 아니하였던 것이다.

　요(堯)임금과 같은 해 무진년(戊辰年)에 나라 세워
　순(舜)임금을 지나 하(夏)나라(중국 고대의 전설상의 나라)까지 왕위(王位)에 계셨도다.
　은(殷)나라 무정(武丁 : 은나라의 연호) 8년 을미년(乙未年)에
　아사달에 입산하여 산신이 되었으니,
　지금의 구월산. 딴 이름은 궁흘 또는 삼위. 사당이 지금도 있다.
　나라를 누리기를 일천(千)하고 이십팔 년(年)
　그 조화 석제(釋帝)이신 환인(桓因)의 유전(遺傳)한 일

단군신화

그 뒤의 일백육십사 년 만에

어진 사람 나타나서 군(君)과 신(臣)을 마련하다.

—— 일설(一說)에는 이후 164년 동안은 비록 부자(父子)는 있었으나
군신(君臣)은 없었다고 한다.

(이승휴,『제왕운기』중에서)

논점 「단군신화」는 우리에게 너무나도 익숙한 내용이다. 그렇기 때문에 그저 단순하게 암기하고 있을 뿐 그 의미를 따지는 일을 하지 않기 쉽다. 그런 점에서, 오히려 더 주의해야 할 작품이라고 할 수도 있다. 「단군신화」에 담긴 내용을 어떻게 이해할 것인가 하는 문제는 그리 쉽지 않지만, 고대의 국가는 기본적으로 정복국가이고 그 정복국가의 건국신화는 정복(혹은 통합)의 과정과 그 정당성을 함축하고 있다고 보아야 한다. 따라서, 「단군신화」에 등장하는 존재들의 상징성을 해석하는 데 초점을 맞출 필요가 있다.

통합형 문·답

1 「단군신화」를 이해하는 방식을 둘러싸고, 「단군신화」는 신화이기 때문에 사실이 아니라 허구일 따름이라고 보는 입장과 「단군신화」는 신화가 아니라 당시 역사적 사실을 담은 역사기록이라고 보는 입장이 오랫동안 대립하였다. 이 양극단을 모두 비판하기 위해서, 「단군신화」는 역사적 사실을 분명 반영하고는 있지만 단순한 역사기록으로서가 아니라 신화적 상징의 방식을 통해서 반영하고 있다는 입장에서 「단군신화」에 내포된 내용을 설명해 보자. (단, 『삼국유사』에 실린 「단군신화」를 중심으로 분석한다.)

「단군신화」에는 다음과 같은 내용들이 담겨져 있다. 환인이라는 천신의 아들 환웅이 아버지의 허락을 받고 천하에 내려와 신시를

건설하였다는 점에서 환인과 환웅의 고귀한 신성성이 천명된다. 환웅이 건설한 신시에는 환웅이 천계로부터 데리고 온 3천의 무리가 주세력층을 이루고 있다는 점에서, 환웅을 수장으로 하는 집단이 신시 내에서 우월한 위치를 차지한다는 사실이 확인된다. 그리고, 천계 무리에 속하지 않는 존재인 곰과 범이 겪은 성취와 좌절을 통해, 시련을 극복한 곰에게 특정한 보상이 주어졌다는 사실을 알 수 있다. 끝으로, 시련을 극복한 곰과 환웅의 결합을 통해 곰이 신성한 천계 무리와 결합하였다는 사실을 알 수 있고 그 결과로 나타난 것이 고조선의 탄생이라는 점도 확인할 수 있다.

이렇게 분석할 수 있는 의미를 종합하여 보면 다음과 같은 줄거리로 재해석할 수 있다. 즉, 역사적 현실이 담겨져 있기는 하되 신화적인 방식으로 변형되어 있는 내용을 해독하면 다음처럼 재구성할 수 있다는 말이다. 고조선이 건국되는 지역에는 애초에 곰과 범으로 상징되는 부족들이 선주민으로 존재하고 있었다. 여기에 환웅이 이끄는 정비된 문화와 강력한 세력을 지닌 '천계 무리'(하늘숭배 집단)가 들어왔다. 이 천계 무리는 풍백·우사·운사와 같이 천문기상을 다스리는 도사들을 갖고 있을 만큼 문화 수준이 높고 힘이 강해서 360여 가지 인간 세상의 일들을 통괄할 수 있을 정도라고 표현되었다. 선주 부족인 곰숭배 집단과 범숭배 집단은 이 강력한 천계 무리에 순화하기를 원하였으나 범 무리(범숭배 집단)는 이에 실패하였다. 천계 무리와 곰 무리의 순화과정 혹은 결합과정에서 이른바 단군조선이 출발하게 되었다. 이 왕조의 주세력은 큰 힘과 신통력을 가진 것으로 상징되는 천계부족 곧 유입민족이 차지하였다.

신화의 내용은 이처럼 역사적 사실을 상징적으로 반영하고 있다. 「단군신화」는 천계 무리(천신숭배 집단)가 이주하면서 선주민들과의 마찰을 경험하고, 이 마찰을 극복하는 과정에서 단군조선을 창건한 역사적 경험을 신화적 상징논리로 표현한 것이다. 천계 무리로 상징되는 이주세력이 원주민세력보다 월등하게 높은 문화 수준과 비할 수 없을 정도의 힘을 구비하였다는 사실이, 신통력을 가진 도사들과 인간의 일상생활 전체에 관련된 규범이 이주민세력에 의하여 관장되었다는 신화적 표현으로 드러난 것이다. 이 시기에 이처럼 커다란 차이가 드러나는 문화적 요인이 있다면, 이는 청동기일 것이다. 청동기를 사용하던 이주민이 원주민세력을 흡수하여 새로운 정치질서를 창건한 사건이 고조선의 출범이었다고 하겠다.

2 다음은 『삼국유사』에 실린 「단군신화」와 이승휴의 『제왕운기』에 실린 「단군신화」의 차이점을 간략하게 정리한 내용이다. 정리된 내용을 바탕으로, 『삼국유사』의 「단군신화」와 『제왕운기』의 「단군신화」의 각각의 의미를 정리해 보자.

『삼국유사』와 『제왕운기』 「단군신화」의 내용 대비 : 『삼국유사』에서는 곰이 스스로 원하여 사람(여자)이 되지만, 『제왕운기』에서는 환웅이 약을 먹여 자신의 손녀를 사람의 몸으로 변하게 한다. 또한, 『삼국유사』에서는 웅녀가 사람의 몸으로 변신한 환웅과 혼인하여 단군을 낳지만, 『제왕운기』에서는 환웅의 손녀가 단수신과 결혼하여 단군을 낳는다.

「단군신화」의 줄거리를 『삼국유사』에 근거하여 간단하게 정리하면 다음과 같다. 1) 환인과 그 아들 환웅, 그리고 환웅의 아들인 단군에 이르기까지 3대에 걸친 가계, 2) 환웅이 아버지 환인의 도움과 허락을 얻어 하늘에서 태백산으로 내려오는 과정, 3) 신단수 아래에 신시를 마련하고 자신을 환웅천왕이라 칭하면서 인간 세상을 다스리게 되는 일, 4) 곰이 호랑이와 함께 사람이 되기를 원하였지만 곰만 사람으로 변모할 수 있었던 사건, 5) 곰이 변한 여인인 웅녀가 사람의 몸으로 나타난 환웅과 혼인한 일, 6) 그 둘 사이에서 태어난 단군왕검이 평양에 도읍을 정하고 나라 이름을 조선이라 하였다는 건국과정, 7) 단군왕검이 1,908세의 나이로 아사달산에 숨어 산신이 되었다는 일 등의 7개의 이야기 토막으로 「단군신화」의 줄거리를 정리할 수 있다.

이러한 이야기 구성은 『제왕운기』와 비교해 볼 때 약간의 차이가 발견된다. 앞의 요약 가운데서 1)에서 3)까지는 거의 다르지 않지만, 4)와 5)에서 크게 다른 양상을 보인다. 『제왕운기』에서는 『삼국유사』의 웅녀가 사라지고 그 대신 환웅의 손녀가 등장하며, 환웅이 그 손녀에게 약을 먹여 사람의 몸을 갖추게 한 다음에 단수신과 혼인하게 한다. 이어서 그 사이에서 아이가 태어나니 이름하여 단군이라 하였고, 후에 단군이 조선의 왕이 되었다고 하였다. 이처럼 4)와 5)에서는 큰 변화가 있지만, 그 다음의 6)과 7)에서는 『삼국유사』와 거의 동일한 양상을 보인다. 따라서, 「단군신화」의 전승 양상 혹은 존재 양상을 파악하기 위해서는 4)와 5)의 전승과 변이를 살펴보는 것이 첩경이다.

『삼국유사』와 『제왕운기』에서 4)와 5)는 매우 심각한 이질성을 보인다고 할 수 있다. 단군의 어머니라는 점에서는 동일하지만, 한쪽은 곰이 변화한 여성이고 다른 한쪽은 신이 화신한 여성이다. 요컨대, '동물(곰) / 신'의 대립이 두 기록에 존재하는 것이다. 이 '동물 / 신'의 대립은 달리 해석하면 '지상 / 천상'의 대립이라고 볼 수도 있을 것이다. 차이는 여기에 그치지 않는다. 역시 다같이 단군의 어머니면서도 『삼국유사』에서는 환인과 환웅으로 이어지는 부계(남계) 계통으로 들어온 여성으로 나타나지만, 『제왕운기』

에서는 환인과 환웅으로 이어지는 부계 그 자체의 혈통에 딸린 여성으로 등장한다. 전자가 가통의 외부라면 후자는 가통의 내부이다. 말하자면 둘 사이에는 '바깥 존재 / 안의 존재'라는 대립이 있는 셈이다.

이 같은 어머니가 지닌 '안 / 밖'의 대립을 존중한다면, 『삼국유사』와 『제왕운기』는 단군의 출자(出自)에 대해서도 당연히 서로 다른 대립을 담게 된다. 『삼국유사』에서 단군은 환인과 환웅의 뒤를 잇는 부계의 3대인 데 비해서, 『제왕운기』에서 단군은 환인과 환웅으로 이어지는 가계로서는 4대째에 속하는 여인의 아들이 되는 것이다. 말하자면 『제왕운기』는 단군을 환인과 환웅으로 이어지는 가계의 5대째 외손으로 기술하고 있다. 이렇게 되면 『삼국유사』와 『제왕운기』 사이에는 '3대 부계 / 5대 모계'라는 대립이 존재하는 것이다. 『삼국유사』에서는 부계(남계)를 따른 3대에 걸친 신족보가 기술되어 있는 반면에, 『제왕운기』에서는 모계(여계)를 따르는 5대에 걸친 신족보가 기술되어 있는 셈이다. 이와같이 『삼국유사』와 『제왕운기』 사이에는 4)와 5)를 두고 '동물 / 신' '안 / 밖' '부계(3대) / 모계(5대)'라는 대립 양상이 존재하고 있음을 알 수 있다.

『제왕운기』는 『삼국유사』보다 불과 십여 년 늦게 저술된 책이다. 그 짧은 시기에 이만큼 커다란 변화를 겪은 신화가 전승되었다는 것은 고려 시대에 이미 「단군신화」의 서사구조상의 안정성이 흔들리고 있었다는 증거라 여겨진다. 더욱 앞서 살펴본 세 층위의 대립 관계는 보통 차이가 아니고, 의미 작용이 거꾸로 뒤집어질 만큼 결정적인 차이라 정리할 수 있다. 물론, '동물 / 신'의 대립은 둘 다 비인간적인 존재의 대립이기에, 인간 아닌 존재가 변신해서 단군의 어머니가 되었다는 점에서는 충분히 조정이 가능한 대립이라고 볼 수도 있다. 그러나, '안 / 밖'이나 '부계 / 모계' 대립의 조정은 그리 쉽지 않다. 그러므로, 「단군신화」는 고려 시대 당시에 그 전승 과정에서 변이가 본격화되었거나 이미 변이를 겪은 다른 유형들이 전승되고 있었다고 이해할 수 있을 것이다. 어느 유형이 훨씬 전승 범위가 넓고 영향력이 컸는지 쉽게 추론할 수는 없지만, 『세종실록』 '지리지'에 담긴 단군 기록이 『제왕운기』의 내용을 답습하고 있다는 사실을 통해서 볼 때, 현재 두루 알려진 『삼국유사』의 「단군신화」 못지않게 『제왕운기』의 「단군신화」도 커다란 영향을 미친 것이라고 생각된다. 「단군신화」는 이런 점에서도 다소 복잡한 양상을 내포한다고 하겠으며, 그 의미를 쉽게 단순화하기 힘든 요소를 두루 갖추고 있다고 하겠다.

광개토왕릉비문

광개토왕릉비

고구려 제19대 왕 광개토대왕(재위 391~413)은 고국양왕(故國壤王)의 태자로 이름은 담덕(談德)이며 소수림왕의 정치적 안정을 기반으로 최대의 영토를 확장한 정복 군주이다. 생존시의 칭호는 영락대왕(永樂大王)으로, 그가 쓴 영락(永樂)이란 연호는 한국에 알려진 최초의 연호이다. 즉위 초부터 대방(帶方) 탈환전을 개시하여 백제의 북쪽을 진격하여서 석현(石峴) 등 10성을 함락하였고, 396년 친히 수군을 거느리고 백제를 정벌하여 58성을 차지하였으며 왕제(王弟)와 대신 10인을 볼모로 삼아 개선, 한강 이북과 예성강 이동의 땅을 차지하였다. 400년에는 신라 내물왕의 요청으로 5만의 원군을 보내 왜구를 격퇴시켰으며, 동예를 통합하고(410), 신라와는 하슬라를 경계로 삼았다. 또 연나라의 모용 희를 반격하여 신성 · 남소의 2성 등 700여 리의 땅을 탈취하였고, 405~406년 후연의 모용 회의 침입을 두 번 받았으나 요동성과 목저성에서 모두 격퇴하였다. 407년 모용 희를 죽이고 자립한 고운과는 수교를 맺기도 하였다. 410년에는 동부여를 정벌하여 64성을 공파함으로써 철령 이북의 동부여가 고구려의 판도 안에 들게 되었다. 또한 남하하여 한강선까지 진출하였으며, 서쪽으로 후연을 격파하고 요동지역을 확보함으로써 만주의 주인공으로 등장하였다.

　광개토왕릉비는 고구려 제19대 임금인 광개토왕의 훈적을 기념하기 위하여 아들인 장수왕이 414년에 세운 비석이다. 둘레 4면의 석비로서 높이가 6.39미터이다. 당시 고구려의 수도였던 국내성 동쪽 국강상(國岡上)에 대왕의 능과 함께 세워졌다. 묘의 이름인 '국강상광개토경평안호태왕(國岡上廣開土境平安好太王)'의 마지막 세 글자를 따서 '호태왕비'라고 부르기도 한다. 광개토왕릉비는 지금의 압록강 중류 만포진에서 마주 보이는 중국 길림성 통화전구 집안현에 있으며, 비의 서남쪽 약 300미터 지점에 대왕의 능으로 추정되는 태왕릉이 있다. 광개토왕릉비는 대석(臺石)과 비신(碑身)의 두 부분으로 되어 있는데, 일부는 땅속에 묻혀 있는 상태이다.

　광개토왕릉비는 광개토왕이 죽은 지 2년째 되는 414년, 즉 장수왕 3년 9월에 대왕의 능과 함께 건립되었지만, 고구려 패망과 함께 잊혀졌었다. 그 후 광개토왕릉비의 존재가 처음으로 기록된 것은 『용비어천가』를 비롯한 조선시대의 문헌들이지만 광개토왕릉비가 고구려의 유적으로 인식되지는 못하였다. 심지어 『지봉유설』에는 광개토왕릉비가 여진족이 세운 금나라의 시조비로 오인되기도 하였다. 그러다가 1880년을 전후하여 청나라에 의해 재발견되어 이때야 비로소 광개토왕릉비는 세상에 널리 알려지게 되었다. 광개토왕릉비가 재발견된 초기에는 비면의 상태불량과 탁본 여건의 미비로 그 실상을 제대로 파악하기 어려웠는데, 이러한 상태에서 1882년경 마침 만주를 여행중이던 일본군 참모본부의 밀정인 중위 사카와에 의하여 비문의 일부가 변조되기에 이르렀다.

　「광개토왕릉비문」의 내용은 크게 세 부분으로 구성되어 있다. 제1부는 서문격으로 추모왕(鄒牟王)의 건국신화를 비롯하여 대주류왕(大朱留王 : 대무신왕)으로부터 광개토왕에 이르는 대왕의 세계와 약력 및 비의 건립 경위가 기술되어 있다. 제2부는 비문의 핵심을 이루는 부분으로 대왕의 정복 활동과 토경순수(土境巡狩) 기사가 연대순으로 기술되어 있다. 제3부는 능을 지키는 수묘인연호의 명단과 수묘 지침 및 수묘인 관리규정이 적혀 있다. 「광개토왕릉비문」의 내용 가운데 제1부의 고구려 건국신화와 제3부의 수묘인 기사도 고구려의 역사를 연구하는 데 귀중한 자료가 되지만, 가장 논란이 많았던 부분은 제2부의 정복 기사이다. 비문의 마멸과 관련 문헌 사료와의 차이에 따라 학설이 통일되어 있지는 않지만, 정복 기사는 형식상 8개의 연대순 기사와 2개의 종합 기사로 구분할 수 있다.

8개의 연대순 기사 가운데 특히 쟁점이 되는 내용이 바로 '신묘년 기사'이다. 신묘년 기사는 첫번째의 영락 5년 기사 다음에 나오는데, '백제와 신라는 예로부터 속민으로서 조공을 바쳐 왔는데, 왜(倭)가 신묘년에 바다를 건너와서 백제 · (가야) · 신라를 격파하고 신민으로 삼았다'고 하는 내용이다. 이 부분에서 일본인에 의한 문자 변조 혹은 오독이 있었다고 알려져 있다. 「광개토왕릉비문」의 연구는 대체로 신묘년 기사에 대한 연구와 궤를 같이해 왔다고 할 수 있다. 「광개토왕릉비문」의 초기 연구가 일본 참모본부를 중심으로 한 일본 관학에 의해 주도된 까닭으로, 초기의 탁본 과정에서 변조 또는 오독된 자료를 무비판적으로 수용한 일본 학계가 「광개토왕릉비문」의 신묘년 기사를 고대 일본의 한반도 진출 근거로 제시하였던 것이다. 그들은 사카와에 의해 반입된 탁본을 해독하면서 '왜가 한반도에 침략하여 백제와 신라를 식민지로 경영하였다'는 주장을 폈다. 이러한 초기의 주장은 근래에 들어 일본 학계 내부에서도 강한 비판을 제기하는 등 통설로 거의 인정하지 않고 있다.

일본인들에 의해 개척되고 주목을 받아 온「광개토왕릉비문」에 대한 연구는 1900년대 초 신채호 등에 의해 연구되기도 하였고, 이후 정인보가 나서서 신묘년 기사의 기존 해독이 잘못되었다 하면서 한문의 구조상 '바다를 건너와 백제를 격파'하는 주체는 고구려로 보아야 한다는 주장을 펼치기도 하였다. 그렇지만 이때까지의 연구는 주로 간헐적이고 단편적인 수준에 머물렀다. 1970년대에 접어들면서「광개토왕릉비문」연구는 본격적인 궤도에 오르는데, 재일교포와 국내 학자들의 활기찬 노력으로 신묘년 기사 가운데 일부 문자가 변조된 것이 확실하다는 점과 신묘년 기사의 주체는 왜가 아니라 고구려라는 점이 분명하게 드러나게 되었다. 한편 최근의 학설로서 광개토왕릉비문 등에 기록된 삼국시대 '왜(倭)' 나라는 지금까지 알려진 것과 달리 일본이 아니라 한반도 영산강 유역에 존재했던 우리 민족국가 '왜한(倭韓)'이라는 주장이 새롭게 제기되고 있기도 하다. 물론 아직도 통일된 견해로 정리된 것은 아니지만, 일본의 식민지 침략을 정당화하는 도구로 사용되던 광개토왕릉비가 이제서야 그 본래의 모습을 조금이나마 찾아가고 있음은 명확해졌다 하겠다.

작품 읽기 1

옛날에 시조 추모왕께서 나라를 세웠는데, 그 연원은 북부여에서 나왔다. (추모왕은) 천제의 아들로서 하백의 따님을 어머니로 하여 알에서 태어나셨는데, 성스럽고 덕이 있으셨다. □□□□□, 추모왕께서 명을 받아 수레를 몰고 남쪽으로 순행하는 길에 부여의 송화강[奄利 大水]을 지나게 되셨다. 추모왕이 나룻가에서 '나는 천제의 아들이요, 하백의 따님이 내 어머니이신 추모왕이다. 나를 위하여 갈대를 연결하고 거북이를 띄워 다리를 놓아라'라고 말씀하시자, 갈대가 연결되고 거북이들이 떠올라서 다리를 놓았다. 그러한 후에 물을 건너 비류곡(沸流谷)의 홀본(忽本) 서쪽 산에 성을 쌓고 도읍을 세웠다. 그런데 (왕께서는) 세위를 다하지 못하고, 황룡이 내려와서 왕을 맞이하러 왔다. 이때 왕께서 홀본성 동쪽 언덕에서 용의 머리를 타고 하늘로 올라가셨다. 고명을 받은 유류왕(儒留王)께서는 훌륭한 도로써 나라를 크게 일으키셨고, 아들인 대주류왕(大朱留王)께서는 국업을 이어 발전시키셨다.

이후 17세 후손 국강상광개토경평안호태왕(國岡上廣開土境平安好太王)께서 18세에 왕위에 오르셔서 원호를 영락(永樂)이라 하셨다. 은혜로운 혜택을 하늘에서 받으시고, 그 위엄어린 힘을 온 세상에 떨치셨다. □□를 쓸어 없애시니 백성은 평안하게 생업에 힘쓸 수 있게 되었다. 나라가 부강하니 백성이 평안하였으며, 오곡이 풍성하게 익었다. 불행히도 하늘이 돌보지 않으셔서 39세에 세상을 버리고 나라를 떠나셨다. 갑인년 9월 29일 을유에 산릉으로 옮기고 비를 세워서 훈적을 기록하여 후세에 알리고자 한다. 그 내용은 이러하다.

영락 5년 을미에 대왕께서는 비려가 조공을 하지 않자 □□ 친히 군대를 인솔하고 가서 토벌하셨다. 부산(富山)과 □□를 지나 염수(鹽水)에 이르러 세 부족 6·7백의 진영을 쳐부수고, 소·말·양 등을 사로잡은 것이 이루 헤아릴 수 없을 정도였다. (대왕께서는) 여기에서 수레를 돌리셔, □평도를 경유하여 동쪽으로 □성·역성·북풍을 지나 수렵을 준비시키시고는 국경을 시찰하는 한편 사냥을 하고 돌아오셨다. 백제와 신라는 예로부터 속민으로서 조공을 바쳐 왔는데, 왜가 신묘년에 바다를 건너와서 백제·(가야)·신라를 격파하고 신민으로 삼았다(百殘新羅舊是屬民由來朝貢, 倭以辛卯年來渡海破百殘□□新羅以爲臣民). 영락 6년 병신에 대왕께서는 친히 군대를 거느리시고 백제를 토벌하셨다.   (「광개토왕릉비문」처음 부분에서)

논점 광개토왕릉비는 5세기에 건립되었지만 재발견된 지는 200여 년 정도에 불과하다. 따라서 그 비문에는 판독되지 않는 글자가 많다. 위 제시문에서 ㅁㅁ에 해당하는 부분이 바로 그것이다. 뿐만 아니라, 재발견 초기의 발견자와 연구자가 일본 국가기관 소속이었으므로 일본의 제국주의적 침략을 정당화하는 방향에서 「광개토왕릉비문」의 내용을 이해하였다. 이 과정에서 문자의 변조까지 생겨났다. 이런 점을 감안할 때, 「광개토왕릉비문」의 해독은 단순히 비문으로서의 접근이 아니라 관련 사료 등을 통한 총체적 접근이 필요하다. 이 점에 유의하면서 「광개토왕릉비문」이 고대 한일관계사 연구의 쟁점이 된다는 사실을 이해한다면, 비문 서두에 나온 건국신화와 소위 '신묘년 기사'에 관심을 기울이게 될 것이다.

통합형 문·답

제시문에서 밑줄친 부분이 소위 '신묘년 기사'이다. 이렇게 해석하는 방식은 주로 초기 일본인들에 의해 마련되었는데, 많은 논란을 낳고 있다. 그 논란은 대체로, 해당 문장의 주어를 '왜'로 보아야 한다는 입장과 생략된 주어인 '고구려'로 보아야 한다는 입장, 그리고 '왜'가 주어이기는 하지만 서술어 '바다를 건너왔다'가 변조된 것이므로 적당한 다른 서술어를 찾아야 한다는 입장으로 나눌 수 있다. 이 가운데 세 번째 입장은 본문을 새롭게 확인해야 하는 노력이 수반되어야 하는 것이므로 주어진 질문에 적합한 방식은 아니다. 따라서 여기서는 두 번째 입장을 중심으로 하여, '신묘년 기사'에 대한 일본식 해석에 내재된 모순을 지적하고 좀더 합당한 해석이 되도록 만들어 보자.

「광개토왕릉비문」의 해독 과정에서 많은 논란을 낳고 있는 '신묘년 기사' 부분에 있어 '왜'를 주어로 볼 경우, 전체 문맥에서 볼 때 의문이 생길 수밖에 없다. 이것은 영락 6년의 기사와 관련되는 문제로서 고구려의 백제 정벌 기사와도 관련이 있다. 즉, 왜가 고구려와 오랜 속민 관계를 맺고 있던 백제와 신라를 무찔렀다면, 광개토왕이 이에 대한 노여움으로 마땅히 왜를 격파하지 어째서 왜를 젖혀두고 오히려 왜에 의해 정벌된 백제와 신라를 다시 격파할 수 있겠는가. 더구나 영락 6년에는 굳이 백제만을 정벌한다는 내용이 이어지는데, 전후 문맥상 백제·신라 모두라면 타당하겠지만 백제만을 정벌하였다는 것은 아무래도 문맥상 납득하기 힘든 해석이다. 따라서, 이 구절은 달리 해석되어야 마땅한데, '來'의 주어는 '왜'이지만 바다를 건너서 정벌을 나갔다는 의미의 '渡海破'의 주어는 고구려가 되어야 하는 것이다. 그렇다면, 고구려가 바다를 건너서 왜를 정벌하였다는 뜻이 되는 것이다.

이로부터 또 다른 해석 가능성이 생긴다. 고구려가 왜를 격파하였다는 점은 드러났으나 그 문장 뒤의 '백제·(가야)·신라를 신민으로 삼았다'는 구절을 어떻게 해석할 것인가가 다음 문제로 남아 있다. 이에 대해서는, 고구려가 왜를 격파하자 그 왜가 백제와 손을 잡고 신라로 쳐들어가 신라를 신민으로 복속시켰다는 의미로 해석하는 방식이 있다. 대체로 백제는 왜와 가까운 관계이므로 백제와 왜의 결합은 가능한 일이라 여겨진다. 그렇지만 신라를 복속한 주체는 왜가 아니라는 점을 명심해야 한다. 그 주체는 백제이다. 백제가 신라를 정벌하는 데 왜의 힘을 조금 빌렸을 뿐이지 왜가 나서서 정벌한 것은 아니다. 광개토왕릉비는 장수왕이 자신의 선왕인 광개토왕의 훈적을 기리고자 하는 목적에서 세운 것인데, 설마하니 왜구라는 해적 집단의 행위(왜는 국가가 아니다)를 삽입할 수는 없었을 것이다. 왜구라는 해적 집단의 존재가 정벌의 대상이 아니라 정벌의 주체로서 등장하는 것은 상식적으로 납득하기 어려운 것이다. 따라서, 신라를 정벌하여 신민으로 복속한 주체는 고구려가 아니라면 백제일 수밖에 없다. 합리적인 해석은 당연히 이러한 방향에서 진행되어야 하고, 그렇기에 왜를 주어로 하는 해석은 성립될 수 없다 하겠다.

(가) 하백(河伯)의 손자이며 일월(日月)의 아들이신 추모(鄒牟) 성왕께서 북부에서 태어나셨으니, 천해(天下) 사방(四方)이 이 나라 이 고을이 가장 성스럽다는 사실을 알 것이다.

(「모두루묘지 비문」 중에서)

(나) 은혜로운 혜택을 하늘에서 받으시고, 그 위엄어린 힘을 온 세상[四海]에 떨치셨다.

(「광개토왕릉비문」 중에서)

(다) 천하(天下)라는 용어는 중국에서 연유한 것이다. 천하란 말이 생성된 춘추시대 이후의 중국인의 천하관에서, 천하는 정치적으로는 천(天)을 대리해 천명(天命)을 받은 천자(天子)가 지배하는 지역을 뜻한다. 그때의 천(天)을 묵가(墨家)에서처럼 만유(萬有)를 지배하는 절대적인 신(神)인 상제(上帝) 또는 천제(天帝)로 여기든지, 아니면 유가(儒家)와 도가(道家)에서처럼 우주를 관철하는 어떤 섭리나 이법(理法)으로 간주하든지 간에, 천(天)은 어떤 집단에만 특수한 관계를 가진 존재가 아니라, 시공을 뛰어넘어 모든 이에게 작용을 하는 보편적 성격을 지녔던 것으로 받아들여졌다. 그러한 천제(天帝)의 의지를 뜻하는, 또는 이법(理法)을 구현하는 상징으로서 천명(天命)은 건국의 정당성과 군주 권력의 정통성을 뒷받침하는 주요 근거로 강조되었다. 현실적으로 그 천명(天命)은 군주가 마땅히 지켜야 하는 도리로서 구체

화되어 그에 따른 정치이념이 여러 가지 형태로 개진되기도 하였다. 나아가 천명(天命)의 소재를 확인하는 방안으로 피지배자인 민(民)의 반응, 즉 민심(民心)을 중시하는 논리도 제기되었다. 그래서 이 천명(天命)의 소재 여부를 들어 통치자 지위의 양보나 정복을 정당화하여 왕조 교체를 합리화하였다. 천자(天子)는 천(天)의 명(命) 통치를 행하는 자이니, 자연 '천명(天命)을 받아' 재위중인 군주는 항상 천자라 칭하였던 것이다.

(노태돈,「고구려인의 천하관」중에서)

논점 (가)는「모두루묘지 비문」의 일부다. 모두루는 광개토왕 시절에 북부여 지역에 지방관으로 파견되어 활동하다가 장수왕 때 죽은 귀족이다. 그의 무덤은 오늘날 중국의 집안(輯安)인 국내성에 남아 전한다. (나)는「광개토왕릉비문」의 한 구절로 광개토왕을 칭송하는 내용의 일부다. (다)는 중국의 천하관을 정리한 내용이다.

통합형 문·답

(가)와 (나)에는 '천하(天下)' '사방(四方)' '사해(四海)' 등과 같은 세상 전체에 대한 용어들이 등장한다. 여기서 사방과 사해는 한 나라를 지칭하는 것이 아니라 여러 나라를 포함한 넓은 공간을 뜻하는 의미로 사용되었으며, 그 말 자체에는 중심국을 설정하는 의미도 함축되어 있다. 그 중심국은 공간적으로 중앙이라는 의미와 함께 주변 다른 나라에 비해 우월한 가치를 지니며, 나아가 정치적으로도 상위에 있다는 관념을 내포한다. 이를 두고 '고구려(인)의 천하관'이라 부를 수 있다면, 고구려의 천하관은 중국의 천하관과는 다소 구별되는 성격을 보인다. 중국의 천하관을 정리한 (다)를 참고로 하여 중국의 천하관과 고구려의 천하관을 비교해 보자.

(가)에서 고구려 건국시조인 주몽은 태양신 또는 천제의 아들이라 하였고, 앞서 본 「광개토왕릉비문」에서도 주몽(추모왕)을 천제의 아들이라고 하였다. 아울러 하백의 딸을 어머니로 하여 태어났다는 것도 모두 밝혀 놓았다. 이러한 시조 신화는 세부적인 면에서는 약간 차이가 있으나, 모두 부여족 계통의 여러 집단들이 공유하던 동명신화에 바탕을 둔 것으로서 그 기본적인 구성은 일광(日光)과 하백의 딸이 결합하여 주몽이 태어났다는 것이다. 이러한 동명신화가 5세기 왕실의 기념물인 「광개토왕릉비문」이나 귀족의 묘지인 「모두루묘지 비문」에서 나타나 자기 나라의 신성한 내력과 왕실의 존엄성을 밝히는 상징으로 전승된 것이다.

이러한 성격을 띤 왕이 지배하는 고구려국은 신성한 나라이며, 고구려왕의 권위가 미치는, 또는 미쳐야 한다고 여기는 지역 공간이 곧 당시 고구려(인)가 생각하던 자신들의 천하(天下)라 할 수 있다. 「모두루묘지 비문」의 표현을 따른다면, 고구려가 성스러운 혈통의 왕이 통치하는 곳임을 아는 사방(四方)의 지역이 바로 천하였다고 하겠다. 이처럼 5세기 고구려인은 자기 나라가 천하의 중심이라고 여겼다(비단 고구려만 그러했다는 뜻은 아니다). 이 천하라는 용어는 중국에서 연유한 것인 만큼 중국(인)의 천하관에서 영향을 받았음은 틀림없다. 그러나 고구려의 천하관은 「광개토왕릉비문」이나 「모두루묘지 비문」에서 보듯이 전통적인 동명신화에 뿌리를 두고 있음을 확인할 수 있다. 그에 따라 양자간에는 뚜렷한 차이가 존재한다.

제시문의 (다)가 중국(인)의 천하관이라면, 그에 비해 「광개토왕릉비문」의 천제(天帝)는 왕실의 조상신의 모습이다. 「모두루묘지 비문」에선 천제 대신에 일월(日月)이라 표현하였으나 그 점에서는 마찬가지다. 고구려왕은 혈연 계보로서 천제와 연결되어 있다. 그러한 사실은 『삼국사기』에 수록된 동명왕 주몽신화에서 천제의 아들인 해모수를 등장시켜 하백의 딸과 관계를 맺는 것으로 됨에 따라 더욱 뚜렷하게 나타난다. 즉 천제─해모수─주몽으로 이어져, 천제와 고구려 왕실을 연결하는 혈연 계보 관념이 더 진전된 모습을 나타냈다. 이렇듯, 5세기 고구려(인)의 천하관에서 천(天)은 자연현상이나 이법(理法)으로서가 아니라, 인격신인 천제(天帝)였고, 그 천제는 어디까지나 왕실의 조상신으로 여겨졌다. 그에 따라 중국의 천하관의 일부를 이루었던 천명설(天命說)과 그와 연결된 유교정치 이념이 깊이 있게 받아들여질 수 없었던 것이다.

금강삼매경론

원 효
元 曉

불교사상가이자 학자이며 사회지도자인 신라의 고승 원효(617~686)는 648년 황룡사에서 중이 되어 각종 불전을 섭렵하면서 수도에 정진하다가, 650년 의상과 함께 당나라로 유학을 떠났으나 고구려 순찰대에 잡혀 실패하였다. 661년 다시 의상과 길을 떠나 당항성의 한 고총에서 밤중에 해골에 괸 물을 마시고 모든 것은 마음에 달렸으며 사물 자체에는 깨끗함도 더러움도 없다는 것을 깨닫고 돌아왔다. 분황사에 있으면서 독자적인 통불교를 제창하며 불교의 보급에 힘썼고, 당나라로부터 『금강삼매경』이 들어오자 풀이하여 존경을 받았다. 그 후 절에 파묻혀 참선과 저술로 만년을 보냈다. 원효는 불교사상의 종합과 실천에 노력한 정토정의 선구자로 대승불교의 교리를 실천하여, 한국 불교사상 가장 위대한 고승으로 칭송되고 있다. 주요 저서로 『화엄경소』『대승기신론소』『금강삼매경론』 등이 있다.

『금강삼매경론(金剛三昧經論)』은 『금강삼매경』에 대한 원효의 주석서로서, 송나라 『고승전』에는 『금강삼매경』이 8품으로 된 것으로 기록되어 있으나, 현존본은 7품뿐이다. 『금강삼매경론』 가운데 원효의 독창적 사상이 가장 잘 드러나 있는 부분이 '대의(大意)'에 해당한다. 이 대의는 세 부분으로 나누어져 있다. 첫 번째에서 대의를 말하는 글은 시종 하나의 운율을 지닌 대단한 명문이다. 전편의 사상을 간결하게 말하면서 심오한 사상을 남김 없이 표현했다. 두 번째에서는 경의 종지를 밝혔는데, 이것은 원효의 불교관을 이해하는 데 있어 전체의 길잡이가 될 만하다. 세 번째는 제명을 이해할 수 있도록 설명한 부분이다. 원효는 이 『금강삼매경론』을 쓰면서 많은 경론을 인용하여 논리의 정립은 물론 학문의 조직을 집성하였다.

작품 읽기

(가) 1. 무릇 한 마음(一心)의 원천은 유무(有無)를 떠나서 홀로 깨끗하고, 삼공(三空: '나 자신'이 공(空)하고 법(法)이 공하고 그 둘이 공하다고 하여, 세 가지의 공이란 뜻)의 바다는 진속(眞俗)을 아우르며 깊고 고요하다. 깊고 고요하게 둘을 아울렀으면서도 하나는 아니다.

홀로 깨끗하게, 가장자리를 떠났으면서도 가운데는 아니다. 중(中)이 아니면서도 변(邊)을 떠났으므로, 유(有)가 아닌 법(法)이 바로 무(無)에 머무르지도 않고, 무가 아닌 상(相)이 유에 머무르지도 않는다.

하나가 아니면서 둘을 아울렀으므로, 진(眞)이 아닌 사(事)가 속(俗)이 되지도 않고, 속이 아닌 이치(理)가 아직 진이 되지도 않는다. 둘을

아울렀으나 하나가 아니니, 진속(眞俗)의 성향이 나타나지 않은 것이
아니다.

〈풀이〉 원효는 중생의 마음을 두고, '한 마음의 근원'과 '삼공의 바
다'를 함께 들었다. 존재하는 모든 것을 안에서 파악하면 마음이지만,
밖에서 파악하면 공(空)이라고 한 것이다. 그 둘은 구별되는 둘이 아
니다. 삼공(三空)이란 공의 범주를 셋으로 나눌 수 있다는 말이다. 삼
이라는 숫자나 그 내역은 중요하지 않다. '한 마음의 근원'은 있음으
로 생각되고, 삼공의 바다는 없음으로 여겨질 수도 있으나, 유무(有無)
의 구분을 넘어서는 것이 무엇보다 긴요하다는 뜻이다.
   존재하는 모든 것이 있음도 아니고 없음도 아니라는 것은 불교의
공통된 주장이다. 원효의 '유(有)가 아닌 법(法)이 바로 무(無)에 머무
르지도 않고, 무가 아닌 상(相)이 유에 머무르지도 않는다'는 말이 바
로 그러한 뜻을 담고 있다. 있지 않음을 없음으로 이해하거나 없지
않음을 있음으로 이해할 수 있는 가능성을 배제했다. 유도 아니고 무
도 아닌 것은 고정된 상태일 수 없고 끊임없이 서로 부정하는 운동과
정이라고 보는 것이 더 타당하다.
   유무(有無)와 함께 부정하고자 한 대립의 짝에 진속(眞俗)과 일이
(一二), 중변(中邊 : 가운데와 가장자리)도 있다. 원효는 하나가 그 자체
를 부정하면서 둘을 아우른다고 했다. 이때의 하나는 이미 하나가 아
니다. '하나가 아니면서 둘을 아우른다'는 말로서는 부족해, 둘을 아
우르면서도 하나가 아니라 하였다. 일이(一二)는 유무와 마찬가지로
끊임없이 부정하는 관계에 있다. 그래서, 갈등이 격심해 파탄이 생긴
것도 아니고 조화로운 질서를 형성하는 것도 아니다. 그런 관계는 고
정되어 있지 않으며, 인식의 대상으로 주어져 있지도 않다. 하나가 아
니면서 둘을 아우르고, 둘을 아우르면서도 하나가 아니라는 것은 그
자체로는 말이 되지 않지만, 갈등과 조화를 함께 이루는 변화의 과정

속에 들어가서 자기와 대상이 일체를 이루어 함께 바뀌면 타당한 명제가 된다. 그래서 참여가 인식의 필수적인 방법이 된다.

2. 앎(智)이란 바로 본각(本覺)과 시각(始覺)의 두 가지 깨달음이고, 경지(境)는 진속(眞俗)이 둘 다 없어짐이다. 두 가지가 다 없어졌어도 사라지지 않고, 두 가지 깨달음이라도 무생(無生)이다. 무생의 행동이 무상(無相)과 뜻하지 않는 가운데 부합되고, 무상의 법(法)이 본리(本利)를 순조롭게 한다.

〈풀이〉 여기서는 인식의 문제를 다루는 데 치중하면서, 지(智)는 각(覺)으로 이루어진다고 했다. 그 말은 인식은 실천과 함께 추구해야 한다는 뜻으로 이해할 수 있다. 다시 각은 누구나 자기 마음속에 본래 갖추고 있는 본각(本覺)과 나중에 익혀서 깨닫는 시각(始覺) 두 가지로 이루어진다고 했다. 어느 한쪽으로 치우쳐 일방적인 인식을 하지 말고, 서로 다르고 대립되는 두 가지 조건을 실현해야 올바른 인식이 이루어진다고 하기 위해서, 그 다음의 논의를 더 전개했다.

인식의 주체인 지(智)와 그 대상인 경(境)을 둘 다 소중하게 여기고, 경에서는 진경(眞境)과 속경(俗境)의 구별을 넘어서야 한다고 했다. 인식하고 실천하면 자기에게 무엇이 이루어진다는 집착은 버리고 무생(無生)의 행동을 해야 하고, 대상이 어떻게 되었다고 여기지 말고 무상(無相)의 법이 인식과 실천의 내용임을 알아야 한다고 했다. 그래서 얻은 결과는 시각(始覺)의 발현이므로 본리(本利) 즉 자기에게 본래 갖추어져 있는 이익에 지나지 않는다고 했다. 이런 논의는 불교적인 인식과 실천을 일거에 깨닫는 데 소용될 뿐만 아니라, 예사 사람들이 나날이 살아가면서 올바른 사고를 하는 데 필요한 지침이기도 하다.

3. 만약 한 경(境)에 머무르면서 가라앉지도 않고 뜨지도 않으면서

(不沈不浮) 자세히 바르게 생각하고 관찰하면, 그것을 정(定)이라 한다. 그러므로, 생각하고 관찰하는 것은 저 혼침(惛沈 : 번뇌의 일종)과 구별되어야 한다.

〈풀이〉 제목을 해석한다고 한 대목에서 이렇게 말해 놓음으로써, 대상을 인식하는 마땅한 자세를 더욱 알기 쉽게 설명했다. 이것은 불법을 닦지 않은 사람 또는 특별한 지혜가 없는 사람이라도 나날이 생활하면서 실행할 수 있는 원리다. 한 경(境)에 머무르는 것이 범인의 일상생활이다. 한 경에 머무르는 것이 조금도 잘못이 아니다. 한 경에 머물러 살면서 그 경과 올바른 관계를 가지지 못하는 것이 잘못이다. 뜨지도 가라앉지도 않아야 올바른 관계를 가진다고 했는데, 가라앉음은 경에 매몰되는 것이다. 경에 매몰되어 자기의 주체성을 잃지 말아야 한다고, 가라앉지 않음을 말했다. 뜸은 경에서 함부로 벗어나는 것이다. 경에 머물러 살면서 함부로 벗어나는 허황된 자세가 또한 마땅하지 않다고, 뜨지 않음을 말했다. '나〈경'의 가라앉음도, '나〉경'의 뜸도 마땅하지 않다 하고, '나 = 경'이 올바른 인식이라고 했다. 혼침에서 벗어나 올바른 인식인 생각하고 살핌을 얻기 위해서 필요한 방법을 그렇게 제시했다.

(나) 옛날 의상법사가 처음 당나라에서 돌아와 관음보살의 진신이 이 해변의 어느 굴속에 산다는 말을 듣고 이곳을 낙산이라 이름했다. 이는 대개 서역에 보타낙가산(관세음보살이 있다는 산)이 있는 까닭이다. 이것을 소백화라고도 했는데, 백의대사의 진신이 머물러 있는 곳이므로 이것을 빌어다 이름을 지은 것이다.

의상은 재계한 지 7일 만에 좌구를 새벽 일찍 물 위에 띄웠더니 용천팔부(불법을 수호하는 여러 神將)의 시종들이 그를 굴속으로 안내했다. 공중을 향하여 참례하니 수정 염주 한 꾸러미를 내주었다. 의상이 받아 가지고 나오는데 동해의 용이 또한 여의보주 한 알을 바치니 의상이 받들고 나왔다. 다시 7일 동안 재계하고 나서 이에 관음의 참 모습을 보았다. 관음이 말했다. "좌상의 산 꼭대기에 한 쌍의 대나무가 솟아날 것이니, 그 당에 불전을 마땅히 지어야 한다."

법사가 말을 듣고 굴에서 나오니 과연 대나무가 땅에서 솟아 나왔다. 이에 금당을 짓고 관음상을 만들어 모시니 그 둥근 얼굴과 고운 모습이 마치 천연적으로 생긴 것 같았다. 그리고 대나무는 즉시 없어졌으므로 그제야 관음의 진신이 살고 있는 곳인 줄을 알았다. 이런 까닭에 그 절 이름을 낙산사라 하고, 법사는 자기가 받은 두 가지 구슬을 성전에 봉안하고 떠났다.

그 후에 원효 법사가 뒤이어 와서 여기에 예하려고 하였다. 처음에 남쪽 교외에 이르자 흰 옷을 입은 여인이 논 가운데서 벼를 베고 있었다. 법사가 희롱 삼아 그 벼를 달라고 청하자, 여인은 벼가 영글지 않았다고 대답했다. 법사가 또 가다가 다리 밑에 이르자 한 여인이 월수백(月水帛: 월경 때 입었던 옷)을 빨고 있었다. 법사가 물을 달라고 청하니 여인은 그 더러운 물을 떠서 바쳤다. 법사는 그 물을 엎질러 버리고 다시 냇물을 떠서 마셨다. 이때 들 가운데 서 있는 소나무 위에서 파랑새 한 마리가 그를 불러 말했다. "화상은 가지 마십시오."

그리고는 문득 숨어 보이지 않는데 그 소나무 밑에는 신발 한 짝이 떨어져 있었다. 법사가 절에 이르니 관음보살상의 자리 밑에 아까 보았던 신발 한 짝이 있으므로 그제야 아까 만난 성녀가 관음의 진신임을 알았다. 이 때문에 당시 사람들은 그 소나무를 관음송이라 했다. 또 법사가 성굴로 들어가서 다시 관음의 진용을 보려 했으나 풍랑이 크게 일어나므로 들어가지 못하고 그대로 떠났다.

(『삼국유사』, 「낙산이대성(洛山二大聖)」 중에서)

(다) 장수 원년 임진(692)에 효소왕이 즉위하여 망덕사를 세우고 장

차 당나라 제실의 복을 받들려고 했다. 그 후 경덕왕 14년(755)에 망덕
사 탑이 흔들리더니 이 해에 안사의 난(安史之亂)이 일어났다. 신라
사람들이 이르기를, "당나라 제실을 위해 세운 절이니 마땅히 그 감
응이 있다." 하였다.

8년 정유에 낙성회를 열고 효소왕이 친히 나가 공양하는데, 몹시
허술한 모습의 한 비구가 몸을 구부리고 뜰에 서서 청했다. "빈도도
이 재(齋)에 참석하기를 바랍니다." 왕은 그에게 말석에 참석하도록
허락했다. 재가 끝나자 왕은 그에게 희롱조로 말했다.

"그대는 어디 사는가?"

"비파암에 있습니다."

"이제 가거든 다른 사람들에게 국왕이 친히 불공하는 재에 참석했
다는 말을 하지 말라."

중도 웃으면서 대답하기를,

"폐하께서도 역시 다른 사람들에게 진신 석가를 공양했다고 말하
지 마십시오."

말을 마치고 몸을 솟구쳐 하늘로 떠서 남쪽을 향해 날아갔다. 왕은
놀라움고 부끄러움에 동쪽 언덕으로 달려 올라가 그가 사라진 방향
을 향해 멀리서 절하고 사람을 시켜 찾게 했다. 그는 남산 삼성곡, 혹
은 대적천원이라고 하는 곳에 와서 돌 위에 지팡이와 바리때를 벗어
놓고 숨어 버렸다. 사자가 돌아와 복명하자 왕은 즉시 석가사를 비파
암 밑에 세우고, 또 그의 자취가 사라진 곳에 불무사를 세워 지팡이
와 바리때를 두 곳에 각각 나누어 두었다. 두 절은 지금까지 남아 있
으나 지팡이와 바리때는 없어졌다.

(『삼국유사』, 「진신수공(眞身受供)」 중에서)

(라) 성사 원효의 속성은 설씨이다. 조부는 잉피공 또는 적대공이라
고도 한다. 지금 적대연 옆에 잉피공의 사당이 있다. 그의 아버지는

담내내말이다. 원효는 처음에 압량군의 남쪽 지금의 장산군 밑에서 태어났다. 마을의 이름은 불지인데 혹은 발지촌이라고도 한다. 사라수란 명칭에 대하여는 민간에서 이런 말이 전해지고 있다.

'스님의 집은 본래 이 골짜기 서남쪽에 있었다. 그 어머니가 아기를 가져 이미 만삭인데 이 골짜기를 지나다가 밤나무 밑에서 문득 해산하게 되었다. 몹시 급하였으므로 집으로 돌아가지 못하고 남편의 옷을 나무에 걸고 그 속에서 아기를 낳았기 때문에 사라수라고 한다.'

그 나무의 열매가 또한 이상하여 지금도 이를 사라율이라고 하고 있다. 예로부터 전하기를 옛적에 절을 주관하는 자가 절의 종 한 사람에게 하루 저녁 끼니로 밤 두 알씩을 주었다. 종이 적다고 관청에 호소하니 괴상히 여긴 관리는 그 밤을 가져다가 검사해 보았는데, 한 알이 그릇에 가득 찼으므로 도리어 한 알씩만 주라고 판결했다. 이런 까닭에 밤나무골이라고 했다.

스님은 출가하자 그 집을 희사해서 절로 삼고 이름을 초개사라고 했다. 또 사라수나무 곁에 절을 세우고 사라사라 했다. 스님의 행장에는 서울 사람이라고 했으나, 이것은 할아버지의 본거를 따른 것이고, 당승전에는 본래 하상주 사람이라고 했다.

살펴보건대 인덕 2년 사이에 문무왕이 상주(上州)와 하주(下州)의 땅을 나누어 삽량주를 두었는데, 하주는 지금의 창녕군이요, 압량군은 본래 하주의 속현이다. 상주는 지금의 상주(尙州)이니 湘州라고도 한다. 불지촌은 지금 자인현에 속해 있으며 바로 압량군에서 나누어진 곳이다. 스님의 아명은 서당(새돌이)이요, 또 다른 이름은 신당이다.

처음에 유성이 어머니의 품속으로 들어오는 꿈을 꾸더니 태기가 있었으며, 해산할 때는 오색구름이 온 땅을 덮었다. 때는 진평왕 39년 대업 13년 정축(617)이었다. 그는 나면서부터 총명하고 남보다 뛰어나서 스승이 없이 혼자 공부했다. 그의 유방(遊方 : 중이 사방을 돌아다니며 수행함)의 시말과 불교를 널리 편 큰 자취들은 당승전과 그의 행장에 자세히 올라 있으므로 여기에는 다 쓰지 않고, 다만 향전에 실린 한두 가지 이상한 일만 기록한다.

스님은 어느 날 풍전(風顚 : 상례를 벗어난 행동)을 하여 거리에서 이렇게 노래했다.

어느 날 누가 자루 없는 도끼를 내게 빌려 주려는가
나는 하늘을 떠받칠 기둥을 찍으리라

사람들은 누구도 그 노래의 뜻을 알지 못했다. 이때 태종이 이 노래를 듣고, "이 스님은 키부인을 얻어 키한 아들을 낳으려 하는구나. 나라에 큰 현인이 있으면 이보다 더 좋은 일이 있겠는가." 하였다.

이때 요석궁에 과부 공주가 지내고 있었으므로 궁리(宮吏)를 시켜 원효를 찾아 요석궁으로 맞아들이게 했다. 궁리가 명령을 받들어 원효를 찾으니, 이미 그는 남산에서 내려와 문천교를 지나오고 있어 만나게 되었다. 원효는 이때 일부러 물에 빠져서 옷을 적셨다.

궁리가 스님을 궁으로 데리고 와 그곳에서 묵게 했다. 공주는 과연 태기가 있더니 설총을 낳았다. 설총은 나면서부터 지혜롭고 민첩하여 경서와 역사에 두루 통달하여 신라 10현 중의 한 사람이 되었다. 방언으로 중국과 외이의 각 지방 풍속, 물건 이름 등에도 통달하고 이회하여 6경과 학문을 훈해하니 지금도 우리 나라에서는 명경을 업으로 삼는 사람이 이를 전수하여 이어 오고 있다.

원효는 이미 계를 범하여 총을 낳은 후에는 속인의 옷으로 바꾸어 입고 스스로를 소성거사라고 하였다. 우연히 그는 광대들이 가지고 노는 큰 박을 얻었는데 그 모양이 괴상했다. 스님은 그 모양에 따른 도구를 만들어 화엄경의 한 구절인, '일체의 무애인(無㝵人 : 부처를 이름)은 한 길로 생사에서 벗어난다'는 문구를 따서 이름을 무애라 하고 계속 노래를 지어 세상에 유행하게 했다. 이 도구를 가지고 일찍이 수많은 마을을 돌며 노래하고 춤을 추며 교화시키고 읊다가 돌아오니 이로 말미암아 상추옹유(가난한 사람의 집), 확후(몽매한 사람)의 무리들도 다 부처의 이름을 알고 나무아미타불을 일컫게 하였으니 원효의 교화는 참으로 커다란 것이었다.

(『삼국유사』, 「원효불기(元曉不羈)」 중에서)

통합형 문·답

제시문 (가)는 원효가 남긴 불교 사상 저술인 『금강삼매경론』의 원문과 그 내용을 간략하게 풀이한 글이다. (나)·(다)·(라)에 실린 이야기는 『삼국유사』에 실린 설화 몇 편이다. (가)에 담긴 원효의 사상을 근거로 해서, (나)·(다)·(라) 설화와의 상관성을 밝혀 보자.

원효의 사상과 근접된 관계를 가진 문학갈래는 설화이다. 원효에 관한 설화가 원효 사상의 특색을 잘 나타내 준다고 할 수 있다. 『삼국유사』의 「낙산이대성(洛山二大聖)」에서, 의상의 뒤를 이어 원효도 관음(觀音)을 만나러 갔다고 했다. 원효는 정성을 들이지 않았는데도 보살이 스스로 나타났다 하고, 벼 베는 여자, 개짐 빨고 있는 여자가 보살이었다고 했다. 원효가 장난 삼아 벼를 달라고 하니 여자는 벼가 쭉정이라고 장난 삼아 대답했고, 물을 달라고 하니 개짐 빤 물을 주었다. 의상이 찾아갔을 때는 멀고 아득한 곳에 있어 모습을 쉽사리 드러내지 않던 보살이 원효와 만날 때는 이처럼 친근하고 파격적인 거동을 했다는 데 의상이 수립하고자 한 숭고한 질서와 원효가 제시한 비진비속(非眞非俗)의 행위가 어떻게 다른가 아주 선명하게 나타난 부분이다.

『삼국유사』에는 부처나 보살이 비속한 모습을 하고 나오는 설화가 여럿 있다. 「진신수공(眞身受供)」에서는 효소왕이 승려들을 공양할 때 누추한 차림을 하고 몸을 움츠리고 있는 못난 승려도 참여할 것을 허용하고 국왕에게 직접 공양을 받았다는 말은 하지 말라고 했다. 그러자 그 승려도 석가여래 진신을 공양했다는 말을 하지 말라고 하면서 몸을 솟구쳐 남쪽으로 날아갔다고 했다. 이런 설화는 유무(有無)·일이(一二)·진속(眞俗)·중변(中邊)의 위계를 뒤집어엎고, 그것들이 하나이면서 하나가 아닌 조화와 갈등의 공존을 보여 주고 있어서 원효가 『금강삼매경론』에서 편 지론과 일치한다.

시는 말의 의미로만 이루어지지만, 설화는 사건이나 행동을 나타내고 이야기하는 사람과 듣는 사람이 대면해 문답을 하는 방식으로 전개되기 때문에 인식과 실천의 일치를 주장하는 원효의 사상에 더 근접할 수 있다. 그보다 더 적절한 표현 방법은 행위예술이다. 『삼국유사』의 「원효불기」 대목에서 원효가 광대 스승에게서 배운 바가지 춤을 추고 『화엄경』에서 유래한 「무애가」를 부르며 천촌만락(千村萬落)을 돌아다니면서 가난하고 몽매한 무리를 불법으로 깨우쳐 주었다고 한 것은 자기 사상을 나타내는 최상의 표현을 그런 기발한 방식으로 찾아 실행한 사실의 기록이다.

원효는 유무·일이·진속·중변의 차등을 넘어서는 커다란 깨달음을 무(無)·이(二)·속(俗)·변(邊)에 속한 가난하고 미천하고 속되며 변두리에서 살아가는 무리와 함께 실행했다. 논설로 전개할 때는 난해하기만 한 사상을 춤추고 노래하면서 나타내 누구든지 동참하면서 즐길 수 있게 했다. 광대 스승에게서 배운 바가지 춤과 『화엄경』의 노래를 결합시킨 것은 상하 문화의 절묘한 결합인 것이다. 고승인 자기 자신과 하층 민중이 일체가 된 것도 대단한 의의가 있는 행동이라 할 수 있다.

수심결

지 눌
知 訥

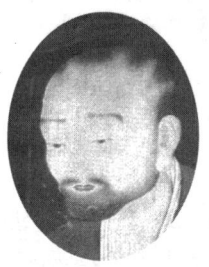

원효 · 서산대사와 함께 한국적 통불교 건설의 주역이자 조계종의 창시자인 보조국사 지눌(1158~1210)은 성은 정(鄭)씨, 호는 목우자(牧牛子)로 황해도 서흥 출신이며, 어려서 병약하였던 것이 불전에 기도 올리고 나은 후 승려의 길에 들어서게 되었다고 한다. 1182년 승과에 급제했으나 출세를 단념하고 평양 보제사의 담선법회에 참여했으며, 1185년 하가산 보문사에서 『대장경』을 열독하고 선교통합의 필요성을 깨우쳤다. 당시 불교계는 승려의 타락상 등 여러 문제를 드러냈으며, 특히 선종과 교종의 대립은 악화일로로 치닫고 있었다. 지눌은 이런 상황에서 파벌을 지양하고 자유로운 공부를 했으며, 용맹 정진하여 선교일치(禪敎一致) · 정혜쌍수(定慧雙修)의 사상을 확립하였다. 의천이 교(敎)로써 선 · 교의 합일점을 모색한 반면, 지눌은 종래의 구산선문을 조계종에 통합하여 종풍(宗風)을 떨쳐 의천의 천태종과 함께 고려 불교의 양대산맥의 내면적 통일을 기한 큰 업적을 이루었다. 『진심직설』 『원돈성불론』 「권수정혜결사문」 『수심결』 등의 저술이 유명하다.

『수심결(修心訣)』은 고려 중기의 고승 지눌이 저술한 책으로, 집필 연대는 정확히 알려져 있지 않으나 대개 1198년 이후일 것으로 추정된다. 불교의 마음을 닦는 방법을 밝히고 있는 이 책의 체제는 불경의 일반적 구분 방법대로 서분(序分)·정종분(正宗分)·유통분(流通分)으로 나눌 수 있다.

'서분'에서는 이 세계가 뜨거운 번뇌로 가득 차 있음을 상기시킨 후 윤회를 벗어나는 유일한 방법은 부처가 되는 길임을 강조하였다. 사람들은 자기 몸이 참 부처임을 알지 못하고 자기 성품이 참 법(法)임을 알지 못하니, 진리를 구하려면 밖으로 향하는 눈길을 안으로 돌려 마음을 밝힘으로써 본래부터 원만히 이루어진 마음의 본바탕을 찾을 것을 말하는 내용이다.

'정종분'은 다시 9문 9답으로 이루어져 있는데, 제1문답에서는 불성(佛性)이 몸 가운데 있다는데 어찌 불성을 보지 못하느냐는 문제에 대해 답하고 있다. 지눌은 불성이 몸안에 있지만 스스로 보지 못할 뿐이라고 거듭 강조하여, 사람이 목마르고 배고픈 줄 알고 차고 더운 줄 알며 성내고 기뻐할 줄 아는 것이 곧 불성이라고 말한다. 제2문답은 자기가 부처임을 깨달으면 바로 신통이 나타나야 할 텐데 그렇지 못하니 어쩐 일이냐는 물음을 다루고 있다. 지눌은 이를 돈오(頓悟)와 점수(漸修), 신통(神通)의 관계로 설명하여, 모름지기 먼저 깨닫고 뒤에 닦는 법이니 신통은 그 과정에서 나타나는 부수적이며 지엽적인 현상일 뿐이라 하였다. 제3문답에서는 이 문제를 이어받아 돈오와 점수의 뜻을 분명히 밝히고 있다. 제4문답과 제5문답은 돈오의 방법을 설명한 것이며, 제6문답은 앞에서 마음의 본성이라 한 공적영지(空寂靈知)를 자세히 설명한 부분이다. 범부의 온갖 감정과 행위가 붙을 수 없는 곳에

영지가 밝게 깨어 있어 스스로 모든 것을 분별할 줄 아니 이것을 곧 공적영지심이라 하고, 또한 이 마음을 가지고 있다는 점에서는 성인과 범부가 다를 바 없으나, 단지 성인은 '스스로 마음을 지키는 일'을 행하는 사람이라고 갈파한 대목이다. 제7문답은 돈오 후에 점수를 해야 하는 이유와 점수의 방법을 설명하고 있고, 제8문답에서는 그 방법으로 정혜(定慧)를 들었으며, 제9문답에서는 제8문답에서 말한 자성정혜(自省定慧)와 수상정혜(隨相定慧)를 다시 설명하였다.

마지막으로 '유통분'에서는 이 책을 올바로 이해하여 부지런히 도를 닦을 것을 권하고 이러한 법문이 가지는 공덕을 설명하였다.

『수심결』은 수십 차례에 걸쳐 판본이 발간된 중요한 책으로, 특히 종래의 점수후돈오(漸修後頓悟), 즉 먼저 서서히 닦은 후 한순간에 깨치는 것이 해탈의 방법이라는 입장을 거부하고 돈오후점수(頓悟後漸修)를 내세우고 있다는 점에 그 특징이 있다.

작품 읽기 1

(가) 삼계(三界)의 뜨거운 고뇌는 마치 불타는 집과 같은데 어찌 그대로 머물러 길이 고통을 받겠는가. 윤회를 면하려면 부처되기를 구하는 것보다 더한 것이 없다. 만약 부처되기를 구한다면 부처는 곧 이 마음이므로 마음을 어찌 멀리서 찾을 것인가. 이 몸안에서 떠나지 않는다. 이 육신은 빌린 것이어서 나기도 하고 죽기도 하지마는 '참마음'은 허공과 같아서 끊어지지도 않고 변하지도 않는다. 그러므로 "온몸에 있는 모든 뼈가 무너지고 흩어져 불로 돌아가고 바람으로 돌아가지만, 한 물건은 언제나 신령하여 하늘을 덮고 땅을 덮는다"고 한 것이다.

슬프다, 지금 사람들은 미혹되어 온 지 이미 오래이므로 제 마음이 바로 참 부처임을 알지 못하고, 제 성(性)이 바로 참다운 법임을 알지 못하며, 법을 구하려 하면서도 멀리 성인들에게서 찾으려 하고, 부처를 구하려 하면서도 제 마음을 관(觀)하지 않는다. 그리하여 마음 밖에 부처가 있다 하고, 성 밖에 법이 있다 하여 이 소견을 고집하면서 불도를 구하려 한다면, 티끌처럼 많은 겁(劫)을 지내도록 몸을 태우고 팔을 태우며 뼈를 깨뜨려 골수를 내고 피를 내어 경전을 쓰며, 언제나 앉아 눕지 않으며, 하루 묘시(卯時)에 밥을 한 번만 먹으며, 나아가서는 『대장경』 전부를 다 읽고 갖가지 고행을 닦더라도 그것은 모래를 삶아 밥을 지으려는 것과 같아서, 다만 스스로 헛수고만을 더할 뿐이다. 다만 제 마음만 알면 갠지스 강의 모래처럼 많은 법문과 한량 없는 묘한 이치가, 구하지 않더라도 저절로 얻어질 것이다.

그러므로 부처님은 "일체 중생을 두루 관찰하매 모두 여래의 지혜와 덕상(德相)을 두루 갖추고 있다." 하시고, 또 "일체 중생의 요술쟁이 같은 갖가지 변화는 모두 여래가 원만히 깨달은 묘한 마음에서 나왔다"고 하셨으니, 이로써 이 마음을 떠나서는 부처가 될 수 없음을 알 수 있다.

과거의 모든 여래도 다만 마음을 밝힌 그 사람이요, 현재의 모든 성현들도 마음을 닦는 그 사람이며, 미래에 수학(修學)할 사람도 마땅히 이런 법에 의지해야 할 것이다. 그러므로 수도하는 사람들은 부디 밖에서 찾지 말기를 바란다. 심성(心性)은 물들지 않아서 본래 스스로 원만히 성취된 것이니, 다만 망령된 인연만 떠나면 곧 여여(如如)한 부처일 것이다. (『수심결』 중에서)

(나) 불교의 선종(禪宗)은 석가모니가 제자들과 함께 하는 자리에서 아무런 말도 없이 연꽃을 들며 미소를 짓자 가섭이라는 제자가 그에 따라서 빙그레 미소를 지었다는 일화에 그 연원을 둔다. 이후 달마대

사가 중국에 선종을 전하면서 중국 선종도 다양하게 분기된다. 다양한 선종 종파들 가운데 특히 임제종과 덕산종이 유명하다. 임제종에서는 스승에게 제자가 깨달음을 어떻게 하면 구할 수 있습니까 하고 묻거나 진리가 어디에 있습니까 하고 질문하면 느닷없이 그 제자에게 크게 고함을 친다. 물론 아무런 대답도 들려주지 않는 상태에서 말이다. 덕산종에서는 스승의 고함 소리 대신에 몽둥이가 등장한다. 같은 질문을 제자가 하면 스승은 다짜고짜 제자에게 몽둥이를 내리치면서 꾸짖는다.

논점 누구에게나 깨달음의 주체인 불성(佛性)이 있으므로, 깨달음에 이르기 위해서는 문자나 경전이 아니라 바로 자신의 내부에 있는 불성에 귀를 기울여야 한다는 주장을 이해할 수 있어야 한다.

통합형 문·답

(가)의 밑줄 친 부분에 특히 주의하면서, (나)에서 설명한 '고함과 몽둥이를 통한 가르침'에 담긴 참뜻이 무엇인지 생각해 보고, (나)의 스승이 제자에게 가르치고자 한 궁극적 의미가 무엇인지 설명해 보자.

불교에는 교종(教宗)과 선종(禪宗)이 있다. 삼국시대 불교는 교종이 주류를 이루었다. 교종은 부처의 말씀을 담은 경전을 통해서 깨달음에 이르려고 노력하는 종파인 반면 선종은 교종과는 달리 경전을 그다지 중시하지 않는다. 신라 말기에 우리 나라에 선종이 들어오는데, 선종에서는 경전을 깨달음에 이르기 위한 방편 혹은 수단에 지나지 않는 것으로 보기 때문에 경전에 얽매이는 교종의 방식으로는 깨달음에 이를 수 없다고 주장하였다. 그래서 선종은 경전에 담긴 문자의 바깥에서 깨달음을 얻는 방식 — '불립문자(不立文字)' '교외별전(敎外別傳)'과, 스승과 제자 사이에 마음과 마음을 통해 전수되는 가르침 — '이심전심(以心傳心)'이 중요하다고 생각하였다. 지눌의 불교 사상은 선종에 기반한 것인 까닭에 당연히 경전보다는 참선을 통한 깨달음을 더 중시한다.

제자가 스승에게 진리에 대해서 묻거나 깨달음의 실체에 이르기 위한 방편을 질문하면, 고함을 쳐서 각성시키거나 몽둥이를 내리쳐서 꾸짖는 듯한 느낌을 불러일으키는 이유는, 그 행위가 곧 진리와 깨달음을 체득할 수 있는 가르침이기 때문이다. 스승은 제자에게 아무런 이유 설명 없이 다짜고짜 고함치거나 몽둥이를 내리친다. 그것은 제자의 질문 자체가 잘못된 것임을 일러주려는 의도에서이다.

누구나 연유를 알지 못한 상태에서 야단을 맞거나 매를 맞으면 억울한 느낌이 들고 의아스럽게 여긴다. 그래서, '왜 스승은 나를 때린 것일까?' '내가 무엇을 잘못했을까?' '왜 야단을 심하게 치는 것일까?' 하는 식으로 자문하게 마련이다. 이런 과정이 바로 참된 질문을 던지게 하여 깨달음을 향해 정진하게끔 만드는 과정이다. 질문이 향해야 할 대상은 자기 외부의 다른 존재 곧 스승이 아니라 바로 자기 자신임을 암시하는 것이다.

결국 누구에게나 불성(佛性 : 깨달음을 통해 부처가 될 수 있는 본성)이 있고, 그것을 자각할 때만이 깨달음에 이를 수 있다는 뜻이다. 깨달음은 자신 이외의 다른 존재에게서 얻을 수 있는 성질이 아니며 자신 스스로에게서 나오는 것이고 스스로에게서 찾아야 하는 것이다. 진리의 주체인 불성은 바로 자기 마음속에 존재하는데, 그러한 사실을 모르고 엉뚱한 사람을 향해 질문하고 다른 곳을 찾아 방황하기에 스승은 고함을 치거나 때리는 것이다. 불성이 존재하는 자기 마음을 벗어나 외부로 향하는 잘못을 바로잡아 바로 자기 자신에게로 향하게 하기 위해서다.

(가) 문 : 스님은 견성(見性)했다고 하는데, 만일 참으로 견성했다면 바로 성인이라 응당 신통 변화를 나타내어 남보다 다른 점이 있어야 하겠거늘, 왜 지금 마음을 닦는 무리들 가운데 한 사람도 신통 변화를 나타내는 이가 없습니까?

답 : 그대는 함부로 미친 소리를 하지 말라. 사한 것과 바른 것을 분별하지 못하면 그는 미욱한 사람이다. 지금 도를 배우는 사람들이 입으로는 진리를 말하면서 마음은 비겁하여 분수가 없다고 생각하는 잘못을 범하고 있다.

이러한 자들은 다 그대가 의심하는 것과 같은 의심을 한다. 도를 배우면서 앞뒤를 알지 못하고, 이치를 말하면서 본말(本末)을 분간하지 못하면 그것은 사적(邪的)인 견해로서 '수학(修學)'이라 할 수 없다. 자기만 그르칠 뿐 아니라 남까지 그르치는 것이니, 어찌 삼가야 하지 않겠는가.

대개 도에 들어가는 데는 그 문이 많지마는 요약해 말하면 돈오(頓悟)와 점수(漸修)의 두 문에 지나지 않는다. 비록 돈오와 돈수(頓修)는 최상의 근기를 가진 사람이 들어갈 수 있는 길이라 하나, 만약 과거의 경우를 미루어 본다면 이미 여러 생(生)에 깨달음을 의지하여 닦아서 차츰 익혀 오다가 금생에 이르러 듣는 즉시 깨달아 한꺼번에 모두 마친 것이니, 이를테면 그것도 먼저 깨닫고 뒤에 닦는 근기이다.

그러므로 이 돈오 · 점수의 두 문은 모든 성인이 밟은 길이며, 과거의 모든 성인은 모두가 먼저 깨닫고 뒤에 닦았다. 그러므로 이른바 신통 변화는 깨달음에 의해 닦아 차츰 익혀야 나타나는 것이요, 깨달은 때에 곧 나타난다고 할 수는 없다.

… 〈중략〉 …

문 : 스님은 돈오와 점수 두 문이 모든 성현이 의지한 길이라 하였습니다. 깨달음이란 이미 돈오이니, 그렇다면 어찌 차츰 닦을 필요가 있으며, 닦음이 점수라면 어찌 돈오라 합니까? 돈오와 점수의 두 뜻을 다시 설명하여 남의 의심을 끊게 하십시오.

답 : 범부가 미혹했을 때 사대(四大)를 몸이라 하고 망상을 마음이라 하여 자성(自性)이 참 법신(法身)임을 알지 못하고, 자기의 영지(靈知)로 자신이 참 부처임을 알지 못하여 마음 밖에서 부처를 찾아 허덕이며 헤매다가 갑자기 선지식(善知識)의 지시를 받고 바른 길에 들어가 한 생각에 마음의 빛을 돌이켜 자성의 본체를 보면, 그 성에는 원래가 번뇌가 없고 무루지(無漏知)의 성품이 본래부터 스스로 갖추어져 있어 곧 모든 부처님과 털끝만큼도 다르지 않음을 알기 때문에 돈오라고 한다.

또 점수라고 하는 것은 비록 본성이 부처와 다르지 않음을 깨달았으나 오랜 동안의 습기(習氣)는 갑자기 버리기 어려우므로, 깨달음에 의해 닦되 차츰 익혀서 공이 이루어지고 성인의 태(胎)를 길러 오랜 동안을 지나 성인이 되기 때문에 점수라 한다. 마치 어린애가 처음 났을 때 제근(諸根)이 남과 다를 것이 없지만 그 힘이 아직 충실하지 못하기 때문에 자못 세월을 지낸 뒤에야 비로소 사람 구실을 하게 되는 것과 같다. (『수심결』 중에서)

(나) 몸은 진리의 나무　　　　　身是菩提樹
　　마음은 맑은 거울대　　　　心如明鏡臺
　　때때로 떨고 닦아 내어　　　時時勤拂拭
　　먼지가 끼지 않게 하리　　　莫使有塵埃

　　　　　　　　　　　　　　　　(신수(神秀)의 시)

(다) 진리는 본디 나무가 아니고　　　菩提本無樹

　　밝은 거울도 받침대가 없는 법　　明鏡亦無臺

　　불성은 언제나 맑디 맑은데　　　佛性常淸淨

　　어떻게 먼지가 낀단 말인가　　　何處有塵埃

(혜능(惠能)의 시)

논점 (가)에는 지눌의 '돈오점수' 논리가 담겨 있는데, 각각의 의미와 함께 그 선후 관계를 이해하는 방향에서 읽도록 한다. (나)와 (다)는 '돈오'와 '점수'에 대응하는 내용을 읊은 유명한 시다. 돈오와 점수의 의미를 이해하였다면, 시를 해석하고 평가하는 데 적용하기만 하면 된다.

통합형 문·답

> (가)의 밑줄 친 '돈오점수'에 대한 이해를 바탕으로, (나)와 (다)의 시가 말하고 있는 내용을 설명하고, 어느 작품이 더 우월한지 평가해 보자. 아울러, 그 과정에서 드러나는 '돈오점수'설의 문제점도 살펴보자.

돈오(頓悟)란 단박에 깨닫는 것을 말하고 점수(漸修)란 차츰차츰 닦아 나간다는 의미다. (가)에서 지눌이 주장한 바에 의하면, 돈오가 먼저 있은 다음에 점수가 뒤따른다고 하였다. 그러므로, 시간적 선후뿐만 아니라, 실제 가치에서도 돈오가 앞선다고 할 수 있다. 간단하게 요약하자면, (가)에 담긴 지눌의 돈오점수 이론은 이러한 뜻으로 풀이할 수 있다. (나)와 (다)의 시는 중국 선불교의 역사에서 유명한 신수와 혜능의 일화에서 소개되는 시다. 신수가 먼저 자신의 깨달음을 (나)의 시로 읊자 혜능이 (다)의 시로 답하는 방식으로 지어진 작품이라 한다. (나)와 (다) 모두 내 몸이 진리, 곧 불성을 담고 있음을 인정한다고 할 수 있지만, 그 실현 방식에서 차이를 보인다.

(나)에서는 때때로 떨어 내고 닦는다고 하여 '점수'를 강조하였다면, (다)에서는 단박에 깨달으면 그것으로 그만이기에 진리를 나무에다 비유할 필요도 없고 거울처럼 마음을 계속 닦을 필요도 없다고 주장하였다. 즉, '돈오'를 강조한 것이다. (가)에서 주장하는 내용에 따르면, (나)와 (다) 시에 대한 평가는 쉽게 이루어진다. 돈오와 점수를 함께 강조하는 '돈오점수' 이론이기는 하지만, 돈오가 언제나 점수보다 앞서는 것일 뿐만 아니라 선종의 핵심이 개개인에 내재된 불성의 확인에 있으므로, (다)가 (나)보다 우월하다고 평가할 수 있다. 지눌의 『수심결』에서 드러나는 돈오점수란 결국 돈오의 입장에서 점수의 입장을 포괄하려는 노력의 산물이라 할 수 있다. 그러므로, (나)의 점수는 (다)의 돈오에 의해 포섭되는 위치라 하겠다.

(나)와 (다)의 시만을 놓고 보면, 돈오와 점수는 서로 대립되는 성격으로 이해될 수도 있다. 그래서 하나를 선택하면 다른 하나를 포기해야 하는 것으로 받아들여지기 쉽다. 지눌은 이 둘을 결합하여 선종 내부의 두 경향을 통합하려고 한 것이다. 그렇지만, 이 부분에는 약간의 논란의 여지가 있다. 지눌의 『수심결』에 의하면, 돈오하더라도 점수가 뒤따르지 않으면 안 된다. 이런 논리라면 돈오의 깨달음은 불완전한 깨달음이다. 선종은 궁극적으로 깨달음을 통한 해탈을 최고의 경지로 여기는데, 지눌의 논리에서는 완전한 깨달음이란 존재하지 않는 것이다. 깨달았다고 해서 바로 해탈의 경지에 이르는 것이 아니라 계속되는 수련과 연마가 필요하기 때문이다.

동국이상국집

이규보
李奎報

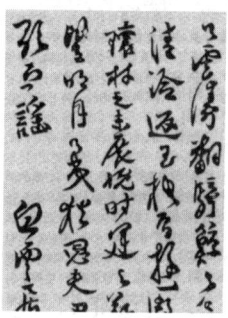

이규보 필적

고려 중기의 문신 이규보(1168~1241)의 본관은 황려(黃驪), 호는 백운거사(白雲居士)·지헌(止軒)이다. 1189년 사마시, 이듬해 문과에 급제하여 1199년 전주목사록겸장서기가 되고, 1202년 병마녹사겸수제를 거쳐 1207년 최충헌에 의해 권보직한림에 발탁되었다. 이후 줄곧 여러 관직을 역임하면서 일생을 보냈다. 걸출한 시호로서 호탕 활달한 시풍으로 당대를 풍미하였고, 특히 벼슬에 임명될 때마다 그 감상을 읊은 즉흥시로 유명하였다. 초기에는 도연명의 영향을 많이 받았으나 개성을 살려 독자적인 시격을 이룩했고, 몽고군의 침입을 진정표로써 격퇴한 문장가였다. 시·술·거문고를 즐겨 삼혹호(三酷好) 선생이라 자칭했으며, 만년에 불교에 귀의했다. 저서에 『동국이상국집』『백운소설』『국선생전』등이 있다.

이규보의 시문집인 『동국이상국집(東國李相國集)』은 아들 함이 전집과 후집으로 간행하였고, 이후 칙명으로 손자 익배가 교정 증보하여 재간행하였다. 시 중에는 282구에 이르는 「동명왕편」을 위시하여 다양한 작품들이 전해지고 있다. 「동명왕편」은 장편의 민족서사시로 높이 평가되는 작품이다. 「노무편」은 민중을 미혹시키는 무당을 경계하는 뜻에서 지은 시로서 무당의 의식을 서술하였기 때문에 무속연구의 사료로서 가치가 있다. 옛 시인을 모방하지 말고 새롭게 표현할 것을 역설한 시론도 여러 차례 제시하였다. 작문 과정에서 시인이 주의해야 할 것을 강조하기도 하고, 최치원의 전기가 중국 역사서에 기록되지 않음을 개탄하는 논의도 펼쳤다. 「국선생전」「청강사자현부전」은 가전체 문학으로 오래전부터 평가받아 왔다. 이 책은 이규보의 뛰어난 시와 산문 등의 문학작품이 수록된 귀중한 문헌이면서 사료로서도 귀한 자료들을 두루 포함하고 있다. 팔만대장경이 판각되는 과정을 알리는 내용도 들어 있고, 금속 활자의 사용을 확인하게 해주는 기록도 담고 있다. 1913년 조선고서간행회에서 활자본으로 간행한 이래 다양한 영인본 출판도 계속 이어져 왔다.

작품 읽기 1

(가) 커다란 돌이 나에게 묻기를,

"나는 하늘이 낳은 것으로 땅 위에 있으니, 안전하기는 엎어 놓은 동이와 같고 견고하기는 깊이 박힌 뿌리와 같아, 물(物)이나 사람으로 인하여 이동되지 않아서 그 천성을 보전하고 있으니 참으로 즐겁다.

자네도 역시 하늘의 명을 받고 태어나서 사람이 되었으니, 사람은 진실로 만물 중에서 신령한 것인데, 어찌 그 몸과 마음을 자유자재로 못하고 항상 물(物)에게 부림받는 바가 되고 사람에게 끌린 바가 되어, 물이 혹 유혹하면 거기에 빠져서 헤어나지 못하고 물이 혹 오지 않으면 우울하여 즐거워하지 않으며, 사람이 좋아하면 지기를 펴고 사람이 배척하면 지기가 꺾이니, 본래의 진상을 잃고 특별한 지조가 없기로는 자네와 같은 것이 없네. 대저 만물 중에 신령한 것이 역시 이와 같은가?" 하기에, 나는 웃으면서 답하기를,

"너와 같은 물건은 어떻게 해서 이루어졌는가? 불교에서도 또한 이르기를, '우둔하고 어리석은 정신이 변해서 목석(木石)이 된다' 하였다. 그렇다면 너는 이미 신령한 정기와 청정한 광명을 잃고 이 딱딱한 돌덩이로 타락한 것이다. 더구나 화씨의 구슬이 쪼개지자 너도 함께 쪼개졌고, 곤강의 옥이 불에 타자 너도 함께 탔음에랴?(초나라 변화가 구슬을 산중에서 주워 왕에게 바치니, 왕이 옥공을 시켜 쪼아서 보옥을 얻었다는 고사) 그뿐만 아니라, 또 내가 만일 용을 타고 하늘에 오를 적에는 너는 반드시 나를 위해 디딤돌이 되어 나에게 밟힐 것이고, 내가 죽어서 땅속에 묻힐 때는 너는 당연히 나를 위해 비석이 되어 깎여 상할 것인데, 이것이 어찌 물로 인하여 움직이게 되는 것이 아니겠는가? 더구나 그 본성을 상하면서 도리어 나를 비웃는가?

나는 안으로는 실상을 온전히 하고 밖으로는 인연을 끊었기에, 물에게 부림을 받더라도 물에 신경쓰지 않고, 사람에게 밀침을 받더라도 사람에게 불만을 갖지 않으며, 움직이지 않을 수 없는 박절한 형편이 닥친 뒤에야 움직이고 부른 뒤에야 가며, 행할 만하면 행하고 그칠 만하면 그치니, 옳은 것도 옳지 않은 것도 없다. 자네는 빈 배를 보지 않았는가? 나는 그 빈 배와 같은데, 자네는 어찌 나를 책망하는가?"

하니, 돌은 부끄러워하며 대답이 없었다.

(이규보, 『동국이상국집』, 「돌의 물음에 답하다」 중에서)

(나) 글로 세상에 이름난 선배들 일곱 사람이 스스로 한때의 호걸이라 생각하고 드디어 서로 어울려서 일곱 현인(賢人)이라 하니, 대개 중국 진나라의 칠현(七賢 : 진나라 초기 노자·장자를 숭상하여 죽림에 모여 청담을 일삼던 일곱 명의 선비들)을 사모한 것이다. 매일 함께 어울려 술을 마시며 시를 짓되 자기들 이외에는 아무도 없는 것처럼 오만하더니, 세상에서 빈정대는 사람이 많자 기세가 조금 수그러들었다.

그때 내 나이 열아홉이었는데, 오세재가 나이를 초월해서 나를 자기 친구로 삼아 그 모임에 데리고 갔었다. 그 뒤에 오세재가 경주에 놀러 갔을 때 내가 그 모임에 참석하였더니, 이담지가 나를 보고 말하기를,

"자네의 오세재가 경주에 놀러 가서 돌아오지 않으니, 자네가 그 자리를 메우는 것은 어떤가?" 하므로, 내가 대답하기를,

"칠현이 조정의 벼슬인가요? 어찌 그 자리가 비었다고 새로 채운단 말입니까? 중국의 칠현 중 혜강과 완적이 죽은 뒤에 그 자리를 계승한 이가 있었다는 말은 듣지 못했습니다." 하니, 모두들 크게 웃었다. 또 나보고 시를 짓게 하면서 운자를 부르기에, 내가 곧 화답하여,

영광스럽게도 대나무 아래 모임에 참석하여
유쾌히 독 안의 술을 마시네
모르겠다 칠현 중에
누가 오얏씨를 뚫는 사람인고
(주 : 진나라 죽림 칠현의 한 사람인 왕융은 몹시 인색하여 자기 집에 좋은 오얏나무가 있었는데 다른 사람이 혹 그 씨를 얻어 심을까 하여 오얏을 먹고 나면 반드시 씨를 송곳으로 뚫어 버렸다 한다.)
라고 불렀더니, 모두들 불쾌한 기색이 있었다. 그래서 나는 곧 거만스

런 태도로 거나하게 취해서 나와 버렸다. 내가 젊어서 이처럼 미치광
스러웠으므로 모두들 나를 미친 사람 취급을 하였다.

(이규보, 『동국이상국집』, 「칠현설(七賢說)」 중에서)

(다) 지리산을 혹은 두류산이라고 하니 북조의 백두산에서부터 일
어나서 꽃 같은 봉우리와 골짜기가 그치지 않고 이어져서 대방군까
지 이르렀는데, 수천 리를 연결하여 산 주위를 둘러싼 것이 10여 지
역이나 되니 오랜 기간이 걸려야 그 경계를 다 볼 수 있다. 옛 노인이
서로 전하여 이르기를 "그 사이에 청학동이 있는데, 길이 매우 좁고
험하여 겨우 사람이 통행하되 기어서 몇 리를 가야 넓은 지경을 얻게
된다. 사방이 모두 좋은 밭과 기름진 땅으로서 씨를 뿌리고 나무 심
을 만하며 푸른 학이 그 가운데 깃들여 살므로 청학동이라 부르게 된
것이니 대개 옛적에 속세를 등진 사람이 살던 곳이므로 허물어진 담
과 구덩이가 아직도 가시덤불에 싸인 빈 터에 남아 있다." 하였다.

얼마전에 내가 당형 최상국과 함께 세상과 절연할 뜻이 있어 서로
이 골짜기를 찾을 것을 약속하여 송아지 두세 마리를 끌고 그곳에 들
어가서 속세와 서로 연락을 끊으려 하였다. 마침내 화엄사로부터 화
개현에 이르러 문득 신흥사에서 잤더니 지나는 곳마다 신선이 사는
경치가 아닌 곳이 없었다. 천이나 되는 바위는 다투어 빼어나고 만이
나 되는 골짜기는 다투어 흐르는데, 대나무 울타리와 복숭아꽃, 살구
꽃이 어른거리어 거의 인간이 사는 곳이 아니었다. 그러나 청학동이
란 곳은 마침내 찾지 못하고 시를 바윗돌에 써 두었으니, "두류산은
높고 저문 구름이 낮으니 바위 골짜기가 중국 회계산과 비슷하구나.
지팡이를 짚고 청학동을 찾으려 하였으나 수풀이 가리어서 헛되이
흰 원숭이 울음소리만 듣도다. 누대가 아득하니 삼산이 멀고 이끼가
끼어서 4자를 쓴 것이 희미하도다. 시험삼아 묻노니 도화원이 이 어
느 곳인가. 흐르는 물 위에 떨어지는 꽃잎이 사람으로 하여금 미혹하

게 하는구나." 하였다.

　어제 서재에서 우연히 도연명의 문집을 읽다가 「도화원기」가 있으므로 반복하여 보니, "대개 진나라 사람이 싫증이 나서 처자를 이끌고 그윽하고 험한 지경에 산이 둘러 있고 시내가 거듭 흘러 나무꾼도 이르지 못할 만한 곳을 찾아서 살았는데, 그 뒤 진나라 때 고기 잡는 사람이 요행히 한 번 이르렀으나 문득 그 길을 잊어버리고 다시는 찾을 수 없었다"고 하였다. 후세에 단청으로써 그림을 그리고 노래로써 이것을 전하였으므로, 도원을 '신선의 세계로서 길이 살고 오래 볼 수 있는 사람이 있을 곳이다' 하지 않는 이가 없었는데, 이것은 대개 「도화원기」를 미숙하게 읽은 까닭이니 실로 청학동과 다를 바가 없다. 어쩌면 고상한 선비인 유자기(도화원을 찾은 사람) 같은 사람을 얻어 한 번 가서 찾아볼꼬.

(이인로, 『파한집』 중에서)

논점　(가)에서는, '돌'의 입장과 '나'의 비판을 정리하고, (나)와 (다)에서는 그 속에 표현된 삶의 형태를 정리하여 (가)의 '돌'과 어떤 점에서 같은지 살펴보면 될 것이다.

통합형 문·답

> (나)와 (다) 글을 참고로 하여 (가)에 등장하는 '돌'의 성격을 설명하고, '나'가 '돌'을 어떠한 방식으로 비판하는지 설명해 보자.

　돌의 성격을 이해하는 것은 동시에 '나'의 성격을 이해하는 과정이기도 하다. 돌의 성격을 먼저 돌 자신이 주장하는 바에 따라 살펴보면, 돌의 논리적 근거는 자신이 천명을 받아 생겨나 '안정'을 본성으로 한다는 것이다. 돌은 이러한 이유를 토대로 자신의 천성을 지킬 수 있기에 즐겁다고 한다. 이러한 입장은 일종의 '무위자연'으로서, 노장사상에서 연유한 논리라 할 수 있다. 이처럼 세속에서의 삶을 하찮은 것으로 여기는 인생의 태도가 (나)와 (다)를 통해 잘 드러나 있다.

(나)에서는 진나라의 죽림칠현을 본받아 유유자적하는 칠인의 문인들에 대한 이야기가 담겨 있다. 그들은 시속을 벗어난 공간에서 풍류를 즐기며 지내는 삶을 옹호하는 입장을 취하고 있다. (다)에서는 도연명의 「도화원기」와 비교하면서, 속세를 떠나 산속으로 은거하려고 지리산의 '청학동'을 찾아 헤매는 삶의 방식이 담겨져 있다. 이들 모두는 세상의 일을 등지고 자신이 천명으로 부여받은 본성을 지키며 여유롭게 사는 '돌'의 성격과 동질적인 삶의 방식을 보여 준다고 할 수 있다.

(가)의 '돌'이 무위자연과 세인의 칭송을 받는 대표자라고 할 수 있다면, '나'는 인의도덕을 주창하고 세인의 비난을 입어 따돌림당하는 인물로 설정되어 있다. 그렇지만, '나'는 이러한 통념을 반박하는 반론을 편다. 돌이 '나'에게 지조가 없고 외물에 이끌려 자신의 본성을 잃고 이리저리 수동적으로 이끌려 다니는 존재라고 비난했을 때, '나'는 자신이 빈 배와 같은 존재이므로 마음을 비워 외물의 부림에 연연해 하지 않는다고 반박하였다. 그리고, 지조 없이 무턱대고 끌려가지 않고 갈 만하면 가고 부르면 가되 가서는 행할 만하면 행하고 그만둘 만하면 그만둔다는 반대 주장을 아울러 제시한다. (가)의 '돌'이 당시 세상에 나서지 않고 숨어지내는 은자적인 문인을 대표한다면, '나'는 이규보 자신을 대신하는 존재라고 할 수 있다.

이규보

'내가 파리·모기 같은 존재를 싫어하여 비로소 이 문제를 낸다.'

나는 조물주에게 묻는다.

"대저 하늘이 뭇사람을 벨 때, 사람을 내고 나서 따라서 오곡을 내었으므로 사람이 그것을 먹는다. 그 다음으로 뽕나무와 마를 내었으므로 사람이 그것으로 옷을 해 입는다. 하늘은 사람을 사랑하여 살리고자 하는 것 같은데, 어째서 다시 독을 가진 미물을 내었는가? 큰 것으로는 곰·범·늑대·승냥이 같은 것이 있고, 작은 것으로는 모기·등에·이·벼룩 같은 유가 사람을 이처럼 심하게 괴롭힌다. 만약 하늘이 사람을 미워하여 죽이고자 할 것 같으면, 그 미워하고 사랑함이 일정하지 않음은 무슨 까닭인가?"

조물주는 대답한다.

"자네가 묻는 바 사람과 사물이 나는 것은 모두 천지가 열리기 전에 정해져서 자연에 발로된 것이기에, 하늘도 알지 못하고 조물주도 알지 못한다. 대저 사람의 태어남은 본래 스스로 태어난 것일 뿐이요, 하늘이 시켜서 태어난 것이 아니며, 오곡과 상마의 생산도 본래 스스로 생산된 것이요, 하늘이 시켜서 생산된 것이 아니다. 그런데 더구나 무슨 이(利)와 독(毒)을 분별하여 그 사이에 놓아 두었겠는가? 오직 도(道)가 있는 자는 이(利)가 오면 순순히 받고 구차히 기뻐하지 아니하며, 독이 이르면 순순히 당하고 구차히 꺼리지 않아, 물건을 대하되 빈 것처럼 하므로 물건도 그를 해치지 않는다."

나는 또 묻는다.

"원기(元氣)가 처음 갈라져 위는 하늘이 되고 아래는 땅이 되고 사람은 그 가운데 있어, 이를 '삼재(三才)'라고 이른다. 삼재는 동일한 것이니, 하늘 위에도 이러한 독물이 있는가?"

조물주는 대답한다.

"나는 이미 '도가 있는 자는 외물이 해치지 못한다'고 말하였다. 하늘이 도가 있는 자만 못해서 그런 것들을 가지겠는가?"

내가,

"진실로 그렇다면, 도를 얻으면 과연 '깨달음의 경지'에 이를 수 있는가?" 하니,

조물주는,

"그렇다." 하였다.

나는 또 물었다.

"나의 의심은 환히 풀렸다. 다만 모를 것은, 당신이 말한 '하늘이 스스로 알지 못하고 나도 또한 알지 못한다'는 것이다. 하늘은 무위(無爲)한 것이니, 그것을 스스로 알지 못함이 마땅하지만, 조물주 당신은 왜 모르는가?"

하니, 조물주가 답했다.

"내가 손으로 물건을 만드는 것을 자네가 보았는가? 대저 사물은 제 스스로 나고 제 스스로 변화한다. 내가 무엇을 만들며 내가 무엇을 알겠는가? 나를 조물주라 한 것을 나도 모른다."

(이규보, 『동국이상국집』, 「조물주에게 묻다」 중에서)

통합형 문·답

제시문 전체를 통해서 볼 때, 밑줄 친 부분이 저자의 의도적 장치라면 어떤 효과를 창출하기 위한 것인지 설명해 보자.

이 글은 「돌의 물음에 답하다」와 같은 문답 형식으로 이루어져 있다. 그렇지만 이 글에서는 '나'가 아니라 '조물주'가 우위에 서는 존재라는 점에서 다르다. '나'는 조물주를 찾아가서, 세상에서

통념으로 인정하는 사실에 대해서 의문을 표시한다. 이에 조물주는 나의 의문에 지속적으로 답해 줌으로써, 세상에 통용되는 견해를 부정하고 조물주 자신의 견해를 제시한다.

「조물주에게 묻다」는 서문에 나오듯이 벌레들이 싫어서 그것에 어떻게 대처할 것인가에 대해서 고민한 내용을 토로하고 있다. 그래서 조물주에게 인간을 내고 인간에게 유용한 곡식과 옷을 만들 수 있는 식물을 낸 것은 알겠지만 인간에게 해독이 되는 벌레들을 함께 낸 이유가 무엇인가 묻는다. 이에 조물주는 인간이나 해로운 벌레나 모두 자연이 낸 것이고 스스로 생겨난 것이니 자기가 만들지도 않았을 뿐더러 모르는 일이라고 한다. 따라서, 이(利)와 독(毒)의 분별은 사람들의 인위적인 판단일 뿐이지 원래 그런 것은 아니라고 반박한다. 이것은 '나'의 질문에 전제된 가설 즉 조물주가 그렇게 만들었다는 세상의 통설을 파기함으로써 그에 수반하는 문제점인 이(利)와 독(毒)의 분별이 잘못된 것임을 증명한다. 이것으로 처음의 문답이 종결된다.

두 번째 문답은, '천지인' 삼재는 한 가지 이치로 만들어진 것이니 하늘도 인간과 마찬가지다, 그렇다면 하늘에도 독(毒)이 있는가 묻는다. 이에 조물주는 인간에게도 도가 있으면 외물에 구애됨이 없거늘 하물며 하늘이 도 있는 인간만 못하여 독(毒)과 같은 존재가 있겠는가 반문한다. 이것은 두 가지로 해석될 수 있다. 삼재가 형성된 것은 한 가지 이치에서 나왔는데, 하늘은 독이 없고 인간에게만 독이 있으니 하늘과 땅의 차이를 둔다는 해석이 하나이고, 인간도 하늘과 같이 원래는 독이 없었거늘 외물에 구애되어 독을 가지게 되었다는 해석이 다른 하나이다. 여기까지가 두 번째 문답의 상황이다.

하지만, 어느 쪽으로 해석하든, '도'의 유무에 따라 삼재의 통합 가능성이 마련되어 있으므로 사실상 동일한 내용으로 받아들여도 무방할 것이다. '나'는 도만 있으면 참된 진리의 경지에 들어갈 수 있는가 하는 질문을 던지고, 이에 조물주는 그렇다고 말함으로써 세 번째의 문답 상황은 종결된다. 이러한 세 단계를 거치면서 나와 조물주의 대화는 계속 점층적으로 진전하는 과정을 보여 준다. 그렇지만 이러한 문답을 통한 문제의 해결, 즉 의문의 해소가 마지막 문답에 이르러 묘한 상황을 초래하고 만다.

마지막 문답을 거치면서 갑작스런 비약이 생겨나는데, 그것은 조물주의 자기 부정이다. 이제껏 의문을 해소해 주던 깨달음의 존재 혹은 진리의 대변자로 존재하던 조물주가 갑자기 스스로를 부인하는 발언을 한 것이다. 나는 조물주에게 하늘은 무위이므로 스스로를 알지 못하는 것은 당연하지만 조물주 당신은 왜 모른다고 앞에서 이야기하였는가,라는 의문을 제기한다. 그러자, 조물주는 자신이 왜 조물주라고 불리는지 알지 못한다고 대답한다. 여기서 조물주는 자신조차 부정함으로써 자신이 이제껏 말한 바조차도 부정하는 셈이 된다. 이것은 충격이다. 일종의 '역설적 상황'이 발생한 것이다.

조물주가 실체가 아닌 것으로 밝혀짐으로써 남는 것은 결국 '충격' 밖에 없다. 이 충격은 역설의 충격이라 부를 수 있다. 그렇다면, 이제껏 조물주가 주장한 내용도 함께 사라져야 한다는 말이 된다. 이러한 장치는 이규보가 의도적으로 설정해 놓았다고 보아야 한다. 이 글에서 저자의 주장을 대변하는 존재는 '나'가 아니라 '조물주'이다. '나'는 세상의 상식 혹은 통설을 대변하는 존재이다. 그러므로, 이규보인 조물주는 결국 세상 사람들이 가볍게 판단할 수 있는 대상이 아니라는 뜻이 된다. 그 차이는 조물주와 나의 차이처럼 너무나 현격한 것이다. 조물주의 뜻은 세상 사람들이 자신들의 상식으로는 이해할 수 없을 만큼 깊고 넓다는 의미가 함축되어 있다.

조물주에 대한 판단은 조물주 스스로가 마련한 것이 아니다. 이 규보에 대한 사람들의 판단도 이규보의 실상에 부합하는 것이 아니라, 그저 세상 사람들의 자의적 판단일 뿐이다. 조물주처럼 이규보 스스로 자신이 어떠한 존재라고 말한 적도 없는데, 세상 사람들이 '조물주'라고 부르듯 임의로 규정한 것뿐이다. 이것은 충격적인 풍자 방법이다. 이규보는 세상 사람들의 평범한 인식으로는 이해할 수 없는 인물이라는 뜻이기 때문이다. 그래서, 벌레들이 싫어서 이러한 질문을 한다고 위장하는 서언을 처음에 내건 것이다. 자신의 의도를 알아주는 사람들에게만 인정받으면 된다는 시각에서, 조물주를 부정하고 결과적으로 조물주의 말조차 부정하는 충격 효과를 마련한 것이다.

삼국사기

김부식
金富軾

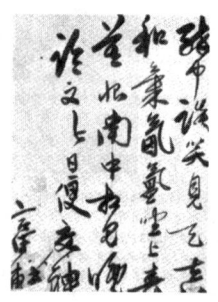

김부식 필적

고려시대의 유학자·역사가·정치가·문학자인 김부식(1075~1151)은 1096
년 과거에 급제하여 한림원 등의 문한직(文翰職)에 종사하기 시작한 이래,
이자겸의 난과 묘청의 난을 진압하는 데 공을 세우면서 문하시중과 태자태보
의 자리에까지 올랐다. 학문적으로는 공자·맹자의 학문을 종지로 받는다고
표방한 유학자였고, 문장가로서는 선배 김황원 등의 뒤를 이어 고문체 보급
에 많은 노력을 기울였다. 인종의 명령으로 『삼국사기』 편찬을 주도했으며,
『예종실록』 『인종실록』을 편찬하기도 했다. 『고려도경』의 저자 서긍(徐兢)은
그를 고금에 밝고 글을 잘 짓는 박학다식한 사람이라고 평하였다. 『동문선』
『동문수』 등에 그의 많은 글이 전한다.

『삼국사기(三國史記)』는 김부식 등이 고려 인종의 명을 받아 1145년경에 펴낸 삼국시대의 정사다. 중국의 정사체인 기전체를 취한 역사서로서 본기 28권(고구려 10권, 백제 6권, 신라·통일신라 12권), 지(志) 9권, 표 3권, 열전 10권으로 되어 있다. 『삼국사기』는 김부식을 위시한 편찬자들의 독단적 서술이 아니라, 『고기』『삼한고기』『신라고사』『구삼국사』와 김대문의 『고승전』『화랑세기』『계림잡전』 및 최치원의 『제왕연대력』 등의 국내 문헌과 『삼국지』『후한서』『진서』『위서』『송서』『남북사』『신당서』『구당서』 및 『자치통감』 등의 중국 문헌을 참고하여 새롭게 구성한 역사서이다.

중국 사서는 열전으로 구성되어 있는 데 반해, 『삼국사기』에서 가장 큰 비중을 차지하는 것은 본기다. 원래 본기란 주요 사실의 기록으로서 주로 왕의 치적을 나열하는 것이며, 세분하면 정치·천재지변·전쟁·외교 등 네 항목으로 나눌 수 있는데, 각 부분은 시대에 따라 일정한 비율로 증감되고 있다. 정치 기사는 그 중에서 가장 중요한 부분으로 (1) 축성(築城)·설책(設柵)·수궁실(修宮室) 등 대규모 인력을 동원한 공사의 기록, (2) 민심 수탐과 국민의 결속을 다지려는 순행의 기사, (3) 관리의 임면(任免)이나 관청의 설치에 관계되는 기록, (4) 조상과 하늘의 제사와 흉풍에 따른 종교적 관례에 대한 기사, (5) 그 밖의 내용을 포함하고 있다.

'잡지(雜志)'라 되어 있는 지(志) 부분은 제1권 제사와 악(樂), 제2권 색복(色服)·거기(車騎)·기용(器用)·옥사(屋舍), 제3~6권 지리지, 제7~9권 직관지(職官志)로 이루어져 있다. 이 중 직관지 부분은 다시 중앙관부(7권), 궁정관부(8권), 궁정과 외직(9권)으로

되어 있다. 전체적으로 신라 제도의 해설에 치중하였고, 지리지에 큰 비중을 두었는데, 이 점은 오행지(五行志)나 예악지(禮樂志)에 중심을 두었던 중국 사서와 다르다. 표(表)에서는 박혁거세가 즉위한 기원전 57년부터 경순왕 9년인 서기 935년까지를 연표 세 권으로 나누고 있는데, 중국 문헌의 연표에 나오는 여러 가지 표와 비교해 보면 내용이 비교적 빈약하고 간소하다 할 수 있다.

열전 10권 역시 중국 사서에 비한다면 매우 빈약한 편이다. 따라서 명신(名臣)·유림(儒林)·반역(叛逆) 등 여러 항목별로 인물을 소개하는 중국서와는 달리 항목별 구별이 없으며, 왕후·공주 열전도 없다. 특히 10권의 열전 중에서 김유신 개인 열전이 세 권이나 되며, 나머지 69인은 일곱 권에서 다루는 불균형도 눈에 띈다. 제1~3권은 김유신전으로 김유신의 선조 및 후손의 업적까지 함께 다루고 있으며, 제4권은 을지문덕·거칠부·이사부·김인문·김양·흑치상지·장보고·사다함의 전기를 싣고 있다. 제5권은 을파소·후직·밀우·박제상·귀산·온달 등 10인의 전기이며, 제6권은 강수·최치원·설총·김대문 등 학자들의 열전이다. 제7권은 해론·관창·계백 등 19인의 전기인데, 여기서는 부자가 함께 순국한 충의열사의 기록이 중심이 되고 있다. 제8권은 향덕·성각·김생·솔거·도미 등 11인의 전기로, 특히 효·충의·기예·정절 등의 행위를 기록하고 있다. 제9권은 창조리와 연개소문의 열전으로서, 결국 왕을 살해한 반신(叛臣)의 열전이며, 제10권은 궁예와 견훤의 이야기를 다룬 부분이다.

책임 편집자인 김부식은 이상의 항목 가운데 「진삼국사기표(進三國史記表)」, 각 부분의 머리말, 논찬(論贊), 사료의 취사 선택, 편목 작성, 인물 평가 등을 직접 담당하였을 것으로 보인다. 특히 『삼국사기』에서 주목되는 부분은 역사 서술의 사론(史論)이라 할 수 있는 논찬이다. 『삼국사기』에는 모두 31편의 논찬이 있는데, 그 내용은 대개 예법준칙, 유교적 덕치주의, 군신의 행동, 사대적인 예절 등이 중심이 되고 있지만, 그러한 유교적 명분을 고려하면서도 우리 현실과 독자성을 안배한 현실주의적 입장 역시 띠고 있다. 그것은 혁거세의 왕후 동반 순행이나 내물왕의 동성취처(同姓娶妻)를 옹호한 점, 살을 베어 부모를 살린다는 할고지효(割股之孝)를 비현실적인 것으로 비판한 점 등에서 찾아볼 수 있다. 따라서 『삼국사기』를 사대주의적인 역사서로 매도하는 것은 지나친 일이라 하겠다.

역사서를 편찬하는 일은 왕권 강화의 기념비적 업적이라 평가할 수 있는 동시에 당시의 문화적 수준을 표출한 것이라 할 수 있다. 따라서 『삼국사기』 편찬도 12세기 전반의 정치 상황 위에서 이해해야 한다. 그때는 고려 건국 후 2백 년이 지난 시기였다. 고려의 문벌 귀족문화가 절정에 이르렀고 유교와 불교문화가 혼용되어 왕조의 안정을 구가하는 과정에서 자기 역사의 확인작업으로 전 시대의 역사정리가 필요하였다. 다음으로 조정에서는 거란 격퇴 이후의 자신감과 여진 위협의 위기감으로 인해 강렬한 국가의식이 고조되었다. 소실된 역사서의 새로운 정리 작업은 단순한 유교정치 이념의 구현뿐만 아니라 민족의식 고취 차원에서 요구되었다. 그러므로 『삼국사기』는 12세기의 풍조 속에서 나름대로 우리 나라를 찾으려는 노력을 보여 준 역사서라 하겠다. 이 책이 이후의 역사 서술에 미친 영향은 실로 만만치 않았으니, 중국 전통사학이 표방하는 술이부작(述而不作)의 객관적 서술 태도를 뿌리내리게 하였고, 정부 주도하의 관찬(官撰)이라는 역사 편찬의 본을 정착시킨 것은 모두 『삼국사기』의 업적이다.

그 밖에 내용면에서 특징을 살펴보자면 첫째, 『삼국사기』는 처음부터 삼국을 하나의 완성된 국가로 보았으며 왕을 절대적 지배자로 파악하였다. 말하자면 1세기부터 삼국이 국가로 성장한 것으로 이해했으므로, 태조왕·고이왕·내물왕 시기를 역사적 전환점으로 보지 않았으며, 역사 변천을 발전사관으로 파악하여 신라·고려의 교체를 당위로 설명하였다. 둘째, 『삼국사기』는 역사 내용을 하늘과 땅 사이의 관념적 관계를 통하여 파악하였다. 그러므로 김부식은 하늘의 변화와 인간 활동의 상관관계 속에서 역사내용을 찾아냈으며, 그러한 과정 속에서 왕의 정치행위를 이해하였다. 셋째, 『삼국사기』는 묘청 일파의 패배나 궁예·견훤 등의 멸망을 '통일에 대한 분열 시도'의 응징으로 설명함으로써, 당대를 바라보는 자세를 역사에 투영시키는 동시에 역사를 국민 교화와 계몽 수단으로 이해하고 있음을 보여 주었다. 넷째, 『삼국사기』는 강렬한 국가의식과 자아의식을 강조하였으며, 마지막으로, 멸사봉공(滅私奉公)의 자세를 내세워 역사에 있어서의 개인의 역할을 강조하였다.

━━ 작품 읽기 ━━

(가) 온달(溫達)은 고구려 평강왕(平岡王) 때의 사람으로, 그 용모가 기이하게 생겨 우스우나 마음만은 착하였다. 그는 집이 몹시 가난하므로 항상 걸식을 하여 어머니를 봉양하였고, 다 떨어진 옷과 낡은 신발을 신고 시정으로 왕래하였으므로 모든 사람들은 그를 보고 바보 온달이라고 하였다.

이때 평강왕의 어린 공주가 울기를 잘하므로 왕은 희롱하는 말로,

"너는 늘 울기만 하여 나의 키를 요란스럽게 하니 커서도 반드시 사대부의 아내가 될 수는 없으리라. 꼭 바보 온달에게나 시집 보내겠다."

늘 이런 말을 하였다.

김부식

평강공주가 자라 16세가 되었을 때 왕은 그를 상부(上部)의 고씨 (高氏)에게 시집 보내려 하였는데, 공주는 대답하기를,

"대왕께서는 항상 말씀하시기를 '너는 꼭 온달에게 시집 보내겠 다'고 하옵더니, 지금 무슨 까닭으로 먼저 하신 말씀을 고치나이까? 필부도 오히려 식언을 하려고 아니하옵는데, 하물며 지존하신 분의 말씀으로 어찌 그러할 수 있사오리까? 그런 까닭으로 '왕자는 희롱하 는 말이 없다' 하옵니다. 지금 대왕의 명하심은 잘못된 것이므로 소 녀는 감히 그 명령을 받들지 못하겠나이다."

하니, 왕은 크게 노하며 말하기를,

"너는 나의 말을 듣지 않으니 곧 나의 딸이 될 수 없다. 어찌 함께 살 수 있겠느냐? 마땅히 너의 가고 싶은 데로 가라."

고 하였다.

이에 공주는 키중한 가락지 10개를 팔꿈치에 맨 뒤 궁궐을 나와 홀로 걸어가다가 길에서 한 사람을 만나 온달의 집을 물어서 그 집에 이르러 눈먼 노모를 보고 그 앞에 나가 절하며 그 아들의 있는 곳을 물으니, 노모는 대답하기를,

"내 아들은 가난하고 또한 누추하므로, 키인이 가까이할 바가 못 됩니다. 지금 그대의 범새를 맡고 말소리를 들으니, 그 범새가 이상히 도 향기롭고, 그대의 손을 만져 보니 마치 솜과 같이 부드러우니 천 하의 키인 같은데, 누구의 댁에서 이곳으로 오셨는지요? 내 아들은 주림을 참지 못하여 느릅나무 껍질을 벗기러 산으로 간 지 오래되었 으나, 아직도 돌아오지 아니하였습니다."

하였다.

공주는 곧 그를 찾아 나가 산 밑에 이르러서 온달이 느릅나무 껍 질을 벗겨 지고 오는 것을 보고 곧 그에게 속에 품고 있는 말을 하니, 온달은 성난 모양으로 얼굴빛을 바꾸며 말하기를,

"이곳은 어린 여자가 다닐 곳이 아니다. 반드시 사람이 아니고 여

우나 키신일 것이다. 나에게 가까이 오지 말라."

하고, 드디어는 돌아보지도 않고 가 버리므로 공주는 홀로 뒤따라 와서 싸리문 밑에서 자고 그 다음날 아침에 다시 집안으로 들어가서 그 모자에게 자세한 이야기를 하였으나, 온달은 여전히 의심하고 뜻을 결정짓지 못하고 있을 때, 그 어머니가 말하기를,

"나의 아들은 어리석으므로 키인의 배필이 되기에 부족하고, 우리 집은 누추하므로 키인의 거처할 곳으로는 마땅하지 않습니다."

하였다.

공주는 대답하기를 "엣 사람의 말에 '한 말의 곡식이라도 찌을 수 있으면 오히려 족하고, 한 자의 베라도 꿰멜 수 있으면 오히려 족하다' 하였으니, 진실로 한마음 한뜻이라면 하필 부키를 누려야만 같이 살 수 있으리오?"

하고, 곧 금가락지를 팔아서 집과 밭, 노비와 우마(牛馬)와 기물(器物)을 사들여 소용되는 기구(器具)를 완전히 마련하였다.

처음에 말을 사 올 때 공주는 온달에게 말하기를,

"삼갈 것은 시정에서 일반 장사꾼의 말은 사지 말고, 국마(國馬)로 병이 있거나 야위어 놓아 버리는 것이 보이면 이를 가려 사고, 그런 것이 없으면 좋은 말을 샀다가 뒤에 그런 말과 바꿔 오세요."

하니, 온달은 그 말대로 말을 사 왔는데, 공주는 이 말을 아주 정성껏 길렀으므로 말은 날마다 살찌고 건장하여졌다. 고구려는 해마다 3월 3일에는 낙랑(樂浪)의 산언덕에 모여 사냥을 하여 잡은 돼지와 사슴 등으로써 하늘 및 산천신(山川神)에게 제사를 지냈다. 그날이 되면 왕도 사냥을 나가는데, 군신들과 5부(部)의 군사들도 모두 왕을 따라 나갔다.

이때 온달은 집에서 기른 말을 타고 수행하였는데, 그는 남보다 앞에서 달려갔고, 또한 사냥하여 잡은 짐승도 제일 많아 다른 사람으로서 그를 따르는 사람이 없었으므로, 왕은 그를 불러오게 하여 성명을

김부식

묻고는 놀라며 또한 이를 특별히 칭찬하였다.

　이때 후주(後周)의 무제(武帝)가 군사를 일으켜 요동(遼東)으로 쳐들어오므로, 왕은 군사를 거느리고 나가 배산의 들에서 적을 맞아 싸웠는데, 온달은 선봉이 되어 날래게 싸워 적 수십 명을 베어 죽이니, 모든 군사들은 이 이긴 틈을 타서 달려들어 힘써 적을 무찔러 크게 승리하였다. 개선하여 전공을 의논할 때 모두 온달을 제일로 내세우지 않는 사람이 없으므로, 왕은 크게 기뻐하며 감탄하기를,

　"이 사람이 곧 나의 사위다."

하고, 마침내는 예를 갖추어 그를 맞아들이고 벼슬을 주어 대형으로 삼고, 이로부터 총애함이 더욱 두텁고 그 위엄과 권세가 날로 성하였다.

　양강왕(陽岡王)이 즉위함에 이르러, 온달은 왕에게 아뢰기를,

　"신라는 우리 한강(漢江) 이북의 땅을 빼앗아 군(郡)·현(懸)으로 만들었으므로, 백성들은 원통함에 젖어 언제나 부모의 나라를 잊어버리지 않고 있사오니, 원컨대 대왕께서 신을 어리석고 불초하다 마시고 군사를 내어 주시면 한 번 나아가 싸워 우리의 땅을 회복하겠나이다."

하니, 왕은 이를 허락하였다.

　온달은 군사를 거느리고 떠날 때 맹세하기를,

　"내 계립현과 죽령의 서쪽 땅을 우리 땅으로 돌리지 못하면 돌아오지 않을 것이다."

하고, 드디어는 신라군과 아단성(阿旦城) 밑에서 싸우다가 적의 화살에 맞아 전사하였다. 이에 그를 장사 지내려 하였는데, 관이 땅에서 조금도 움직이지 않았다. 공주가 와서 관을 어루만지며 말하기를,

　"죽고 사는 것은 이미 결판이 났사오니 마음 놓고 돌아갑시다."

하자, 비로소 관이 움직여서 드디어 장사를 지냈는데, 왕은 이 말을 듣고 크게 슬퍼하며 통곡하였다.

(『삼국사기』열전 제5권 「온달전」 중에서)

(나) 옛날 어느 부유한 집에 아버지와 세 딸이 살고 있었다. 하루는 아버지가 딸들을 모아 놓고 '너희들은 누구 덕에 잘사느냐?'고 물었다. 그러자 첫째 딸과 둘째 딸은 아버지 덕분에 잘산다고 대답하였다. 하지만 막내딸은 언니들과는 달리 제 복에 산다고 대답하였다. 그러자 아버지는 노여워하면서, 막내딸을 집에서 내쫓아 버렸다.

쫓겨난 막내딸은 집을 떠나 산속으로 향했다. 산속에서 막내딸은 노모와 사는 총각을 만났는데, 이 총각은 숯구이 총각이다. 이에 막내딸은 숯구이 총각과 결혼하여 노모를 모시고 살았다. 그런데 하루는 숯을 굽는 장소를 살펴보니, 그곳에 금이 묻혀 있었다. 숯구이 총각은 그것이 금인 줄 몰랐으나, 여인은 알아본 것이다. 이에 여인은 남편을 시켜 장에 가서 금을 팔게 했다. 파는 방법과 가격을 자세히 일러주어 남편이 실수하지 않도록 지시했다. 이에 아내의 지시대로 금을 처분하여 부부는 부자가 된다.

한편, 막내딸을 쫓아낸 후, 아버지는 살림이 줄어들다가 급기야 어머니는 죽고 아버지는 거지가 되는 지경에 이르렀다. 막내딸은 아버지가 거지가 되어 구걸하게 될 것이라는 것을 예견하여 아버지와 상봉을 준비한다. 이후 딸은 아버지를 만나게 되고, 지극 봉양하며 잘살게 된다.

(「제 복에 산다」설화 중에서)

논점 (가)의 「온달전」은 『삼국사기』 '열전' 부분 제5권에 실려 있다. 『삼국사기』의 기록 가운데서는 설화적 특성이 강한 이야기로, 선화공주 이야기와 더불어 왕족과 평민 사이의 애정을 보여 주는 작품으로도 주목할 만하다. (나)는 전국 곳곳에서 발견되는 「제 복에 산다」설화의 골격을 정리한 것으로, 「온달전」의 내용을 평강공주 중심으로 읽으면, 비슷한 점이 여러 군데 있음을 발견할 수 있다.

김부식

제시문 (가)의 「온달전」은 역사서에 실려 있음에도 불구하고 설화적인 성격이 매우 강하다. 따라서 이 작품의 의미 역시 설화적인 문맥에서 파악할 필요가 있다. 그런데, 「온달전」과 같은 유형이라 평가되는 이야기가 지금까지 구전으로 전국에 전해지고 있다. 「온달전」의 주인공을 평강공주로 이해할 경우, 지금 전해지는 이야기의 서사 구조는 「온달전」과 동일한 성격이라 할 것이다. (나)는 「온달전」과 같은 유형이라 평가되는 이야기들의 공통적인 내용을 요약한 것이다. (나)를 (가)와 비교하면서, 「온달전」의 의미에 대해서 논술해 보자.

「제 복에 산다」 설화를 의미 단락별로 정리하면 다음과 같다.
① 옛날 부유한 집에 아버지와 세 딸이 살고 있었다.
② 막내딸이 아버지의 미움을 사, 집을 나간다.
③ 막내딸이 숯구이 총각을 만나 결혼한다.
④ 아내가 금을 발견한다.
⑤ 아내의 지시로 남편이 금을 처분하고 부부는 부자가 된다.
⑥ 친정은 막내딸을 내쫓은 후 몰락한다.
⑦ 막내딸은 부친과 상봉을 예견하고 준비한다.
⑧ 막내딸은 부친을 만나고 효도한다.

「온달전」을 같은 방식으로 정리하면 다음과 같다.
① 울보 공주를 온달에게 시집 보내겠다고 부왕이 농담한다.
② 공주와 부왕은 결혼 문제로 대립하고, 공주는 집을 나간다.
③ 공주는 온달을 만나 결혼한다.
④ 공주가 온달을 시켜 국마를 산다.
⑤ 온달이 사냥터에서 실력을 발휘한다.

⑥ 온달이 전쟁에서 공을 세워 사위로 인정받고, 높은 벼슬에 오른다.

⑦ 온달은 전사하고, 공주가 와서야 관이 움직인다.

이상의 단락 분절을 통해 보건대, 「온달전」은 「제 복에 산다」 설화의 한 유형임을 알 수 있다. 여주인공과 아버지와의 대립, 여주인공의 축출, 결혼, 아내의 도움으로 남편이 성공, 부모와의 재회 등이 공통된다는 점이 이를 뒷받침한다. 이제 등장인물의 성격과 갈등 양상을 검토함으로써 작품의 의미를 탐색해 보기로 하겠다.

위의 두 작품에서 가장 중요한 갈등은 아버지와 딸의 갈등이다. 딸은 아버지에게 노여움을 사고, 집에서 축출된다. 여기서 딸은 자기 주장을 분명히 드러내는 주체적인 인물로 형상화되고 있다. 아버지 덕에 사는 것이 아니라 제 복에 산다고 대답하는 막내딸이나, 아버지가 항상 하시던 말씀을 번복한 사실에 대해 자신의 주장을 분명히 펼치는 평강공주(또한 상부의 고씨집과의 결혼을 스스로 반대하였다고 볼 수 있다)는 모두 아버지의 미움을 사, 이후 집안에서 축출됨에도 불구하고 자신의 주장을 굽히지 않는 굳은 의지의 소유자인 것이다.

집안에서 축출된 여인은 미천한 신분의 남자를 만나, 결혼하게 된다. 이후 여자는 자신의 뛰어난 능력을 발휘한다. 「제 복에 산다」의 경우, 땅에 묻힌 금을 발견하고 이를 제대로 팔 수 있도록 남편에게 지시하며, 평강공주의 경우 국마를 사도록 남편에게 지시한다. 모두 아내의 능력을 통해 좋은 결과가 이루어지는 것이다.

이러한 아내의 능력 발휘를 통해 성공한 이들 부부는 다시 아내의 친정 부모와 재회하게 된다. 「제 복에 산다」에서는 몰락해 버린 아버지를 만나, 아버지를 지극히 봉양하는 것으로 끝맺고 있으며, 「온달전」에서는 전쟁에서의 무공을 통해 임금으로부터 사위라 인정을 받게 되는 것이다. 이는 곧 여인이 남다른 능력과 의지로 삶을 개척하여 아버지에게 인정받는 것을 의미하는 것이라 하겠다.

「온달전」은 설화적 성격이 강한 작품이다. 따라서 설화와의 관련하에서 작품의 성격을 파악해 볼 필요가 있다. 온달전과 비슷한 성격의 설화와 「온달전」을 함께 살펴보니, 이들 작품은 모두 딸과 아버지의 갈등 속에서 딸은 축출되지만, 미천한 신분의 남자를 만나 자신의 능력을 발휘하여 성공하게 만들고, 이후 아버지와 재회한다는 내용을 다루고 있음을 알 수 있다. 이러한 여주인공과 부친 사이의 대립과 갈등의 해소라는 동일한 서사구조를 통해서 추출되는 의미는 남다른 능력과 굳은 의지를 지닌 여주인공이 자신의 삶을 개척해 나가는 것을 보여 주는 데 있다. 특히 여주인공의 능력이 형상화되었다는 점에서 여성의식을 반영하고 있다고 할 것이다.

김부식의 열등감

김부식이 정지상과 함께 산사를 찾아 놀러 갔다. 거기서 정지상이, '절에서 독경 소리 끝나자마자 / 하늘은 유리처럼 깨끗해지네' 라는 시를 지었다. 청아한 독경 소리가 하늘로 울려 퍼지자, 그 소리에 씻긴 듯 하늘빛이 유리처럼 맑아졌다는 이야기다. 김부식이 이 시구가 너무 마음에 들어, 정지상더러 자기에게 달라고 하였다. 정지상은 끝내 허락하지 않았다. 이에 앙심을 품은 김부식이 사건을 꾸며 정지상을 죽였다고 한다.

그 뒤 김부식이 어떤 절에 가서 용변을 보고 있는데, 문득 뒤에서 정지상의 귀신이 김부식의 음낭을 잡아당기며 말했다. '네 얼굴빛이 어찌 이리도 붉은가?' 자기 싫어하는 김부식이 곧 죽어도 '건너편 언덕의 단풍이 얼굴에 비쳐서 붉다' 고 답했다. 이에 음낭을 더욱 세게 움켜지자 그만 김부식은 죽고 말았다 한다.

이런 이야기도 있다. 하루는 김부식이 시를 지었는데, '버들은 천 실이 푸른 빛이요 / 복사꽃은 만 점이 붉게 피었네' 라고 하였다. 그러자 공중에서 정지상의 귀신이 나타나 김부식의 뺨을 후려치면서, "천 실과 만 점이라니. 네놈이 헤아려 보고 하는 말이냐. '버들은 실실마다 푸르고, 복사꽃은 점점이 붉도다' 라고 바꾸어라, 이놈아!"라고 하였다. 천이나 만으로 표현하는 것보다는 '실실마다' 와 '점점이' 라고 다소 모호하게 표현하는 게 훨씬 낫다는 것이다.

물론 이 이야기들은 후대 사람들이 지어낸 것에 불과하다고 하겠지만, 이런 이야기가 가능했던 것은 정지상이 김부식보다 훨씬 탁월한 시인이었다는 후대 사람들의 평가에 의해서였을 것이다. 이는 물론 출세를 거듭한 김부식의 현실적 능력보다는 죽임을 당한 정지상의 뛰어난 재주를 더 아쉬워했던 사람들의 이야기일 것이다. 어쨌거나, 여기서 김부식은 정지상에게 열등감을 지닌 인물로 등장한다.

삼국유사

일 연
一 然

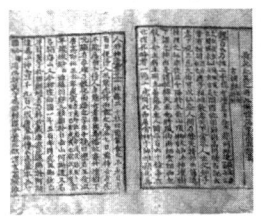

삼국유사(규장각도서)

고려 후기의 고승 일연(1206~1289)은 속성은 김씨요 이름은 견명(見明)이며, 경주 속현이었던 장산군 출신으로 김언정의 아들이다. 1219년 설악산 진전사에서 출가한 후 여러 선문(禪門)에서 수행하였고, 무주암에서 도를 깨쳤으며, 후에 보각국사로 봉해졌다. 이때는 몽고 침입이 잇따르던 때인데, 일연은 원종이나 충렬왕 등 당시 왕들의 부름에 응해 강론과 설법으로 선풍(禪風)을 크게 일으켰다. 1281년 몽고군의 일본 원정 때 왕을 따라 경주에 머무르며 왕에게 법설을 강론했으며, 1283년 국존(國尊)으로 추대되고 원경충조(圓經沖照)의 호를 받았다. 김부식이 엮는 『삼국사기』에서 삼국시대 이전의 역사에 대해 다루지 않아 빠진 단군신화에 대한 자료를 모으는 데 힘을 쏟기도 했다. 현재 인각사에 탑과 비석이 남아 있고, 행적비는 운문사에 있다. 저서로 『삼국유사』 외에도 『화록(話錄)』『게송잡저』 등이 있다.

『삼국유사(三國遺事)』는 고려 후기 고승 일연이 지은 5권 2책으로 된 역사서로 일연이 입적한 후 제자 무극에 의해 1310년대에 간행되었다. 비슷한 시기에 출간된 『삼국사기』가 왕명을 받들고 김부식 이하 10여 명의 편찬위원들이 편찬한 정사(正史)였던 데 비해, 『삼국유사』는 일연이라는 개인이 편찬한 사찬서(私撰書)였다는 데 이 책의 첫 번째 특징이 있다. 이 점은 『삼국사기』와 『삼국유사』의 체재를 매우 다른 것으로 만든다. 즉 『삼국사기』는 중국에서 정사를 편찬하는 표준적 체재였던 기전체(紀傳體) 형식을 취하였으나, 『삼국유사』는 저자의 관심의 각도에 따라서 자유로이 주제를 선택할 여지가 더 많이 허락되는 체재를 갖추게 된 것이다. 물론 『삼국사기』도 일정한 목적하에 기사를 선택하고 이에 대한 편찬자들의 해석을 가미시키고 있기는 하다. 그러나 정사로서의 성격상 왕실 중심, 통치자 중심의 사료가 주된 편집 대상이 되었다. 『삼국사기』에서 민중관계 사료를 찾아보기가 힘든 것은 그 때문이다. 이에 대해서 『삼국유사』는 그러한 제약을 벗어날 수 있었다. 따라서 귀족이건 민중이건 간에 일연은 아무런 제약 없이 관심의 대상이 된 사료들을 수집하여 수록하였다. 이 점에서도 『삼국유사』는 『삼국사기』에 비하여 주제나 사료의 선정이 훨씬 자유로웠다고 볼 수 있다.

두 번째 특징으로, 『삼국유사』는 『삼국사기』와는 달리 인용된 사료와 저자의 의견을 구분하여 서술하는 방법을 취하였다. 『삼국사기』는 극히 적은 분량인 사론을 뺀다면 어디까지가 사료이고 어디부터가 편찬자의 의견인지를 분간하기 어려운 서술방법을 취하였다. 원칙적으로 『삼국사기』가 기존사료의 편찬인 것임은 분명하지만, 필요에 따라서 본문의 서술 자체를 편찬자의 목적에 맞추어 수정가필(修正可筆)하였다. 이것은 당시의 일반적인 경향이기도 했다.

이에 비해 『삼국유사』는 그와는 다른 독특한 서술방법을 취하였다. 일연은 많은 인용문을 동원하고, 자신의 의견은 협주(挾註)로 기입하여 인용문과는 구별하여 서술하였기 때문에, 이 양자를 혼동할 가능성은 없으며, 이러한 원칙은 전편을 통해 대개 관철되고 있다. 때로 일연이 자기 의견을 본문 속에서 말하는 경우도 있었으나, 그럴 때는 '議曰' 등의 말을 씀으로써 그것이 자기 의견임을 명기(明記)하는 것이 상례였다. 따라서 『삼국유사』의 편찬은 전거(典據)를 밝혀서 인용하는 것을 원칙으로 하고, 거기에 자기의 의견을 첨가하는 형식을 취하였다고 할 수 있다.

『삼국유사』를 저술하는 데 이러한 방식을 취한 결과, 일연은 자연히 많은 사료를 수집하지 않으면 안 되었다. 이것이 『삼국유사』의 세 번째 특징이다. 그가 수집한 사료들 중에 금석문도 보이는데, 직접 각처의 유적을 답사한 관찰기 등이 있는 것으로 보아 일연은 이런 자료들까지 일일이 수집했던 것으로 짐작된다. 이와 같은 맥락에서 일연이 『삼국유사』에 향전(鄕傳)과 같은 민간전승 기록을 전해 준 것도 특기할 만한 일이다. 이 향전은 바로 민중의 견해를 말해 주는 것으로 생각되기 때문이다.

또, 『삼국유사』는 『삼국사기』가 합리적인 사실들을 주로 다루고 있는 데 비해서 비합리적인 사실을 주로 다루고 있다. 물론 『삼국유사』에도 역사적 사실에 대한 합리적 서술이 없는 것은 아니다. 그러나 주된 관심은 초인간적이라고 말할 수 있는 사실들에 놓여 있었다. 가령 태종무열왕에 관한 대목에서, '왕이 하루에 쌀 서 말과 꿩 아홉 마리를 먹더니, 경신년에 백제를 멸한 뒤에는 점심을 그만두고 단지 조석뿐이었는데, 그러나 계산하면 하루에 쌀 여섯 말, 술 여섯 말, 꿩 열 마리였다'(권 1 기이편)는 기록을 남겨 놓고 있는 따위이다. 더욱 재미있는 경우는 김유신에 관한 기사이다. 『삼국사기』에는 김유신의 전기가 무려 세 권에 걸쳐 있고, 그 대부분이 통일을 위한 전쟁기사로 메워져 있는 데 비해서, 『삼국유사』에는 다만 가족관계와 출생에 대한 것, 삼신여신과의 관계, 재매부인과 송화방에 대한 이야기, 흥무대왕 추봉과 그의 무덤의 소재만이 기록되어 있다. 그리고 실제 분량의 대부분을 삼신여신과의 이야기를 기록하는 데 소비하고 있다. 이 점을 일연 자신은 신이(神異)를 기록한다고 하였다. 비단 기이편만이 아니라 『삼국유사』 전체가 바로 이러한 방침 아래 저술되었던 것이다.

『삼국유사』는 왕력(王曆), 기이(紀異), 흥법(興法), 탑상(塔像), 의해(義解), 신주(神呪), 감통(感通), 피은(避隱), 효선(孝善)의 아홉 편으로 되어 있다. 이를 크게 분류하여 보면 연표인 왕력과, 역사적인 신이사를 적은 기이와, 그 밖의 불교 관계 기사를 실은 나머지 일곱 편으로 3대분할 수가 있다. 만일 왕력이 원래 독립된 한 책이던 것이 『삼국유사』의 일편으로 첨가된 것에 지나지 않는다면, 결국 두 번째와 세 번째의 둘로 양대분되는 셈이다. 그런데 전편(前篇)인 기이편뿐 아니라 후편인 불교 관계 기사도 바로 신이의 기록 그것인 것이다. 이차돈은 스스로 목숨을 버리고 순교함으로써 여러 기적을 낳게 하여 불교를 공인하게 하였다. 혜숙이 죽어서 촌인들이 이현 동쪽에 장사를 지냈는데, 고개 서쪽으로부터 오던 사람이 도중에 혜숙과 만나 대화를 나누었다. 또 욱면이라는 여비(女婢)는 신앙의 힘에 의하여 산 육신의 몸으로 지붕을 뚫고 하늘을 날아 서방정토로 왕생하였다. 김대성은 자기 집 용전을 법회에 보시함으로써 가난한 집으로부터 재상가에 전생(轉生)할 수가 있었다. 이러한 이야기들로 가득 차 있는 세 번째 부분을 곧 신이의 기록이라고 한다 하더라도 이것은 결코 지나친 표현일 수가 없다.

이렇게 보면 결국 『삼국유사』 전체가 신이의 기록이라는 이야기가 된다. 이것은 『삼국유사』의 기사 내용이 지니는 가장 큰 특징이다. 그리고 신이란 바로 비합리적인 사실들을 말한다. 따라서 『삼국유사』는 비합리주의를 정면으로 표방하고 나선 역사서였다고 하겠다. 여기에는 유교의 합리주의 사관에 대한 비판의 뜻이 담겨 있다 할 수 있다. 고려 후기에 접어들면 유교의 도덕적 합리주의 사관이 풍미하게 된다. 그리고 이 사관은 특히 관찬사서(官撰史書)를 중심으로 지배적인 풍조를 이루었다. 이러한 풍조에 대항하고 나선 것이 『삼국유사』였던 것이다. 『삼국유사』는 일반적인 역사적 신이 및 불교적 신이를 풍부하게 기록하고 있다. 이 같은 일반적인 역사적 신이에 대한 기록은 한국 고대사를 자주적인 입장에서 새로이 이해해 보려는 노력이었다고 생각된다. 그에 의하면 한국의 역사는 중국이 아닌 천(天)과 직결되는 것이었다. 고조선의 시조인 단군왕검이 천상에 계신 환인의 손자였다든가, 신라 호국삼보의 하나인 옥대는 천사가 주었다든가, 또 통일신라의 평화의 상징인 만파식적이 문무왕의 변신인 해룡과 김유신의 후신인 천신이 합심하여 만들어 준 것이었다든가 한 데서 이러한 사실을 이해할 수 있게 된다. 그리고 일연은 한국사의 기원에 대하여 고조선→위만조선→마한으로 이어지는 체계를 세움으로써, 그것이 오랜 역사적 전통을 지니고 있고 또 신이한 것임을 자랑스러이 기술하였다. 원의 정치적 간섭이 불가피했던 당시의 현실을 생각할 때, 이것은 민족적 자주의식의 표현이었다고 해야 할 것이다.

또 한편으로 불교적 신이에 대한 서술은 신앙의 옹호를 위한 것이었다. 불교 관계 기록은 우선 양적으로도 전체의 반을 넘는 분량을 차지하고 있으며, 뿐만 아니라 질적으로도 비교적 잘 정리된 불교문화사인 것이다. 흥법편은 일종의 불교미술 자료집이며,

탑상편은 탑·불상에 관한 기록이고, 의해편은 고승전, 신주편은 밀교사이며, 감통편은 신앙상의 기적기며, 피은편은 신앙과 사회의 문제에 대한, 효선편은 신앙과 가정의 문제에 대한 기록들이다. 이를 통하여 나타내려고 한 것은 모두 현실세계의 논리로는 설명이 불가능한 신앙의 세계였던 것이다. 그리고 이 신앙의 세계는 석가불 이전의 가섭불과도 연결되고, 혹은 또 미래불인 미륵불과도 연결되는 세계였다.

이같이 신이의 설화로써 합리주의에 대항하기 위하여는 그러한 설화들이 틀림없는 역사적 사실이라는 증거를 제시할 필요가 있었다. 『삼국유사』의 서술이 전거를 중요시한 가장 큰 이유는 여기에 있었다고 생각한다. 『삼국유사』의 세계는 그러므로 신화와 전설의 세계이며 신앙의 세계였다. 이 세계는 당시의 사학계가 이루어 놓은 합리주의에 대한 접근이라는 전진적인 자세와는 다른 복고적인 것이었다. 그러나 사료적 가치가 높고 인용 원전을 풍부하게 담고 있으며, 유교의 도덕적 합리주의 사학이 정치사만을 중시한 데 반해서 사회·경제·문화적으로 두루 폭넓은 관점에서 역사를 바라보려 함으로써 후대 문화사가들에게 많은 시사를 주었을 뿐 아니라, 중국 중심의 사학을 비판하고 민족적 자주성을 강조하여 근대 사학의 주춧돌을 놓기도 한 의의 등을 지니고 있어 『삼국유사』는 오늘날까지도 소중한 기록으로 남아 있다 할 수 있다.

작품 읽기

(가) 옛날 신라(서라벌)가 서울이었을 때 세규사(世逵寺)의 장사(莊舍)가 명주(溟州) 날리군(捺李郡)에 있었다. 본사(本寺)에서 중 조신

(調信)을 보내어 장원을 맡아 관리하도록 했다. 조신이 장원에 와서 태수 김흔(金昕)의 딸을 좋아하여 그녀에게 아주 반했다. 그는 여러 번 낙산사(洛山寺) 관음보살 앞에 나아가 그녀와 살게 해달라고 남몰래 기도했다. 이로부터 수년 사이에 그녀에게 이미 배필이 생겼다. 이에 그는 또 불당에 나가 관음보살이 자기의 소원을 들어주지 않는다고 원망하며 날이 저물도록 슬피 울다가 지쳐서 옷을 입은 채 그 자리에서 잠이 들었다. 꿈속에서 문득 김씨 낭자가 기쁜 얼굴로 환히 웃으며 말했다.

"저도 일찍이 스님을 잠깐 뵙고 알게 되어 마음속으로 사랑하며 잠시도 잊지 못했습니다. 그러나 부모님의 명령을 못 이겨 억지로 다른 사람에게 시집 갔었습니다. 이제 동혈지우(同穴之友 : 부부)가 되고자 하여 왔사옵니다."

이에 조신은 매우 기뻐하며 그녀와 같이 고향으로 돌아갔다.

그녀와 40여 년 간 같이 살며 다섯 자녀까지 두었다. 집은 단지 네 벽뿐인데 조식(粗食)조차 제대로 할 수 없었다. 마침내 영락하여 식구들을 이끌고 사방으로 다니면서 얻어먹고 지냈다. 이렇게 10년 동안 초야를 두루 헤매니 갈갈이 찢어진 옷은 몸뚱이도 가리지 못했다.

때마침 명주 해현령을 지날 때 15세 되는 큰아이가 갑자기 굶어 죽으매 통곡하며 길가에 묻었다. 남은 네 자녀를 데리고 그들 내외는 우곡현에 이르러 길가에 모옥을 짓고 살았다. 그들 부부는 늙고 병들었으며 게다가 굶주려서 일어나지도 못하였다. 10세 된 계집아이가 이를 보다 못해 밥을 얻으러 다니다가 마을 개에게 물려 아픔을 호소하며 앞에 와서 눕자 부모도 목이 메어 눈물이 흘러내렸다. 부인은 눈물을 씻으며 창졸간에 말했다.

"내가 처음 당신을 만났을 때는 얼굴도 아름답고 나이도 젊었으며 입은 옷도 깨끗했습니다. 한 가지 음식이라도 당신과 나누어 먹었으며, 작은 의복이나마 당신과 나누어 입으면서 함께 살아온 것이 어언

50년입니다. 그 동안 정은 깊어졌고 사랑도 굳게 얽혔으니 참으로 두터운 인연이라 하겠습니다. 그러나 근년에 이르러 쇠약하여 생기는 병이 날로 더해지고 굶주림과 추위가 날로 더욱 심해지니 남의 집 곁 방살이나 보잘것없는 음식조차도 빌어 얻을 수가 없게 되었으며, 천문(千門) 만호(萬戶)에 걸식하는 부끄러움은 산더미보다 더 무겁습니다. 아이들이 추위에 떨고 굶주려도 이것도 미처 돌보지 못하였는데, 어느 틈에 부부의 정을 즐길 수 있겠습니까? 붉은 얼굴과 어여쁜 웃음도 풀잎에 이슬이요, 지란(芝蘭) 같은 약속도 바람에 나부끼는 버들가지입니다. 이제 당신은 내가 있어 더욱 근심이 됩니다. 조용히 옛날의 기쁨을 생각해 보니 그것이 바로 근심의 시작이었습니다. 당신과 내가 어찌하여 이런 지경에까지 왔을까요? 뭇 새가 다 함께 굶어 죽는 것보다는 짝 잃은 난(鸞)새가 거울을 향하여 짝을 부르는 것만 못할 것입니다. 추우면 버리고 더우면 친하는 것은 인정에 차마 할 수 없는 일이지만, 행하고 그침은 인력으로 되는 것이 아니고 헤어지고 만나는 것도 운수가 따르는 것입니다. 원컨대 이제부터 헤어지기로 합시다."

조신이 이 말을 듣자 크게 기뻐하여 각각 아이 둘씩 나누어 데리고 장차 떠나려 하니 부인이 말했다.

"저는 고향으로 가겠으니 당신은 남쪽으로 가십시오."

이리하여 서로 작별하여 길을 떠나려 하는데 꿈에서 깨었다. 타다 남은 등잔불은 하늘거리고 어느덧 희뿌옇게 날이 밝기 시작했다. 아침이 되었다. 수염과 머리털은 모두 하얗게 세고 망연히 세상일에 뜻이 없어졌다. 이미 괴롭게 살아감도 싫어지고, 마치 한평생의 고생을 다 겪고 난 듯 재물을 탐하는 마음도 얼음 녹듯 깨끗이 사라졌다. 이에 관음보살의 상을 대하기가 부끄러워지고 잘못을 뉘우치는 마음도 누를 길이 없었다.

그는 돌아와 해현에 묻는 아이를 파 보았더니 그것은 바로 돌미륵이었다. 물로 씻어서 근처의 절에 모시고 서울로 돌아가서 장원을 맡은 소임을 내놓고 사재(私財)를 기울여 정토(淨土寺)를 세워 부지런히 착한 일을 했다. 그 후에 어디서 세상을 마쳤는지는 알 수 없다.

논(論)해 말한다.

'이 전기를 읽고서 책을 덮고 지나간 일을 생각하니 어찌 조신사의 꿈만 그렇겠느냐? 지금 모든 사람들이 속세의 즐거움만을 알고서 기뻐하며 애쓰고 있으나 이것은 단지 깨닫지 못한 까닭이다.'

(『삼국유사』, 「조신몽」 중에서)

(나) 그런데 사랑을 아름답다고만 하지 않았다. 불교는 이에 대해서 반론을 제기했다. 사랑이란 다만 번뇌와 고통의 원인일 수 있다고 했다. 조신 이야기는 이런 주장을 내세웠다. 조신은 꿈속에서 사랑을 이루어, 태수의 딸인 김씨 처녀를 맞이해 평생을 살았는데, 함께 산 나날은 고난의 연속일 따름이라고 했다. 걸식이나 하며 연명하는 처지고, 낳은 자식은 개에게 물려 죽기도 하고 굶어 죽기도 했다. 그러다가 마침내 헤어져야만 했다. 그러니 꿈을 깨서 관음보살의 가르침을 받아들이라는 것이다.

(조동일, 『한국문학통사』 중에서)

(다) 하층 백성의 삶이 이야깃거리로 등장하고, 그런 이야기가 남아 있기 위해서는 무언가 특이한 내용을 갖추어야만 했다. 특이한 내용이란 찾아보면 두 가지로 집약된다. 하나는 왕과 백성의 관계를 다룬 것이고, 또 하나는 사랑 때문에 벌어지는 갈등에 관한 것이다. 이 두 가지 이야기라면 예를 쉽사리 찾을 수 있다 …〈중략〉… 왕과 일반 백성은 엄격히 구별되고 서로 어울릴 수 없었다. 그런데 설화에서는 왕과 일반 백성의 관계를 정면으로 취급한 것이 적지 않다. 설화이기

때문에 그럴 수 있다고 하겠으나, 따지고 보면 그 이상의 이유도 발견된다. 미천한 처지에서 고난을 겪던 인물이 왕이 되었다든가, 민간의 처녀가 왕비가 되었다는 이야기는 그렇게 되기를 바라는 희망을 나타냈다고 본다면 백성의 의식이 성장한 것을 반영한다 하겠다. 왕의 부당한 요구 때문에 참혹한 고난을 겪는 이야기는 비참한 삶의 처지를 드러내 세상 잘못을 시비한 것이라고 할 수 있다.

(조동일,『한국문학통사』중에서)

논점 꿈에서 깨달음을 얻는다는 구조는 여러 설화나 소설에서 반복되는 것이다. 몽유록(夢遊錄)은 그런 구조가 하나의 양식으로까지 자라난 경우라 하겠는데,『삼국유사』에 나오는 승려 조신의 이야기는 이런 구조를 보여 준 최초의 것으로 주목할 만하다. (나)와 (다)는 삼국 시대의 설화를 다룬 연구서의 한 대목에서 뽑은 것으로, 결론적으로 조신 이야기가 '일반 백성의 문제를 다루었으면서 해결책은 문제의 맥락과 어긋난 데서 찾았다'고 평가하였다.

통합형 문·답

> 이 작품은 두 가지 방식으로 이해될 수 있을 것이다. 하나는 마지막에 일연이 논하고 있듯, 그리고 (나)에서 볼 수 있듯 꿈을 통해 얻게 되는 조신의 깨달음을 이해하는 것이고, 다른 하나는 (다)의 설화 독법에서 유추할 수 있는 것처럼 당대 사회 현실과 관련하여 김 낭자와 조신의 이루어질 수 없는 사랑에 대해 이해하는 것이다. 이러한 두 가지 이해 방식에 기초하여 이 작품의 의미에 대해 논술해 보자.

이 작품은 한미한 계급 출신인 조신이 귀족인 김 낭자를 사모하나, 꿈의 경험을 통해 애욕의 무상함을 깨우치게 되는 내용을 다루고 있다. 곧 현실에서 꿈으로, 꿈에서 다시 현실로 바뀌는 과정에서 나타나는 주인공의 삶의 변화를 드러내고 있는 것이다. 여기서 처음의 현실과 꿈에서 깬 다음의 현실은 동일한 것이 아니다. 처음의 현실이 속세의 애욕을 추구하는 현실이라면, 꿈의 경험을 통과한 현실은 그 애욕 자체가 무상한 것임을 깨달은 현실인 것이다. 그렇다면 무엇이 이런 깨달음을 가능하게 했을까? 이는 삶은 고난의 연속이란 것, 세속적 즐거움을 추구한 결과는 고난일 뿐이란 것을 꿈속에서 경험함으로써 가능하게 되는 것이다. 그리고 그 꿈은 현실의 고난과 방불한 것이기에 꿈을 깬 조신은 머리와 수염이 모두 하얗게 세고 만 것이다.

이와 비슷한 구조로 이루어진 소설로 『구운몽』이 있다. 두 작품 모두, '현실 → 꿈 → 현실'이라는 작품의 구조를 통해 세속적 삶의 무상함을 깨닫는다는 점에 있어서는 동일하다. 하지만 구운몽은 주인공 양소유가 부귀영화를 골고루 만끽한 다음 그 세속의 부귀영화가 무상한 것임을 깨닫는 내용이라면, 조신의 경우는 속세의 고난을 통해 삶의 무상함을 깨닫는 내용을 다루고 있다는 점에서 차이가 있다.

그런데, 이 작품을 불교적인 깨달음을 얻는 과정을 형상화한 것으로만 이해할 수는 없다. 실제 작품은 그 당시의 부조리하고 불평등한 현실을 심각하게 반영하고 있다. 신라 사회는 고려나 조선과는 또 다른 골품제라는 신분제도를 기반으로 하는 사회이다. 자신의 능력과는 상관없이 신분에 의해 자신이 나아갈 수 있는 관직이 정해져 있었다. 진골, 육두품, 오두품 등과 같은 신분에 따라 자신이 오를 수 있는 관직의 한계가 설정되어 있는 것이다. 이를 통해 우리는 신라 사회가 고려나 조선 사회보다 훨씬 신분적 제약이 심했음을 알 수 있다. 이러한 폐쇄적 신분 사회에서 사원에 소속된 장사(莊舍)의 관리인인 조신이 강릉태수의 딸과 사랑을 이

룬다는 것은 있을 수 없는 일이다. 따라서 이 사랑은 결국 꿈의 세계에서 이루어지지만 이들의 사랑은 꿈에서조차 완성되지 못한다. 온갖 고뇌를 몸서리치게 겪게 되는 것이다. 이러한 꿈 부분은 너무도 절실한 감동을 준다. 큰아들은 굶어 죽고, 열 살 먹은 어린 딸은 구걸 나갔다가 개에 물려 신음하는 정경은 실로 처참하기 이를 데 없는 것이다. 이러한 고난의 상황은 아마도 신라 말기 기근에 시달리고 유리걸식하던 민생의 기구한 삶을 반영한다고 볼 수 있다. 이러한 고난의 과정인 꿈속의 생애는 신분적인 제약을 뛰어넘는 사랑, 사회적으로 용납될 수 없는 결합이 초래한 결과이다. 따라서 작품의 여주인공은 남의 집 문전에 구걸하고 자식을 굶겨 죽이는 처지에 부부의 사랑이 무슨 의미가 있으며, '조용히 옛날의 기쁨을 생각해 보니 그것이 바로 근심의 시작이었'다고 말하는 것이다. 남녀간의 순수한 사랑이 결코 이루어질 수 없는 부조리하고 불평등한 현실을 심각하게 형상화하고 있는 것이다.

우리 역사상 최초의 여왕인 선덕여왕의 탁월한 지혜를 전하는 이야기가 있다. 그 이야기는 다음과 같다.

전왕이 살아 계실 때, 당으로부터 모란꽃 그림과 꽃씨를 얻어와서 공주께 보이니 공주가 말하기를, "이 꽃은 향기가 없습니다." 하였다. 왕이 웃으면서 "네가 어떻게 아느냐?" 하니 대답하기를, "꽃을 그렸는데 나비가 없으니 그래서 입니다." 하였다. 그 미리 아는 지혜가 이와 같았다.

선덕여왕이 왕위에 즉위한 후의 일이다. 영묘사 옥문 연못에 겨울철에 많은 개구리가 모여서 사나흘 동안이나 울고 있었다. 나라 사람들이 이를 괴이히 여겨 왕에게 물었다. 왕은 급히 각간 일천 등을 시켜 정병 2천 명을 뽑아서 빨리 서쪽으로 가서 여근곡(女根谷)을 탐문하면 반드시 적병이 있을 것이니 덮쳐서 죽이라 하였다. 그 당시에 여러 신하들이 왕에게 물었다. "어떻게 개구리 우는 일이 그렇게 될 줄 아셨습니까?" 하니, "개구리의 노한 형상은 병사의 형상이며, 옥문이란 것은 여자의 생식기니 여자는 음이고 음은 백색이며 백색은 서방이므로 군사가 서쪽에 있음을 알 수 있어, 이로써 쉽게 잡을 줄 알았소." 하니 여러 신하들이 모두 탄복했다.

그리고 후에 선덕여왕이 병이 없었을 때에 여러 신하들에게 이르기를 "내가 아무 해 아무 달 아무 날에 죽을 것이니, 도리천 속에 장사를 지내시오." 하였다. 여러 신하는 그곳을 알지 못하여 물었다. "어느 곳입니까?" "낭산 남쪽이오." 그러고 나서 그달 그날에 왕이 과연 세상을 떠나므로 여러 신하들이 낭산 남쪽에 왕을 장사 지냈다. 그로부터 10년 후 문무왕이 사천왕사를 왕의 무덤 아래에 세웠다. 불경에 사천왕천 위에 도리천이 있다고 했으니, 사람들은 그제야 대왕의 신령하고 성스러움을 알게 되었다고 한다.

선가귀감

휴 정
休 靖

휴정(1520~1604)은 조선 중기의 고승이자 승병장으로 이름은 여신이고 아명은 운학이었다. 호는 청허(淸虛)이고 별호로 서산대사 등이 있다. 평안도 안주 출신으로, 3세 때 초파일에 아버지가 등불 아래서 졸고 있는데, 한 노인이 나타나 '꼬마 스님을 뵈러 왔다'고 하며 두 손으로 어린 여신을 번쩍 안아 들고 몇 마디 주문을 외우며 머리를 쓰다듬은 다음 아이의 이름을 운학이라 할 것을 당부하였다고 한다. 부모가 일찍 죽자 서울로 옮겨와 3년 동안 글과 무예를 익히고 과거를 보았으나 뜻대로 되지 않아 친구들과 여러 사찰에 기거하던 중 불법을 탐구하기 시작하였다. 그 후 뜻한 바 있어 스스로 머리를 자르고 출가하였다. 1549년 승과에 급제하였고 1556년 이후로는 벼슬 자리를 물러나 떠돌았다. 이후 역모 사건에 연루되었다가 무죄로 밝혀져 풀려 나왔고, 1592년 임진왜란이 일어나자 선조가 의주로 피난하였는데, 묘향산으로 사신을 보내 휴정을 불렀다. 선조는 휴정에게 나라를 구할 방법을 물었고, 휴정은 나가 왜적과 싸우겠다고 답했다. 이후 승군을 이끌고 왜군과 싸워 공을 세우기도 하였다. 선조가 서울로 돌아오자 승군장 직에서 물러나 묘향산으로 돌아왔다. 1604년 1월 묘향산에서 설법을 마치고 가부좌한 채로 입적하였다. 나이 85세, 법랍 67세였다. 저서에는 『청허당집』『선가귀감』 등이 있다.

『선가귀감(禪家龜鑑)』은 휴정(서산대사)의 저술이다. 물론, 휴정의 서문과 제자인 사명의 발문에 있는 바와 같이, 이 글이 모두 휴정의 창작인 것만은 아니다. 50여 권의 경론과 조사의 어록을 보다가 요긴한 것을 추려 모아 곁에 있는 제자들에게 가르쳤던 내용이다. 처음에는 원문만 써 놓았는데, 난해하다는 제자들의 뜻을 받아들여 다시 원문마다 주해를 달았다. 『선가귀감』을 통해서 우리는 4백 년 전 선종과 교종이 대립되어 있던 우리 나라 불교의 상황을 어느 정도 엿볼 수 있다. 휴정은 자신의 선교관을 이렇게 써 놓았다. '선(禪)은 부처의 마음이고 교(敎)는 부처의 말씀이다.' '선(禪)과 교(敎)의 근원은 부처님이고, 선과 교의 갈래는 가섭과 아난이다. 말없음으로써 말없는 데에 이르는 것은 선(禪)이고, 말로써 말없는 데에 이르는 것은 교(敎)이다. 또한 마음은 선법이고 말은 교법이다. 법은 비록 한맛이지만 뜻은 하늘과 땅만큼이나 아득하다.' 이와 같이 선·교(禪敎)가 둘이 아님을 밝히면서도 먼저 깨달음을 주장, 선(禪)을 우위에 두고 있다. 이것은 또한 불교의 기본적인 구조라 할 수 있다. 그리고 선가에서는 흔히 무시해 버리거나 멸시하기 일쑤인 정토사상에까지도 자신의 입장을 분명히 하고 있다. 뿐만 아니라, 깨달으면 그만이라는 사이비 선승들을 깨우치기 위해 수행인으로서 지녀야 할 일상적인 행동을 간곡히 말하고 있다.

(가) 1. 여기 한 물건이 있는데, 본래부터 한없이 맑고 신령스러워

일찍이 나지도 않았고 죽지도 않았다. 이름 지을 길 없고 모양을 그릴 수도 없다.

(주해)

한 물건이란 무엇인가? ○

옛 어른은 이렇게 읊었다.

옛 부처님 나기 전에

의젓한 둥그러미

석가 또한 모른다고 했거니

어찌 가섭(석가모니의 제자)이 전하랴.

이것이 한 물건의 나지도 않고 죽지도 않으며, 이름 지을 길 없고 모양 그릴 수도 없는 까닭이다. 6조(祖) 스님 혜능께서 대중에게 물었다. "나에게 한 물건이 있는데, 이름도 없고 모양도 없다. 너희들은 알겠느냐?" 선회 선사가 대답하기를, "모든 부처님의 근본이요, 선회 부처님의 성품입니다." 하였으니, 이것이 6조의 계승자가 된 까닭이다. 회양선사가 숭산으로부터 와서 뵙자 6조 스님이 묻기를, "무슨 물건이 이렇게 왔는고?" 할 때에 회양은 어쩔 줄 모르고 쩔쩔매다가 8년 만에야 깨치고 나서 말하기를, "가령 한 물건이라 하여도 맞지 않습니다"고 하였으니, 이것이 6조의 맏아들이 된 이유이다.

2. 부처님과 조사가 세상에 나오심은 마치 바람도 없는데 물결을 일으킨 것이다.

(주해)

부처님은 석가여래이고 조사는 가섭존자이다. 세상에 나오신다는 것은 대자대비가 바탕이 되어 중생을 구제해 주는 것을 말한다. 그러나, '한 물건'으로 따져 본다면, 사람마다 본래 면목이 원만히 이루어졌거늘, 어찌 남이 연지 찍고 분 발라 주기를 기다릴 것인가. 그러므로, 세상에 나오심은 물결이 이는 격이다. 『허공장경』에서 '문자도 마 (魔)의 업이요, 이름과 형상도 마의 업이요, 부처님의 말씀까지도 마의 업이다'라고 한 것이 이 뜻이다. 본분을 바로 들어 보일 때는 부처님 이나 조사도 아무 소용없는 것임을 말한 것이다.

3. 그러나 법에도 여러 가지 뜻이 있고 사람에게도 온갖 기질이 있 으므로 여러 가지 방편을 벌이지 않을 수 없다.

(주해)

법이란 한 물건이고 사람이란 중생을 가리킨다. 법에는 변하지 않 는 것과 인연을 따르는 두 가지 이치가 있고, 사람에게는 단박 깨치 는 이와 오래 닦아야 하는 이 두 가지 기질이 있으므로 문자나 말로 가르치는 여러 가지 방편이 없을 수 없는 것이다. 이것이 옛말에 이 른바 '공사에는 바늘끝만큼도 용서할 수 없으나, 사정으로는 수레도 오고 간다'는 것이다. 중생이 아무리 본래부터 원만하게 이루어졌다 하지만 천생으로 지혜의 눈이 없어서 윤회를 달게 받는다. 만약 세상 에서 뛰어난 금칼이 아니라면 누가 무명(無明 : 어리석은 마음)의 두꺼 운 껍질을 벗겨 줄 것인가. 고생 바다를 건너 즐거운 피안에 오르는 것은 모두 부처님의 크게 가엾게 여기는 은혜를 입은 때문이다. 그러 므로 한량없는 목숨을 바치더라도 그 은혜의 만분의 일도 갚을 수 없 는 것이다. 이것은 새로 닦는 이치를 널리 들어 부처님과 조사들의 깊은 은혜에 감사할 것을 말한 것이다.

4. 굳이 여러 가지 이름을 붙여서 마음이라 부처라 중생이라 했으 나, 이름에 얽매여 분별을 낼 것이 아니다. 다 그대로 옳은 것이다. 한 생각이라도 움직이면 곧 어긋난다.

(주해)

한 물건에 굳이 세 가지 이름을 붙인 것은 부처님 말씀의 부득이

한 일이고, 이름에 얽매여 분별을 내지 말라는 것은 선법의 부득이한 일이다. 한 번 들어 보고 한 번 눌러 놓으면, 곧 세우고 곧 깨뜨리는 것이 모두 법왕이 내리는 명령의 자유자재인 것이다. 이것은 윗것을 맺고 아랫것을 일으켜 부처님과 조사들의 방편이 각각 다른 것을 말한 것이다.

5. 세존께서 세 곳에서 마음을 전하신 것은 선지(禪旨)가 되고, 한평생 말씀하신 것은 교문(敎門)이 되었다. 그러므로, 선(禪)은 부처님의 마음이고 교(敎)는 부처님의 말씀이다.

(주해)

세 곳이란, 다자탑 앞에서 자리를 절반 나누어 앉으심이 첫째요, 영산회상에서 꽃을 들어 보이심이 둘째요, 사라 쌍수 아래에서 관 속으로부터 두 발을 내어 보이심이 셋째이니, 이른바 가섭존자가 선(禪)의 등불을 따로 받았다는 것이 이것이다. 부처님 일생에 말씀하신 것이란, 49년 동안 말씀하신 다섯 가지 가르침인데. 첫째는, 인천교(人天敎), 둘째는 소승교(小乘敎), 셋째는 대승교(大乘敎), 넷째는 돈교(頓敎), 다섯째는 원교(圓敎)이다. 이른바 아난존자가 교(敎)의 바다를 널리 흐르게 했다는 것이 이것이다. 그러므로, 선과 교의 근원은 부처님이시고, 선과 교의 갈래는 가섭존자와 아난존자이다. 말없음으로써 말없는 데에 이르는 것은 선이고, 말 있음으로써 말없음에 이르는 것은 교이다. 또한 마음은 선법이고 말은 교법이다. 법은 비록 한맛이라도 뜻은 하늘과 땅만큼 아득히 떨어진 것이다. 이것은 선과 교의 두 길을 가려 놓은 것이다.

6. 그러므로, 누구든지 말에서 잃어버리면 꽃을 드신 것이나 빙긋이 웃는 일이 모두 교의 자취만 될 것이고, 마음에서 얻으면 세상의 온갖 잡담이라도 모두 교(敎) 밖에 따로 전한 선지(禪旨)가 될 것이다.

(주해)

법은 이름이 없는 것이므로 말로써 미치지 못하고, 법은 모양이 없는 것이므로 마음으로 헤아릴 수도 없다. 무엇이나 말해 보려고 한다면 벌써 본바탕 마음을 잃은 것이고, 본바탕 마음을 잃게 되면 부처님이 꽃을 드신 것이나 가섭존자가 웃은 일이 모두 죽어 버린 이야깃거리만 될 것이다. 마음에서 얻은 사람은 장꾼들의 잡담이라도 다 법사의 설법이 될 뿐 아니라, 새 소리와 짐승의 울음까지도 진리를 바로 말하는 것이 될 것이다. 그러기 때문에 보적선사는 통곡하는 소리를 듣고 깨쳐 춤추고 뛰놀았으며, 보수선사는 거리에서 치고 받고 싸우는 것을 보고 참 면목을 깨친 것이다.

(휴정, 『선가귀감』 중에서)

(나) 요즈음 선(禪)을 하는 사람들이 '이것은 우리 스승의 법이다.' 하고, 교(敎)를 하는 사람들은 '이것이 우리 스승의 법이다.' 하며 하나의 법을 가지고 서로가 옳고 그르다 하며 손가락을 놀리며 다투고 있으니 슬픈 일이다. 그 누가 능히 판단을 할 것인가. 그러나 선은 부처님의 마음이요, 교는 부처님의 말씀인 것이다. 교는 말이 있는 곳으로부터 말이 없는 곳까지 이르는 것이요, 선이라 함은 말이 없는 곳으로부터 말이 있는 데에 이르는 것이다. 말이 없는 곳으로부터 말이 없는 곳에 이르면 누구도 그것을 무엇이라 이름할 수 없어 억지로 이름하여 '마음'이라 한다. 세상 사람들은 그 까닭을 알지 못하고 '배워서 알고 생각해서 얻는다'고 하니 참으로 민망스러운 일이다.

교(敎)를 하는 사람은 '교 안에도 선이 있다'고 한다. 그러나 이는 선가(禪家)의 문에 들어가는 첫 글귀이지 선의 근본은 아닌 것이다. 세존이 일생에 말씀하신 가르침은 세 가지 자비의 그물을 삼계 생사의 바다에 펴서, 작은 그물로는 개구리와 조개를 건지고, 중간 그물로는 방어와 준어 같은 물고기를 건지며, 큰 그물로는 고래와 자라를 건져 그 모두를 열반의 언덕에 두는 것과 같으니 이것은 교(敎)의 순서인 것이다.

그 가운데 어떤 물건이 있으니 목덜미에 난 긴 털은 붉은 불꽃 같고, 발톱은 쇠창과 같으며, 눈은 햇빛을 쏘고 입은 바다와 우뢰를 통한다. 몸을 뒤쳐 한 번 구르면 흰 물결이 하늘에 닿고 산과 강은 진동하며, 해와 달이 어두워진다. 세 가지 그물 밖으로 뛰어나가 바로 푸른 구름 끝에 올라서 달콤한 이슬을 쏟아 중생을 이롭게 하니 이는 선이 교와 다른 것이다. 이 선의 법은 우리 세존께서 진귀조사에게 따로 전한 것이니 옛 부처의 묵은 말이 아니다.

요즈음 선의 뜻을 그릇 이어받은 사람들은 돈오점수(頓悟漸修)의 문을 바른 줄기라 하는가 하면, 혹은 원돈(圓頓)의 교(敎)로써 종문(宗門)을 삼는가 하면, 외도(外道)의 글을 끌어와 비밀한 뜻을 설명하는가 하면, 혹은 업식(業識 : 동작)을 희롱함으로써 본분을 삼고, 혹은 빛의 그림자를 실재한 것으로 알아 자기라고 생각하며, 나아가서는 장님과 귀머거리의 방망이와 고함 소리를 함부로 행하면서 부끄러움이 없으니 그 정성은 어떤 뜻인가. 그 법을 비방하는 허물을 구태여 내가 말하겠는가마는, 내가 말하는 것은 교외별전(敎外別傳)이라는 것이 배워서 알고 생각으로 얻어지는 것이 아니라는 점이다. 오로지 마음을 궁구하여 그 길이 끊어진 뒤에야 비로소 알 수 있고, 오로지 스스로 긍정하여 머리를 끄덕인 뒤에야 얻어지는 것이다.

그대는 듣지 못했는가. 석가모니께서 꽃을 들고 대중에게 보였을 때 가섭이 빙그레 웃었고, 나아가서는 직접 말로써 후세에 전한 것이 있으니, 달마는 '확연하여 성인이 없다.' 하였고, 육조 혜능은 '선도 악도 생각하지 말아라.' 하였고, 양사는 '수레가 멈추거든 소를 때려라.' 하였고, 사사는 '여릉의 쌀값이다.' 하였고, 마조는 '서강의 물을 모두 마셔라.' 하였고, 석두는 '불법을 난 모른다.' 하였다. 이것은 모두가 과거의 부처님과 과거의 조사들이 함께 부른 교외별전의 가락이니 생각해서 얻을 수 있겠는가, 헤아려서 얻을 수 있겠는가. 이는 모기가 무쇠로 만든 소의 등에 오른 격이다. 이제 말세를 당하여 무딘 근기(根機)가 많으니 교외별전의 기틀은 아니다.

그러므로, 다만 원돈(圓頓)의 이치의 길과 뜻의 길과 마음의 길과 말의 길로써 보고 듣고 이해하는 것만을 키중히 여기고, 이치의 길이 끊어지고 의(義)의 길이 끊어지고 마음의 길이 끊어지고 말의 길이 끊어져 재미가 없고 모색할 것도 없는 경지에서 칠통을 깨뜨리는 것은 키중하게 여기지 않으니, 그러한즉 어떻게 하는 것이 좋겠는가. 지금 그대가 팔방의 불자들에 대하여 그 요긴한 곳에 칼을 내리쳐 구멍을 뚫지 못하거든 바로 본문의 활구(活句)로 그들을 가르쳐 스스로 깨닫고 얻게 하여야 비로소 종사(宗師)로서 사람들의 모범이 될 수 있을 것이다. 만일 학인(學人)이 스스로 깨닫지 못함을 보고도 그래도 계속해서 모호하게 설하고 가르치면 사람들의 눈을 멀게 함이 적지 않을 것이다.

(휴정, 「선교게어(禪敎偈語)」 중에서)

통합형 문·답

1 제시문 (가)의 1에서 밑줄 친 '한 물건'이란 무엇을 의미하는 것인지 설명해 보자.

'한 물건'이란 곧 사람에 내재된 불성(佛性)을 의미한다. 그것을 1의 주해 부분에서는 'O'으로 표현하고 있다. 둥근 원과 같은 모양을 한 물건이라 할 수 있다. 이를 두고, 마음이라고 혹은 진리라고 혹은 도(道)라고 하여 억지로 이름 붙일 수 있지만, 어떤 이름으로도 맞지 않고 무슨 방법으로도 참 모양을 바로 그려 말할 수 없는 것이다. 그것이 무한한 공간에 가득 차서 안과 밖이 없으며, 무궁한 시간에 사뭇 뻗쳐 고금(古今)과 시종(始終)도 없다. 또한 크다 작다 많다 적다 높다 낮다 시비할 수 없으며, 거짓이라 참이라 망령되다 거룩하다 하는 온갖 차별을 붙일 길이 없으므로, 어쩔 수 없이 한 동그라미로써 그것을 나타낸 것이다.

아무리 애써 보아도 그 전체를 바로 가르칠 수는 없기 때문에, 이것을 가르치려 한다면 '입을 열기 전에 벌써 그것을 가르쳤다' 라고 하는 것이며, '알거나 알지 못한 데에 있지 않다' 라고 하는 것이다. 깨쳐서 부처가 된다고 하지만 깨친 바가 있다면 부처가 될 수 없다. 그러므로, '석가여래도 모른다고 했고 모든 조사들도 그 법을 전하거나 받지 못한다'고 한 것이다. 불교의 궁극적 목적은 부처님을 신앙으로 믿으라는 것이 아니다. 누구나 다 부처가 되고, 그 부처에서까지 벗어나야 한다. 그러므로, '한 물건'——'한 둥그러미'의 이치를 깨치면 팔만대장경이나 모든 종교적 성인들이 아무런 소용이 없다는 것이다.

이러한 입장에서 가장 주의해야 할 점은 이른바 '분별'하는 행위이다. 우리가 이름을 붙이거나 그 모양을 형용하는 순간 이미 '한 물건'은 다른 것과는 구별되는 특정한 무엇으로 규정되고 만다. 이렇게 규정되면 그것은 더 이상 본체나 진리로 인정되기 어렵다. 고정된 무엇으로 인식되기 때문에, 집착이 생기고 참된 깨달음에 이르는 데 장애가 되는 것이다. 그렇기에, 분별을 없애기 위해서 그 '한 물건'은 '전체이면서 모든 부분이고, 각 부분으로 구별할 수 있으면서도 아무런 구별도 허용하지 않는 전체'라 할 수 있다. 어떠한 규정도 피해야 하므로, 모순적인 진술로써 표현할 수밖에 없는 것이다.

2 제시문 (가)의 5·6의 밑줄 친 부분은 불교에서 참된 깨달음을 얻기 위한 방도를 암시하고 있다. (나)의 글을 참고로 하여 (가)에서 주장하는 '참된 깨달음으로의 길'이란 무엇인지 설명한 다음, 본인의 공부는 무엇을 추구하는 것이고 어떤 방식이어야 하는지 생각해 보자

　불교 사상은 크게 두 가지 흐름으로 나눌 수 있다. 부처님의 말씀에 참된 깨달음 곧 진리에 이르는 길이 담겨져 있다고 보아 부처님의 말씀을 담은 경전을 열심히 공부해야 한다는 견해와, 부처님의 말씀도 다만 하나의 방편일 뿐이지 궁극적 목적은 깨달음에 있으므로 자신에 내재된 부처가 될 수 있는 자질──'불성(佛性)'을 자각하고 수행해야 한다는 견해가 그것이다. 전자는 흔히 교종(敎宗)이라 하고, 후자는 선종(禪宗)이라 한다. 시기적으로는 교종이 우선이고 선종이 나중이다. 제시문에서 보이듯이, 교종은 부처님 제자 아난을 시조로 하고 선종은 가섭을 시조로 한다.

　(나)에서 휴정 곧 서산대사는 교종과 선종이 서로 대립하는 상황을 먼저 비판하면서 자신의 주장을 편다. 교종은 자기가 참 불법에 이른다 하고, 선종은 자기야말로 참된 깨달음의 길이라 주장하면서 서로 대립한다는 것이다. 휴정은 이들을 각각 비판한다. 교종은 경전만을 주장한다고 하면서 진귀조사의 예를 들어 그 사람이 남긴 말은 옛 부처의 말이 아니라고 하였다. 선종에서는 당시 거짓되고 허황한 수행만을 강조했지만, 깨달음에 이른 선사들도 모두 그 깨달음을 말로 남겼다는 일화를 들고는, 그 말씀의 참뜻을 그저 앉아서 생각한다고 해서 얻을 수는 없다고 하였다. 특히, 당시처럼 근기가 부족한 상황에서 참선만을 강조한다는 것은 모기가 쇠로 된 소 등에 올라 앉아 피를 빨겠다고 덤비는 꼴이라 비난하였다.

그러므로, 부처님과 깨달음에 이른 선사들이 남기신 경전과 법어들을 열심히 학습해야 할 뿐만 아니라, 거기에만 매달려서는 안 되고 열심히 배운 바를 바탕으로 참선에 정진해야 한다는 뜻이다. 이른바, 교종과 선종의 통합을 주장하는 교·선통일의 논리라 할 수 있겠다. 휴정의 이러한 주장은 비단 휴정에게서만 확인되는 것은 아니다. 지눌도 그런 입장일 뿐만 아니라 시각이 다소 다르기는 하지만 의천도 통합의 논리를 주장하였다.

이러한 논리는 물론 불교라는 종교에서 진리를 체득하는 방법을 둘러싼 논란에서 생겨난 것이지만, 조금만 생각하면 현재 우리의 공부 방식을 지도하는 지침이 될 수도 있다. 예컨대, 교종은 주어진 지식들을 담고 있는 교과서나 참고서 혹은 각종 참고 교재를 가장 중요하다고 하는 입장이라 할 수 있고, 선종은 교재가 아니라 공부하는 학생의 창의성 함양이 가장 중요한 학습 목표여야 한다는 주장이라 할 수 있다. 그렇지만, 이 둘은 논리상 극단적으로 표현된 것일 뿐이다. 이 둘 모두를 통일적으로 받아들여야 참된 공부법을 구현한다고 하겠다.

기존에 알려진 지식이나 각종 정보들의 이해는, 자신이 다른 사람들과 대화를 나누고 지금까지 진행된 진실 탐구의 결과를 흡수하는 과정이다. 그러나, 이 과정이 단순히 암기나 주입식으로 이루어져서는 안 된다. 학생 스스로 그러한 지식이 생겨나는 과정을 이해하고 서로 무관한 듯한 지식들을 자신의 현재 생활이나 경험을 기준으로 정리하고 종합해야 한다. 이런 식으로 학습하는 학생이야말로 참된 공부를 하고 있다고 평가받을 수 있을 것이다.

임진왜란이 발발하고 왜군은 동래를 함락시키며 맹렬한 기세로 북상을 계속하였다. 신립 장군이 충주에서 패배한 이래 관군은 속속 패퇴하고 선조는 마침내 압록강에까지 이르는 비운을 겪었다. 이때 휴정은 묘향산에 있다가, 선조의 부름을 받아 선조를 만났다. 선조를 만나 휴정은 이렇게 말했다고 한다.

"신이 비록 늙고 병들었으나 나라의 위급함을 앉아서 볼 수는 없습니다. 늙은 스님들께는 절에서 무운을 빌도록 하고 젊은 스님들은 싸움터에 나가 나라를 위해 싸우도록 하겠습니다."

나라를 구하겠다는 승군(僧軍)은 이렇게 하여 싸움터에 나서게 되었다. 전국에 있는 휴정의 제자들은 격문을 받고 목탁 대신에 창검을 들었다. 이제까지 조선사회에서 외면당하고 박해받던 스님들은 이때야말로 생사초탈로 불교정신을 드높여 나라를 구할 때라는 각오를 다지게 되었다. 이에 휴정은 승병 1,500명을 모집하여 명나라 군대와 합세, 한양 수복에 큰 공을 세웠다. 휴정의 제자인 사명대사 유정은 강원도에서 승군을 일으켰고, 영규는 금산전투에 참여하였으며, 해안은 영남지방에서 궐기하였다. 영규는 행주대첩에서 권율의 부장으로 활약하였는데, 금산전투에서 사망하였다.

전쟁이 끝난 후 조정에서는 승군의 활약을 기리기 위해 여러 곳에 사당을 세웠다. 그 대표적인 곳이 밀양의 표충사(表忠祠)이다. 이곳에는 서산대사 휴정, 사명대사 유정, 영규 이 세 스님의 위패가 모셔져 있다.

화담집

서경덕
徐敬德

서경덕(1489~1546)은 조선시대 학자로서, 본관은 당성(唐城)이고 호는 화담(花潭)이다. 가세가 빈한하여 독학으로 공부를 하였는데, 13세에 『서경』을 읽고 복잡한 태음력의 수학적 계산을 스스로 터득하였다. 18세에 『대학』을 읽고 격물치지의 원리를 깨달았고, 1509년(중종 4년) 경기·영남·호남 지방을 유람한 후 산림에 묻혀 후진 교육에 힘을 기울이던 중 1519년(중종 14년) 조광조에 의해 현량과에 응시하도록 추천받았으나 거절하고 학문 연구에만 전념하였다. 그러다가 1531년 어머니의 요청으로 생원시에 응시하여 합격하였으나 벼슬을 단념하고 개성의 동문 밖 화담에 집을 짓고 진리 탐구에 전심하였다. 1544년 김안국 등이 후릉 참봉에 추천하였으나 사양하고 계속 화담에 머물면서 성리학·도학·수학·역학 등을 연구했으며, 특히 이기일원론(理氣一元論)을 체계화하는 데 심혈을 기울였다. 저서에 『화담집(花潭集)』『대허설원(大虛說原)』 등이 있다.

서경덕의 시문집인 『화담집(花潭集)』은 전부 4권 1책으로 구성되어 있다. 초간본은 제자 박민헌·허엽 등이 편집하여 1605년(선조 38년) 은산현감 홍방이 간행하였다. 이 책은 서문이나 목록이 없이 바로 앞에서부터 본문이 시작되는 체제를 보인다. 본문의 앞부분에는 서경덕의 이기철학적 논술과 역(易)의 사생론 및 음양에 대한 논술, 그리고 온천의 생성 원인 등이 밝혀져 있다. 다음은 '소(疏)'가 실려 있으나 모두 임금에게 올려지지 않은 것들이다. 『화담집』은 문집의 일반적인 편제와는 달리 내용이 무질서하게 수록되어 있는데, 이는 그 양이 적어 분류하지 않은 데서 기인한 듯하다. 발문에 의하면, 화담의 아들이 보관하던 원고를 간행하였다고 하며, 일부는 제자들이 암송한 것을 수집하기도 하였다 한다. 서경덕의 이기철학을 살피는 데는 이 책이 유일한 저술이다.

작품 읽기

(가) 정호(程灝)·장재(張載)·주희(朱熹) 등 중국 성리학자들의 글에는 죽음과 삶 및 귀신의 실상에 대한 논설이 다 갖추어져 있다. 그러나 그것이 그렇게 되고 있는 지극한 이치는 설파하지 못하였다. 모두 끌어내기는 하였지만 밝혀내지는 않고 학자들로 하여금 스스로 깨닫도록 하고 있다. 그리하여 후세의 학자들은 그 중의 하나만을 이해하고 둘은 알지 못하게 되었고, 그 주변의 찌꺼기만을 전하고 모든 정치한 것은 보지도 못하게 된 것이다. 나는 세 분 선생들의 미묘한 뜻을 한데 얼버무려 전체적으로 논하려 하는데, 역시 오랜 옛날부터 지녀 온 의문을 깨치기에 족하리라 믿는다.

정호 선생이 말하기를, '죽음과 삶 및 사람과 귀신은 하나이면서도 둘이고, 둘이면서도 하나이다'라고 하였는데, 이것으로 충분히 설명된 것이다. 내 생각으로는 죽음과 삶 및 사람과 귀신은 다만 기(氣)가 모인 것과 흩어진 것의 차이가 있을 뿐이다. 모이고 흩어지는 것만 있지 유무(有無)가 없는 것은 기의 본체가 그러한 것이다.

기는 맑게 한데 어울리고 맑게 텅 비어 있으며, 한없는 허공 속에 가득 차 있는데, 그것이 크게 모인 것이 하늘과 땅이 되었고, 그것이 작게 모인 것이 만물이 된 것이다. 기가 모이고 흩어지는 형세에는 미약한 것, 뚜렷한 것, 오래되는 것, 빠른 것이 있다. 크고 작은 것이 태허(太虛)에 모이고 흩어지고 하는데, 크고 작은 차이는 있지마는 비록 한 포기 풀이나 한 그루의 나무 같은 미소(微小)한 것이라 할지라도 그 기는 끝내 흩어져 버리지 않는다. 하물며 사람의 정신과 지각을, 같은 기가 크고 또 오래 모인 것이라 말할 게 있겠는가?

몸과 넋이 흩어지는 것을 보면 영원히 없어져 버리는 것 같기도 하다. 여기에 대하여는 모두가 생각해 보지 않을 수 없을 것이다. 비록 앞의 세 분 선생의 제자라 하더라도 역시 모두 그 궁극적인 것을 조화시키지 못하였으며 모두 쓸데없는 것들만 주워 모아 자기의 설을 이룩하였다.

기가 맑게 한데 어울리고 맑고 텅 비어 있는 것은 태허가 움직여서는 양(陽)을 낳고 고요히 있으면서는 음(陰)을 낳은 시초에 근원을 두고 있다. 그것이 모인 것이 점점 쌓이어 넓고 두껍게 됨으로써 하늘과 땅이 되었고 우리 인간이 된 것이다. 사람이 흩어짐에 있어서 몸과 넋은 흩어지지만 한데 어울리고 맑고 텅 비어 있는 것은 끝내 흩어지지 않는 것이다. 태허에 맑게 한데 어울려 있는 가운데로 흩어지려 해도 모두 똑같은 기인 것이다. 그 지각의 모임과 흩어짐에는 다만 오래가고 빨리 됨이 있을 뿐이다. 비록 가장 빨리 흩어지는 것으로는 하루나 한 달이 걸리는 것들이 있고, 그것은 물건 가운데서도 미소한 것들이지만 그 기는 역시 끝내 흩어지지 않는다.

왜 그런가 하면 기가 맑게 한데 어울려 맑고 텅 비어 있는 것은 그 시작도 없으려니와 그 끝도 없기 때문이다. 이 이치야말로 기가 극히 오묘한 까닭인 것이다. 학자들이 진실로 이러한 경지에까지 공부를 하게 된다면 비로소 수많은 성인들이 다 전해 주지 않은 미묘한 뜻을 엿볼 수 있게 되는 것이다. 비록 한 조각 촛불의 기가 눈앞에서 흩어지고 있는 게 보인다 하더라도 그 나머지 기는 끝내 흩어지지 않는 것이다. 어찌 기가 무(無)로 없어질 수 있겠는가!

    (『화담집』, 「귀신 및 죽음과 삶을 논함(鬼神死生論)」 중에서)

(나) "귀신이란 어떤 것입니까?"

"귀란 것은 음의 정기요, 신이란 것은 양의 정기입니다. 대개 귀와 신은 조화의 자취요, 음양의 타고난 재능입니다. 살아 있을 때는 인물이라 하고 죽고 나면 귀신이라 하나 본디는 다른 것이 아닙니다."

"속세에서는 귀신에게 제사 지내는 예법이 있는데, 제사를 받는 귀신과 조화의 귀신은 다릅니까?"

"다르지 않습니다. 선생은 어찌 그것을 모르십니까? 옛 유학자들은 '귀신은 형체도 없고 소리도 없다' 하셨습니다. 그러나 물질의 시초와 종말은 음양이 어울리고 흩어짐에 따르는 것입니다. 천지에 제사 지내는 일은 음양의 조화를 존경하기 때문이요, 산천에 제사 지내는 일은 기의 변화의 오르내림에 보답하기 위함이며, 조상에게 제사 지내는 일은 조상의 은혜를 갚기 위함이요, 6신에게 제사 지내는 일은 재앙을 면하기 위해서입니다. 모두 사람들이 공경하는 마음을 가지게 하기 위해서입니다. 그들은 형체를 뚜렷이 가지고 있어서 인간에게 재앙과 복을 함부로 주는 것은 아닙니다만, 사람들이 향불을 살라 슬퍼하면서 귀신이 옆에 있는 것처럼 하는 것입니다. 공자님께서 이른바 귀신은 공경하면서도 멀리해야 한다고 하신 말씀은 확실히 이것을 일러주신 것입니다."

"인간 세상에는 요피들이 나타나서 사람들을 해치고 속이고 있습니다. 이것들도 키신이라 할 수 있습니까?"

"키란 굽힌다는 뜻이요, 신은 편다는 뜻입니다. 조화의 신은 굽혔다 폈다 할 수 있으나, 응어리진 요피들은 굽혔다가 펴지 못합니다. 조화의 신은 조화와 어울린 까닭으로 처음부터 끝까지 음양과 더불어 하며 자취가 없습니다. 그러나 요피들은 응어리진 까닭으로 인간과 혼동되고 사람들을 원망하며, 모습을 가지고 있습니다. 산에 사는 괴물은 초라 하고, 물에 사는 괴물은 역이라 하며, 계곡에 사는 괴물은 용망상이라 하고, 산에 사는 괴물은 기망량이라 합니다. 만물을 해치는 괴물은 여라 하고, 만물을 괴롭히는 요물은 마라 하며, 만물에 붙어사는 요물은 요라 하고, 만물을 유혹하는 요물은 매라 합니다. 이들은 모두 키(鬼)입니다. 음양의 변화를 마음대로 하는 것이 곧 신(神)이니, 신이란 것은 신묘한 작용을 이르는 것입니다. 하늘과 사람이 같은 이치이고 현상계와 본체계가 간격이 없으니 근본으로 돌아감을 정(靜)이라 하고, 천명을 회복함을 상(常)이라 하며, 조화와 시종을 같이하면서도 그 조화의 자취를 알 수 없음이 있으니 이른바 도(道)란 것입니다."

(김시습, 『금오신화』, 「남염부주지」 중에서)

(다) 안생(安生)이라는 사람이 있었으니 서울의 명문 거족 출신이었다. 이름은 학궁에 걸어 두었으나, 살찐 말을 타고 가벼운 갖옷을 입고 장안을 떠돌며 놀았는데, 일찍이 아내를 잃고 혼자 살았다. 동성에 미녀가 있었는데 그 집이 부유하고 당대 재상의 종년이라는 소문을 듣고 생이 많은 재물로써 혼인을 청하였으나 실패하였다. 그러다가 마침 생이 병이 났으므로 중매하는 사람이 상사병이라 하여 그 여자의 마음을 움직여 드디어 성혼하게 되니, 여자가 나이 17, 8세이고

자색이 매우 아름다워 양방이 다 흡족하매 곡진하고 정다움이 날로 깊어갔다.

한편 생의 나이 젊고 풍채가 아름다운 것을 이웃이 사모하고 그 여인의 집에서도 또 좋은 사위를 얻었음을 기뻐하여 아침 저녁으로 반드시 성찬을 차리니 집안 재산도 태반이 안씨에게로 돌아갔다. 여러 사위들이 시샘하여 재상에게 가서 호소하여 가로되, "옹이 새 사위를 얻은 이래로 집안이 기울어지고 파산하여 점점 어려워집니다." 하니 재상이 노하여 가로되, "내 뜻을 기다리지 않고 갑자기 양갓집 사위를 얻었으니 내가 크게 징계하여 이로써 후인을 경계하리라." 하고, 곧 미친 종놈 몇 사람을 시켜 안생의 계집을 잡아 오게 하니 이때에 안생이 여자와 더불어 막 밥상을 대하였다가 황겁하여 어찌할 바를 모르고 서로 붙들고 통곡함에 두 손을 붙들고 있을 따름이었다.

그 처는 한 번 붙들려 간 후로는 심궁에 갇히어 중문과 높은 담으로 안팎이 서로 떨어지니 생도 어찌할 수가 없어서 오직 처가 사람들과 더불어 돈과 옷감을 내어 궁중의 종들과 문지기 졸병에게 후히 뇌물을 주어 밤을 타서 담을 넘어 상종할새 조그마한 전방을 궁 옆에 사서 왕래하는 곳으로 삼았다. 하루는 여자 집에서 붉은 신 한 쌍을 보내 오니 여자가 탐롱하기를 마지 않거늘 생이 희롱하여 가로되, "이 좋은 것을 신고 장차 다른 사람과 즐기려 하느냐." 하니, 여자가 안색을 변하여 가로되 "서로 약속한 말이 똑똑히 눈앞에 있거늘 임자는 어째 이와 같은 말씀을 하느뇨." 하고 곧 차고 있던 칼을 풀어 신 한 짝을 발기발기 찢어 버렸다. 또 하루는 흰 적삼을 바느질하거늘, 생이 희롱하여 또한 전날과 같이 말을 하니 여자가 낯을 가리고 울며 말하기를 "내가 임자를 배반한 것이 아니라 임자가 나를 배반하였도다." 하고 적삼을 더러운 개천에 던지니 생이 그 절조에 심복하여 권련(眷戀)함이 더욱 심하였다.

이로부터는 저녁에 가서 새벽에 돌아오곤 하여 이런 생활이 여러

달 계속되었는데 재상이 이 소문을 듣고 크게 노하여 처가 없는 하
인에게 시집가라 하니 여자가 곧 흔연히 말하기를 "일이 이미 이에
이르렀는데 내가 어찌 수절을 하겠는가." 하고 시집갈 도구를 친히
준비하며 궁인을 모두 불러서 성찬을 만들어 먹이니 사람마다 모두
개가한다고 생각하고 혹은 그의 반복(反復無信)함을 미워하였는데 그
여자는 이날 저녁에 가만히 딴 방에 들어가 목 매어 죽었으나 생은
알지 못하였다. 이튿날에 생이 본가에 있는데 어여쁜 젊은 여자가 들
어와 "낭자가 왔소이다." 하거늘 생이 신을 거꾸로 신고 문을 나가니
어여쁜 여자가 급히 가로되 "낭자가 어젯밤에 죽었소이다." 하였다.
생은 웃으며 믿지 않아 그 연고도 묻지 않고 그 전방에 이르니 당중
에 평상을 놓고 옷과 이불로 시체를 덮었거늘 생이 실성통곡하여 다
리를 베게 하여 가슴을 치니 이웃에서 이 소리를 듣고 흐느껴 울지
않는 사람이 없었다.

　이때에 크게 비가 오고 물이 넘쳐서 사람이 성동(城東) 집에 통행
치 못하거늘 생이 상구를 갖추어 빈(殯)해 두고 아침 저녁으로 전(奠)
을 배설하며 밤이면 눈을 붙이지 아니하고 밤이 깊어서 옷을 입은 채
잠깐 자는데 여자가 밖에서 돌아오니 평생의 모양과 똑같았다. 생이
나아가 더불어 얘기하고자 하다가는 갑자기 잠을 깨어 방 속을 둘러
보니 창문은 적적하고 바람은 문 창호지를 걷어 올리는데 외로운 등
불만 명멸한 뿐이었다.

　생이 호통하여 기절하였다가 다시 소생하였더니 사흘이 지난 뒤에
구름이 흩어지고 비가 개거늘 생이 달빛을 받으며 본가로 향할새 홀
로 발 가는 대로 걸어 수강궁 궁문에 이르니 밤은 이미 깊었는데 화
장하고 머리를 크게 쪽 지어 올린 여자가 앞서거니 뒤서거니 자기를
따라오므로 생이 따라가 보니 기침하고 탄식하는 것이 모두 전에 듣
던 소리와 같았다. 생이 크게 부르며 달려가서 한 도랑에 이르니 여
자가 또 그 옆에 앉았다. 생이 돌아보지 아니하고 그 집에 이르렀더

니 여자가 또 문밖에 섰거늘 생이 큰소리로 종을 부르니 여자는 몸을
감추고 아무것도 보이지 않았다. 생이 심신이 아득하여 어리보기 같
기도 하고 미치광이 같기도 하더니 시간이 지난 뒤에 정중한 예로써
장사를 지내고 얼마 안 가서 생도 또한 죽었다.

(성현,『용재총화』중에서)

논점 (가)에서는 세상의 존재 양식을 '기'라는 단일 원리로 설명하는
방식에 초점에 맞추어 정리하면 되겠고, (나)에서는 귀신의 존재를 인정
하는 논리가 무엇인지 살펴야 할 것이며, (다)에서는 (나)의 논리에 따라
이해하는 경우를 생각하며 읽는 것이 좋겠다.

통합형 문·답

1 (가)의 밑줄 친 부분을 근거로 삼아, (가)에서는 귀신의 존
재 유무에 대해서 어떻게 주장하고 있는지 설명해 보자.

(가)에서 서경덕은 중국의 정자·장자·주자 등 뛰어난 성리학
자들이 귀신에 대해서 논한 것은 단서만 제시하였을 뿐 분명하게
밝히지 않아 미흡한 상태라고 하면서, 자신이 그 문제를 해결할
방안을 발견하였다고 밝혔다. 서경덕이 우주의 질서와 존재 원리
를 설명하는 핵심적인 용어가 바로 기(氣)이다. (가)에서 이러한
사상의 핵심이 드러나 있는 부분이, '기는 맑게 한데 어울리고 맑
게 텅 비어 있으며, 한없는 허공 속에 가득 차 있는데, 그것이 크
게 모인 것이 하늘과 땅이 되었고, 그것이 작게 모인 것이 만물이
된 것이다'라는 진술이다. 그에 따르면, 세상의 존재와 변화 원리
는 기가 모이고 흩어지는 데서 이루어지는 것이다.

세상은 기라는 단일한 재료로 구성된다. 다만, 뭉쳐지고 흩어지는 정도의 차이가 있을 뿐이다. 이에 대한 서경덕의 말을 들어 보면, '기(氣)가 모이고 흩어지는 형세에는 미약한 것, 뚜렷한 것, 오래되는 것, 빠른 것이 있다. 크고 작은 것이 태허(太虛)에 모이고 흩어지고 하는데, 크고 작은 차이는 있지마는 비록 한 포기 풀이나 한 그루의 나무 같은 미소(微小)한 것이라 할지라도 그 기는 끝내 흩어져 버리지 않는다'와 같다. 이렇듯, 기라는 단일한 재료에 의해 세상이 이루어지고, 세상에 존재하는 사물들의 차이는 다만 그 기의 결합 양태의 차이일 뿐이라고 그는 생각한 것이다.

귀신의 존재 유무에 대해서도 서경덕의 주장은 일관되게 나타난다. 기의 모임과 흩어짐에 따라 사람이 되기도 하고 귀신이 되기도 하는 것일 뿐이다. 그런데, 사람이 죽으면 신체뿐만 아니라 혼백(넋)도 흩어져 기로 돌아가니, 지각과 활동의 주체로서 귀신의 존재를 인정할 수는 없는 일이다. 기가 모일 때는 무엇인가를 만들지만 흩어지면 태허라는 우주 공간에 기 자체로 남기 때문이다. 물론 기로 복귀하는 과정이 결코 없어지는 과정이 아님은 분명하다. 그렇지만, 죽으면 그만 기로 돌아가야 하는 것이므로 귀신의 존재가 따로 있을 수 없는 것이 된다.

그러므로, 서경덕의 이론에 따르면, 결코 귀신이란 있을 수 없다는 결론에 이르게 된다. 따라서 귀신에게 제사를 지내는 행위는 인간의 무지에서 비롯된 잘못일 뿐인 것으로 이해되는 것이다.

(다)의 '안생 이야기'는 원통하게 죽은 사람이 귀신이 되어 나타난 사연을 아주 심각하게 다루고 있다. 명문 출신 안생이라는 사람이 재상에게 매인 여자 종을 아내로 삼았다가 불행을 겪는다. 아내는 재상이 다른 사람에게 시집 보내려 하자 자결하고 만다. 안생이 달려가 장사 지내고 그 뒤에 아내가 몇 번 나타난다. 안생이 아내의 빈소에서 눈을 붙이지 않고 있다가 밤이 깊어서 옷을 입은 채 잠깐 잠을 자는데, 아내가 평소의 모습으로 밖에서 들어온다. 꿈에 나타난 것이다. 안생이 자기 집으로 가는데, 아내가 나타나 함께 걷고 곁에 앉는다.

안생의 아내가 귀신이 되어 평소의 모습으로 다시 나타났던 것이다. 원통하게 죽은 원한이 있으니 귀신이 되어 나타날 만하다 할 수 있다. 그러나, 안생에게 말을 걸어 심중을 토로하는 데까지 이르지는 않는다. 안생은 두려워서 도망치기조차 한다. 안생은 결국 심신이 흐리멍덩해져서 바보 같기도 하고 미치광이 같기도 하더니 결국 아내 뒤를 따라 죽는다.

이러한 내용에 의하면 귀신이란 존재는 분명 인정할 수밖에 없다. 그러나 (가)에서 나타나는 논리에 의하면 귀신이란 기의 흩어짐에 불과하므로 따로 존재하기는 어렵다. 반면에 (나)에서는 (가)와 똑같이 기를 중심으로 세상의 조화와 질서를 설명하고 있지만 귀신도 그 기를 가지고 설명할 수 있음을 보여 준다. '귀란 굽힌다는 뜻이요, 신은 편다는 뜻입니다. 조화의 신은 굽혔다 폈다할 수 있으나, 응어리진 요괴들은 굽혔다가 펴지 못합니다. 조화의신은 조화와 어울린 까닭으로 처음부터 끝까지 음양과 더불어 하며 자취가 없습니다. 그러나 요괴들은 응어리진 까닭으로 인간과혼동되고 사람들을 원망하며, 모습을 가지고 있습니다'라는 진술에서 그러한 가능성을 확인할 수 있다.

기가 굽고 펴지는 과정을 조화롭게 수행하지 못하게 되어 응어리진 상태에 빠지면 '귀신'이 된다고 볼 수 있다. 원망을 품은 귀신들은 기가 응어리진 결과이므로 형상을 가질 수도 있고 사람들을 원망하기도 한다는 것이다. 그렇다면, 귀신은 '원귀'로서 인간에게 나타날 수 있다. 이처럼 원귀의 존재를 인정하면서도 기를중심으로 세상을 설명하는 방식이 가능한 것이다. 이러한 사상을바탕으로 한다면, 귀신이야기는 인간 세상의 여러 모습을 비판적으로 그려 내는 중요한 수단이 된다 하겠다.

서경덕의 관찰력과 통찰력

서경덕은 어린 소년 시절 어느 봄날에 들녘에서 새끼 종달새가 날아오르는 현상을 살피면서 그 이치를 캐기에 열중하여 정작 캐야 할 나물도 제대로 캐지 못했다고 한다. 이러한 어린 시절의 관찰과 사색은 결국 후일에 그가 기(氣)철학을 확립하는 데 중요한 소재가 된다.

후일 서경덕이 밝힌 종달새의 비상은 새의 가벼운 깃털을 이용하여 상승하는 땅의 기운에 힘입은 것으로 풀이하였다. 사물은 무게가 있어 하강하려는 것이 자연적 성질인데 비해서 하늘에는 양(陽)의 기운이, 그리고 땅에는 음(陰)의 기운이 주로 형성되어 작용하는 데서, 땅의 기운은 상승활동이 본래의 성질이라 하였다.

나이가 들어서 서경덕의 통찰력은 일상 생활에서도 발휘된다.

한번은 서경덕이 화담에서 살 때, 뜰 가운데 살구나무 한 그루가 있었는데 봄이 다 되었는데도 도무지 싹이 틀 기운이 보이지 않았다. 이에 가족들은 살구나무가 죽었기 때문일 것이라 믿어 없애 버리려고 하였다. 그런데 서경덕은 부인에게 뿌리가 드러날 정도로 파헤쳐 놓으라고 하였다. 그리고 그곳에 물을 뿌리고 거적자리를 덮게 하였다. 그러자 며칠 지나지 않아서 신기하게도 나무에 싹이 돋고 생기가 돌았다. 신기해 하면서 놀라워하는 식구들에게 그는 다음과 같이 설명하였다.

"신기할 것은 없다. 모든 초목이 자라는데, 그곳의 흙이 알맞아야 하거니와, 매일 마당을 쓸면서 나무 밑에 흙을 두텁게 쌓아 놓다 보니 땅속의 음기가 외부의 양기와 통하지 못하여 시들어 죽어 가던 것이었다. 하늘과 땅 사이의 모든 생물은 이 기의 적절한 조화에서 생명을 얻고 지속하며 그 작용은 오묘한 것이다."

퇴계전서

이 황
李 滉

조선 중기의 문신이자 학자인 이황(1501~1570)은 본관이 진성(眞城), 자는 경호(景浩)이며 호는 퇴계(退溪)·퇴도(退陶) 등이다. 1501년 경상북도 안동군 도산면(당시 행정구역으로는 예안현)에서 좌찬성 이식의 막내아들로 태어났으며, 27세에 진사시에 합격하고 이듬해 사마시에 급제하였다. 34세인 1534년에 문과에 급제하면서 관계(官界)에 발을 들여 놓았고, 홍문관 수찬과 응교 등을 지내다가 을사사화로 인해 일시 파면당하기도 했으나 곧 복직되었는데, 49세 때 병을 구실로 모든 관직을 사퇴하고 낙향하여 학문에 매진하였다. 이후 20여 차례에 걸친 관직 제수를 대개 거절하였으나, 몇 차례 억지로 관직 생활을 하다가 68세 때야 비로소 완전 은퇴하여 후진양성과 학문에만 힘썼다. 퇴계의 학문은 일대를 풍미하였을 뿐 아니라 영남을 배경으로 한 주리적(主理的) 퇴계학파를 형성하였고, 도쿠가와 시대 이래로 일본 유학에도 결정적인 영향을 미쳤다. 이로써 이황은 도의철학(道義哲學)의 건설자로 한·중·일 삼국에서 지금도 널리 존경받고 있다. 주요 저서로 『주자서절요』 『계몽전의』『성학십도』 등이 있고, 문학 작품으로는 시조 「도산십이곡」 등이 있다.

『퇴계전서(退溪全書)』는 조선 중기의 학자였던 퇴계 이황의 시문(詩文)을 모은 문집이다. 이황의 글은 여러 차례 수집되어 간행되었으므로 여러 종류의 중간본이 남아 있는데, 그 중에서도 고종연대에 후손들에 의해 간행된 이른바 번남본(번남가숙에 보관하였으므로 이렇게 불린다)이 수록한 내용이 가장 많고 또한 전질이 남아 있어 퇴계 문집의 기준본이 되어 있다. 원집은 권 1~5에 시, 권 6에 교(教)·소(疏), 권 7에 차(箚)·경연강의·계의(啓議), 권 8에 사장(辭狀)·계사(啓辭)·서계수답(書契修答), 권 9~57에 서(書), 권 58에 잡저, 권 59에 서(序)·기(記), 권 60에 발(跋), 권 61에 잠명(箴銘)·표전(表箋)·상량문, 권 62에 축문·제문, 권 63~64에 묘갈지명(墓碣誌銘), 권 65~66에 행장이 수록되었다. 외집 및 별집에는 모두 시가 실려 있으며, 기타 속집과 유집에도 다양한 글이 수록되어 있다.

이황은 송(宋)의 성리학을 보완하여 일체의 것을 이(理)와 기(氣)로 설명하는 이원적 이기철학을 전개하였다. 이(理)는 모양도 흔적도 없는 본원적 이치이고, 기(氣)는 헤아릴 수 있으며 모양과 흔직이 있는 자의직 기운이라 하며, 이 둘이 시로 대립하면서도 하나로 결합함으로써 인간 및 자연의 일체가 성립된다고 본 것이다. 이는 인간에 있어서는 인륜으로 자연에 있어서는 내면적 법칙으로 발현되며, 기보다 우월한 것으로 기를 규제한다. 그러므로 진정한 앎이란 이를 몸소 익혀 아는 것이며, 또한 이 앎이 실천과 더불어 나아가는 것이다. 이처럼 이를 관념적인 것으로, 기를 실재적인 것으로 봄으로써 물질적인 것과 신체적인 것보다는 정신적인 것과 이성적인 것을 중시하였으므로, 이황은 인간의 본심을 보존·함양하는 것이 공부의 옳은 길이라고 여겼다. 인간의 진실이 사물의 진상에 연결되는 것이므로, 인간의 본심을 함양하는 존양(存養) 공부와 정처(靜處)에서 존양한 것이 동처(動處)에서 견지되는지를 살피는 성찰(省察) 공부를 병행할 것을 주장한 것이다.

이러한 이황의 사상은 물론 글에도 잘 나타나 있다. 이황의 시는 깊이 있고 맑으며 장중하고, 서한문은 원숙하면서도 문장이 훌륭하다. 특히 이황의 사상을 잘 드러내는 것은 잡저이다. 그 가운데「천명도설(天命圖說)」은 일체의 사물은 이와 기가 대치하는 데서 존재한다는 소설(所說)을 피력한 글이며,「심경후론(心經後論)」은 정주학(程朱學)적 심학(心學)의 입장에서 이단사설을 비판한 글이고, 『성학십도(聖學十圖)』는 유학의 핵심을 10개의 도(圖)로 정리한 저서로서, 군주는 성학을 돈독히 닦아 그것으로 정치의 근본을 삼아야 한다는 생각에서 국왕 선조에게 올렸던 것이다. 이밖에 삼경과 사서를 간략히 해석한「삼경사서석의(三經四書釋義)」, 『주역』에 대한 연구서인『계몽전의(啓蒙傳疑)』, 기대승과 사단칠정(四端七情)을 토론하며 주고받은 서한을 모은「사단칠정분이기설(四端七情分理氣說)」 등도 이황의 사상을 잘 보여 주는 글로서 기억해 둠직하다.

<hr>

작품 읽기

(가) 글의 의미를 파악하고 도리를 찾아 강설을 하기 위해서는 반드시 먼저 마음을 비우고 자기를 뒤로 물려야지, 자기 견해를 위주로 해서 대상에 접근해 가려 해서는 아니 된다. 옛날 사람이나 지금의 사람을 막론하고 오로지 이러한 태도로써 대상에 접근해 가게 되면 진실과 부합되는 결과를 얻을 수 있고, 혹시라도 이러한 태도와 어긋나게 되는 경우에는 자기 자신이 오류를 범할 뿐만 아니라 타인에게

도 오류를 범하게 하는 일이 많으니 진실로 두려운 일이 아닐 수 없다.

(『퇴계전서』권4 중에서)

(나) 이런 까닭에 나(이황)에게는 나름대로 독서하는 방법이 있다. 무릇 성현이 의리를 말함에 있어 드러내 놓고 말하였다면 그 드러난 것을 따라 궁구하지 감히 경솔하게 숨어 있는 것 속에서 찾으려 하지 않는다. 반면에, 숨겨 놓았다면 그것을 숨겨 놓은 채로 궁구해 나가지 감히 경솔하게 억지로 드러내 놓고 구하려 하지 않는다. 비천한 것으로 말하였다면 그 비천한 것으로 궁구하지 감히 거기서 심오한 뜻을 찾으려 하지 않으며, 그 심오한 뜻으로 말하였다면 그 심오한 뜻을 좇아 궁구하지 감히 비천한 자리에서 그치지는 않는다. 나누어서 말하였다면 나누어서 파악하지 종합해서 그 의미를 해치지 않으며, 종합해서 말하였다면 종합적으로 보지, 나누어 보아 그 의미를 해치지 않는다.

(『퇴계전서』권1 중에서)

(다) 기(氣)에는 생사(生死)가 있으나 이(理)에는 생사가 없다는 것은 햇살이 사물들을 비추는 것과 비교해 보더라도 옳다. 그러나 햇살은 오히려 어떤 때는 없을 때도 있으니 형상(形相)을 갖는 것이기 때문이다. 이(理)에 이르면, 소리도 냄새도 없고, 모양도 없고, 끝내 사라짐도 없으니, 어찌 없어질 때가 있겠는가? 부처는 성(性)이 이(理)임을 알지 못하고 이른바 정령(精靈)·신식(神識)이라 하는 것들은 죽어도 사라지지 않고, 갔다가는 다시 되돌아온다고 하는데, 어찌 이러한 이치가 있을 수 있겠는가.

(『퇴계전서』권1 중에서)

논점 (가)와 (나)에는 대상에 담긴 의미의 참모습에 접근하기 위한 경로가 서술되어 있다. 대상과 자기 자신의 관계를 어떻게 설정해야 '진실'을 파악할 수 있는지에 초점을 맞추어 읽어야 할 것이다. (다)는 이황의 불교 비판 내용이다. 이(理)와 기(氣)의 개념을 정확하게 이해하도록 노력하면서 논지를 파악해야 한다.

통합형 문·답

1 (가)와 (나)는 모두 『퇴계전서』에 실려 있는 내용의 한 부분이다. 여기에는 이황이 독서하는 방법 혹은 대상을 해석하는 방법이 설명되어 있다. 두 글을 읽고, 이황이 주장하는 진실 탐구의 방법이 타당하려면 대상의 성격이 어떠한 것이어야 하는지 밝힌 다음, (가)에서 밑줄 친 부분의 '진실'에 도달하기 위해서는 어떤 태도를 갖추어야 하는지 설명해 보자.

이황이 주장하는 진실 탐구의 대상은 곧 성현(聖賢)들의 말씀이 담긴 경전이거나 저술들이다. 이 대상은 이미 일반인들보다 우월하고 진리를 체득한 존재들이 남긴 것이다. 따라서, 그 책 안에는 아직 확인되지 않았거나 이미 다른 사람에 의해 확인되었지만 아직 자기 자신은 깨닫지 못한 진실이 담겨져 있다. 다시 말해, 그 대상은 '성현의 말씀'인 것이다. 그렇기에, 책에 담긴 내용을 남긴 저자는 지금 독서하는 사람보다 언제나 우월한 존재라는 점이 전제되어야만 한다. 이황이 말하고자 하는 독서 방법은 성현들의 말씀을 이해하고 구현하는 차원에서만 타당하다고 하겠다.

이러한 전제 위에서, (가)와 (나)에 담긴 주장을 살펴보면, 독서(해석)의 방법은 '해석하는 사람—주체'를 중심으로 전개되는 것이 아니라 '해석되는 대상'을 중심으로 전개되는 것이다. 그러므로, 해석하는 자는 될 수 있는 한 자신을 억제하지 않으면 안 된다. '진실'은 해석하는 사람에게 있는 것이 아니라 해석되는 대상에 존재하기 때문이다. 대상이 '진실' 혹은 진리성을 포함하는 것이기에 될 수 있는 한 대상의 의미를 있는 그대로 그려 내야만 한다. 그러기 위해서는 그 대상에 접근해 가는 자가 거울처럼 투명한 마음을 가져야 한다. 거울이 더럽혀졌을 때는 거울 앞에 놓인 사물의 본모습이 제대로 투영되기 어렵기 때문이다. 성현들의 말씀이 조금도 훼손되지 않고 진실 그대로 수용되기 위해서는 그것을 대상으로 삼아 궁구하는 독자의 마음이 지순하게 비어 있지 않으면 안 되는 것이다.

이렇게 이황에게 있어서 참된 독서 방법은 객관적인 특징을 지닌다. 주관은 용납되지 않는다. 그러나 그 방법의 결과로서 얻어지는 것이 그저 말과 글 속에 놓여 있기만 하는 죽은 것이어서는 안 된다. 말과 글을 대상으로 해서 그 의미를 궁구해 감에 있어서는, 그 말과 글이 제시해 주는 의미를 좇아서 대상의 진실을 파악해야 한다. 즉, 의미가 뚜렷하게 제시되었다면 제시된 의미에 따라서 독서하고, 뚜렷하게 드러나지 않고 암시되었다면 암시의 방식 그대로 의미를 궁구한다는 것이다. 진실을 드러내었다면 그 진실은 드러내는 진실일 것이고, 은밀하게 암시하였다면 그 진실은 은밀한 암시 속에서 탐색해야만 하는 진실이라는 것이다. 이처럼 이황의 독서 방법은 독자가 임의로 창출할 수 있는 것이 아니라, 의미를 탐구해 내고자 하는 대상 자체 속에서 주어지는 것이다.

요약하자면, 진실을 궁구하고자 하는 이황의 독서 방법은 우선 독자의 마음을 깨끗하게 비우고 대상에 담긴 진실이 순연하게 드러날 수 있도록 한 다음에, 그 과정을 통해 수용된 의미 구현 방식에 따라서 대상의 의미를 해석하는 방법이라고 할 수 있겠다.

2 (다)에는 이황이 불교의 생사관(生死觀)을 비판한 내용이 담겨 있다. 이 글을 통해, 죽음에 대한 이황의 관점과 불교의 관점을 비교해 보자.

제시문 (다)에서 이황의 생사관을 이해하려면, 먼저 이(理)와 기(氣)에 대한 이황의 주장을 정리해야만 한다. 성리학(주자학)에서는 세상의 원리와 질서를 설명하는 핵심적인 개념으로 이와 기를 설정하였다. 이와 기의 관계를 어떻게 규정하느냐에 따라 다양한 차이가 생겨나고 여러 철학 학파가 발생하였다. 그런 다양한 유파들 가운데, 이가 기보다 우월하다고 인정하는 쪽을 주리론(主理論)이라 하고, 반대로 기가 우월하다고 인정하는 쪽을 주기론(主氣論)이라 한다. 주리론자들은 이(理)를 불생불멸의 실체로 간주하고, 주기론자들은 기(氣)야말로 불생불멸의 실체라고 말한다. 이황의 철학은 이(理)를 우위에 두는 주리론적 철학이다. 인용문에서도 그러한 경향이 잘 드러나 있다.

불교에서는 인간은 인연의 결과로 생겨나며, 업보에 의하여 윤회한다고 한다. 인간의 정신은 불멸하는 것인데, 그 정신이 해탈의 경지에 도달하지 못하면 번뇌의 미망에서 벗어나지 못하고, 그리하여 생·사의 반복 속에서 고통을 당하게 된다고 본다. 그러므로, 불교에서는 거듭 태어나는 것, 윤회의 수레바퀴 속에서 계속 전전하는 것은 고통으로 받아들여진다. 불교에서는 인생 — 삶을 고통으로 규정하기 때문이다. 존재한다는 것은 번뇌에 의한 구속이고 삶은 괴로운 것이라는 이야기다.

주리론자인 이황은 불교의 생사관을 받아들일 수 없었다. 이황에게 인간이란 이(理)와 기(氣)의 오묘한 결합으로 존재하는 것이고, 죽는다는 것은 다만 기(氣)의 응집력이 상실되어 해체되는 것일 뿐이다. 반면에 이(理)란 태어남도 죽음도 없이 영원히 존재하는 것이다. 세계는 오직 하나, 현재의 세상(현세)이 있을 따름이어서 죽음도 이 현세에서 이루어지는 현상이고 이(理)는 현세 속에서 영속적으로 존재하는 것이지 기(氣)의 해체 뒤에 다른 세상으로 갔다가 되돌아오는 것이 아니라는 게 이황의 입장이다. 그리고 이 이(理)는 개인의 업보에 의하여 운명지어지는 것이 아니라, 그 자체가 진리로서 존재하며, 도덕성(규범)의 근거인 까닭에 무명(無明 : 어리석음)이나 번뇌에 휘말리지 않는다는 것이다. 또한 주리론에 의해 이(理)는 절대적 규범이고 도덕적 척도이기 때문에 이(理)에는 악(惡)이란 존재하지 않으며, 인간의 악덕은 기(氣)의 산물이라고 보았으므로, 죽음 이후에도 남는 이(理)란 결코 인간의 업보와 연결될 수 있는 것이 아니게 된다. 그리고 그것 자체로서는 형체를 갖출 수 없기에 불교에서 주장하는 윤회를 통해 다시 태어날 수도 없다는 게 이황의 생사관인 것이다.

이황이 임형수와 함께 호당에 갔다. 한번은 술이 취해 호탕하게 노래를 부르고 시를 짓던 임형수가 이황에게 말하기를,

"자네, 사나이의 장쾌한 취미를 아는가? 나는 안다네." 하니, 이황이 웃으며 말해 보라고 하였다.

그러자, 임형수의 대답이 나왔다. 다음의 내용이다.

"신에 눈이 하얗게 쌓일 때, 검은 돈피 갖옷을 입고 흰 깃이 달린 기다란 화살을 허리에 차고, 팔뚝에는 백 근짜리 센 활을 걸고, 철총마를 타고 채찍을 휘두르며 골짜기로 들어서면, 긴 바람이 골짜기에서 일어나 초목이 진동하는데, 느닷없이 큰 멧돼지가 놀라서 길을 헤매고 있을 때, 곧 활을 힘껏 잡아당겨 쏘아 죽이고, 말에서 내려 칼을 빼서 이놈을 잡고, 고목을 베어 불을 놓고 기다란 꼬챙이에다 그 고기를 꿰어서 구우면, 기름과 피가 지글지글 끓으면서 뚝뚝 떨어지는데, 걸상에 걸터앉아 저며 먹으며 큰 은대접에 술을 가득히 부어 마시고, 얼근히 취할 때에 하늘을 쳐다보면 골짜기의 구름이 눈이 되어 취한 얼굴 위를 비단처럼 펄펄 스친다. 이런 맛을 자네가 아는가."

실로 호탕한 기개가 넘쳐나는 대답이었다. 이에 비하면 이황은 조심하고 근신하며 함부로 과하게 행동하는 위인이 아니었다. 임형수라는 인물의 성격과 대비되는 자리에 이황이 위치한다. 이 이황과 임형수의 대화는 『연려실기술』에 실려 있다.

특히, 임형수의 대답 부분은 홍명희의 소설 『임꺽정』에도 거의 그대로 옮겨져 있다. 그만큼 유명하면서 기개가 넘치는 글이라 하겠다.

임형수는 조선 중기의 문신으로 여러 관직을 거쳐 부제학까지 올랐으나 을사사화로 파직되었고, 그 후 끝내 사건에 연루되어 죽임을 당한 인물이다.

율곡전서

이 이
李 珥

조선시대의 학자이자 문신인 이이(1536~1584)는 강릉 출신으로, 호는 율곡
(栗谷)이다. 어려서부터 신동으로 소문나 3세에 글을 해독했고, 13세에 진사
시에 합격했다. 16세에 어머니이자 스승이요, 미덕을 겸비한 이상적인 모친인
신사임당을 여의고 3년 동안 근신한 후, 19세에 금강산에 입산하여 불서를
연구하다가 다시 유학에 전념하여 23세 때 이황을 찾아가 학문을 논했다. 이
에 감명받은 이황은 조목에게 보낸 편지에 '후생가외(後生可畏)'라고 술회
했다 한다. 평생 과거시험에 아홉 번 응시하여 모두 장원급제하여 '구도장원
공(九度壯元公)'이라 불리었던 율곡은 이후 여러 관직을 두루 역임하다가,
물러나 학문에 전념하기도 하였다. 그는 적극적으로 사회개혁에 참여했는데,
다시 관직에 나아가 동서분당을 조정하려는 활동을 펴다가 그만 세상을 떠나
고 말았다. 주요 저서로는 『성학집요』『격몽요결』『경연일기』『시무육조』등
이 있다.

『율곡전서(栗谷全書)』는 조선 중기 학자 이이의 전집으로 모두 44권 38책이다. 시집은 박지화 등이 편집하고, 문집은 박여룡 등이 성혼의 도움을 받아 편집하여 1611년(광해군 3년)에 해주에서 목판으로 발간한 것이 최초의 『율곡집』이다. 그것은 비교적 적은 분량이었는데, 1682년 박세채가 빠진 것들을 모아 새로이 편집, 간행하였다. 이후 여러 차례 재간행이 이어지다가 1814년(순조 14년) 다시 빠진 부분을 추가하여 『율곡전서』 형태로 완성을 보게 되었다.

『율곡전서』의 권 1은 사(辭) 2편, 부 3편, 시 132수로 되어 있다. 권 2는 176수의 시다. 권 3~7에는 소(疏)와 차(箚)가 실려 있는데, 그 내용은 대개 당시의 시대적·정치적 폐단과 해독을 시정할 것을 적극 요청하는 것이다. 권 8에 실려 있는 계(啓) 역시 사직계를 일부 포함하고 있기는 하나, 대부분은 민폐를 시정하게 하려는 내용이다. 권 9~12는 이황·기대승·성혼 등과 주고받은 편지인 서(書)로 이루어져 있다. 서에는 시사·문후에 대한 것보다는 성리학적인 문제에 대한 논의와 예제(禮制)에 대한 관심이 많이 엿보인다. 특히 성혼과의 사이에서 오고간 서신들은 이이의 성리학적인 입장을 밝히는 데 상당히 중요한 것이다. 여기에서 이이는 사칠론(四七論)이나 인심도심(人心道心)에 관한 입장을 확실히 해두고 있다. 권 13은 서(序)와 발(跋), 권 14는 설(說)과 제문·잡저, 권 15~16은 잡저로 되어 있다. 권 15의 잡저는 주로 교육에 대한 입장을 드러낸 것이고, 권 16의 잡저는 지방민을 유교적 도덕이념에 따라 교화하고 훈련시키려 하는 향약에 대한 의견을 기술하고 있는 것이 대부분이다. 이렇게 이이는 성리학이나 경전에 관한 연구는 물론이고, 그러한 학문이 이념으로 하는 바가 넓게 시행될 수 있는 방략을 구상하거나 규범을 설정하는 데도 폭넓은 관심을 보였다.

권 17은 신도비명과 묘갈명, 권 18은 묘지명과 행장이다. 권 19～26이 성학집요(聖學輯要)이고, 권 27에는 격몽요결(擊蒙要訣)과 제의초(祭儀抄)가 실려 있다. 「격몽요결」은 초학자를 위해 중요한 것을 차례로 밝혀 배움으로 인도하려는 글이고, 「제의초」는 각종 제사의례에 관하여 논한 것이다. 권 28～30까지는 경연일기로서, 1565년부터 1581년까지 경연에서 행했던 경서의 강의나 논의된 모든 기사를 기록하였다. 권 31～32는 어록이며, 권 33～38은 일종의 부록으로, 문인 김장생이 쓴 이이의 행장, 영의정 이항복이 지은 이이의 신도비명, 연보와 문인록 등이 포함되어 있다. 권 39부터 끝까지는 습유(拾遺)로, 앞에서 빠뜨린 글을 모은 것이다. 여기에는 「제생상읍의(諸生相揖義)」 등 예의절차를 다루는 글과 「소아수지(小兒須知)」같이 초학자가 범하기 쉬운 잘못을 경계하는 글 등이 있다. 특히 「논사칠설(論四七說)」 같은 글은 기대승과 이황의 사칠설에 대해 간단히 언급한 것으로, 이이의 입장을 살펴볼 수 있는 중요한 자료가 된다.

이이는 학문을 일상외적인 것으로 간주하지 않고 매일매일의 사질구레한 생활 속에서 실천되고 연마되는 구체적인 수신(修身)의 방법으로 보았다. 그의 이러한 입장은, '이른바 학문이라고 하는 것은 역시 별다른 것이 아니라…… 날마다의 행동거지가 일에 따라 각각 그 합당함을 얻게 하는 것일 따름이다' 라는 「격몽요결서」의 대목에서 단적으로 확인할 수 있다. 이이는 학문을 실제적인 실천을 강조하는 생활윤리적인 차원에서 바라보고 있는 것이다. 학문에 대한 이런 태도는 이이의 성리학자로서의 위치에 손상을 입히는 것이 아니라, 오히려 그의 철학체계에 견고한 현실적 태도를 확보하게 해주는 것이라 하겠다.

성리학자로서의 이이는 이황과는 다른 입장을 취했다. 이황이 이기이원론(理氣二元論)에 입각하여 이와 기 양자에 다같이 운동 능력이 있다고 보았던 데 반해 이이는 기에만 운동 능력이 있다고 주장했다. 기가 움직이면 항상 이가 타는 것이므로 이와 기는 어느 것이 우선한다고 할 수 없으며 항상 같이 있는 것이라는 주장이 이이의 입장이다. 따라서, 이이에게 있어 이와 기는 둘이면서 하나이고 하나이면서 둘인 것이다. 이이는 이를 일반성·보편성을 띠는 것으로 간주하였고, 기를 특수성·상대성을 띠는 것으로 보았다. 이는 형태가 없는 것이고, 기는 형태가 있는 것이다. 기에만 운동 능력을 부여했다는 점에서 보면 이이의 입장은 주기론(主氣論)이라 할 수 있으나, 그 배면에서 이에 대한 주재가 행해진다는 사실을 인정한 것으로 보면 주리론(主理論)이라 할 수도 있다. 사단(四端)과 칠정(七情)에 대한 이이의 입장은 칠정 속에 사단이 포함된다는 것으로, 사단은 칠정에서 선한 측면만을 가려뽑아서 말한 것에 불과하다고 생각했다. 사단이나 칠정이나 모두 '기발이승(氣發理乘)'의 결과라는 것이다.

작품 읽기

(가) 1. 삼가 살피옵건대 변변치 않은 우신(愚臣)이 외람되게 사랑을 받아서 자리가 분수에 넘치오나 공효는 조금도 보람이 없고 복(福)은 과(過)하여 재앙(災殃)이 생겨서 몸이 중병에 걸려 자리에 누운 지 수개월인데, 병중에도 가만히 살펴서 보건대 성스러운 주상께서 위에 계시오나 국사는 나날이 어지러워지니 밤중에 베개를 어루만지면서 새벽까지 답답함을 견딜 수가 없었습니다. 심혈(心血)을 기울여 마음속에 쌓인 것을 모두 아뢰고자 하는 소(疏)를 미처 올리기도 전에 불

의의 은혜가 거듭되어 우찬성(右贊成)으로 승진(昇進)시키시니 당황하여 놀라고 걱정이 절박하여 사퇴하였사오나 허용되지 못하고 물러나와서 전일의 초고(草稿)를 다시 찾아 궐문(闕門)을 삼가 두드립니다. 그리하오나 일이 급할수록 걸음을 천천히 걷지 못하고 마음이 아프면 소리를 늦추지 못하는 것이오니 위로 성상의 위엄을 범하고 아래로 시정(時情)에 어긋남을 돌볼 여가가 없습니다. 삼가 원하옵건대 전하께옵서는 잠깐 위엄을 푸시고 한번 굽어 살피시옵소서.

신이 듣자오니 상지(上智)는 미리 밝게 살펴서 변란(變亂)이 일어나기 전에 다스려서 위태로움이 있기 전에 보전(保全)하는 것이고, 중지(中智)는 뒤에야 깨달아서 변란인 줄을 알고 위태로움을 다스려서 안정시키려는 것이며, 그 변란을 당하고도 다스릴 생각을 하지 않고 위태로움을 보고도 안정시키려고 하지 않는 것은 하지(下智)라고 할 것입니다.

지금 위망(危亡)의 상태는 뻔하오니 '중지'라도 민망하여서 탄식할 것인데 전하께서는 '상지'의 자질로서 이때를 당하시어서 위로는 황천(皇天)과 조종(祖宗)이 내려 주신 책임에 보답하지 않으시고 아래로는 신하와 백성들의 지극한 갈망에 답할 치안(治安)의 방책을 끝내 마련하지 아니하시니 전하께서는 위망의 상태를 모르신다고 말을 할 수가 있겠습니까. 지금 나라의 형세가 위태하다는 것은 어린아이라도 알고 있는 것인데 어찌 성스러운 주상의 밝으심으로 모르실 이치가 있겠습니까. 전하께서 이미 알고 계신다면 무엇을 믿고 나라를 보전할 계책을 마련하시지 않으십니까. 아아, 위태롭습니다. 신은 죽음을 무릅쓰고 한 번 그 위망한 상태를 대략 말씀드리겠습니다.

세속은 인습(因襲)에 젖었고 공적(功績)은 식지(食志)에서 무너지며 정사(政事)는 뜬 논의에 어지러워지고 백성은 쌓인 폐단에 궁핍하니 이 네 가지가 큰 항목이 되겠습니다.

2. 세속이 인습에 젖었다는 것은 무엇인가 하면 세상의 풍속이 천박하게 쇠퇴하여져서 인심이 점점 박하여지니 교화로써 일으키지 않는다면 풍속이 퇴폐할 것은 당연한 결과입니다. 지금의 세도(世道)는 마치 물이 아래로 흐르는 것처럼 옳지 못한 데로만 습관이 된 지가 오래되어서 당연한 것으로 알기 때문에 예의염치(禮義廉恥)가 떨치지 못한 지가 이미 오래입니다. 속된 것을 따르는 자는 비방하지 않고 뭇사람들과 뜻이 다른 사람을 헐뜯으니 대소 존비가 거칠고 문란한 지경으로 빠져서 마음을 놓고 악을 행하기를 조금도 꺼리지 않습니다. 선비들도 이(利)를 먼저 하고 의(義)를 뒤로 하니 일반 백성들이 무엇을 본받겠습니까.

심지어는 임금을 잊고 어버이를 잊었으며 마음을 둘 곳이 없으니 삼강과 구법(九法)은 이미 없어졌다는 말은 오늘날을 두고 한 말입니다. 무사(無事)한 때에 이미 법강(法綱)이 해이해졌는데 만약에 일단 유사시에는 윗사람이 죽더라도 보고도 못 본 척하고 구하지 않을 것이니 흙이 무너지는 듯한 사세는 한쪽 발을 들고도 기대할 수 있는데 이것이 위태로운 상태의 첫째입니다.

공적이 식지에서 무너졌다는 것은 무엇인가 하면, 대개 관직을 나누어 설치한 것은 그 사람의 일신에 녹을 주어 살리자는 것이 아니라 인재를 얻어서 국사를 다스리라는 것입니다. 그러나 지금은 그렇지 아니하여 재주가 있고 없는 것을 불문하고 관직에 쓰니 대관(大官)은 먹기만 하고 봉공(奉公)할 생각은 더욱 없어서 서로 나쁜 버릇을 본받아서 기강이 해이해졌습니다. 관청의 일을 애써 다스리려고 하는 사람이 있으면 뭇사람들이 이를 가리켜 못생긴 이라고 비웃고 욕을 하면서 여러 가지로 방해하여 드디어 아무 일도 이루지 못하게 하며 서리(胥吏) 같은 미미한 사람도 역시 기회를 타서 농간을 피우며 마침내는 실직하게 하는 것이 관례가 되어 버렸습니다. 이리하여 선비로서 조금이라도 지조가 있는 사람이면 벼슬을 하지 않고, 오직 작록이나 영화를 탐내는 자들이 기회를 타서 세력을 얻으려고 하거나 혹은 가난하여 살기 어려운 자로 마음과 뜻을 비굴하게 먹어야만 벼슬자리에 오래 있을 수가 있습니다. 그러므로 대소의 관료는 모두가 직무에 감히 뜻을 두지 못하고 그 중에 조금 낫다는 사람도 다만 부서(簿書)나 고안하고 기회(期會)에나 응할 뿐이어서 모든 정사가 나날이 퇴폐하여지고 모든 관서는 피폐하게 되었으며 나아가서는 군현에까지도 미쳐서 폐단이 없는 고을이 없으니 안팎이 텅 비어 나라의 꼴이 말이 아니온데 이것이 위태로운 상태의 둘째입니다.

3. 정사는 뜬 의론에 어지러워졌다는 것은 무엇을 말하는가 하면 예로부터 나라를 다스림에는 반드시 삼공(三公)이 육경(六卿)을 통솔하고 육경이 일반 관사(官司)를 거느려서 키(貴)로써 천(賤)에 임하고 아래에서 위를 받들어 존비에 차례가 있어야만 기강이 확립되는 것입니다. 그러나 지금은 그렇지 아니하여 조정의 의논이 갈래가 많아서 아침에 고친 것을 저녁에 개혁하니 옳고 그른 것이 주재할 바를 정하지 못하고 상하 대소가 서로 체계가 서지 못하여 조관(朝官)이 천, 백 명이면 그 마음도 천, 백 가지입니다.

소위 뜬 의론이라는 것은 어디서부터 시작된 것인지 모르오나 미미하게 시작되어 점점 성하여 마침내 묘당(廟堂)을 동요하고 대각(臺閣)에 파란을 일으켜 온 조정이 이에 휩쓸려서 감히 서로 막지 못하니 뜬 의론의 힘이 큰 산보다 무겁고 칼날보다 날카로워 한 번 그 칼날에 저촉되면 공경(公卿)도 그 존(尊)을 잃고 현준(賢俊)도 그 이름을 잃으며 장의(張儀), 소진(蘇秦) 같은 사람도 그 변술(辯術)이 쓸 데가 없으며 맹분(孟賁: 중국 전국시대 사람으로 물로 가면 공룡을 피하지 않고 뭍으로 가면 호랑이를 피하지 않는 용맹 있는 사람이다), 하육(夏育: 중국 주(周)나라 때 사람으로 그 힘과 용기가 대단하여 살아 있는 소의 꼬리를 뺄 수 있는 용맹이 있었다고 한다) 같은 사람도 그 용력을 쓸 데가 없으니 그 까닭을 모르겠습니다.

아! 이상도 합니다. 이리하여 아래에서 위를 업신여기고 천(賤)이 키(貴)를 업신여겨서 사람마다 제 의견을 주장하니 기강이 문란하여 의리가 있는 것을 돌보지 않고 오직 뜬 의논의 힘만 보게 되었습니다. 아아, 정권이 대신의 손에 있어도 오히려 번거롭고 어지러울 텐데 하물며 뜬 의론이나 말하는 자의 손아키에 있어서야 어떻겠습니까. 정말 천고에 듣기 힘든 일입니다. 비유하건대 만 석을 실을 수 있는 배가 큰 바다에서 키를 잡는 사람 없이 그저 풍랑에만 맡기고 있는 것과 같은데 이것이 그 위태로운 상태의 셋째입니다.

백성이 쌓인 폐단에 궁하다 함은 무엇인가 하면, 대개 법이 오래되면 폐단이 생기는 것은 예나 지금이나 공통된 것이니 변통이 없다면 백성이 살 이치가 반드시 궁해지는 것인데, 하물며 우리 나라는 여러 차례 간사한 권신의 손을 거쳐 많은 폐법(弊法)을 세웠는데 이 그릇된 것을 그대로 따라 폐단이 커져서 백성에게 그칠 줄을 모르는 해독을 끼치고 있습니다. 수십 년 동안 한 번도 개혁하지 않아서 오늘날에 이르러서는 호구의 수와 전야(田野)의 개간이 거의 반이나 줄었는데도 공부(貢賦)를 징발하는 것은 오히려 전보다 심한 까닭에 백성의 살림이 어려워져 이리저리 흩어져서 백성은 날로 적어지고 있으며 부역은 날로 심하여 이대로 간다면 반드시 백성은 하나도 남지 아니할 것입니다. 백성은 나라의 근본이며 이 근본이 든든해야만 나라가 편안할 것인데 지금 민생은 날로 극심하게 위축되어 마치 물이나 불 속에서 사는 것 같습니다. 옛날에 '나를 어루만지면 임금이요, 나를 학대하면 원수다.' 하였으니 어찌 깊이 두려워할 일이 아닙니까. 맹자가 이르기를 '숲을 위하여 새를 몰아넣는 것은 새매다.' 하였으니, 지금 만약 조(曹), 여와 같은 나라가 이웃에 있다면 백성은 반드시 고생 때문에 살림을 싸서 짊어지고 그리로 키화할 것이오니 이것이 위태로운 상태의 넷째입니다.

지금 이 네 가지 상태는 지금도 나타나지 않은 것이 아닙니다. 눈이 있는 사람은 볼 수가 있으며 입이 있는 사람은 말할 수가 있는 지경인데 어찌 전하께서만 홀로 모르실 수가 있겠습니까.

4. 한나라의 신하인 매복(梅福)의 말에 '그 형상(形)을 보지 못하거든 원컨대 그 그림자(影)를 살피라.' 하였습니다. 만약에 오늘날의 그림자로 말하면 천문(天文)이 변괴를 나타내고 지도(地道)가 보통 때처럼 고르지 못하여 수재(水災)와 한재(旱災)가 나타나고 괴질이 해마다 일어나며 산천초목과 곤충조수(昆蟲鳥獸)에 이르기까지 수없이 괴상한 일이 생기니 이것은 무엇의 그림자이겠습니까. 아아, 전하께서는 나라의 주인이십니다. 일국을 다스리지 못한 책임이 장차 누구에게 돌아가겠습니까.

옛날에 정치를 논하는 이는 반드시 격물치지(格物致知), 성의정심(誠意正心)으로서 근본을 삼았으나 오늘날에 있어서는 늙은 선비의 케케묵은 말이 되었으니 누가 이것을 우원(迂遠)하다 아니하겠습니까. 그렇다고 하더라도 격물치지, 성의정심을 버리고 나라를 다스리려 한다면 마침내 그것은 이치에 맞지 않습니다. 왜냐하면 격물치지를 하지 않으면 지혜가 이치에 밝지 못하고 성의정심을 하지 않으면 마음이 이치를 따르지 못하여 지혜가 이치에 밝지 못하게 되면 긴특(奸慝)하고 바른 분별을 가리지 못할 것이며, 마음이 이치를 따르지 않게 되면 어진 이를 써서 백성을 편하게 하는 방법을 쓰지 못할 것입니다.

예로부터 임금이 아무리 무도(無道)하다고 하더라도 어찌 그 나라가 망하기를 바라겠습니까. 오직 그 지혜가 밝지 못한 까닭에 어지러운 것을 태평세대라 하고 간사한 것을 충성이라 하는 것이며 그 마음이 바르지 못한 까닭에 어진 사람의 엄정한 것을 꺼리고 간사한 아첨과 만나면 그 아부하는 것을 즐기니 이것은 예로부터 망하는 것이 앞

수레가 엎어진 자리에 뒷수레도 따라서 엎어지는 것을 마침내 깨닫지 못하는 까닭입니다.

지금 전하께서는 타고나신 자품이 성스럽고 욕심이 없어서 청수(淸修)하고 공손하고 검소하여 신하를 예로써 대우하는 데에 조금도 과실이 없습니다. 그러하오나 즉위하신 지가 16년에, 치도(治道)는 나아가지 않고 도리어 위태로운 상태가 앞에서 말씀드린 바와 같사오니 혹시 격물치지, 성의정심의 공효를 못 다 하신 까닭이 아니겠습니까. 아아, 전하께서는 오늘날의 나라 형세가 가만히 있는데 저절로 보전할 수 있다고 생각하십니까. 그렇지 않다면 바로잡으려 하여도 아직 그 방책을 모르시는 것입니까. 그것도 아니라면 그 뜻은 있으나 신하를 얻지 못하여 일을 하시기 어려운 까닭입니까. 흥하든 망하든 제 될 대로 천운에 맡기어서 인력을 쓸 수 없다는 것입니까.

예로부터 다스리려 하여도 안 되는 것에는 두 가지가 있습니다. 욕심이 많은 군주가 스스로의 몸을 봉양하기 위하여 궁실(宮室)이 성한 것이나 성색(聲色)의 재미나 말을 달리고 사냥하는 낙으로 하여 스스로를 억제하지 못하였기 때문에 백성이 견디다 못하여 내란을 일으킨 것이 그 하나의 경우이고, 연약한 군주가 정권을 간신에게 떠맡겨서 정치의 명이 자기에게서 나오지 못하고 붙어 사는 위치에 있어서 좌우의 이목인 신하가 모두 심복이 아닌 까닭에 일을 조금 하려면 그때마다 억제를 당하는 것이 그 둘째의 경우입니다.

지금 전하께서는 이미 욕심이 많은 폐단도 없으시고 또 간사한 권신의 걱정도 없으시니 왕도를 따르시면 왕이 되실 것이며 패도를 따르시면 패왕이 되실 수 있을 것입니다. 전하의 생각 여하에 달렸을 뿐이오니 그 누가 금하기에 다스리지 못하십니까. 깊이 생각을 하옵건대 네 가지의 위태로운 상태는 전하에게 달린 것이오며 폐단을 개혁하여 태평을 일으키는 것도 역시 전하에게 달렸기 때문에 하지 않으시는 것이지 못하시는 것은 아닙니다.

5. 왜냐하면 전하께서는 선을 비록 지극하게 사랑하시나 도는 독실하게 믿으시지 아니하며 충·효·청·백 같은 일절(一節)의 행하는 것이 있다는 것을 들으시면 탄상(歎賞)하여 마지않으시나, 어떤 사람은 도학으로서 자처한다는 것을 들으시면 혹시 거짓인가를 의심하시니 대개 도학자는 반드시 선행을 구비하는 것이나 선을 행하는 이가 반드시 도를 아는 것은 아닙니다. 어찌 충·효·청·백의 일절만 중하게 여기시고 도학은 경하게 여기십니까. 생각하옵건대 전하께서 도학을 중하게 여기고 유학을 숭상하시는 정성이 아직 지극하지 못하시기 때문에 호령(號令)과 거조(擧繕)는 속(俗)을 따르는 자를 좋아하시고 비범한 사람을 미워하시어서 곧은 절개가 있는 선비는 마음이 굳세고 과격하다고 의심하시며 말이 없이 입을 다물고 있는 신하는 순후한 데 견주시고 옛 도의 설은 대언(大言)이라고 배척하시기 때문에 유속(流俗)의 사람들은 풀이 바람에 나부끼듯이 모두들 '우리 임금은 도학을 좋아하지 아니한다'고 하여 선을 행하던 사람은 기운을 잃고 악을 행하던 사람은 방자하며 조금 수칙(修飭)하는 사람은 명예를 닦는다 하고 탁류에 혼합하면 자연스럽다고 용허하니 교화는 허물어지고 이륜(彝倫:사람으로서 떳떳이 지켜야 할 도리)은 상패(喪敗)하였습니다. 이것이 세상의 인습에 젖었다는 것입니다.

전하께서 선비를 사랑하시는 뜻은 물론 성의정심에서 나온 것이오나 이기기를 좋아하는 사사로운 마음이 아직도 극복되지 아니하였고 다스림을 구하는 뜻이 서지 않은 까닭에 감투에 연연한 사람은 사랑을 받고 숨기기를 좋아하는 어진 사람은 뜻에 거스르는 것입니다. 어진 사람이 조정으로 나아올 때에 도의 쓰임이나 안 쓰임은 논하지도 아니하시고 다만 작록으로써 굴레를 씌워서 선비를 대우하여 어질고 어리석음을 가리지 않으며 오직 벼슬의 높고 낮음으로써 경중을 나누시니 이 때문에 도를 행하려는 사람은 충성하려고 하여도 할 수가 없어서 방황하다가 마침내는 물러가고 그 녹만을 먹고자 하는 자는 남에게 해를 끼치는 사람이라도 반드시 오래된 서열대로 마침내 대관에 이르게 됩니다.

대개 작록이란 것은 세상을 닦고 덕 있는 사람에게 주는 것입니다. 만일에 벼슬을 하고자 하는 사람을 모두 벼슬에 등용하고 구하지 않은 사람은 모두 물리친다면 정치의 공백 상태가 무엇이 괴이하다 하겠습니까. 이것이 공적(功績)은 식지(食志)에서 무너졌다는 것입니다.

(이이, 『율곡전서』, 「진시폐소(陳時弊疏)」 중에서)

(나) 1. 홍문관 부제학 신 이이는 삼가 생각하옵건대 소신의 누의와 같은 미미한 생명으로 천지 같은 넓은 은혜를 입었사오니, 그 은혜는 바다보다 깊고 의리는 산보다 중하온지라, 지혜를 다하고 정성을 다하여 만분의 일이라도 우러러 보답하고자 하오나, 오직 타고난 기질이 소박하고 공부도 천박하며, 재질을 말하면 소루하여 실효함에 맞지 않고, 학문을 말하면 거칠어 실효를 보지 못하였사온데, 안으로는 시종관이 되었으나 임금의 계책을 돕지 못하였고, 밖으로는 감사가 되었으나 덕화를 펴지 못하였사오니, 백 번 생각하여도 돌아가서 농사를 짓는 수밖에는 다른 계책이 없사옵니다. 그렇지만 임금을 사랑하는 일념만은 천성에 근거하여 잊으려고 하여도 잊지 못하고 다시 생각하여 이미 물러갔다가 또 나와서 추요하고 다시 생각하여 이미 물러갔다가 또 나와서 추요의 어리석음으로써 면류 아래에 경진하여 적은 도움이나마 조금이라도 드린 뒤에라야 마음이 편하겠사옵니다.

가만히 생각하옵건대, 제왕의 도는 심술의 은미한 데 근거하여 문자로 나타나 있사온데, 성현이 잇따라 일어나서 수시로 말을 반복하고 미루어 밝혔기 때문에 책이 점점 많이 엮여져 경훈과 자사가 천만 권이나 되는데, 어느 것인들 도를 기록한 문자가 아니겠사옵니까. 지금부터는 성현이 다시 일어나더라도 다시 미진한 말이 없을 것이어되, 다만 성인의 말로써 이치를 살피고 이치를 밝혀서 행하도록 하여,

성기와 성물의 공을 달할 뿐이옵니다. 후세에 도학이 밝지 않고 행하지 않는 것은 독서를 널리 하지 못한 것을 근심할 것이 아니라 이치를 살피는 것이 정밀하지 못한 것을 근심해야 할 것이오며, 실천함이 득실하지 못한 것은 지식과 견문이 넓지 못한 것을 근심할 것이 아니라 그 요령을 얻지 못한 까닭이요, 그 정성을 이루지 못한 까닭이옵니다. 그 요령을 얻은 뒤에 그 맛을 알게 되고, 그 맛을 안 뒤에 그 정성을 다하게 된다는 말을 신이 해온 지 오래이옵니다.

일찍이 한 책을 엮어서 요령을 얻는 방법으로 삼아, 위로는 우리 임금에게 바치고 아래로는 후생에게 가르치려고 하였사오나, 생각하면 부끄러워서 뜻이 있어도 이루지 못하옵더니, 계유년에 특별한 조서를 받자와 감히 사양하지 못하고 공직을 배명하와 대열을 좇아 수행하였사온데, 나라에는 공이 없고 배움에는 해가 되었사오니 스스로 탄식하옵니다. 성은을 입고도 책임을 다하지 못하였사옵기에 비로소 책을 엮어 보려는 계획을 정하여 경전을 탐색하고 사적을 추리다가 공이 절반도 못 되어 병으로 나라를 버리었사오나, 시골에서도 미미한 정성이 쉬지 않기 때문에 한가한 틈에 그 나머지를 계속하였사온데, 미처 탈고하지 못한 때에 또 해서의 명을 받자와, 공문서 '정리엔' 바빠 전력하지 못하고, 잇따라 병이 생겨서 업을 폐한 지 여러 달이옵더니, 올해 초기을에 비로소 편을 이루어 그 이름을 『성학집요』라고 하였사옵니다.

무릇 제왕의 학문하는 본말과, 정치하는 선후와, 덕을 밝히는 실효와, 백성을 새롭게 하는 실적의 대개를 드러내어, 작은 것을 미루어 큰 것을 알게 하고 이것으로 인해서 저것을 밝혔으니, 곧 천하의 도는 실로 이에 벗어나지 않사옵니다. 비록 신의 식견이 비루하여 엮는 데 순서는 잃었을망정 모은 말들은 한 글커마다 도움이 되는 것이며, 몸에 절실한 교훈이 아닌 것이 없사옵니다. 정자는 '배워서 깨닫지 못하고 말로 깨닫는 사람은 그 말을 좇으면 도에 들어갈 수가 있다.'

하였사오니, 가령 이 책이 신의 손에서 나왔더라도 또한 사람들이 말을 폐하지는 못할 것이온데 하물며 성현의 말씀이겠사옵니까. 만 번 죽더라도 삼가 제 책을 흰 보로 싸서 절하고 단지에 드리오니, 그렇게 여기셔서 받아 보시와 앞에 드린 교훈을 깊이 음미하시고, 더욱 넓고 두터운 공부를 하셔서 고명하고 넓고 두터운 경지에 이르신다면 곧 소신의 구구하온 충성으로 바라는 뜻도 또한 조금 펼 수 있겠사옵니다.

2. 가만히 생각하옵건대, 제왕의 학문은 기질을 변화하는 것보다 절실한 것이 없고, 제왕의 정치는 정성을 미루어 어진 이를 쓰는 것보다 앞설 것이 없을 것입니다.

기질을 변화하는 데는 마땅히 병을 살펴 약을 쓰는 것을 공으로 삼고, 정성을 미루어 어진 이를 쓰는 데는 마땅히 상하가 틈이 없는 것을 실제로 삼아야 하옵니다. 삼가 뵈옵건대 전하의 총명과 예지는 무리보다 뛰어나고, 효도·우애·공손·검소함은 천성에서 나왔으며, 성색과 이욕은 근본 자품에서 끊어졌으니 지난 역사를 살펴도 겨룰 이가 없습니다. 여기에서 신이 마음을 황극에 두고 정을 왕궁에 걸었사오며, 참다운 덕이 성취하셔서 삼황·오제를 따르게 하려는 것이옵니다. 다음으로 병통을 논하면 영특한 기질이 너무 드러나오며 착한 것을 받아들이는 도량이 넓지 못하시고, 노기를 쉽게 발하여 남에게 이기기를 좋아하는 사사로움을 버리지 못하시니, 도에 들어가는 데 방해가 될 것이옵니다. 이러므로, 온순한 말과 겸손한 말을 하는 이는 많이 받아들이게 되고, 직언으로 면전에서 과실을 책하는 이는 반드시 거스르게 될 것이오니, 성제와 명왕의 몸을 겸허하게 하여 사람을 따르는 도가 아님을 대우하는 데 엄하여 조금도 편애하는 생각은 없으시나, 언관들이 편파적으로 애호한다고 배척하면 갑자기 고함을 질러 도리어 편파적으로 애호한다는 뜻을 보이시고, 나라 일이 날로 퇴패함을 보고 바로잡을 뜻이 없는 것은 아니시나, 언관들이 고집하신다고 비방을 하면 문득 거절하여 도리어 고집하는 뜻을 보이십니다. 말씀하시고 일을 처리하는 것이 대개 이와 같사온지라 비록 모든 신하들이 성상의 마음을 알지 못하는 탓이기도 하오나, 또한 전하께서 도량이 넓지 못하시고 사사로움을 극복하지 못하신 까닭입니다. 옛날의 성왕에는 그러하지 않은 이가 있었사온대, 부질없이 놀면서 오만하고 포학함이 결코 대순의 소행이 아니었사오니, 백익이 경계하기를 '단주와 같지 말라.' 하였으며 미미한 행실을 뽐내지 않는 것이 결코 무왕의 소위가 아니었으나, 소공이 경계하기를 공휴일궤로써 하였고, 대순과 무왕은 허심하여서 조심히 받아들였으니, 어찌 털끝만한 것인들 서로 알지 못한 유감이 있었겠사옵니까. 이제 전하께서는 자질이 순수하고 학문이 고명하시어, 순임금이나 무왕과 같이 되시는 것을 감히 막지 못할 것이옵니다. 그러하온데 어찌 뜻을 세우기를 돈독히 하지 않으시고 착한 것을 취하기를 널리 하지 않으십니까. 여러 신하들이 잘못을 바로잡아 허물이 없게 하려고 하면 반드시 서로 알지 못한다고 의심하시고, 착한 말을 아뢰고 어려운 일을 권하여 요·순의 도로 인도하려고 하면 반드시 '감히 감당하지 못한다.' 거절하시니, 전하께서 한가하신 중이나 은밀하실 때에 읽으시는 것은 무슨 책이오며, 생각하시는 것은 무슨 일이옵니까. 자질이 아름다워도 충분히 기르지 못하고 병통이 깊어도 치료하지 못하시면, 어찌 신하들만이 아래에서 통탄할 뿐이겠사옵니까. 황천의 조종께서도 역시 위에서 근심하실 것이옵니다.

엎드려 바라옵건대, 전하께서는 먼저 큰 뜻을 세우셔서 반드시 성현을 표준으로 삼으시고, 삼대를 기필하시옵소서. 전심하여 글을 읽으시고 사물에 나아가 이치를 궁구하시어 말이 내 마음에 거스르면 반드시 도리에 맞는가 생각하시고, 말이 내 뜻에 순하면 반드시 도리가 아닌가를 생각하시어 곧은 말을 즐겨 들으시고, 간하는 것을 싫어하시지 마셔서 착한 것을 받아들이는 도량을 넓히시고, 의리의 귀결을 깊이 살피시며, 몸을 굽히는 것을 부끄러워 마시고 남에게 이기려는 사사로움을 버리시면, 일용하는 사이에 실천하는 것이 성실하여져서 한 가지 일도 실수가 없을 것이오며, 한가한 가운데 마음가짐이 돈독하여 한 가지 생각도 잘못이 없을 것입니다. 더욱이 중도에서 게으르지 않으시고 작은 성공에 만족하시지 않으며, 병통의 뿌리를 모두 버리시고 아름다운 자질을 온전히 하시어 제왕의 학문을 이룩하시면 얼마나 다행이겠사옵니까.

신은 또 엎드려 뵈옵건대 전하께서는 부탁의 중함을 깊이 생각하시고 시운의 쇠퇴함을 개탄하시며, 정력을 가다듬어 다스리는 것을 도모하시와 어진 이를 예로 대하시고, 선비에게 겸손하시어 대신을 공경하기를 존장과 같이 여기시며, 여러 신하들 보시기를 벗과 같이 여기시고, 백성을 근심하되 손상될까 두려워하시면 삼대 이후에는 보지 못한 정치가 이룩될 것이옵니다. 여기서 신이 자기의 분수를 생각하지 않고 성상 앞에 망령되게 호소하는 것은 반드시 선건 · 전건하여 세도를 대신하는 것을 보고자 하는 것이옵니다. 그리고 군신간에 정성스러운 믿음이 서로 부합되지 못하여 신하의 정성이 임금께 달하지 못하고, 임금의 뜻을 신하가 깨닫지 못한다면 책임을 맡겨서 지극한 다스림을 이루지 못할까 두렵습니다.

(이이, 『성학집요』, 「임금께 올리는 글(進箚)」 중에서)

일반적으로 조선시대의 국왕이라고 하면, 모든 백성의 위에서 군림하고 자기 뜻대로 정치를 할 수 있는 존재라고 생각한다. 그렇지만, 제시문 (가)에서 보듯이 당시의 군신관계는 왕이 일방적으로 군림할 수 있는 관계라 보기 힘든 면이 많다. (가)와 (나)의 내용을 바탕으로, 한 나라의 통치자라면 어떤 자격을 갖추어야 하는지 자신의 견해를 제시해 보자.

제시문 (가)는 당시 국가의 실태를 제시하고 그 잘못의 책임은 궁극적으로 임금에게 있다는 주장을 담고 있다. 이이는 네 가지로 나누어 잘못된 정치와 피폐한 사회 상황을 임금에게 알렸다. '만약에 오늘날의 그림자로 말하면 천문(天文)이 변괴를 나타내고 지도(地道)가 보통 때처럼 고르지 못하여 수재(水災)와 한재(旱災)가 나타나고 괴질이 해마다 일어나며 산천초목과 곤충조수(昆蟲鳥獸)에 이르기까지 수없이 괴상한 일이 생기니 이것은 무엇의 그림자이겠습니까. 아아, 전하께서는 나라의 주인이십니다. 일국을 다스리지 못한 책임이 장차 누구에게 돌아가겠습니까'라는 이이의 진술에서 극명하게 드러나듯이, 궁극적인 책임은 바로 임금에게 있다는 것이다.

임금에게 반성을 촉구하는 이이의 말은 심각하면서도 절실하다. '지금 전하께서는 타고나신 자품이 성스럽고 욕심이 없어서 청수(淸修)하고 공손하고 검소하여 신하를 예로써 대우하는 데에 조금도 과실이 없습니다. 그러하오나 즉위하신 지가 16년에, 치도(治道)는 나아가지 않고 도리어 위태로운 상태가 앞에서 말씀드린 바와 같사오니 혹시 격물치지, 성의정심의 공효를 못다 하신 까닭이 아니겠습니까. 아아, 전하께서는 오늘날의 나라 형세가 가만히 있는데 저절로 보전할 수 있다고 생각하십니까. 그렇지 않다면 바로잡으려 하여도 아직 그 방책을 모르시는 것입니까. 그것도 아니라면 그 뜻은 있으나 신하를 얻지 못하여 일을 하시기 어려운 까닭입니까. 흥하든 망하든 제 될 대로 천운에 맡기어서 인력을 쓸수 없다는 것입니까.'

이 말에서 이이가 주장하는 『대학』의 '격물치지'와 '성의정심'을 통해 짐작할 수 있듯이, 임금이 당시의 피폐한 현실을 타개하고 올바른 정치를 제대로 펼 수 있는 유일한 방도는 '도학(道學)'이라고 하였다. 시속의 자잘한 풍속에 대해서는 임금이 착한 심성으로 관심을 기울이지만, 그 근본이 된다고 할 수 있는 도학을 멀리한다고 몹시 심하게 나무라고 있다. 이러한 사정은 현재 우리가 통상 생각하는 조선시대 임금의 절대적 권위와는 많은 거리가 있다. 임금은 군왕의 권위만을 누리며 지내는 존재가 아니라 끊임없이 수행하고 스스로도 성인이 되기 위한 학문 곧 '성학(聖學)'——'도학'을 추구해야만 한다는 것이다.

이것은 단순히 신하된 자의 충고에 그치는 수준이 아니다. 정치이념의 문제기 때문이다. 신하된 인물이 임금에게 '도학'의 이념을 요구한다는 것은 일종의 '정치적 비전'을 가지라는 의미라 할수 있다. 뚜렷한 정치적 이념을 바탕으로 그 이념의 현실적 실현을 위해 임금과 신하가 함께 노력한다는 것은 곧 정치 담당자들이 명확한 비전을 제시하고 그에 부합하는 국정을 펼치는 일과 마찬가지라 할 수 있다. 그런 점에서, (가)와 (나)에 담긴 내용은 현대 사회의 정치에도 적극적으로 활용할 수 있는 가능성이 풍부하다.

국정을 책임지는 자리에 있는 사람(우리 나라의 경우 대통령)은 그저 자리만 지켜서는 안 된다. 확고하고도 분명한 정치적 이념을 가지고 그 이념의 실현을 위해서 정치를 수행해야 한다. 이를 위해서는 자신과 동일한 이념과 비전을 공유하는 사람들과 결합하여 뚜렷한 집단을 결성해야 한다. 그래야만 현실적으로 정치력을 발휘할 수 있는 세력을 구축할 수 있게 되는 것이다. 이 세력을 근거로 해서, 국정 책임자가 자신의 정치적 비전을 국민에게 호소하고 지지를 요청할 수 있으며 수합된 여론이나 성원에 기대어 자신의 비전과 이념을 지속적으로 국정에 반영할 수 있어야 한다.

징비록

유성룡
柳成龍

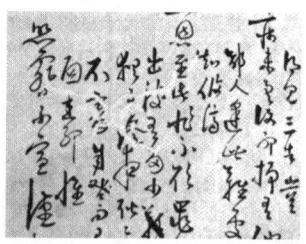

유성룡 필적

유성룡(1542~1607)은 조선 중기의 문신으로, 호는 서애(西厓)이다. 경북 의성 출신으로, 퇴계 이황의 문인에 속한다. 1566년 별시 문과에 급제한 이후 대교·수찬·정언·병조좌랑·이조좌랑을 비롯한 여러 벼슬을 두루 거치고, 예조판서·우의정을 거쳐 임진왜란 때는 영의정의 자리에까지 올랐다. 1598년 반대파의 탄핵을 받아 관직을 삭탈당했다가 1600년에 다시 복관되었으나, 다시 벼슬을 하지 않고 은거 생활을 했다. 도학·문장·덕행·글씨로 이름을 떨쳤고, 특히 영남 유생들의 추앙을 받았다. 안동의 병산서원에 제향되었다. 저서로는 『서애집』『징비록』『신종록』『영모록』『관화록』『운암잡기』 등이 있다.

『징비록(懲毖錄)』은 조선 중기의 문신 유성룡이 쓴 임진왜란 수기이다. 전부 16권 7책으로 되어 있으며, 목판본으로 간행되었다. 국보 제132호에 해당한다. 이 책은 1592년(선조 25년)에서 1598년까지 7년 간의 일을 적은 것으로, 저자가 벼슬에서 물러나 한가로이 지낼 때 저술한 것이며, 외손자 조수익이 경상도 관찰사로 있을 때 유성룡의 친손이 조수익에게 부탁하여 1647년(인조 25년)에 간행한 것으로 되어 있다. 그 외에 첫 간행이 1633년으로 아들 진이 『서애집』을 간행할 때 그 속에 수록한 것이며, 10년 후 다시 16권의 『징비록』을 간행하여 이후 원본의 체재를 갖추었다는 설도 있다. '징비(懲毖)'란 『시경』 소비편에 나오는 '내가 징계해서 후환을 경계한다(予其懲而毖後患)'는 구절에서 따온 말이다. 이 책은 임진왜란이 일어난 뒤의 일을 적은 내용이 대부분을 차지하고 있으나 임진왜란 이전의 대일관계도 일부 기록된 것이 있는데, 이는 임진왜란의 배경을 소상히 밝히기 위함이다. 『징비록』은 국보로 지정된 16권본 이외에 한 종류의 이본(異本)이 있다. 『근포집』『군문등록』을 제외한 『징비록』 본문과 『녹후잡기』만으로 된 두 권짜리 판본이 그것인데, 간행연대의 선후는 자세하지 않다. 그러나 유성룡 자신이 생전에 쓴 『징비록』 서문에 '매양 지난 난중(亂中)의 일을 생각하면 아닌게아니라 황송스러움과 부끄러움에 몸둘 곳을 알지 못했다. 이에 한가로운 가운데 그 듣고 본 바를 대략 서술하였으니 임진년에서 무술년에 이르기까지의 것으로 모두 약간의 분량이다. 이에 따라 장계(狀啓)·소차(疏箚)·문이(文移) 및 잡록을 그 뒤에 부록하였'고 한 점으로 보아 두 권짜리 이본은 내용이나 체재에서 빠진 데가 있는 결본(缺本)임을 알 수 있다.

지금 기준본으로 삼는 16권짜리 징비록은 『징비록』 상하 두 권,

『근포집』두 권, 『진사록』 아홉 권, 『군문등록』 두 권 및 『녹후잡기』로 이루어져 있다. 『징비록』은 임진왜란의 원인과 전황을 기록한 것으로, 저자가 직접 손본 관계 문서가 붙어 있다. 『근포집』은 저자가 올린 차(箚) 및 계사(啓辭)를 모은 것이고, 『진사록』은 임진년에서 계사년까지 종군하는 동안의 장계를 수록한 것이다. 그리고 『군문등록』은 1595년부터 1598년까지 저자가 도체찰사로 재임할 때의 문이류(文移類)를 모은 것으로 여기에 자서(自敍)와 자발(自拔)이 들어 있다. 『녹후잡록』은 임진왜란 7년 동안 저자가 듣고 본 사실들을 수필 형식으로 기록한 것이다. 저자인 유성룡 자신은 이 책을 가리켜 '비록 볼 만한 것은 없으나 역시 모두 당시의 사적이라 버릴 수가 없었다'고 하였으나, 임진왜란 당시 영의정을 지낸 저자의 위치나 책에 기록된 자료의 분량·내용면에서 임진왜란을 이해하는 데 중요한 자료가 되고 있다.

작품 읽기

(가) 왜적이 함경도로 들어오고 두 왕자가 잡힘

왜적이 함경도로 들어오고, 두 왕자가 적의 수중에 잡혔고, 종신 김귀영·황정욱·황혁과 함경감사 유영립과 북병사 한극함 등이 다 왜적에게 잡혔으며, 남병사 이혼은 달아나서 갑산에 이르렀다가 우리 백성들에게 죽은바 되었고, 남북의 군현들이 다 적에게 함몰되고 말았다. 이때 왜학통사 함정호라는 사람이 서울에 있다가 적장 가등청정에게 잡힌바 되어 인하여 가등청정을 따라 북도로 들어갔다. 그는 왜적들이 물러갈 때 도망하여 돌아왔는데, 나를 보고 북도의 사정을 자못 자세하게 말하였다.

가등청정은 정장 중에서 더욱 용맹스럽고 싸움을 잘하는데, 그는 평행정과 함께 같이 임진강을 건너 황해도 안성역에 이르러서 함경도·평안도를 나누어 빼앗기를 도모하고 각각 갈 길을 의논하였으나 결정을 짓지 못하고, 두 적장은 제비를 뽑았는데 소서행장은 평안도로 가게 되고, 가등청정은 함경도로 가게 되었다. 이에 가등청정은 안성 백성 두 사람을 사로잡아 길잡이를 시켰다. 두 사람이 '이곳에서 나서 자랐으므로 북도의 길을 알지 못한다'고 거절하였더니, 가등청정은 즉시 한 사람을 베어 죽이니, 한 사람은 두려워하여 앞에서 인도하는 길잡이가 되겠다고 하였다. 왜적은 곡산 땅으로부터 노리현을 넘어서 철령의 북쪽으로 나왔다. 그는 하루에 수백 리를 가는데 그 기세가 마치 바람이 비를 몰고 가는 것과 같았다.

북도 병사 한극함은 6진의 군사를 거느리고 적을 해정창에서 만났다. 북도의 군사들은 말타기와 활쏘기를 잘하며, 지역이 또한 평탄하고 넓어서 곧 왼쪽 오른쪽으로 달려나와 말을 달리면서 활을 쏘니, 적들은 능히 지탱하지 못하고 쫓겨서 창고 안으로 들어갔다. 이때에 날은 이미 저물어서 군사들은 좀 쉬다가 적들이 나오는 것을 기다려 내일 다시 싸우자고 하였으나, 한극함은 듣지 않고 그 군사를 지휘하여 적을 포위하였다. 적들은 창고 속에 곡식 섬을 내어 벌여 놓고 성을 만들어 시석을 피하면서 그 속에서 조총을 쏘았다. 우리 군사는 빗살처럼 가지런히 늘어서서 겹겹이 나무를 묶어 세운 듯이 서 있다가, 총알을 맞으면 꼭 관통이 되고 혹은 총 한 방에 3, 4 명씩 쓰러져서 마침내 무너졌다. 한극함은 군사를 거느리고 물러서서 고개 위에 진을 치고 날이 밝기를 기다려 다시 싸우려고 하였다.

그런데 밤에 적이 가만히 나와서 우리 군사를 둘러싸고 흩어져 풀 숲 속에 매복하고 있었다. 아침에 안개가 크게 끼었다. 우리 군사는 그래도 적이 산 밑에 있는 줄로 생각하고 있다가 갑자기 한 방의 총소리가 나더니 사방에서 큰소리로 부르짖으며 뛰어 나오는데 다 적병들이었다. 우리 군사들이 놀라 드디어 무너져서 장병들은 적들이 없는 곳을 향하여 도망하다가 모두 진흙구덩이에 빠졌는데 적들이 뒤쫓아와서 칼로 베어 죽이니, 죽은 사람의 수효를 헤아릴 수가 없었다. 한극함은 도망하여 종성으로 들어갔다가 드디어는 사로잡히고 말았다.

두 왕자인 임해군·순화군은 함께 회령부에 이르렀다. 대개 순화군은 처음에 강원도에 있었는데, 적병이 강원도로 들이닥친 까닭으로 옮겨 북도로 향한 것이다. 이때 왜적들은 왕자를 끝끝내 쫓아왔다. 이때 회령부의 아전 국경인은 그 무리를 거느리고 배반하여, 먼저 왕자와 종신을 결박하여 가지고 왜적을 맞아들였다. 적장 가등청정은 그 결박을 풀어 준 다음 군중에 머물러 두고 함흥으로 돌아와서 주둔하였다. 이때 홀로 칠계군 윤탁렬만은 도중에 병이 났다고 핑계하고는 다른 길로 빠져 나와 별해보로 깊이 들어가 있었다. 동지 이기는 왕자를 따라가지 않고 강원도에 머물러 있었으므로 다 적에게 잡히지 않았다. 유영립이 적에게 구류된 지 며칠 만에 적들은 그가 문관이라고 해서 감시를 좀 허술하게 하였는데, 유영립은 이 틈을 타서 적굴을 빠져 나와 도망하여 행재소로 돌아왔다.

(나) 평양성을 수복함

12월에 명나라가 크게 군사를 일으켜 병부우시랑 송응창을 경략으로 삼고, 병부원외랑 유황상, 주사 원황을 찬획군무로 삼아 요동에 주둔하게 하고, 제독 이여송을 대장으로 삼아 삼영장인 이여백·장세작·야원과 남방 장수 낙상지·오유충·왕필적 등을 거느리게 하여 압록강을 건너오니, 그 군사의 수효는 4만여 명이었다.

이보다 먼저 심유경이 돌아간 뒤에 왜적들은 과연 군사를 거두고 움직이지 않았는데, 이미 약속한 50일이 지나도 심유경이 오지 않으니 왜적들은 의심하여 '세시에는 말을 몰아 압록강에서 물을 먹이겠다'는 소문을 퍼뜨렸다. 왜적에게 잡혔다 그 속에서 도망하여 돌아온 사람도 다 '왜적들이 성을 공격할 때 쓰는 기구를 크게 수리한다'고 하므로 사람들은 더욱 두려워하였다.

12월 초에 심유경이 또 와서 평양성으로 들어가 며칠을 머무르며 다시 서로 약속을 하고 돌아갔으나, 그러나 말한 내용은 알려지지 않았었다. 그런데 이때에 이르러 명나라 구원병이 안주에 이르러 병영을 성 남쪽에 설치하니, 그 깃발과 기계가 정돈되고 엄숙함이 귀신같았다.

내가 제독을 만나 보고 할 말이 있다고 청하였더니, 제독은 동헌에 있으면서 들어오라 허락하기에 보니, 곧 키가 크고 품위가 있는 장부다운 사람이었다. 의자를 놓고 마주앉은 다음 내가 소매 속에서 평양성의 지도를 꺼내 놓고 그 형세와 군사들이 어디로부터 들어가야 할 길을 가리켜 보이니, 제독은 주의깊게 들은 다음 곧 붉은 붓을 가지고 가리키는 곳마다 점을 찍어 표를 하였다. 그리고 또 말하기를, '왜적들은 다만 조총을 믿고 있을 뿐입니다. 우리는 대포를 사용하는데다 5, 6리를 지나가 맞으니 왜적들이 어떻게 당해 내겠습니까?'하였다. 내가 물러나온 다음 제독은 부채에 시를 지어 보내 왔는데 이르기를,

군사를 거느리고 압록강을 건너옴은
삼한의 나라 안이 안정되지 못한 때문.
명주께선 날마다 첩보 오길 기다리고
이 몸은 밤들어도 술놀음도 그만뒀네.
살기를 띠고 왔었지만 마음은 오히려 장해지고
이젠 왜적들도 뼈가 벌써 저리겠네.
담소엔들 어찌 감히 승한 아님을 말하리오?

꿈속에도 말 달리는 싸움터를 생각하오.

라고 하였다. 이때 성안에는 명나라 군사로 가득 찼다. 나는 백상루에
있었는데, 밤중에 갑자기 명나라 사람이 군사상의 비밀 약속 세조목
을 가지고 와서 내보였다. 그의 성명을 물었으나 그는 알려 주지 않
고 가 버렸다.

제독은 부총병 사대수로 하여금 먼저 순안으로 가서 왜적 놈을 속
여 말하기를,

"명나라에서는 이미 강화를 허락하여 심유경이 또 왔다."

라고 하게 하였다. 왜적들은 기뻐하고 현소는 시를 지어 바쳤는데 말
하기를,

일본이 싸움을 그치고 중화를 굴복시키니
사해와 구주가 한집안이 되었구나.
기쁜 기운이 갑자기 밖의 눈을 녹여 놓으니
세상엔 봄이 이른데 태평화가 피었구나.

라고 하였다. 이때는 계사년(1593) 정월 초하루였다. 왜적은 그 소장
평호관으로 하여금 20여 명의 왜적을 거느리고 나와서 심유경을 순안
에서 맞게 하였다. 사총병은 그들을 유인하여 함께 술을 마시다가 복
병을 일으켜 그들을 닥치는 대로 몰아쳐서 평호길을 사로잡고 그를
따라 온 왜적들은 거의 다 베어 죽여 버렸다. 그 중에서 세 사람이 도
망하여 달려가자, 왜적들은 비로소 명나라 군사가 온 것을 알고 크게
소란해졌다.

이때 명나라 대군이 벌써 숙천에 도착하여 날이 저물었으므로 병
영을 마련하고 밥을 짓고 있었는데, 이 보고가 이르자, 제독이 화살을
쏘아 신호를 하고 즉시 몇 사람의 기병을 거느리고 말을 달려 순안으

로 달려오니, 모든 병영의 군사들이 계속 출발하여 나왔다.

그 다음날 아침에 나아가 평양성을 포위하고 보통문·칠성문을 공격하였다. 왜적은 성 위로 올라가서 붉은 기, 흰 기를 벌여 세우고 막아 싸웠다. 명나라 군사가 대포와 화전으로 이를 공격하니, 대포 소리가 땅을 진동시키고 몇 십 리 안의 산악까지 다 움직였으며, 화전이 하늘에 베를 짜는 실오리처럼 퍼지고 연기가 하늘을 덮고 화살이 성 안에 들어가 떨어져 곳곳에서 불이 일어나 나무들까지 다 불붙어 버렸다.

낙상지·오유충 등은 친히 군사를 거느리고 개미처럼 붙어 성을 기어 올라, 앞사람이 떨어져도 뒷사람이 올라 물러서는 사람이 없었다. 왜적들이 창칼을 성첩에 고슴도치 털처럼 드리워 놓았으나 명나라 군사들이 더욱 세차게 싸우니, 왜적들은 능히 견디어 내지 못하고 물러서 내성으로 들어갔는데, 이 싸움에서 베어 죽이고 불태워 죽인 왜적의 수는 매우 많았다.

명나라 군사는 성안으로 들어가서 내성을 공격하니, 왜적들은 성 위에 흙벽을 만들고 이곳에 많은 구멍을 뚫어 놓았는데 마치 벌집과 같았다. 왜적들은 이 구멍으로부터 총알을 어지럽게 쏘아 명나라 군사가 많이 상하였다. 제독은, 궁한 도둑들은 죽기를 다할 것이라고 생각하고 군사를 성 밖으로 거두어 그들이 도망할 길을 열어 놓으니, 그날 밤에 왜적들은 대동강의 얼음을 타고 건너 도망쳐 갔다.

이보다 먼저 내가 안주에 있을 때 명나라 대군이 나오려 한다는 말을 듣고, 비밀리 항해도방어사 이시언·김경로에게 왜적들이 돌아가는 길목에서 맞아 치라고 하며 경계하기를, '양군이 길가에 복병을 베풀고서 왜적들이 지나갈 때 그 뒤를 짓밟아라. 왜적들은 굶주리고 피곤하게 도망하는 터이므로 싸움할 마음도 없을 것이니, 다 잡아서 묶을 수 있으리라.' 하였더니 이시언은 즉시 떠나 중화에 이르렀으나, 김경로는 다른 일을 핑계하며 듣지 않았으므로 나는 군관 강덕관을 파견하여 독촉하게 했더니, 김경로는 마지못한 듯 역시 중화로 나왔으나 왜적이 물러가기 하루 전에 황해도순찰사 유영경의 공문에 따라 되돌아서 재령으로 달아났다. 이때 유영경은 해주에 있었는데 자신을 보위하려고 하였고, 그리고 김경로는 왜적과 싸우는 것을 두려워해서 피하여 가 버린 것이다.

왜적의 장수 평행장·평의지·현소·평조신 등은 남은 군사를 거느리고 밤을 새워 도망하여 돌아가는데, 기운은 빠지고 발은 부르터 절룩거리면서 걸어갔으며, 혹은 밭고랑을 기어가기도 하고, 입을 가리키며 밥을 빌어먹기도 하였으나, 우리 나라에선 한 사람도 나와서 치는 일이 없었고, 명나라 군사도 또한 이를 추격하지 않았으며, 홀로 이시언이 그 뒤를 밟았으나 감히 가까이 다가서지 못하고, 다만 굶주리고 병들어 뒤떨어진 놈들 60여 명의 목을 베었을 뿐이었다.

이때 왜적의 장수로서 서울에 머물러 있던 자는 평수가였는데, 그는 곧 관백의 조카이다. 혹은 그 사위라고도 말하는데, 그는 나이가 어려서 모든 일을 주관할 수 없었으므로, 군사적 사무는 소서행장이 다스리고 있었다. 그리고 가등청정이 함경도에 있으며 돌아오지 않았으므로, 만약 소서행장·의지·현소 등을 사로잡았을 것 같으면 서울의 왜적은 저절로 무너졌을 것이다. 그렇게 되면 가등청정은 돌아갈 길이 끊어져 버려서 군사들의 마음이 흉흉하여 두려워하게 되고, 그들이 바닷가를 따라 도망한다 해도 스스로 빠져 나갈 수 없었을 것이고, 한강으로부터 남쪽에 주둔한 왜적들은 차례로 부서져서 명나라 군사가 북을 울리며 천천히 따라가기만 하여도 바로 부산까지 이르러 싫도록 술을 마셨을 것이고, 잠깐 동안에 온 나라 강산 안의 왜적이 숙청되었으리니, 어찌 몇 해 동안을 두고 어지럽게 싸웠을 리 있으리오? 한 사람의 잘못한 일이 온 천하에 관계되었으니, 실로 통분하고 애석한 일이다.

나는 장계를 올려 김경로를 목 베자고 청하였다. 이는 대개 내가 평안도 체찰사로 되어 있어서 김경로는 나의 관할 밑이 아니었으므로 먼저 이를 청한 것이다. 조정에서는 선전관 이순일을 파견하여 표신을 가지고 개성부에 이르러 그를 죽이려 하다가, 먼저 제독에게 알렸더니 제독은 말하기를,

"그의 죄는 마땅히 죽여야 하겠으나, 그러나 왜적이 아직 전멸되지 않았으므로 한 사람의 무사라도 죽이기는 아까우니, 우선 백의 종군하여 그로 하여금 공을 세워 그 죄를 벗도록 함이 옳을 것입니다."

라고 하면서, 공문을 만들어 이순일을 돌려 보냈다.

(다) 서울이 수복됨

4월 20일에 서울이 수복되었다. 명나라 군사가 도성으로 들어오고 이제독(이여송)이 소공주택에 객관을 정하였다. 이보다 하루 전에 왜적은 벌써 도성을 빠져 나갔다. 나도 명나라 군사를 따라 도성으로 들어왔는데, 성안에 남아 있는 백성들을 보니 백 명에 한 명 꼴도 살아남아 있지 않았고, 그 살아 있는 사람도 다 굶주리어 야위고 병들고 피곤하여 낯빛이 귀신과 같았다. 이때는 날씨가 몹시 무더웠는데, 죽은 사람과 죽은 말이 곳곳에 드러난 채 있어서, 썩는 냄새가 성안에 가득 치서 길에 다니는 사람들이 코를 막고서아 지나갈 형편이었다.

관청과 일반 백성들의 집 할 것 없이 하나도 없이 다 없어져 버리고, 오직 숭례문으로부터 동쪽에서 남산 밑 일대에 왜적들이 거처하던 곳에만 조금 남아 있었다. 종묘와 세 대궐 및 종루·각사·관학 등 큰 거리 이북에 있는 것들은 모두 다 타서 없어지고 오직 재만 남아 있을 따름이었다. 소공주택은 역시 왜적의 장수가 머물러 있던 곳이었으므로 남아 있게 된 것이다.

나는 먼저 종묘를 찾아가서 통곡하였다. 다음으로 제독이 거처하

는 곳에 이르러, 문안하려고 온 여러 사람들을 보고 한참 동안이나 소리치며 통곡하였다. 다음날 아침에 다시 제독을 찾아가서 안부를 묻고 또 말하기를,

"왜적들의 군사가 겨우 물러갔으나, 여기서 떠나갔다 해도 반드시 멀리 가지는 않았을 것입니다. 원컨대 군사를 일으켜 급히 추격하도록 합시다."

라고 말하니, 제독은 말하기를,

"나도 실은 그렇게 해야 한다고 생각합니다. 그런데 급히 추격하지 않는 까닭은 한강에 배가 없는 때문일 따름입니다."

하므로, 나는 말하기를,

"만약 노야(이여송)가 왜적을 추격하려고 한다면 내가 먼저 한강 방면으로 나가서 배를 징발하겠습니다."

하니, 제독은,

"그러면 아주 좋겠습니다."

라고 하였다. 나는 곧 한강으로 달려 나갔다. 이보다 먼저 나는 공문을 경기우감사 성영·수사 이빈에게 보내 왜적들이 물러간 뒤에는 급히 강 속에 있는 크고 작은 배들을 거두어 실수하는 일이 없이 다 한강에 모이도록 마련하라고 명령하였더니, 이때에 이미 도착한 배가 80여 척이나 되었다. 나는 곧 사람을 시켜 제독에게 '배가 벌써 준비되었다'고 알렸더니, 조금 뒤에 영장 이여백이 만여 명의 군사를 거느리고 강변으로 나왔는데, 군사들이 절반쯤 강을 건넜을 때 해가 이미 저물려 했다. 이때 이여백은 갑자기 발병이 났다고 칭하면서 이어 말하기를,

"성안으로 돌아가서 발병을 고쳐야만 진격하겠다."

라고 하며 가마를 타고 돌아와서 성안으로 들어가 버리고 말았다. 나는 마음속으로 통분하였지만 그러나 어찌할 수가 없었다. 이는 대개 도독(이여송)은 실제로는 왜적을 추격할 의사가 없으면서 다만 거짓

말로 응하는 것처럼 속이는 수작이었다.

4월 23일에 나는 병이 나서 자리에 누웠다.

5월에 이제독은 왜적을 추격한다면서 문경까지 갔다가 돌아왔다.

송시랑은 비로소 패문을 제독에게 발송하여 그로 하여금 왜적을 추격하게 하였다. 이때 왜적들은 떠나간 지 수십 일이나 되었는데, 시랑(송응창)은 남들이, 자기가 왜적을 놓아 보내고 추격하지 않는다고 비난을 할까 두려워한 까닭으로 이와 같은 행동을 하여 보인 것이나, 실상은 제독이 왜적을 두려워하여 감히 진격을 하지 못하고 돌아온 것이었다. 이때 왜적들은 길에서 천천히 가면서 머무르기도 하고 혹은 가기도 하였는데, 우리 군사로서 연도를 지키던 자들도 다 왼쪽 오른쪽으로 자취를 감추고 감히 나와서 공격하는 자가 없었다.

(『징비록』 중에서)

통합형 문·답

1 (가)에는 두 왕자가 왜군에 붙잡히게 되는 내용이 담겨 있다. 조선 사람이 왕자들을 사로잡아 왜군에게 넘긴 것이라 하였는데, 그 이유가 무엇이었을지 추론해 보자.

두 왕자가 왜군에게 잡힌 것은 조선인의 배반 때문이라 하였다. 두 왕자가 회령부로 피난 오자, 회령부 아전인 국경인이라는 인물이 왕자들과 왕족들을 잡아 왜군에게 넘겼다는 것이다. 회령부 아전이라면, 변두리 지방의 하급 공무원이라 할 수 있다. 이 사람이 왕자와 왕족들을 왜군에게 넘긴 행위에서 몇 가지 가능한 이유를 추론해 보기로 하자.

첫째, 개인의 안위를 위해서 왜군에게 공을 세우려 하였다고 볼 수 있다. 왜군의 위세에 두려움을 느껴 자신의 생존을 위해 왜군에게 도움이 될 만한 일을 하였다 하겠다. 왜군이 계속 왕자들을 추격하고 있는 상황이었으므로, 왕자들을 넘겨 준다면 신변의 안전뿐만 아니라 포상을 보장받을 수 있다는 판단이 가능했을 것이다.

둘째, 왕자들로 대표되는 지배집단에 대한 거부감의 산물로 해석할 수 있다. 특히, 국경인이라는 자는 변방 지방의 하급 관료이므로, 중앙 정권에 대해서 그다지 우호적인 태도가 아니었을 수 있다. 뿐만 아니라, 백성과 강토를 유린하는 전쟁 상황을 야기한 지배층에 대한 강렬한 저항감이 그러한 행동을 유발한 이유가 될 수 있을 것이다.

2 (나)와 (다)를 읽고 전쟁 상황에서 절대적으로 필요한 것이 무엇인지 생각해 보고, 자신의 견해를 정리해 보자.

(나)에서는 평양성을 수복하는 내용이 담겨 있다. 명나라 원군과 연합하여 평양성을 함락하자 왜군들은 남쪽으로 도망쳤다. 패주하는 왜군을 기다렸다가 공격하였다면, 전쟁이 그다지 오래 계속되지는 않았을 것이라는 게 유성룡의 판단이었다. 유성룡의 이러한 판단에는 전쟁은 오래되어서는 안 된다는 사실과 기회가 왔을 때 전력으로 싸워야 한다는 생각이 담겨져 있다. 그러나 그렇게 되지 못하는 상황에 이르렀기에 한탄하는 것이다.

유성룡이 한탄하는 직접적인 원인은 자신의 안위를 위해서 패주하는 왜군과 맞서 섬멸하겠다는 의지로 싸우지 않는 장수 때문이었다. 김경로라는 인물이 그 장본인인데, 김경로는 패주하는 왜군을 피해서 도망치듯 회피하였다. 유성룡이 명령을 내렸음에도,

유영경이 자신의 보위를 위해 김경로를 불러들이자 기다렸다는 듯이 왜군과는 거리가 먼 쪽으로 움직이고 말았다. 이러한 사정을 통해, 전쟁 상황에서 자신의 안위를 먼저 생각하는 장수는 오히려 전쟁을 지속시키는 원인이 된다는 사실을 알 수 있다.

(다)에서는 서울을 수복한 다음, 다시 패주하는 왜군을 추격하는 문제가 담겨 있다. 이번에는 국내 장수가 아니라 명나라 군사들의 문제였다. 그들은 남의 땅에서 남의 나라를 위해 전쟁에 참여한 사람들이기 때문에, 왜군을 끝까지 추격하여 스스로 위험한 전투를 벌여야 할 이유가 없었다. 그래서, 이런저런 핑계를 대고 느긋하게 움직였던 것이다. 유성룡이 애써 배를 징발하여 한강을 건널 수 있게 하였지만, 모두 헛수고가 되고 말았다.

자기 나라의 일에 외국의 도움을 받는다는 것이 꼭 나쁘다고 할 것은 아니다. 그렇지만, 명나라의 행태에서 확인할 수 있듯이, 결국 자기 나라의 일이 아니므로 그다지 절실하게 전투에 임하지 않은 것이다. 그저, 적당히 명분만을 획득하면 되는 정도로 행동하였는데, 이미 명나라는 일본과 강화조약을 맺은 상태로서, 애써 추격하여 섬멸할 필요가 없었다 하겠다. 외국의 군대를 국내에 끌어들이게 되면, 결국 자국 군대가 작전을 수행하는 데 있어서 오히려 방해가 되기도 할 뿐만 아니라 전쟁이 종결된 후에 외국이 자신의 권리를 주장하게 되는 빌미를 제공하게 된다.

(나)의 국내적 문제와 (다)의 국제적 문제를 모두 고려하면, 결국 전쟁 상황에서 일사분란한 지휘 체계와 전심전력을 다하는 군인의 충성심이 문제가 된다는 점과, 외국 군대의 도움 없이 스스로 자기 나라를 지킬 수 있는 역량을 갖추어야 한다는 과제를 확인할 수 있다. 이러한 점이야말로 유성룡이 『징비록』을 저술한 근본적인 이유라 할 것이고, 현재에도 계속 유효한 문제라 할 수 있다.

『징비록』은 임진왜란과 정유재란의 생생한 사료이며 당시의 문물 제도를 연구할 수 있는 귀중한 문헌으로, 전쟁문학으로서의 가치도 높다. 『징비록』과 비슷한 성격의 사료를 『선조실록』과 『용사일기』 등에서도 찾아볼 수 있으나 여러 가지 면으로 보아 『징비록』만큼 뛰어난 저술은 찾기 어렵다. 이것은 저자 유성룡이 나라의 중요한 직책을 맡아 모든 일을 스스로 처리하였기에, 그 사실이 그야말로 실제의 생생한 기록이라 하겠고, 저자의 고매한 인품과 탁월한 식견과 능숙한 필치로 유창하게 저술된 문장이므로, 읽는 사람으로 하여금 함께 감동하고 분발할 수 있게 만들어 주었다. 그 한 예로 굶주리는 백성의 모습을 그린 다음과 같은 대목을 확인할 수 있다.

군량의 나머지 곡식을 내어서 굶주리는 백성들을 구제할 것을 임금님께 청하니 그렇게 하라고 하셨다. 이때는 왜적들이 서울을 점거한 지가 벌써 2년이나 되었고, 병란의 화를 입어 천리강산이 폐허처럼 쓸쓸하였다. 백성들은 농사를 지을 수 없어서 거의 다 굶어 죽는 형편이다. 도성 안에 살아 남은 백성들은 내가 와 있다는 소문을 듣고 서로서로 이고 지고 하여 찾아오는데 그 수를 헤아릴 수가 없었다. 사총병은 마산으로 가는 길에 어린아이가 죽은 어머니에게로 기어가서 가슴을 헤치고 젖을 빠는 것을 보고 너무 가여워 데려다가 군중에서 길렀다. 그가 나에게 말하기를, "왜적은 아직 물러가지 않고 백성들은 이처럼 처참한 형편이니 장차 어떻게 하시겠습니까?" 하고 이어 탄식하기를, "하늘도 근심하고 땅도 슬퍼할 일입니다." 하였다. 나는 이 말을 듣고 나도 모르는 사이에 그만 눈물이 흘렀다.

당시 전쟁의 처참한 상황과 함께 고난에 처한 백성들의 모습 그리고 그들을 바라보는 유성룡의 안타까운 심경이 잘 나타나 있는 대목이다.

성소부부고

허 균
許 筠

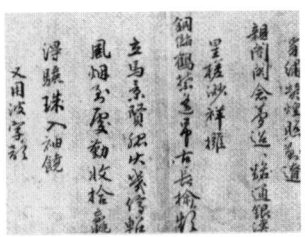

허균 필적

조선시대 문신 허균(1569~1618)은 누이 허난설헌과 함께 서자 출신으로 본
관은 양천이고 허엽의 아들이다. 재주가 많았던 허균은 9세에 시를 지어 어
른들을 놀라게 했고, 1594년 정시문과에 급제하여 벼슬길에 올랐다. 여러 관
직을 거쳐 1606년 원접사의 종사관이 되어 명나라 사신을 대접하다가 문장
가로 이름을 높이는 계기를 마련하였다. 1609년 과거 시험 부정에 연루되어
파직되었고, 1613년부터 다시 관직에 올랐다. 1617년 폐모론을 주장하는 대북
파의 일원으로 왕의 신임을 얻은 것을 기화로 반란 계획을 진행하다가 발각
되어 능지처참 형을 받았다. 주요 저서로 『교산시화』 『성소부부고』 『학산초
담』 『한정록』 등이 있으며, 허균이 유일하게 한글로 쓴 소설 『홍길동전』은 민
간의 스테디셀러로 전승되었다.

『성소부부고(惺所覆瓿藁)』는 전체 8권 1책의 허균의 시문집이다. 작성연대는 정확하지 않으나, 1613년에 쓴 이정기의 서문으로 미루어 볼 때 그 해 봄이나 그 전해에 이루어진 것으로 보인다. 이때는 허균의 일생 중 가장 불우했던 시기로, 칩거하면서 그 동안 저술한 시와 산문들을 모아 4부로 나누어 정리한 초고가 『성소부부고』다.

『성소부부고』는 시부(詩部), 부부(賦部), 문부(文部), 설부(說部) 등으로 되어 있으며, 설부에 실려 있는 「성수시화」는 별도로 전하는 『학산초담』과 함께 역대 시화 가운데 가장 주목할 만하다고 평가된다. 모두 85수의 시화를 수록하였는데, 그의 선시안과 비평력은 그 시대나 후대에 익히 인정되었다.

(가) 객이 나에게 물었다.

"당세에서 고문에 능하다고 일컫는 자들은 반드시 그대를 최고로 칩니다. 내가 보기에는 그 글이 비록 넓고 커서 한량이 없는 것 같지만 대체로 상용(常用)의 말을 사용하여 글이 붙고, 글자가 순탄하고, 그것을 읽으면 마치 입을 벌리고 목구멍을 보는 것과 같아서 해득하는 자나 해득하지 못하는 자를 막론하고 아무런 걸림이 없으니 고문을 전공하는 사람이 과연 이와 같을 수 있습니까?"

내가 대답하였다.

"이런 것이 바로 고문입니다. 우하(虞夏)의 전모(典謨)와 상(商)의 훈(訓)과 주(周)의 삼서(三誓)·무성(武成)·홍범(洪範) 등의 글(모두 유교 경전에 나오는 글이다)을 보십시오. 모두가 글키로서는 극치지만, 여기에 장구(章句)에 갈고리를 달고 가시를 붙여 어려운 말로써 공교롭게 꾸민 곳이 있었던가요? 공자(孔子)께서는 '문사(文辭)는 의사를 전달할 따름이다' 하였습니다. 옛날에는 글로써 군신 상하의 의사를 소통하고 글로써 그 도를 실어 전하였던 까닭에, 명백(明白) 정대(正大)하고 지성스럽고 정중하여 듣는 이로 하여금 분명하게 그 가리키고 뜻하는 것을 알게 하였으니, 이것이 글의 효용(效用)입니다.

삼대(三代)의 육경(六經) 및 성인의 글과 도가서(道家書) 등 제자백가(諸子百家)의 말에 있어서는 모두 그들의 도를 논하였기 때문에 그 글이 알기가 쉽고 저절로 고상하였습니다. 그러나 후세에 내려와서는 글과 도가 두 갈래로 분리되어 장(章)을 끌어오고 구(句)를 따내고 어렵고 교묘한 말로 글을 공교롭게 꾸미는 일이 생겨났으니 이것은 글의 화액(禍厄)이지, 극치가 아닙니다. 그러므로 문사는 의사 전달을 위주로 하여 평이하게 지을 뿐입니다."

"그렇지 않습니다. 그대는 좌씨(左氏)·장자(莊者)·사마천(司馬遷)·반고(班固) 및 근대의 한창려(韓昌黎 : 한유)·유종원(柳宗元)·구양수(歐陽修)를 보셨는지요? 그들의 글이 일상 용어만 사용했었던가요? 더구나 그대의 글은 옛것을 본받지 않고 넓고 큰 것만을 일삼으니 자만한 데 빠져 버린 것은 아닐는지요?"

"그 몇 분의 글 또한 상용어와 무엇이 다릅니까? 내가 보건대, 비록 간결한 듯도 하고 웅대하여 막힘이 없는 듯도 하며, 심오한 듯도 하고 분방한 듯도 하고 굳세고 기이한 듯도 합니다. 그러나 대체로 그 당시의 상용어를 바꾸어서 고상하게 만든 것이니, 참으로 쇳덩이를 달구어서 황금을 만들었다고 말할 수 있습니다. 후세 사람이 오늘날의 글을 볼 적에 어찌 오늘날 사람이 그 옛날 몇 분들의 글을 보는 경우와 같지 않을 줄을 알겠습니까? 하물며 넓고 크게 한 것은 진정 웅대하게 하고자 한 것이며, 옛것을 본받지 아니한 것 또한 나름대로 우뚝 솟고자 한 것인데 무슨 자만이 있는 것이겠습니까?

그대는 그들 몇 분을 자세히 보셨습니까? 좌씨는 스스로 좌씨이고, 장자는 스스로 장자이며, 사마천·반고는 스스로 사마천·반고이고, 한유·유종원·구양수·소식 역시 스스로 한유·유종원·구양수·소식이어서 서로 답습하지 않고 각각 일가를 이루었습니다. 내가 원하는 것은 이런 것을 배웠으면 하는 것이어서, 지붕 밑에 거듭 지붕을 얹듯이 남의 문장을 답습하여 표절했다는 꾸지람을 받을까 부끄러워하는 것입니다."

"그대의 글이 평이하고 유창하니 이른바 옛것을 본받는 것은 어디서 구하시렵니까?"

"그야 당연히 편법(篇法)·장법(章法)·자법(字法)에서 구할 것입니다. 편(篇)에는 한 뜻으로 곧바로 내려간 것도 있고, 혹은 서로 걸어서 연결하여 여닫는 것도 있으며, 혹은 마디마디 정감을 내보이는 것도 있고, 혹은 늘어 놓다가 벙정한 말로 끝을 맺는 것도 있고, 혹은 사소하고 번잡하면서도 법칙이 있는 것도 있습니다. 장(章)에는 조리가 정연하여 형클어지지 않는 것도 있고, 뒤섞이되 잡되지 않은 것도 있고, 극히 짧은 것도 있고, 말을 끝내지 않는 것도 있습니다. 자(字)에는 올리는 곳, 돌리는 곳, 잠복하는 곳, 수습하는 곳, 거듭하되 어지럽지 않은 곳, 강하되 억지로 하지 않는 곳, 끌어당기되 힘을 부리지 않는 곳, 열고 닫는 곳, 부르고 소리치는 곳이 있습니다.

자(字)가 밝지 못하면 구(句)가 고상하지 못하고, 장(章)이 안정되지 못하면 뜻이 통하지 않으므로 이 두 가지가 갖추어져야 편(篇)을 이룰 수 있습니다. 내 글은 단지 이것을 깨달은 것일 뿐이며, 고문 또한 이것을 행하였던 것입니다. 오늘날의 글을 이해하는 사람도 반드시 이것을 엿보지 못하였는데 하물며 그렇지 못한 사람이야 말할 나위가 있겠습니까?"

객이 말하였다.

"훌륭하십니다. 제가 여기에 미치지 못하였습니다."

(허균, 『성소부부고』, 「문설(文說)」 중에서)

(나) 작문에 관한 일을 물으면서 그 비법에 대해 알려 줄 것을 요구하는데, 제가 어떻게 그 대답을 하는 것이 마땅할까요. 조심스럽게 말하건대 저는 그러한 명령을 들을 수 없습니다. 저의 능력에 관해서는 형(兄)이 모두 잘 알고 있지 않습니까? 종전에 형과 더불어 이 일에 대해 이야기하면서 무엇을 얻었습니까? 결국 제가 한 말은 방자했습니다. 마땅히 올바로 말한다면 작문하는 데 어찌 비법이 있겠습니까? 많이 읽고 많이 지을 따름입니다. 대개 많이 읽고 많이 지어 보는 것은 옛날에 글을 지었던 자도 그렇게 하지 않음이 없었습니다. 그리고 지금 글을 지어 보고자 하는 자도 그것을 모르는 사람이 없는데, 저의 방자한 말을 들을 필요가 있겠습니까?

그렇지만 형이 육백 리 밖에 있으면서 이것만으로 사람을 시켜 이와 같이 물으니 그 부지런하고 지극함에 제가 방자한 말로 방자하게 대답하게 되면 모두 편치 않을 것 같아 제가 일찍 글을 지을 때 괴롭고 어려웠던 것을 형을 위해 모두 털어놓겠습니다. 현명한 형에게 조금도 도움이 될 것이 없을 듯하나 형의 부지런하고 지극한 정성을 저버리지 않으려는 때문입니다.

무릇 글을 지을 때 먼저 구상을 해야 하며, 뜻을 구상하는 데는 앞과 뒤가 있어야 하며, 문장을 구성하는 데도 넓게 또는 좁게 하는 것이 있어야 합니다. 앞과 뒤와 구성상의 문제가 대략 생각되고 선택되면 빨리 쓰되 전후 연결과 의미가 상통하게 하고 쉽게 알 수 있게 해야 하며, 조사들은 가능하면 피하는 것이 좋을 것입니다. 그것은 바른 의미와 하고자 하는 말이 실리지 않을까 염려되기 때문입니다.

구상이 확실하게 된 후에 말을 가다듬는데, 무릇 수사라는 것은 아름답고 깨끗하고 정밀하게 할 따름입니다. 앞의 한 구를 수사할 때는 뒷구절을 생각하지 말 것이며, 앞의 한 글자를 생각할 때는 아래의 글자를 생각하지 말아야 합니다. 비록 많은 내용을 담은 긴 글이라 할지라도 한 글자마다 선택하는 데 신중히 하기를 짧은 율시를 지을 때와 같이 해야 할 것입니다. 무릇 문장에는 쌍행과 단행이 있으며, 넉 자 또는 석 자로 구를 이루는 경우가 있습니다. 수사를 할 때 쌍행을 마땅히 선택해야 할 곳에 단행을 해서는 안 되며, 단행을 선택해야 할 때 쌍행을 선택해서는 안 될 것입니다. 넉 자와 석 자 및 다섯 자도 그 선택할 때 역시 이와 같아야 할 것입니다.

내용면에서는 옛사람의 의견을 가져와서 할 때도 있겠고, 뜻을 자신이 만들어 할 때도 있을 것입니다. 옛사람의 의견을 가져와서 할 때는 그 말을 어렵게 만들어 보는 사람으로 하여금 처음 보는 것처럼 하지 말 것이며, 자신이 뜻을 만들었을 경우에는 그 말을 쉽게 하여 보는 사람으로 하여금 의혹이 없게 할 것입니다. 옛사람의 뜻과 아울러 그 말까지 취하고자 할 것 같으면 반드시 옛사람과 옛 책의 이름을 밝혀 내가 한 말과 뒤섞이게 해서는 안 될 것입니다. 그렇게 하지 아니하면 진부하고 표절한 것이 됩니다.

내용을 구상할 때는 반드시 주장하고자 하는 내용의 주의(主意)를 선택해야 하고 상대가 되는 뜻 적의(敵意)도 있어야 합니다. 주의를 중심으로 글을 짓되 따로 적의로써 한 글을 짓고 그것으로 이것을 공격합니다. 이때, 주의는 갑옷이 되게 하고, 적의는 칼이 되게 합니다. 갑옷이 단단하면 칼이 스스로 망가지게 되는데, 여러 번 공격하다가 여러 번 망가지게 되면 주의가 이긴 것이므로, 적의를 모아 들어오게 하여 주의를 더욱 높고 밝게 할 수 있을 것입니다. 만약 혹 이기기도 하고 지기도 하며 승패가 구분이 되지 않을 정도이면 족히 글이 되지 못할 것이니 주의와 아울러 버려야 할 것입니다.

뜻이 확립되고 수사가 되었으면 글이 끝난 것이라 할 수 있습니다. 그리고 뜻과 말을 모아 그 양을 서로 비교해 문제가 있는가 보아서

긴 것은 짧게 짧은 것은 길게 하며, 소루한 것은 자세하게 자세한 것은 소루하게 하고, 느슨한 것은 급하게 급한 것은 느슨하게 합니다. 또한 나타난 것은 어둡게 어두운 것은 나타나게, 허한 것은 실하게 실한 것은 허하게 하며, 머리는 꼬리를 꼬리는 머리를 서로 돌아보고 바라보게 하며, 앞에서는 뒤를 부르고 뒤에서는 앞의 부름에 응해야 합니다. 그리고 혹은 놓아 주고 잡기도 하며, 또 헤아려 보기도 꺾어 보기도 하며, 맺어 보기도 바르게 해보기도 해야 하기 때문에, 그 복잡한 것을 한 가지로 말하기 어려운데, 분명하게 가지가 나지 않게 해야 하며, 알맞게 해야 합니다. 말이 뜻에 합당하지 않으면 그 말이 비록 교묘하다 할지라도 어지러워지게 됩니다. 거칠어 못쓰게 된 것은 더욱 다듬어야 하고, 어지럽게 된 것은 더욱 가다듬어야 합니다. 각 구절마다 공교롭게 하고자 하면 반드시 구절에 누가 될 것입니다. 구절과 뜻이 서로 치유되지 않은 것이 합당한 것이 되며, 합당한 것이 법이 되는데 법이 정해지면 그 글은 끝난 것입니다. 그러나 어찌 스스로 좋다고 할 수 있겠습니까?

이러한 과정을 거쳐 씌어진 글을 상자 속에 넣어 두고, 보지도 말고 또 그 글을 쓰는 과정에 생각했던 것을 가슴에서 완전히 씻어 생각이 나지 않게 하며, 하루 밤 혹은 이삼 일이 지난 후 다시 내어 보되 이 글에 대한 나의 애정을 완전히 버리고 다른 사람의 글을 보는 것과 같이 하여 다시 보면, 좋은 것은 바로 그 좋은 것이 보일 것이고 좋지 않은 것은 바로 그 좋지 않은 점이 보일 것입니다. 이렇게 해서 좋지 않은 것이 발견되면 버리기가 어렵지 않을 것입니다.

그리고 그 좋은 것에 대해서는 옛날 사람들의 글, 즉 당송(唐宋)이나 혹 근세의 유명했던 작가들의 글을 취해 내 글과 같이 뒤섞어 읽어 내가 나의 글을 키중하게 여기는 마음을 생기게 한 후에 옛사람의 글로써 비교해 보면 합당한 것은 바로 그 합당한 것을 발견할 수 있고, 합당하지 않은 것은 즉시 그 합당하지 않은 것을 쉽게 알 수 있을 것입니다. 이렇게 해서 발견된 합당하지 않은 것은 버리는 데 어렵지 않을 것입니다. 그리고 내가 생각해 보아도 좋고 또 옛사람들의 글과 비교해 보아 합치된 점이 있을 때, 그 글에 대한 내 일이 끝난 것입니다.

무릇 글을 지을 때 생각하는 것이 어려움이 될 뿐만 아니라, 생각하고 쓸 때의 어려움과 여러 번 옮겨 쓰고 여러 번 반복해서 읽는 것도 어렵다는 것을 잊어서는 안 될 것입니다. 그리고 옮겨 쓸 때 반드시 정밀하고 가깝게 해야 하고, 밝은 종이에 해자(楷子)로 쓸 것이며, 구두점은 주묵(朱墨)으로 하여 증감하고 바꾸어야 할 점을 쉽게 알 수 있게 하여 어지럽게 하지 말 것입니다. 글을 읽을 때는 반드시 천천히 읽어 생각해 보아야 할 곳을 찾아보고 여러 번 반복해서 씹고 삶고 단련하며, 끌어들이고 떨어뜨려 보고 흔들고 끌어 보아야 하며, 높고 낮게 굽히고 꺾어 선회를 여러 번 반복해 음향에 마디가 있어야 합니다. 보아도 분명하지 않고 음향의 마디가 없으면 옮겨 쓰고 읽을 때 좋지 않을 것입니다. 옮겨 쓰고 읽을 때 좋으면서도 마디가 없는 것은 글에 하자가 있는 것이니 반드시 빨리 고쳐야 할 것입니다. 무릇 글을 지을 때 열 번 옮겨 쓰고 열 번 읽어 보아 하자가 발견되지 않을 때 비로소 글이 마무리됩니다.

이 세상은 넓고 후세는 멀리까지 계속됩니다. 그런데, 나의 글을 알아주는 사람은 적을 것이며, 설령 알아주는 사람이 있다 할지라도 서로 만나 상대하기는 어려울 것입니다. 오직 내 마음으로 내 글을 증험해 볼 수밖에 없습니다. 내 마음에서 발생하여 내 마음을 감동시키는 데 흡족하지 않으면 그것은 매우 잘못되었기 때문입니다. 오직 내 마음에 흡족한 것을 구할 것이지 어찌 천하와 후세에까지 구하겠습니까? 천하와 후세에 구하기도 부족한데 하물며 구구하게 일시의 칭찬까지 구할 수 있겠습니까? 대개 내 마음에 흡족하면 내 글에 대한 일은 끝난 것입니다. 그러나 나의 고됨과 어려움은 이미 많았습니다.

내 글은 다른 사람이 이해할 수 있는 것이 아닙니다. 반드시 세상과 가정에서까지 이해가 되지 못해 밖으로는 임금과 공경 대부 및 당시의 선비들로부터 괴이한 웃음거리가 될 것이고, 안으로는 집안 사람들과 종들의 나무라는 바가 되어 밥을 보고도 입으로써 어떻게 먹어야 할지 모르게 되며, 갓옷의 옷고름으로 옷깃을 하게 되는 저와 같은 어리석은 사람이 된 후 가능하게 될 것입니다. 그렇지 않으면 내치고 쫓겨 실직되어 근심이 쌓이고 적막해 어찌하지 못하는 오늘날의 형(兄)과 같이 된 후에 가능해질 것입니다.

내가 이 일에 조금 성취가 있으면 다른 일은 모두 폐지하게 됩니다. 나의 모든 어려움과 곤란을 다 겪으면서 다른 일을 피하지 않으며, 모두 폐지하면서 근심하지 아니하고 온전히 여기에만 힘을 다하는 것도 또 가소로운 것입니다. 그런데 저의 어리석은 소견은 여기에서 벗어나지 않는데, 만약 마음대로 지껄이고 붓을 휘갈겨도 문장이 되는 것은 그 천재성이 천만 배나 사람에 지나서 그런 것이니, 이 어리석은 사람의 말할 바가 아닙니다. 형의 고명함이 비록 정성스럽고 남달리 공명정대하다 할지라도 저한테 보여 준 글을 자세히 살펴보면 위에서 말한 수사에 관한 내용에 이르지 못한 것이 있는 듯하니, 그것은 어찌 재주가 높고 성격이 넓어 뜻한 바대로 하게 되고 마음대로 줄 수 있는 것을 통쾌하게 생각해서 그런 것이 아니겠습니까?

형은 말하기를 위숙자(魏叔子)와 같은 무리와는 말할 가치가 없다고 하였는데, 옛사람들의 이러한 말도 일리가 없는 바 아닙니다. 그러나 숙자가 이른바 많이 짓는 것이 많이 고치는 것만 못하고 많이 고치는 것이 많이 깎는 것만 못하다고 했으니, 이것은 참으로 옛사람들로부터 전해오지 않는 비법입니다. 숙자의 이 말은 문장 공부하는 데 매우 도움이 되는 것이니, 진실로 하루에 한 번 고치고 일 년에 약간 수씩 짓고, 또 약간 수에서 깎아 약간 수만 두어 이렇게 십 년 동안 하면 가히 한 권이 될 것입니다. 이렇게 해서 한 권이 된 것을 다시 고치지 아니하고 다시 깎지 않는 글이 되면 내 마음에 흡족할 것입니다. 이 한 권으로 십 년의 세월과 바꾼 것이 비록 많은 노력에 비해 효과가 적다고 할지 모르겠으나, 이 십 년으로 천만 세의 긴 세월을 도모한다고 생각하면 매우 후한 이익이 될 것인즉, 이것은 구할 필요가 있습니다.

그런데, 이것은 비법입니다. 형이 육백 리의 먼 길에 온전히 이것으로 사람을 보내는 부지런함이 아니면 제가 어찌 감히 가볍게 말할 수 있겠습니까? 형이 살펴보기를 바랍니다.

(이건창, 『명미당집』, 「벗에게 작문법에
대해 답함(答友人論作文書)」 중에서)

논점 (가)와 (나)는 모두 작문에 대한 이야기들이다. 물론 한문으로 문장을 짓는 방법에 대해서 서술하고 있지만, 한문 문장을 짓는 방법이 현재 우리말로 글을 쓰는 데도 많은 시사점을 제공할 수 있다. 어떤 글이 좋은 글이며, 글을 쓸 때의 과정과 절차는 어떠해야 하는지 정리해 볼 수 있는 근거가 두 글에 풍부하게 담겨 있다 하겠다.

통합형 문·답

제시문 (가)와 (나)에는 글쓰기의 원칙과 방법에 대한 내용이 담겨져 있다. (가)와 (나)에서 논의한 내용을 바탕으로, 글은 어떻게 써야 하는지 설명해 보자.

제시문 (가)에서 허균은 일상에서 주로 쓰지 않는 말을 억지로 활용해서 글을 짓는 것은 바람직하지 않다고 하였다. 그리고 무엇보다 '상용의 말'을 사용해서 글을 지어야 한다고 하였다. 남의 글을 억지로 모방하고 답습하는 것을 경계하면서 자신의 진실한 마음을 담아 내면 그것이 좋은 글이라 하였다. '글은 그 뜻을 정확히 표현하기만 하면 된다'는 주장을 거듭 밝히면서 이러한 견해를 강조한 것이다.

아울러 문장의 대가라고 불리는 많은 사람들도 결코 옛날 말을 사용해서 그런 칭호를 받은 것이 아니라, 남의 글을 답습하는 것을 경계하고 자신이 살던 당시의 상용어를 고상하게 사용하여 창작에 활용한 것뿐이라 하였다. 그렇다고 고전에 해당하는 옛 글들을 전혀 무시하라는 의미는 결코 아니다. 고전에서 본받을 점은 단순히 표현이나 수사가 아니라 글을 구성하고 뜻을 표현해 내는 방법이라는 것이다. 편(篇)·장(章)·구(句)·자(字) 등을 활용하는 구성 방식을 열심히 익히다 보면 자신의 의사를 적절하게 표현하는 구성법을 배울 수 있다고 하였다.

(가)의 글이 일상적인 언어를 바탕으로 고전의 적절한 구성 방식을 구사하는 훈련이 중요하다 한 경우라면, (나)에서는 구체적으로 글을 쓸 때 지켜야 할 몇 가지 수칙을 소개하고 있다. 글을 쓸 때는 무엇보다 뜻을 구상해야 하는데, 그 전체의 얼개를 짜는 작업으로 이해할 수 있다. 전체적인 구상과 구성이 대략 이루어졌으면, 표현을 매끄럽게 하기 위해 표현을 적절하게 다듬는 작업이 필요하다. 가급적 신중한 태도로 전체적인 뜻에 어긋나지 않는 범위에서 부적절한 표현이나 어색한 부분을 다듬어야 할 것이다.

내용면에서도 몇 가지 원칙을 제시할 수 있다. 우선 자기의 견해와 다른 사람의 견해가 함께 쓰인다면 서로 착종되어 혼란을 주지 않게 해야 하며, 자신의 주장을 뚜렷이 드러내기 위해 자신의 주장과 대립되는 주장을 함께 다루어 자신의 논지를 부각시키는 방법을 선택할 수도 있다. 그러나 그런 방식이 자신의 논지 전개에 별반 효과가 없다면, 자신의 견해와 다른 견해 모두를 버리는 것이 좋다.

성소부부고

뜻이 세워지고 표현이 제대로 다듬어졌다면, 퇴고 과정을 거쳐야 한다. 부적절하다고 생각되면 계속 다듬는 노력이 필요하다는 것이다. 글을 다 쓴 이후라면, 시간을 기다려 다시 그 글을 객관적으로 검토해서 다시 한 번 자기 글을 읽고 고쳐야 한다. 다른 사람의 좋은 글과 대비해 보는 것도 한 가지 방법일 수 있다. 그러면서 자꾸 반복적으로 고치려는 노력을 하는 것이 좋다. 글을 자꾸 쓰는 것도 좋지만 글을 자꾸 고치는 것도 좋은 글을 쓰는 데 필수적인 과정이다. 이렇게 마련된 글의 평가는 우선적으로 자기 자신이 행해야 한다. 다른 사람의 눈을 의식해서는 곤란하다.

허균의 『한정록』에 보면 다음과 같은 이야기가 실려 있다.

상용은 어느 때 사람인지 모른다. 그가 병으로 눕자 노자(老子)가 그에게 물었다.

"선생님! 제자에게 남기실 말씀이 없으신가요?"

"고향을 지나거든 수레를 내리거라. 알겠느냐?"

"고향을 잊지 말라는 말씀이군요."

"높은 나무 아래를 지나가거든 종종걸음으로 가거라."

"노인을 공경하라는 말씀이군요."

그러자 상용이 이번에는 입을 벌리며 물었다.

"내 혀가 있느냐?"

"있습니다."

"내 이가 있느냐?"

"없습니다."

"알겠느냐?"

"강한 것은 없어지고 약한 것은 남는다는 말씀이시군요."

"천하의 일을 다 말했느니라."

이렇게 말한 다음, 상용은 돌아누웠다.

상용이 노자에게 준 가르침은 자신의 본바탕을 잊지 말고, 윗사람을 공경하며, 부드러움으로 강한 것을 이기라는 것이니, 사람이 한평생 살아가며 지녀야 할 마음가짐의 모든 것을 다 말했다고 한 것이다.

농암집

김창협
金昌協

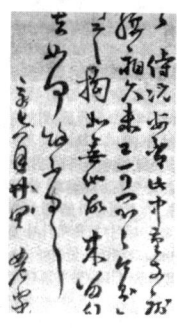

김창협 필적

김창협(1651~1708)은 조선시대 학자요 문인으로, 본관은 안동(安東)이며 호는 농암(農巖)이다. 영의정을 지낸 김수항의 아들로서, 1669년 진사가 되고, 1682년 문과에 장원을 하여 관직에 올랐다. 1689년 기사환국 때 아버지가 진도의 유배지에서 사약을 받아 죽은 후 영평에 은거하며 나오지 않았다. 1694년 아버지가 신원되자 호조 참의에 임명되었으나 사퇴하였고, 다른 벼슬에 누차 임명되었지만 역시 사퇴하였다. 문학과 유학의 대가로서 문장으로 유명하였고, 글씨도 뛰어났다. 저서로 『농암집(農巖集)』『사단칠정변(四端七情辯)』 등이 있다.

『농암집(農巖集)』은 조선 숙종 때의 학자이며 문장가인 김창협의 시문집이다. 전부 42권 15책으로 부록 2권을 포함한 원집 32권, 속집 2권, 별집 4권으로 되어 있다. 원집 권 1~6에 시와 부, 권 7~9에 소(疏)와 차(箚), 권 10에 계(啓)·의(義)·강의, 권 11~20에 서(書), 권 21~22에 서(序), 권 23~24에 기(記), 권 25에 제(題)·발(跋) 등, 권 26에 잡저, 권 27에 묘지명, 권 28에 묘갈명·행장 등, 권 29~30에 제문 등, 권 31~34에 잡지(雜誌)가 실려 있다. 속집에는 행장·서·묘지·설 등이 실려 있고, 별집에는 시·서·제문·시책·어록 등이 있다.

이 가운데 「논퇴율양선생사단칠정설(論退栗兩先生四端七情說)」에서는 이황과 이이가 아직 밝히지 못한 것을 천명하였다. 즉, 단(端)과 정(情)이 다같이 성(性)의 발동인 이상 이(理)와 기(氣)가 함께 나타나는 것임은 이이의 뜻에 찬동하나, 사단은 이를 주로 하여 명언(名言)하고 칠정은 기를 주로 하여 명언한다는 점에서는 이황의 의견이 옳다고 하였다. 원집 권 7에 실려 있는 일련의 상소문은 예송문제(禮訟問題)의 연구 자료로서 매우 값진 것이며, 호조참의 자리를 사직하면서 쓴 권 8의 「사호조참의소」는 김창협의 문장력을 과시한 명문으로 널리 알려져 온 글이다. 속집 권 2에 붙인 「사단칠정설」은 김창협의 이학 체계를 이해하는 데 중요한 논술이 되고 있다. 그리고 원집 권 25 잡저의 「동음대(洞陰對)」는 갑술 환국으로 정국이 바뀐 후 벼슬이 여러 차례 제수되었는데도 끝내 부름에 응하지 않고 향촌에 은거할 때 지은 것으로, 김창협의 기개가 잘 나타나 있는 글이다. 여기서 김창협은 호환이 두렵다 하나 인간 세상에는 이보다 더 무서운 일이 얼마든지 있음을 비유하여 숨어 사는 자신의 뜻을 완곡하게 설명하였다. 권

34 잡지 외편에 있는 여러 사람의 시문에 대한 비평은 고문파 문장가로서, 탁월한 문장비평가로서의 저자의 식견을 재음미하게 하는 좋은 자료로서 우리 나라 문학비평사에서 차지하는 자료사적 가치가 매우 크다.

(가) 황군 숙보의 죽음에 내가 곡을 지나치게 하고 때때로 슬퍼하니, 그 동지로서 나에게 배운 사람들이 모두 나에게 와서 조문을 하면, 나는 문득 눈물을 흘리며 맞이하였다. 숙보를 모르는 사람은 혹 내가 지나치게 슬퍼함을 이상히 생각하나 나로서는 지나친 것이 아니다.

나는 늦게야 도를 구하여, 당세의 자질이 아름답고 뜻을 가진 사람과 사키어 서로 절차탁마(切磋琢磨)하고 도리를 강론하여 학문을 이루려 하였다. 그러나 내가 깊은 산에 궁벽하게 거처하여 남과 만나는 기회가 적어서 숙보를 모르고 있었다.

그러다가 계축년에 그 아버지를 조문하는 기회에 처음으로 숙보를 보게 되었다. 그의 낯빛은 온순하고 모습은 공손하며, 아래를 보고 천천히 말하고, 걸음걸이와 응답하는 것이 모두 법도에 잘 맞았다. 나는 마음속에 그를 단단히 기억하여 두었다. 그 후 두 번 세 번 보게 되었는데, 볼수록 그의 뜻은 높아 세속을 초월하고 독서와 수신을 일과로 삼고 있었다. 나는 더욱 기뻐하여 고인의 학문하는 자세와 격물궁리(格物窮理)의 설을 아는 대로 모두 말해 주었다.

나는 이때부터 처음으로 숙보와 같이 학문할 뜻을 갖고 있었다. 그러나 숙보는 이때 마침 양가 어머니의 복을 입고 있었기 때문에 바로 나에게 올 수가 없었다. 다음해에 비로소 책보따리를 싸서 미호로 나를 찾아와 6, 7일을 계속 머물면서 강론하였다. 여기에서 나와 숙보는 서로 기약함이 더욱 심원하게 되었다.

이 해 겨울에 나는 동지 8, 9인과 더불어 석실서원에서 문회(文會)를 열게 되었다. 하루는 숙보가 옛날 의관을 입고 폐박과 글을 갖추어 뜰 아래에 들어와 서더니 제자의 예로 나를 보기를 청하는 것이었다. 나는 괴이쩍고 놀라서 굳이 사양하기를 세 번 반복하다가 결국에는 허락하게 되었다. 숙보는 4, 5일을 더 머무르면서 아침 저녁으로 예를 행하기를 더욱 부지런히 하였다. 사람들이 처음에 숙보가 나를 따라 강학하는 것은 보았지만, 숙보가 나에게 스승의 예로써 대하는 것을 알지 못하더니, 이제 와서 처음으로 그가 스승의 예로 나를 대하는 것을 보았던 것이다. 그러나 숙보가 나에게 뜻을 두고 있은 지가 이미 오래라는 것은 알지 못하였다. 숙보가 일찍이 나에게 말하였다.

"옛날에 스승을 섬기는 자는 스승을 군부(君父)와 똑같이 보았기 때문에 스승으로 모시기를 경솔히 하지 아니했는데, 오늘날엔 스승을 어찌 그렇게 쉽게 말하는지 모르겠습니다. 한갓 길에서 말을 듣고도 어질다 생각하면 그대로 따라가 좇고, 한 번 그 문하에 이르렀다 하면 금방 스승이라 부르는데 그 실속을 돌아보면 사실 아무것도 없으니, 옛날의 스승이란 것이 어찌 실로 이 같은 것이었겠습니까? 그러니 소위, 백성은 군·사·부에서 나오니 이를 똑같이 섬긴다 하고, 이른바 곁에서 봉양하고 죽도록 애써 섬긴다고 한 것이 무엇을 이른 것입니까?"

나는 마음으로 그가 뜻이 있어 하는 말인 것을 알고 따질 수가 없었다. 그 뒤 숙보가 매양 이 문제를 가지고 나에게 질문하므로 나는 결국 한퇴지(한유)의 말을 가지고 다음과 같이 대답하였다.

"그대가 말하는 스승은 도를 전해 주는 경우를 두고 하는 말입니까? 한퇴지의 말에 또한 무의(巫醫)·백공(百工)·동자(童子)의 스승이라는 것이 있습니다. 이로 미루어 보면 모든 경전·술업·문사에도 모두 마땅히 스승이 있어야 할 것입니다. 이러한 스승은 비록 도를 전해 주는 스승과는 비교가 안 되겠지만, 그러나 스승이 아닌 것은 아닙니다. 다만 스승이긴 하나 그 섬기는 도리에 있어서는 진정한 도를 전해 주는 스승과 같을 수가 없다는 것입니다. 오늘날 이른바 스승이라는 것도 또한 이 정도에 그치는 것이 아니겠습니까?"

"그 말씀은 옳습니다. 그러나 선비가 도를 위해서 스승을 구하는 것이 아니라면 굳이 스승을 찾을 이유가 있습니까?"

무릇 그의 지론이 이와 같기 때문에 그가 나를 대하는 것도 역시 정중해서 구차함이 없었다. 그는 내가 평범하고 재능이 없어 아무런 취할 점도 없다는 것을 모르고, 나를 중하게 여겼으니 사람을 잘못 알았다고 하겠다. 그러나 한편 그가 스승과 친구를 중하게 여기고 옛날의 예를 좋아하여 속되지 않은 점에 대해서는 또한 어찌 요새 사람들이 미칠 수 있는 바이겠는가? 나는 이 때문에 그가 하는 것을 어질게 여기고 나의 불초함을 잊어버리게 되어 버젓이 스승으로 자칭하였다. 말하자면 길에 익숙한 늙은 말로 자처한 것이며, 또한 예를 아끼는 양을 두고자 한 것이다. 그렇지 않았다면 나의 언행이나 처신에서 숙보에게 부끄러운 점이 많은 터에 어찌 감히 숙보의 스승이 될 수 있었겠는가? 그러나 내가 숙보에게 한 말은 역시 다하지 않은 바가 없으니, 숙보가 처음에는 혹 내 말이 옳지 않다고도 했는데, 물러가 사사로이 있을 때를 살펴보니 진심으로 마음을 닦고 실천하지 않음이 없었다. 정자(程子)의 이른바 자신을 믿지 않고 스승을 믿는다고 하는 말이 실로 숙보에게서 볼 수 있는 일이라고 하겠다.

숙보의 뜻을 살펴보면 장차 자신을 나에게 의탁하여 엎어지거나 자빠지거나 죽거나 간에 그 마음에 변함이 없을 것으로 생각된다. 나도 역시 죽음으로써 숙보에게 누를 끼칠 생각이었는데, 이제 그 숙보가 죽으니 내 어찌 슬프지 않으랴! 더구나 숙보와 같이 어진 이는 이치로 보아 죽지 않아야 될 터인데 지금 죽는 것은 이 또한 궁박한 나의 운명이 누를 끼친 듯하다. 애초에 생각은 내가 죽어 숙보에게 누

김창협

를 끼칠 작정이었는데, 이제 도리어 내가 살아 숙보에게 누가 되고 그를 일찍 죽게 하였으니, 어찌 슬프지 않겠는가?

숙보의 이름은 주하요 창원 사람이다. 키가 크고 풍채가 좋았으며 여러 무리 중에 있으면 특별히 뛰어난 군계일학 격이었다. 효심이 지극하여 부모를 섬기는 데 힘을 다하였고, 사람들을 대해서는 극히 공경하며 아무리 비천한 사람이라 하더라도 오히려 자기를 낮추어 예로써 대하기를 힘썼으니, 그 행함이 소학(小學)의 가르침에 맞지 않는 것이라고는 거의 없었다. 내 마침 대학(大學)의 공부에 들어가게 했는데 미처 완성을 보지 못한 채 갔으니, 오호라 더욱 애석하구나!

(김창협,『농암집』,「황숙보를 추모하는 글」중에서)

(나) 옛날의 학자는 반드시 스승이 있었다. 스승이란 도를 전하고 학업을 가르쳐 주며 의혹을 풀어 주는 자다. 사람은 나면서부터 아는 것이 아닌데, 누가 의혹이 없을 수 있겠는가? 의혹스러우면서도 스승을 따르지 않는다면 그의 의혹됨은 끝내 풀리지 않을 것이다. 나보다 앞에 태어나고 그가 도를 들음에도 물론 나보다 앞섰다면 나는 그를 따라 스승으로 삼는다. 나보다 뒤에 태어났더라도 그가 도를 들음에 나보다 앞섰다면 나는 그를 따라 스승으로 삼는다. 나는 도를 스승으로 삼는 것이니, 어찌 그 나이가 나보다 앞서 태어나고 늦게 태어남을 따지겠는가? 이런 까닭에 키하다거나 천하다거나 나이가 많거나 적거나 할 것 없이 도가 있는 곳이 스승이 있는 곳이다.

아! 스승의 도가 전해지지 않은 지 오래되었으니, 사람들로 하여금 의문이 없게 하려 해도 어려운 일이구나! 옛날의 성인은 보통 사람들보다 오히려 뛰어났지만 오히려 스승을 따라 물었는데 오늘날의 많은 이들은 성인보다 훨씬 뒤떨어지지만 스승에게 배우기를 부끄러워한다. 이런 까닭에 성인은 더욱 밝아지고 어리석은 이는 더욱 어리석게 된다. 성인이 밝아지고 어리석은 이가 어리석게 되는 까닭이 모두 이에서 나온 것인가!

자식을 사랑하여 스승을 골라 가르쳐 주면서도 그 자신에게는 스승삼기를 부끄러워하니 미혹된 일이다. 저 어린아이의 스승은 책을 가르치고 읽는 법을 가르치는 자이지 내가 말하는 도를 전하고 미혹됨을 풀어 주는 자는 아니다. 책 읽는 법을 모르거나 미혹이 풀리지 않는 데 대하여 혹은 스승을 삼기도 하고 혹은 그렇게 하지 않고 있다. 작은 것은 배우고 큰 것은 버리고 있으니 나는 그들이 현명하다고 생각하지 않는다.

무당이나 의사, 악사와 각종 직공들은 서로 스승을 삼기를 부끄러워하지 않는다. 그런데 사대부들은 스승이니 제자니 하는 자가 있으면 무리지어 모여서 그들을 비웃는다. 그 까닭을 물으면, '저이와 저이는 나이가 서로 같고 도(道)도 서로 비슷하다'고 한다. 스승의 지위가 낮으면 부끄러운 일이라 여기고 스승의 벼슬이 높으면 아첨에 가깝다고 한다. 아! 스승의 도가 회복되지 않았음을 알만 하구나. 무당이나 의사와 각종 직공들은 군자들이 업신여기지만 지금 그들의 슬기는 도리어 미칠 수 없으니 정말 이상하구나.

성인인 공자께서는 일정한 스승이 없었다. 공자는 담자·장홍·사양·노담에게 배웠으나, 담자의 무리는 현명함이 공자에 미치지 못하였다. 공자는 '세 사람이 함께 길을 가게 되면 그 중에 반드시 나의 스승이 있다'고 하였다. 그러므로 제자가 반드시 스승만 못하지도 않고 스승이 반드시 제자보다 낫지도 않다. 도를 들음에 있어 선후가 있고 학술과 직업에 전공이 있어서 이와 같이 되었을 따름이다.

이씨의 아들 반(蟠)은 나이 열일곱으로 고문(古文)을 좋아하여 육경(六經)의 경전을 모두 익혀 통달하였다. 시속에 구애되지 않고 내게 배우기를 청하니 나는 그가 옛 도를 행할 수 있음을 갸륵히 여겨 이 글을 지어 그에게 주는 바이다.

(한유,「사설(師說)」중에서)

김창협

(다) 사람이 세상에 나서 학문을 하지 않으면 사람이 될 수 없다. 학문이란 것은 역시 평범을 떠난 이상스럽고 별스런 것이 아니다. 아버지가 되어서는 마땅히 사랑해야 하고, 아들이 되어서는 마땅히 효도를 해야 하고, 신하가 되어서는 마땅히 충성해야 하고, 부부가 되어서는 마땅히 구별되는 점이 있어야 한다. 형제가 되어서는 마땅히 우애가 있어야 하고, 젊은이가 되어서는 마땅히 어른을 공경해야 하고, 친구가 되어서는 마땅히 신의가 있어야 하며, 일상 생활의 모든 일에 있어서는 그 일에 따라서 각각 마땅함을 얻어야 할 따름이요, 심오한 것에 마음을 두어 기이한 것을 바라거나 노려서는 아니된다. 다만 학문하지 않는 사람은 마음이 궁색하고 식견이 좁으므로, 반드시 글을 읽고 이치를 탐구하여 마땅히 행해야 할 길을 밝힌 뒤에야 가는 길이 바르고 그 실천함은 중용을 얻게 될 것이다. 요즈음 사람들은 학문이 일상생활에 있는 줄을 모르고 망령되게 뜻을 높고 멀게 하며 행하기 어렵다고 하여, 특별한 사람에게로 미루고 스스로는 자포자기하니 어찌 슬프지 않으랴!

내가 해산 지방의 남쪽에 있을 때 두 학도가 서로 따르며 학문을 물었다. 나는 스승이 될 수 없음을 부끄럽게 생각하고, 또한 처음 배우는 이들이 방향을 모르고 굳은 뜻이 없이 대충대충 배우겠다고만 한다면 도리어 다른 사람의 조롱만 사게 될 것이다. 이에 나는 이 일을 염려하여 요약하여 한 권의 책을 쓴다. 대략 마음을 세우고 몸을 닦아 부모를 봉양하며, 남을 대접하는 방법을 서술하여 『격몽요결』이라고 이름을 붙였다. 나는 학도들에게 이것을 읽고 마음을 씻게 하며, 이것을 근거로 해서 공부에 착수하게 하고자 한다. 아울러 나도 오랫동안 낡은 습관에 얽매여 피로워하던 차에 이것을 가지고 스스로 경계하며 반성하고자 한다.

(이이, 『격몽요결』, 「서문」 중에서)

(가)에서는 당대의 경솔한 사제관계를 비판하는 황숙보의 질문과 김창협의 답변이 소개되어 있는데, 그 답변에서 김창협이 인용한 내용이 바로 (나)에 실린 한유의 글이다. (다)에는 스승의 입장에서, 참된 공부란 무엇인가를 설명한 내용이 담겨져 있다.

통합형 문·답

1 (나)의 한유의 글도 적극 참고하면서, (가)에서 황숙보가 주장하는 참된 사제관계란 어떻게 이루어져야 하는 것인지 설명해 보자.

황숙보가 이해하는 당시의 사제관계란 다음과 같은 것이었다. "옛날에 스승을 섬기는 자는 스승을 군부(君父)와 똑같이 보았기 때문에 스승으로 모시기를 경솔히 하지 아니했는데, 오늘날엔 스승을 어찌 그렇게 쉽게 말하는지 모르겠습니다. 한갓 길에서 말을 듣고도 어질다 생각하면 그대로 따라가 좇고, 한 번 그 문하에 이르렀다 하면 금방 스승이라 부르는데 그 실속을 돌아보면 사실 아무것도 없으니, 옛날의 스승이란 것이 어찌 실로 이 같은 것이었겠습니까? 그러니 소위, 백성은 군·사·부에서 나오니 이를 똑같이 섬긴다 하고, 이른바 곁에서 봉양하고 죽도록 애써 섬긴다고 한 것이 무엇을 이른 것입니까?"

황숙보는 경솔히 아무나 좇아가서 스승이라 따르고 받드는 풍조를 비판하였다. 이 말은 곧 황숙보 자신은 스승을 선택할 때 경솔히 겉만 보고 일시적으로 판단하여 특정한 사람을 스승으로 섬기려 하지 않았다는 뜻이 된다. 황숙보는 김창협을 스승으로 섬겨야 하겠다는 생각을 오래전부터 가지고 있었고, 그렇게 할 수 있는 여건이 마련되자 그제서야 김창협에게 극진한 사제의 예로써 스승으로 모셨다. 이 말은 아무나 스승이 될 수 있는 것이 아니라 스승이 될 만한 자격이 있는 사람이 누구인지 충분히 살펴 분별한 다음에 행해야 한다는 뜻이다. 이 속에는 은근히 김창협 자신이 스스로를 높이는 뜻도 담겨져 있다고 하겠다.

황숙보의 이러한 비판에 대해, 김창협은 누구나 뛰어난 점이 있다면 스승으로 모실 수 있는 것은 아니겠느냐 하는 우회적인 반론을 편다. 물론, 김창협의 참뜻이라고 보기는 어렵다. 이러한 주장을 펴는 가운데서 인용한 글이 (나)의 「사설(師說)」이다. 이 글은 당나라 때 문인인 한유가 쓴 글이다. 한유는 의사·악사·직공들은 서로 상대의 기예가 우수하면 나이나 신분에 상관없이 서로 따르며 배운다고 하면서 사대부들의 잘못된 관행을 비판하는 근거로 활용하였다. 이 대목을 들어 김창협은 누구나 스승이 될 수 있는 법이 아니냐 하고 황숙보에게 반문한 것이다. 이러한 반문은 곧 뒤이은 황숙보의 반론을 기대하면서 이루어진 것이다.

황숙보의 반론은 이렇다. 참된 사제관계란 '도(道)'를 기준으로 이루어지는 것이지 단순한 기예일 수는 없으므로, 의사·악사 등의 비유를 수긍할 수는 없다는 것이다. '도'를 기준으로 삼지 않는 당시의 잘못된 스승 섬기기 풍토는 배격되어야 한다는 것이다. '그 말씀은 옳습니다. 그러나 선비가 도를 위해서 스승을 구하는 것이 아니라면 굳이 스승을 찾을 이유가 있습니까?'라는 황숙보의 진술이 바로 그러한 맥락에서 나온 것이다. 참된 사제 관계는 '도'를 기준으로 이루어져야 하고 단순한 기술의 차원에서 논의될 수는 없다는 것이다. 그러므로, 진정한 스승 될 만한 자질이 있는 사람을 선택하여 그 밑에서 수학해야만이 참된 사제관계가 이루어질 수 있다는 뜻이다.

(다)는 학문에 입문하는 사람들을 위해 쓴 글이다. 이 글에서 무엇보다 주목해야 할 부분은, '사람이 세상에 나서 학문을 하지 않으면 사람이 될 수 없다. 학문이란 것은 역시 평범을 떠난 이상스럽고 별스런 것이 아니다'는 진술이다. 이것은 학문이라는 것, 또는 공부한다는 것이 남들이 알지 못하는 궁벽한 지식을 찾아내고 은밀히 즐기는 것과는 무관하다는 뜻이다. 공부라는 것은 멀리 있는 것이 아니라 지금 이곳에서 자신이 영위하고 있는 나날의 일상 생활에서 이루어진다고 하였다.

자신의 생활이 곧 학문의 장이라는 말에는, 공부라는 것이 단순히 지식을 습득하고 암기하는 행위가 아니라는 점과, 다른 사람이 대신 맡아서 공부하도록 만들어 주는 것이 아니라 스스로 찾아서 쉼 없이 노력해야 한다는 점이 담겨져 있다. 그러므로, 스승이라는 존재는 공부의 길잡이 역할에 지나지 않는 것이고 한 가지 원칙적인 지침을 마련해 줄 뿐이지, 공부는 배우는 사람 스스로가 자기 자신을 위해서 열심히 노력해야 하는 것이다.

학문이 일상생활을 떠나서 따로 존재하는 것일 수 없고, 나날의 삶이 곧 학문의 정진을 담아내는 그릇이기 때문에, 공부가 어렵다거나 이해하기 힘들다고 하여 멀리하는 것은 참으로 어리석은 일이라 하겠다. 자기 자신의 마음을 닦고 수양하면서 뜻을 일관되게 유지하고, 자기가 아닌 타인과의 관계에서 자신이 옳다고 생각하는 일을 마땅히 행하면서 살아야 하는 것 자체가 공부의 대상이고, 그것이 공부의 대상임을 아는 과정이 곧 공부라고 할 수 있다.

198
김창협

참된 스승은 학생들에게 그들의 삶이 더 나아질 수 있도록 방향을 잡아 주고, 배우는 지식들이 자기 발전에 소용이 있도록 이해시켜 주는 사람이라 하겠다.

반계수록

유형원
柳馨遠

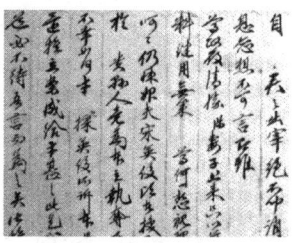

유형원 필적

조선 중기의 실학자 유형원(1622~1673)은 서울 출신으로, 호는 반계(磻溪)이다. 임진란 뒤에 사회가 극도로 어지럽고 양반사회의 모순이 노정되어 가던 17세기 초에 한성 외가에서 출생하였다. 전형적인 사대부 집안에서 태어났으나, 일찍이 아버지를 여의고 외숙 이원진과 고모부 김세렴에게 사사하였고, 문장에 뛰어나서 21세에 『백경사잠(百警四箴)』을 지었다. 지평·여주 등지로 옮겨 살다가 1653년 부안현 우반동에 정착하고, 이듬해 진사시에 합격하였으나 과거를 단념하고 학문연구와 저술에 전념하면서 수차 전국을 유람하였다. 그의 학문은 성리학·역사·지리·병법·음운(音韻)·선술(仙術)·문학 등에 두루 미쳤으며, 당시 피폐된 국력을 회복하기 위한 처방으로 전반적인 제도개편을 구상하여 『반계수록』을 집필하였다. 그의 사상은 뒷날 이익·홍대용·정약용 등에게 이어져 실학(實學)이라는 새로운 학문으로 발전하였으나 정책으로는 채택되지 못하였다. 이 밖에 20여 종의 저서와 문집을 남겼으나 현재 남아 있지 않고, 『반계수록』과 『군현제(郡縣制)』 1권이 전할 뿐이다.

『반계수록(磻溪隨錄)』(1770)은 유형원이 통치제도에 대한 개혁안을 중심으로 저술한 책이다. 반계는 유형원의 호이고 수록은 책을 읽다가 수시로 적어둔 것이라는 뜻이지만, 저자의 겸손한 말일 뿐 상당히 체계적인 저술이다. 저자 자신이 쓴 후기에 저술동기를 밝혀 놓았다. 첫째, 유형원은 현실이 개혁되지 않으면 안 될 상황에 이르렀다고 판단하였다. 따라서 책을 읽다가 현실문제를 해결할 수 있는 방법을 정리하면서 깊이 생각하여 체계적인 개혁안을 마련하였다. 유형원의 개혁안 가운데서 절박한 현실문제로 지적한 예를 찾아보면 대토지를 소유한 자와 송곳을 꽂을 만한 토지도 갖지 못한 자가 있을 정도로 토지가 일부 사람에게 집중되었다는 점이다. 둘째, 진한 이래 당시의 법제가 개인의 욕구를 채우기 위하여 제정되어 그 모순이 고쳐지지 않고 폐단이 쌓이고 쌓여 마침내는 중국이 오랑캐에 멸망되었고, 우리 나라는 외침을 받아 천하의 치욕을 당하였다는 점이다. 폐단이 있는 법을 고치지 않으면 세상이 잘 다스려질 수 없고, 폐단이 지속적으로 누적된 제도는 그 근본을 찾지 못하면 고칠 수 없다는 것이다. 셋째, 당시 학자와 관료들의 학문 태도에 대한 불만이었다. 공지에 있는 자는 이미 과거시험에 진출하였으니 세속을 있는 그대로 따름이 편하다는 점을 알 뿐이고 재야의 학자는 더러 자신의 수양공부에는 뜻이 있으나 세상을 다스리는 데는 전혀 뜻이 없어 문제라고 보았다. 유형원의 개혁안은 토지제도의 근본적인 개혁에 바탕을 두고 있다. 즉 국가에서 경작권을 분배하고 환수할 수 있는 공전제로 하여 모든 국민에게 지급함으로써 기본 생활을 보장하도록 하였다.

『반계수록』에 담긴 내용은 현실제도의 모순을 근본적으로 개혁하여 안정된 국민생활을 보장하고, 지역적인 불균등과 신분적인 특권을 해소하여 모든 사람이 자기 몫을 차지할 수 있는 사회의 실현에 목표를 두었다. 그런데 유형원은 현실에 적용시킬 수 있도록 하기 위하여 모든 국민이 똑같은 대우를 받아야 한다고 하지 않고, 관료에게는 토지 지급에 있어서도 차등을 두었고 공직에 종사하는 자에게는 군역을 면제하는 조처를 제시하기도 하였다. 비록 유형원의 개혁안이 실시되지는 않았지만 현실문제의 해결을 위하여 학자가 일생을 바쳐 연구하는 경향은 후세 학자에게 영향을 주어 실학이란 학풍을 일으키는 데 결정적인 계기를 마련하였다. 또한 유형원의 개혁안은 당시의 현실에 대한 깊은 통찰과 기존의 합리적인 제도를 폭넓게 수렴하여 만들어진 체계적인 것이었다.

작품 읽기

(가) 옛날의 정전법(井田法)은 이상적인 토지제도였다. 경지 정리가 올바르게 이루어지면 모든 일이 바로 잡히는 것이다. 백성들은 영구적이고 확고한 생업을 가지게 되며 군대 동원에 있어서도 폐단이 없어지고 모든 신분의 사람이 각각 직업을 가지게 되므로, 인심이 안정되고 풍속이 두터워지는 것이니, 옛날부터 나라가 공고하게 유지되고 수천 년 동안 문화가 발달해 온 것은 모두 토지제도가 올바르게 이루어진 데서 기인한다.

후세에 이르러 이와 같은 토지제도가 무너지고 토지의 무제한적인 사적 소유가 가능하게 됨으로써 이상적인 모든 제도가 무너지고 오히려 그 반대의 현상이 발달하게 된 것이다. 즉, 국민의 부역이 절제가 없어졌고, 빈부의 격차가 커졌으며, 토지를 겸병하고 이익을 독점하여 양민들이 생활 기반을 잃는 일이 허다하여, 인구가 줄어들고 소송이 번거로워지고 귀천의 분별이 없어 분수가 분명하지 못하게 되었다. 또 이 때문에 권력가들이 방자하여 도의가 떨어지고 뇌물이 횡행하여도 법이 이에 미치지 못하기 때문에 인심은 들뜨고 풍속은 각박해졌다.

또 토지제도와 군사제도가 분리되어서 백성들 중에는 병역을 기피하는 폐단이 많아졌다. 따라서 관리들은 기피자들을 색출하느라 소란을 일으켰고, 부유한 자들은 갖은 계략을 써서 병역을 기피하므로, 병적에는 가난하고 잔열한 자들만이 등록되어 있었다. 그러므로 이들은 평시에도 생활이 어려워 마음이 안정되지 못하기 때문에 전쟁에 임해서는 쉽게 흩어져 버리니, 그 폐단은 대단히 큰 것이다.

세상의 모든 일이 제대로 되어가는 것이 없으니 나라를 다스리는 자들이 모두 구차하게 세월만 보내어 옛날의 삼대 시대와 같이 오래고 또 굳건한 나라가 없었으며, 간혹 현명한 왕과 바른 신하가 있어서 올바른 정치를 한 일이 있어도 그 효과가 오래가지 못하였으니, 천하의 대체가 이미 그 근본을 잃었기 때문이다. 집을 짓는 자가 그 터를 바로 닦지 않으면 그 단청을 아무리 아름답게 하여도 무너지는 것과 같은 이치인 것이다.

비록 나라를 잘 다스리려고 하는 왕이 있어도 만약 토지제도를 바로잡지 않으면 백성의 생업을 안정되게 하지 못할 것이요, 부역도 고르게 하지 못할 것이며, 호구의 수를 밝히지 못할 것이요, 군대를 정리하지 못할 것이며, 송사를 멈추게 하지 못하고 형벌을 줄이지 못할 것이며, 뇌물을 막지 못하고 풍속을 두텁게 하지 못할 것이다.

그 이유가 어디에 있는가 하면, 토지는 천하의 근본이므로 근본이 바로 서면 모든 제도가 온당하게 되며 근본이 문란하면 온갖 제도가 따라서 마땅함을 잃게 되는 것이니, 실로 정치의 본질을 깊이 이해하는 자가 아니면 천리와 인사의 이해득실이 여기에 귀결됨을 알지 못하는 것이다. 후세에 뜻 있는 자들이 그때마다 토지제도를 바로잡으려 하였지만 산과 시내로 된 땅에 우물 정(井) 자 모양의 정전법을 실시하기 어려웠고, 공전(公田)과 채지(采地)를 만드는 일에도 어려움이 있었던 것이다.

후세에 와서 정전법을 다시 실시하기 어렵다고 말하는 사람들은 하나의 정(井)이 1평방리의 토지를 점유하는데, 토지가 평탄하지 못하거나 산과 계곡이 좁고 기울어진 곳은 정전을 만들기 어렵다는 이유를 들고 있지만, 이는 옛날의 정전(井田)제도를 깊이 연구하지 못한 데서 나온 말이다. 농토를 반드시 우물 정 자 모양으로 구획하려 하면 사실 어려운 일이다. 또 정전법에 있어서의 조법(助法)이라는 것은 여덟 농가가 합력하여 공전을 경작하고 그 수확을 정부에 납부하는 것인데, 지금 만일 관리와 농민에게 수납을 맡긴다면 다 받아들이기 어렵고 폐단이 생길 우려가 있다. 또 일정한 세액을 정하려 하여도 정부와 관리들이 근거로 삼을 만한 기준이 없다.

옛날에는 반드시 믿을 만한 치밀한 세금징수법이 있었겠지만 지금에는 그것을 고찰할 수 없으며, 또 옛날에는 대부들에게도 채지가 있었고 관리들에게는 세록이 있어서 모두 공세를 받아먹을 뿐이었고, 농토는 본래 농민들이 받아서 경작하도록 되어 있었기 때문에 여덟 명의 농부가 정전을 경작하여 조세와 병역을 같이 부담하였으며, 대부들은 친히 농업이나 상업에 종사하지 않게 되어 있었다.

훗날에는 관리를 임명함에 있어서 파면되는 일이 무상하였으므로 채지와 세록제도는 자연히 유지될 수 없게 되었는데, 만약 정전법을 실시하고 이 문제에 대한 적절한 처리가 없으면 대부로서 관직에서 물러난 자들은 생활 근거가 없게 될 것이다. 이와 같은 점이 정전법의 실시를 어렵게 하는 원인이 될 것이다. 정전법은 반드시 봉건제도 아래서만 그 완전한 실시를 볼 수 있는 것이다.

중국 당나라 시대에는 균전제를 실시하였는데 그것이 옛날 법의 취지에 가까웠고, 고려 태조가 그 법을 써서 나라를 부강하게 하였다.

그러나 그 법이 토지를 주체로 하지 않고 사람을 주체로 하였기 때문에 장정을 등록시키고, 토지를 등급에 따라 지급할 즈음에는 사람은 많고 토지가 모자라거나 토지가 많고 사람이 부족한 폐단이 없지 않았고, 또 토지를 분배한 후에도 당시에는 토지가 남았다 하더라도 뒤에는 부족할 수 있고, 당시에는 부족하더라도 뒤에는 남을 수 있는 폐단이 있었다.

옛법에는 토지를 기본으로 하여 그 면적에 따라 조세를 납부하게 함으로써 사람도 그 속에 포함되게 하였다. 그러므로 정전의 경계를 바르게 하여 농민들이 제 몫의 토지를 받기만 하면 폐단이 없을 것이다. 당나라와 고려의 제도는 사람을 기본으로 하여 그 수에 따라 토지를 지급하였으므로 사람과 토지가 서로 남거나 부족한 폐단이 생겼던 것이다. 당나라와 고려의 제도는 정전법과 서로 비슷한 것 같지만 실제로는 서로 맞지 않는 것이었다. 이상과 같은 사정이 균전제를 유지하지 못하게 하는 원인이 되었고, 따라서 그것이 무너지게 된 까닭이 된 것이었다.

현실적 타당성을 바탕으로 옛 제도의 취지를 참작하여 법도 있게 실시하면 반드시 지형적 여건이 합당하지 않더라도 제도가 가히 합당하게 되며, 공전을 설치하지 않더라도 10분의 1로 세금 징수를 실시할 수 있고, 채지를 설정하지 않더라도 각각 자연의 이치에 합당한 생활 근거를 마련할 수 있으며, 실시하기에 용이하고 모든 국민의 생활을 안정시키고 모든 제도가 순조롭게 시행될 수 있는 토지제도를 마련할 수 있을 것이다.

(『반계수록』,「전제(田制)」중에서)

(나) 지금 농사 짓는 자로 하여금 농지를 소유하게 하고 농사를 짓지 않는 자로 하여금 농지를 소유하지 못하게 하려면, 여전법(閭田法)을 시행하여야만 뜻을 이룰 수 있다. 무엇을 여전(閭田)이라 하는가.

산 계곡과 강 언덕의 형세를 따라 경계를 긋고, 그 경계 내부를 여(閭)라고 부른다. 여(閭) 셋을 리(里)라 하고, 리 다섯을 방(坊)이라 하며, 방 다섯을 읍(邑)이라 하고, 여에는 여장을 둔다.

무릇 1여의 농지는 그 여의 사람들에게 농사일을 함께 하도록 하여 이 구역이니 저 경계니 하는 구별이 없이 다만 여장의 명령만을 들어야 한다. 매양 하루를 일할 때마다 여장은 문서에 기록하였다가 추수를 마치면 모든 곡식을 여장의 집으로 운반한 다음, 그 곡식을 분배해서 먼저 국가에 세금을 바치고 다음은 여장의 녹봉을 주며, 그 나머지로 날마다 일한 것을 기록한 문서와 대조해 분배한다.

가령 수확한 곡식이 1천 곡(斛)인데, 일한 날짜가 2만 일이 되면 하루마다 5되씩 분배하면 된다. 한 농부가 있는데 부부와 자식이 일한 날짜가 8백 일이 기록되어 있으면 양곡 분배는 40곡이 되고, 한 농부가 있는데 일한 날짜가 10일로 기록되어 있으면 양곡 분배는 5두(斗)이다. 노력을 많이 한 자는 양곡을 많이 타고 노력을 적게 한 자는 양곡을 적게 타니, 어찌 힘껏 일하여 양곡을 많이 타려고 하지 않겠는가.

사람들이 모두 힘을 합침으로써 땅의 효과가 최대한으로 이용될 것이다. 땅의 이용도가 높아지면 백성의 살림이 부유하게 되고, 백성의 살림이 부유하게 되면 풍속이 순후해지며 효제의 풍속이 이룩될 것이니, 이는 농지 제도의 가장 좋은 방법이다……

농사를 짓는 자는 농지를 얻게 되고 농사를 짓지 않는 자는 농지를 얻지 못하게 한다. 농사를 짓는 자는 곡식을 얻게 되고 농사를 짓지 않는 자는 곡식을 얻지 못하게 한다. 공장이는 기구를 만들어 곡식과 바꾸어 먹고, 상인들은 물건을 팔아 곡식과 바꾸어 먹으니, 서로 해로울 것이 없다. 선비로 말하면 열 손가락이 유약하여 힘드는 일을 감당해 내지 못하니, 밭을 갈겠는가? 김을 매겠는가? 밭을 이루겠는가? 거름을 주겠는가? 이름이 문서에 기록되지 않았으니 가을에도 분

유형원

배를 받을 곡식이 없다. 장차 어떻게 해야 할 것인가? 아, 내가 여전법을 만든 것은 이 때문이다.

대저 선비란 어떤 사람인가. 선비는 어찌하여 손발을 놀리면서도 남의 토지를 겸병하며, 남이 힘들여 지어 놓은 것을 먹는가? 대저 선비가 놀고 먹기 때문에 땅의 이용도가 제대로 활용되지 못하니, 놀면 곡식을 얻을 수 없다는 것을 알게 되면, 또한 변해서 농사를 지을 것이다. 선비가 변하여 농사를 짓게 되면 땅의 이용도가 높아질 것이며, 선비가 변하여 농사를 짓게 되면 풍속이 순후해질 것이며, 선비가 변하여 농사를 짓게 되면 혼란한 백성이 없어질 것이다.

옛날에는 군대를 농민에 소속시켰다. 지금 여전법을 시행하게 되면 병제를 마련하기 더욱 좋을 것이다. 우리 나라 병제는 군대를 두 가지로 사용하고 있다. 하나는 행오(行伍)를 편성하여 사변에 대비하고, 하나는 신포(身布)를 바치게 하여 서울의 군대를 양성하게 하니, 두 가지 병제는 없앨 수 없다. 행오로 편성된 병졸들은 항상 통솔하는 자가 없고 장수와 병졸들은 서로 연습하지 아니하여 서로 사용되지 못하니 어찌 군대라고 하겠는가.

이제 여에 여장을 두어 그로 하여금 지휘관으로 삼고 리에 이장을 두어 그를 지휘관으로 삼으며, 방에 방장을 두어 그로 하여금 지휘관으로 삼고 읍에 현령을 두어 그로 하여금 통솔할 수 있게 하면, 토지제도를 마련함으로써 군사제도도 아울러 갖출 수 있게 되는 것이다.

사람들이 저마다 농사를 지어 각자가 사유(私有)하기 때문에 기강이 서지 않고 명령이 시행되지 않는다. 이제 여전법을 실시하면 열 식구의 명맥이 여장에게 달려 있어, 해가 다하도록 부지런히 그 사람의 명령을 따른다. 이런 자들로 군대를 만들면 진퇴하는 것이 군율에 맞게 될 것이다. 왜냐하면 평소부터 가르치고 익혀 왔기 때문이다.

(정약용, 『여유당전서』, 「전론(田論)」 중에서)

논점 (가)에서는 이상적 토지제도로서 정전법의 의의가 무엇인지 살피고, 그 현실적 적용 가능성을 어떻게 마련하려고 했는지 주목하면서 읽어 보자. (나)에서는 여전법의 실상을 이해하고 그 효과가 무엇인지 살피면서 읽도록 한다.

통합형 문·답

1 제시문 (가)의 글을 읽고 정전법의 본래 모습을 서술한 다음, 우리 나라에 창조적으로 그 이상을 시행하는 방법을 설명해 보자.

정전법(井田法)은 중국 고대에 시행되었다고 전해지는 이상적 토지제도다. 먼저, 우물 정(井) 자 모양으로 땅을 나누면 모두 9등분이 될 것이다. 거기서, 한가운데에 있는 부분만을 제외하고 나머지 8개 부분을 여덟 명의 사람이 각각 하나씩 자신의 토지로 사용하게 한다. 그리고, 가운데 부분은 여덟 명이 공동으로 경작하여 그곳에서 나온 산물을 세금으로 국가에 바치도록 하는 방식이다.

이러한 정전법의 시행이 가능하기 위해서는 일단 땅이 비교적 넓어야 할 것이다. 그래야 공정한 구분과 분배가 가능할 수 있다. 그렇지만, 우리 나라의 땅은 토지가 평탄하지 못하거나 산과 계곡이 많아서 평탄한 평야를 두루 확보하기 어렵기 때문에 정전법의 직접적인 시행이 어렵다고 볼 수 있다. 그러므로 정전법을 우리 나라에 도입하기 위해서는 단순한 형식의 모방이 아니라 그 본래적 의미를 제대로 이해하여 그 정신을 계승해야 원래의 목적을 이룰 수 있다.

'후세에 이르러 이와 같은 토지제도가 무너지고 토지의 무제한적인 사적 소유가 가능하게 됨으로써 이상적인 모든 제도가 무너지고 오히려 그 반대의 현상이 발달하게 된 것이다'라는 진술에서 확인할 수 있듯이, 정전법에서 정전은 국가의 소유이다. 정전법은 국가가 백성들에게 일정한 양의 땅을 나누어 준 다음에, 나누어 준 땅에서 나온 일부를 세금으로 내게 하면 되는 것이다. 그러므로, 꼭 우물 정 자 모양의 토지로 억지로 만들 필요가 없는 것이다.

2 제시문 (가) (나)를 읽고, (가)의 정전법과 (나)의 여전법에 공통된 성격이 있다면 무엇인지 설명해 보자.

유형원이 주장하는 토지제도인 정전법과 정약용이 주장하는 토지제도인 여전법에는 두 가지 공통점이 있다. 첫째, 두 사람 모두 개인이 땅을 소유하는 토지의 사적 소유를 반대한다는 점이다. '후세에 이르러 이와 같은 토지제도가 무너지고 토지의 무제한적인 사적 소유가 가능하게 됨으로써 이상적인 모든 제도가 무너지고 오히려 그 반대의 현상이 발달하게 된 것이다. 즉, 국민의 부역이 절제가 없어졌고, 빈부의 격차가 커졌으며, 토지를 겸병하고 이익을 독점하여 양민들이 생활 기반을 잃는 일이 허다하여, 인구가 줄어들고 소송이 번거로워지고 귀천의 분별이 없어 분수가 분명하지 못하게 되었다. 또 이 때문에 권력가들이 방자하여 도의가 떨어지고 뇌물이 횡행하여도 법이 이에 미치지 못하기 때문에 인심은 들뜨고 풍속은 각박해졌다'라는 유형원의 진단 속에서, 유형원은 토지의 사적 소유로 말미암아 모든 문제들이 생겨났다고 인식하였음을 알 수 있다. 이러한 성향은 정약용에게서도 그대로 확인된다. 정약용의 여전제에서는 땅이 개인의 소유가 아니라 여(閭)라고 하는 마을의 공동 소유가 된다. 백성들은 공동 소유의 땅에서 공동으로 경작하며 거두어들인 곡식을 노동시간에 비례하여 공동으로 분배한다는 것이다.

둘째, 유형원과 정약용의 토지제도에서는 둘 다 토지의 국유제(혹은 공유제)가 군역(병역)제도와 긴밀하게 연계되어 있음을 알 수 있다. 다시 말해, 두 사람 모두 농병(農兵)일치제도를 추구하였다는 점에서 공통된다. '토지제도와 군사제도가 분리되어서 백성들 중에는 병역을 기피하는 폐단이 많아졌다. 따라서 관리들은 기피자들을 색출하느라 소란을 일으켰고, 부유한 자들은 갖은 계략을 써서 병역을 기피하므로 병적에는 가난하고 잔열한 자들만이 등록되어 있었다. 그러므로 이들은 평시에도 생활이 어려워 마음이 안정되지 못하기 때문에 전쟁에 임해서는 쉽게 흩어져 버리니, 그 폐단은 대단히 큰 것이다'라는 대목에서, 유형원이 토지제도와 군사제도의 긴밀한 연결 필요성을 주장한다는 사실을 확인할 수 있다. 마찬가지로, '옛날에는 군대를 농민에 소속시켰다. 지금 여전법을 시행하게 되면 병제를 마련하기 더욱 좋을 것이다 …〈중략〉… 이제 여에 여장을 두어 그로 하여금 지휘관으로 삼고 리에 리장을 두어 그를 지휘관으로 삼으며, 방에 방장을 두어 그로 하여금 지휘관으로 삼고 읍에 현령을 두어 그로 하여금 통솔할 수 있게 하면, 토지제도를 마련함으로써 군사제도도 아울러 갖출 수 있게 되는 것이다'라는 진술에서, 정약용도 토지제도와 군사제도의 일치를 주장하였다는 사실을 확인할 수 있다.

성호선생문집

이 익
李 翼

조선 후기 실학자로 중농주의 실학사상의 대가인 이익(1681~1763)의 호는
성호(星湖)이다. 평안도 운산에서 태어났으며, 둘째형이 장희빈을 두둔하는
소를 올렸다 옥사한 것을 계기로 평생 벼슬길에 나가지 않고 칩거하며 학문
에 힘썼다. 그는 어렸을 때부터 엄격한 유교적 교양을 습득했고 그 방면에서
도 업적을 남겼지만, 주자에게로만 치우치는 경향을 벗어나 수기치인(修己治
人)의 학을 부흥할 것을 꾀해 실학으로 나아갔다. 예학이나 이기설에 관련된
글을 남기기도 했으나 더욱 긴요한 것은 사회현실에의 대처라고 보아 경세실
용에 힘썼고 이를 위해 중국에서 전래된 서학을 수용했으며, 객관적 · 비판적
인 역사 서술을 주창하기도 했다. 65세 되던 해에 그의 학행을 높이 산 조정
이 한 벼슬을 내렸으나 사양하고 끝내 야인으로 평생을 마쳤다. 저서로 『성호
사설』 『곽우록』 『성호선생문집』 『이선생예설』 등을 남겼다.

조선 후기 실학자 이익의 문집인 『성호집(星湖集)』은 본래 그가 죽은 후 얼마 되지 않아 간행되었던 것으로 보이는데, 이때 나온 발문은 있으나 판본은 현재 전하지 않는다. 이후 순조 연간과 고종 연간에도 이익의 문집이 간행되었다고 하나, 역시 발문만 전할 뿐 판본은 확인할 수 없다. 현재 전해지는 판본은 1917년 이익의 후손들에 의해 간행된 목판본 『성호선생문집』과 1922년에 간행된 『성호선생문집』이며, 그 밖에 『성호잡저』라는 필사본이 전한다. 또한 1929년 10권 5책으로 인쇄된 『성호사설』이 널리 유포되어 있는데, 이 책은 백과사전식 구성을 갖추고 있다. 『성호사설』은 권 1~6에 부·시, 권 7~8에 해동악부의 시, 권 9~37에 서(書), 권 38~47에 잡저, 권 48에 잡저·잠·명·찬·송, 권 49~52에 서(序), 권 53에 기, 권 54~56에 제발(題跋), 권 57에 축문·제문·애사, 권 58에 비명(碑銘), 권 59에 묘표·묘갈명, 권 60~62에 묘갈명, 권 63~65에 묘지명, 권 66~67에 행장·행록, 권 68에 전(傳) 등으로 이루어졌으며, 부록 권 1은 가장(家狀)·행장·묘지명, 권 2는 연설·제문·찬 등으로 구성되어 있다.

이 중 권 9~37까지의 서(書)는 친우·문생들과 주고받은 편지로, 대개 유가 경전에서의 의문처에 대한 문답, 성리설에 대한 문답, 가례(家禮)·상제(喪制)·복제(服制) 등 예에 대한 논란, 그리고 정전지설(井田之說)·결부지법(結負之法) 등 당시의 폐정(弊政)을 논한 실학적인 내용들이 실려 있다. 권 38~48까지의 잡저에는 경전 및 예에 대한 논법이 주로 실려 있는 한편, 실학적인 내용으로는 「일월식변(日月蝕辨)」「황도변(黃道辨)」 등 자연과학적 지식에 기반한 글과 「논학제(論學制)」「논과거(論科擧)」「논전제(論田制)」「논노비(論奴婢)」 등 정책적 제안을 담은 논술이 실려 있다.

『성호잡저』는 이 책과는 별도로 잡저류만을 모아 엮은 책으로, 전서에 실려 있는 것이 대부분이나 실리지 않은 글 20여 편도 전한다. 『성호선생문집』 가운데서는 특히 서와 잡저에서 이익의 학문적 깊이와 사상적 경향을 읽어 낼 수 있다고 하는데, 그의 논변은 전통적인 유가 사상을 존중하면서도 실사구시적 견해로 당시 시무(時務)와 실학적 문제에 관해 깊은 연구와 이론을 새로이 정립해 낸 것이다.

■ 작품 읽기 ■

(가) 붕당(朋黨)은 싸움에서 생기고, 싸움은 이해 관계에서 생긴다. 이해 관계가 절실하면 붕당이 깊어지고, 이해 관계가 오래될수록 붕당이 견고해지는 것은 당연한 사정이다. 무엇으로써 그 이유를 밝힐 것인가. 예를 들면, 지금 열 사람이 함께 굶주리고 있는데 한 그릇의 밥을 같이 먹게 되면, 그 밥을 다 먹기도 전에 싸움이 일어날 것이다. 힐책해 보면, 말이 불순한 자가 있어서 그렇게 되었다 할 것이니, 사람들은 모두 말이 불순해서 싸움이 시작되었을 것이라 믿을 것이다. 다른 날 또 한 그릇의 밥을 같이 먹게 되면, 그 밥을 다 먹기도 전에 또 싸움이 일어날 것이다. 힐책해 보면, 용모가 공손하지 못한 자가 있어서 그렇게 되었다고 할 것이니, 사람들은 모두 용모가 공손하지 못해서 싸움이 시작되었다고 믿을 것이다. 다른 날 또 이와 같은 일이 있어서 힐책해 보면, 행동이 나쁜 사람이 있어서 그렇게 되었다고 할 것이니, 마침내 한 사람이 선창하면 여러 사람들이 거기에 호응하여 처음에는 미세하지만 종말에는 크게 된다. 말할 때엔 입에서 거품을 내고 화낼 때엔 눈이 찢어질 것처럼 흘겨보니, 어찌 그다지도 과격한가.

213
성호선생문집

길에 다니는 사람들을 살펴보면, 오는 사람이 팔을 흔들기도 하고 가는 사람이 발꿈치를 높이 쳐들기도 하여 말이 불순하거나 용모가 공손하지 못하거나 행동이 나쁜 사람들이 어찌 한이 있겠는가. 하지만 지난번 한 그릇 밥을 같이 먹을 때처럼 한번이라도 과격하게 성을 내지는 않는다. 이에 그들의 싸움은 밥이 적은 데 있는 것이지, 말이나 용모 또는 행동에 있는 것이 아님을 알 수 있다. 그 끝만 책망하는 자는 싸움이 말 때문에 일어난 줄만 알고 말하기를 '말만 공손히 했으면 이런 일이 없었을 것이다.' 하며, 용모 때문에 일어난 줄만 알고 말하기를, '용모만 공손히 했으면 이런 일이 없었을 것이다.' 하여, 이해의 근원이 어디에 있는지 모르니, 그 실책이 그대로 있어 이루 다 구원하지 못할 것이다.

… 〈중략〉 …

그렇다면 붕당이란 무엇 때문에 생기는 것인가. 대개 과거제도가 번잡하여 인재를 뽑는 것이 너무 많으며, 사랑하고 증오하는 것이 너무 편벽되어 승진과 파면이 일정하지 못하기 때문이니, 당나라 때의 당파가 생긴 것도 이 때문이었다. 당나라 사람들은 전적으로 과거를 숭상하였다. 과거란 것은, 국가에서 인재를 구하는 것이 아니라 선비가 나라에 등용되기를 구하는 것이다. 그러므로 농촌의 수많은 사람들이 모두 벼슬길에 오르려는 욕망이 생기게 되었다. 그리하여 육갑(六甲)도 알지 못하면서 먼저 오행시(五行詩)를 지어 자기가 소망하던 바를 얻어서 요행히 뜻을 이루면, 공경(公卿)이 되는 것은 모두 자기 분수로 여기고 뜻을 얻지 못한 사람은 마음에 좋게 여기는 사람이 없었다. 이밖에도 벼슬길이 분분하게 많으니 이것이 소위 관직은 적은데 과거에 응시한 사람은 많아서 모두 처치할 수 없다는 것이다.

이에 혹은 자주 교체하여 승진시키고 혹은 저 사람을 파면시키고 이 사람을 등용하기도 하는데, 교체되면 기분 나쁘게 생각하고 파면되면 원망하니, 이것은 마치 남에게 보화를 주기로 허락하였다가 주지 않는 것과 같아 그 사람의 욕심을 더욱 심하게 유도하는 것이다. 이는 한정이 있는 보화를 가지고 한정이 없는 사람을 대우하려는 것이니, 투쟁이 일어나는 것은 진실로 마땅하며, 한 사람이 벼슬자리에 나가면 그림자처럼 따르고 메아리처럼 응하는 자들이 모두 그 혜택을 맛볼 수 있으니, 당파가 생기는 것 또한 마땅하다. 이것이 바로 인재를 등용하는 것이 너무 번거롭다는 것이다.

… 〈중략〉 …

우리 나라는 중세 이래 간사한 무리들이 정권을 마음대로 하여 사화(士禍)가 계속 일어났다. 앞서는 무오사화와 갑자사화의 살육이 있었고 뒤에는 기묘사화와 을사사화의 참혹함이 있어 한때의 충신과 현인들이 모두 세파에 휘말려 죽었지만, 그래도 붕당이라는 명칭은 없었는데, 선조 때부터 하나가 나뉘어 둘이 되고 둘이 나뉘어 넷이되고 넷이 나뉘어 여덟이 된 다음 대대로 자손들에게까지 전하여, 서로 원수처럼 여겨 죽이기도 하고 한 조정에 같이 벼슬하고 한 마을에 같이 살면서도 늙어 죽을 때까지 서로 왕래하지 않기도 한다. 이렇기 때문에, 길흉사에 서로 왕래하면 수군수군 헐뜯고 서로 혼인이라도 하면 떼로 모여 공격하고 배척하였다. 심지어는 언동과 의복까지도 모양을 다르게 하여 길에서 만나더라도 지적해서 알 수 있으니, 지역이 달라서 풍속이 달라서 그런 것인가, 아, 너무도 심하였다.

이렇게 된 까닭을 구명할 수 있다. 그러나 맨 처음에는 수가 매우 적었는데, 선조 때부터 점차 증가되더니 지금에 와서는 극도로 많아졌다. 북조 사람 최량의 말에 '관직 하나를 가지고 열 명에게 준다 하더라도 오히려 다 나누어 줄 수 없다' 하였는데, 참으로 오늘의 실정에 꼭 맞는 말이다. 그렇기 때문에 벌열의 집안과 문장의 집안에서도 빈곤하게 살면서 홍패를 안고 한탄하는 자를 이루 다 기록할 수 없으니, 당이 어찌 갈라지지 않겠는가. 저 형편이 하나인데 사람이 둘이면 당이 둘로 갈라지고, 형편이 하나인데 사람이 넷이면 당이 넷으로 갈

라지는 것이다. 형편은 변동이 없는데 사람이 더욱 많아지니, 여러 개
의 파당으로 갈라지는 것은 너무도 당연하다. 이 당파가 생긴 뒤로부
터는 정세가 구름이 일고 비가 쏟아지듯 하여, 총명한 사람도 정세를
살피어 제대로 판단하기 어렵다. 중립하여 공평하게 옳은 자를 용렬
하다고 하고, 붕당을 위해 죽어도 요동하지 않는 자를 훌륭한 절개라
고 한다. 때로는 무릎에 올려놓아 사랑하고, 때로는 연못에 던지며 미
워해서 영화와 곤욕이 갑자기 바뀌니, 어찌 사람들이 붕당을 조성하
여 싸우지 않겠는가. 그러면 어떻게 하여야 하는가.

　…〈하략〉…

(『성호선생문집』,「붕당을 논함」중에서)

(나) 한 사회의 성원들이 경험하고 있는 여러 가지 갈등은 정치, 경
제, 사회 등 그 사회의 주요 활동 영역을 기준으로 구분할 수 있다. 정
치적 갈등은 정치 영역에서의 갈등을 의미한다. 대부분의 선진국에서
존재하는 정치적 갈등은, 민주주의 정착과 더불어 주로 정당을 통해
표출된다. 정당이란, 공공 이익의 실현을 목표로 권력 획득을 추구하
는 사람들이 모인 정치적 집단이다. 정당을 통해 갈등이 표출되는 선
진국과는 달리, 개발 도상국이나 후진국에서는 시민들의 정치적 참여
가 봉쇄되고 독재자가 권력을 마음대로 행사하는 일이 더러 나타나
기도 한다. 이러한 사회에서는 독재 권력을 옹호하는 집권당인 여당
과 그것을 거부하는 야당 사이에 심각한 갈등이 발생하기 쉽다. 또,
권력과 독재가 군부에 의해 지지될 때는 군부와 시민들 사이에 적대
감이 나타나기도 한다. 우리 나라의 경우도, 1961년 이후부터 김영삼
정부가 들어설 때까지 약 30년 동안, 독재와 군부의 정치 관여로 인
하여 심각한 정치적 갈등을 경험하였다.
　이러한 정치적 갈등은 어느 사회건 존재하게 마련이고 당연한 현
상이라고 해야만 할 것이다. 모든 사회 성원들의 정치적 견해가 동일

할 수는 없고, 때로는 극심하게 대립할 수도 있기 때문이다. 개인의 삶과 행복을 우선적인 목표로 설정하는 정치적 견해가 있을 수 있고, 개인보다는 사회 공동체 성원 전체를 우선시하는 정치적 입장이 있을 수 있다. 문제는, 이러한 정치적 갈등을 그 사회가 얼마나 수용할 수 있는가 하는 것인데, 정치적 갈등은 민주주의 정착과 시민 사회 형성을 통하여 제도적으로 흡수될 수 있다. 특히, 민주주의적 제도 안에서 발생하고 그 절차에 따라 해결되는 정치적 갈등은 사회 발전의 긍정적인 요소로 작용한다.

(『공통사회(상)』 90~91쪽 중에서)

논점 (가)에서는 붕당이 왜 생길 수밖에 없다고 판단하는지, 그 핵심적인 이유가 무엇일까 생각하면서 읽도록 하자. (나)는 정치적 갈등의 의미와 그 해결 방안에 초점을 맞추어 읽으면 될 것이다.

통합형 문·답

1 제시문 (가)를 읽은 다음, 붕당의 폐해를 일소하기 위해서는 어떠한 정책을 펴야 할 것인지 생각하여, (가)의 끝 '…⟨하략⟩…' 부분에 어떤 내용이 들어갈 수 있는지 서술해 보자.

위의 글에서 이익이 주장하는 핵심, 즉 붕당이 생겨날 수밖에 없는 이유는 한정된 이익(이권)에 너무 많은 사람들이 몰리는 데서 찾을 수 있다. 벼슬자리의 수는 제한되어 있는데, 그 벼슬을 지망하는 사람의 수는 너무 많기 때문에, 서로서로의 이권을 챙겨 줄 수 있는 이익집단이 생겨나는 것은 당연한 일이라는 것이다. 따라서, 붕당의 폐해를 막는 정책을 펴기 위해서는 이러한 사정을 정확하게 인식해야만 할 것이다. 이러한 인식을 바탕으로 다음과 같은 정책을 제시할 수 있겠다.

첫째, 관리 등용의 문제. 그 수가 한정되어 있는 벼슬자리에 오르는 사람은 관리임용시험이라고 할 수 있는 과거를 치러 합격해야만 한다. 벼슬자리가 한정되어 있으므로, 무엇보다도 과거시험을 통해 너무 많은 수의 관리를 선발해서는 안 된다. 그렇기에, 과거 횟수를 줄이고 과거 합격 인원도 줄여야 한다. 선발 과정이 공정해야만 뛰어난 자질의 관료를 뽑을 수 있을 뿐만 아니라, 부정이 개입되지 않아야 선발된 관료가 파당을 의식하지 않고 소신껏 자신의 역량을 발휘할 수 있을 것이다.

둘째, 현직 관료의 통제 문제. 과거시험의 통제를 통하여 관리 등용의 경우를 조절하기도 해야 하지만, 근무 실적을 정확히 평가하여 과업 이수 능력이 부족한 관리는 과감하게 퇴진시켜야 한다. 관료로 재직하기 위해서는 엄격한 기준에 부합하는 노력을 지속적으로 수행할 수 있어야 한다. 이를 위해서는 관료의 공무 수행 실적을 엄정하게 평가할 수 있는 객관적이고도 투명한 기준이 마련되어야 한다. 높은 벼슬을 아껴 엄격한 심사를 거쳐 관리를 승진시켜야 하고 특진을 삼가야 한다. 아울러, 관리를 적재적소에 배치하여 능력과 재능에 맞는 분야를 담당하도록 하고 숙달된 전문성을 획득할 수 있도록 자주 교체하지 않는 것을 원칙으로 해야 한다. 이상과 같은 방법은 결국 이권이 발생하는 경로를 철저히 통제하고자 하는 노력에 다름 아니다.

2 (나)의 밑줄 친 부분의 시각에서 보자면, (가)에서 주장하는 바를 달리 해석할 수 있는 여지가 있다. (나)의 내용을 바탕으로 (가)의 주장을 반박하는 견해를 서술해 보자.

이익

(가)에서는 붕당이 제한된 이권을 독점하기 위해 형성된 정치적 집단이라는 주장을 펴고 있다. 제한된 이권이란 결국 제한된 벼슬자리의 수를 의미하는 것이다. 요컨대, (가)의 주장은 관직에 등용하는 과정을 엄정하게 하고 관직에 있는 관리들의 업무 능력에 대해서도 철저하게 평가해야만 공정한 정치가 행해질 수 있다는 주장이라 할 수 있다. 그렇지만, 관직의 수를 늘리지 않는 한에서는 붕당의 폐해를 막을 수 없다. (가)에서 밝혀 놓았듯이, 관직의 수가 늘어나지 않는다면 붕당이 형성되는 것은 어쩔 수 없는 자연스런 현상으로 보아야 한다. 그럼에도, (가)에서는 관직의 수를 늘리는 방안은 전혀 고려하지 않는 상태에서 드러난 결과만을 비판하고 있어 납득하기 어렵다는 생각이 든다.

　(가)의 주장처럼 만약 붕당의 형성이 자연스런 현상이라면, 그때의 붕당이란 원칙적으로 인간 사회에 필연적으로 드러나게 마련인 정치적 집단 갈등으로 이해해야 할 것이다. 이러한 정치적 갈등은 어느 사회건 존재하게 마련이고 당연한 현상이다. 모든 사회 성원들의 정치적 견해가 동일할 수는 없고, 때로는 극심하게 대립할 수도 있기 때문이다. 그렇기 때문에, 붕당이라는 정치적 집단 갈등을 반드시 해소해야 할 부정적 현상으로 규정할 것이 아니라, 어차피 존재하는 현상이라면 그 긍정직 기능을 확장시키는 방안을 검토하는 것이 훨씬 타당한 경로라 판단된다. 문제는 붕당이라는 정치적 갈등이 존재하느냐 존재하지 않느냐가 아니라, 이미 존재하는 현상을 어떻게 올바른 방향으로 유도할 것인가이다.

　사람들이 사는 사회에서는 집단 갈등이 있게 마련이다. 그렇다면, 존재하는 갈등을 올바른 방향으로 이끈다는 것은 결국 그 사회 내부에 갈등을 해결할 수 있는 정당한 제도적 절차를 마련해야 한다는 뜻이다. 올바른 사회일수록 갈등을 수용하고 정당하게 해소하는 역량을 폭넓게 갖추고 있을 것이다. 모든 갈등은 이해관계나 가치관 또는 신념의 차이에서 발생한다. 따라서, 갈등을 해소할 수 있는 제도적 절차를 갖춘 사회라고 하는 것은 무엇보다 다른 집단의 입장과 처지를 이해하는 노력을 밑바탕에 두는 사회이다. 이러한 점이 전제된다면 어떤 제도적 장치를 마련하는 데 모든 사회 구성원이 합의할 수 있을 것이다.

　지속적으로 드러나는 집단 갈등은 제도적인 원칙과 장치 없이는 해결하기 어렵다. 제도적 절차에는 갈등을 표현하는 방식, 대화의 원칙, 중재와 관련된 사항, 합의의 이행 등이 포함되어야 한다. 이러한 원칙과 장치를 통해서 갈등의 표현과 해결은 제도적인 틀 안에서 이루어져야 한다. 제도적 장치가 마련된 사회라면, 그러한 제도적 장치 안에서 발생하고 그 절차에 따라 해결되는 정치적 갈등은 사회 발전의 긍정적인 요소로 작용한다. 갈등은 사회의 분열을 초래하기도 하지만, 동시에 그 사회가 당면하고 있는 문제가 무엇인지를 알려 주고 나아가 그 해결방안을 제시해 준다는 점에서 사회 발전에 공헌하는 측면이 지대하다. 따라서 정치적 붕당이 반드시 부정적이라 할 수는 없고 자연스런 현상이라면, 정당한 제도적 절차를 마련하여 사회 발전에 긍정적인 기여를 할 수 있는 방향으로 유도하기 위해 노력을 기울여야 마땅하다고 하겠다.

택리지

이중환
李重煥

조선 후기의 실학자 이중환(1690~1752)은 본관이 여주이고 호는 청담(淸潭)·청화산인(靑華山人)이다. 이익의 문인으로 이익으로부터 실학적 학풍의 영향을 많이 받았다. 1713년 과거에 급제하여 조정에 나아갔고 1722년(경종 2년)에 병조정랑이 되었다. 영조가 즉위하자, 목호룡의 일당이라 지목되어 1725년(영조 1년)에 네 차례나 형을 받았고 다음해 섬으로 유배되었다가 석방되었으나 다시 유배의 길로 떠났다. 이후부터 세상을 떠날 때까지 일정한 거처도 없이 전국을 떠돌면서 살았다고 전해진다. 전라도와 평안도를 제외한 우리 나라 전역을 답사하면서 전국의 인심과 풍속 및 물화의 생산·유통 등을 파악할 수 있었다. 관직에서 물러난 사대부들이 편안하게 살아갈 수 있는 터전을 찾아보고자 노력하였는데, 그러한 체험의 결과로 저술된 책이 『택리지』이다.

『택리지(擇里志)』는, 이중환이 1751년에 현지답사를 기초로 저술한 우리 나라 지리서로서,「사민총론(四民總論)」「팔도총론(八道總論)」「복거총론(卜居總論)」「총론(總論)」등으로 구성되어 있다.「사민총론」에서는 사농공상 네 계층의 유래를 서술하였는데, 특히 사대부의 유래·역할·사명 등이 중심이 되어 있다.「팔도총론」에서는 우리 나라 산세와 위치를 논하고, 팔도의 위치와 그 역사적 배경을 간략하게 요약하였다. 즉, 경상도는 변한·진한 땅이고 함경·평안·황해도는 고조선·고구려 땅이며 강원도는 예맥 땅임을 밝혀 놓았다. 팔도총론에서도 사민총론과 마찬가지로 특히 사대부에 대해 깊은 관심을 기울여, 사대부의 기원과 역사적인 변천을 언급하였다. 각 도별로 서술한 부분에서는 도의 위치와 자연을 서술한 뒤 자연환경·인물·풍속 등을 전체적으로 언급하고 소지역으로 구분하여 읍치 중심으로 지리·역사·생업·경치 등을 종합적으로 다루었다. 도내부의 2차적 구분에서는 하천과 산맥을 경계로 나누었다.

「복거총론」은 『택리지』의 절반을 차지할 정도로 비중이 높다. 18세기 당시 우리 나라 사람들이 지녔던 주거지 선호 기준을 자세히 설명해 놓았다. 주거를 선정하는 기준으로 지리(地利)·생리(生利)·인심(人心)·산수(山水)를 들고, 그 어느 것이 모자라도 살기에 적합하지 않다는 입장을 폈다. 지리는 풍수에서 말하는 입지를 뜻하고, 생리는 생활을 풍족하게 하기에 적합한 위치를 말하며, 인심에서는 세상 풍속이 아름다운 곳을 말하였으나 사대부로서는 당색을 더 중요시하였다. 산수는 사람들을 즐겁게 하고 인심을 순박하게 하는 데 중요하다고 밝혔다.

『택리지』는 우리 나라 실학파 학풍을 배경으로 해서 만들어진 대표적 지리서로서, 『동국여지승람』과 같이 군현별로 씌어진 백과사전적 지리지가 아니라 우리 나라를 총체적으로 다룬 인문지리적 접근을 갖춘 새로운 지리지의 시초이다. 한편으로 『택리지』는 지리서이기는 하나 그 내용이 역사·경제·사회·교통 등을 다루고 있기 때문에 통합 학문적인 성격이 강한 저작이라 할 수 있다.

작품 읽기

(가) 무엇 때문에 인심을 논하는가. 공자께서 말씀하시기를 "마을의 풍속이 인후(仁厚)한 것이 아름답다. 인후한 마음을 선택하여 살지 않는다면 어찌 지혜롭다 하겠는가." 하셨으며, 옛날 맹자의 어머니가 세 번이나 이사한 것은 아들을 훌륭하게 가르치려고 한 것이다. 풍속이 좋지 못한 마을에 살면 자신에게 해로울 뿐만 아니라 자손에게도 해가 있어서, 반드시 좋지 못한 풍속에 물들고 그릇될 염려가 있으니, 마을을 선택할 적에 그 지방의 풍속을 보지 않을 수 없다.

우리 나라 팔도 중에 평안도 인심이 제일 순후하고, 다음은 경상도의 풍속이 질박하다. 함경도는 오랑캐와 인접하여 백성들이 모두 굳세고 억세며, 황해도는 산수가 험악한 까닭에 백성들이 대부분 모질고 사납다. 강원도는 산골 백성으로 대부분 어리석고, 전라도는 오로지 교활함을 숭상하여 그른 일에 동화되기 쉽다. 경기도로 말하면 서울을 제외한 야읍(野邑)은 인물이나 소산물이 보잘것없고, 충청도는 오로지 세리(勢利)만을 따른다. 이것이 팔도 인심의 대략이다. 그러나 이는 서민을 두고 논한 것이요, 사대부의 풍속에 이르러서는 또한 그렇지 않다.

대저 우리 나라의 관제(官制)는 고대와 크게 달라 비록 삼공(三公)과 육경(六卿)을 두어 여러 관청을 감독하고 통솔하였으나 대각(臺閣:

사헌부와 사간원)을 더욱 중히 여겨 풍문, 피혐(避嫌), 처치 등의 법규를 설치하여 오로지 의론으로써 정치를 하였다.

그리하여 내외의 관원을 임명하는 것은 삼공이 하지 않고 오로지 이조에게 맡겼으며, 또 이조의 권리가 지나치게 중할까 염려하여 삼사(三司 : 홍문관 · 사헌부 · 사간원)의 임명만은 판서에게 맡기지 않고 낭관(郎官)에게 전임하였다. 그러므로 이조의 정랑(正郎)과 좌랑(佐郎)은 또한 대각을 추천하는 권리를 맡아서, 삼공과 육경이 비록 벼슬이 높지만 조금이라도 마음에 만족하지 못한 일이 있으면 전랑(銓郎 : 이조의 정랑과 좌랑)은 삼사의 제신(諸臣)들을 시켜 논박하게 하는데, 조정의 풍속은 염치를 숭상하고 명절(名節)을 중하게 여기므로, 한번 탄핵을 받으면 그 자리를 물러나지 않을 수 없었다.

이러므로 전랑의 권력은 곧 삼공과 대등하였으니, 대소의 관직이 서로 유지되고 상하가 서로 견제하여 3백 년 동안 큰 세력을 농간한 자가 없었고, 신하의 세력이 커져서 임금이 자유로이 하지 못하는 폐단이 없었다. 이는 종조묘(宗祖廟)에서 고려조의 임금은 약하고 신하가 강한 폐단을 경계삼아, 은근히 이 폐단을 막으려고 한 것이었다.

이 때문에 반드시 삼사 중에 명망과 덕이 있는 자를 철저히 선택하여 전랑으로 삼고, 또 스스로 후임자를 추천하게 하여, 관장(官長)에게 맡기지 않았으니, 이는 일의 권한을 중히 여겨 한결같이 공론에 붙이기 위한 것이다. 이러므로 모두 승진에 있어, 반드시 전랑을 우선해서 차례로 승진한 다음에야 다른 관청에 미치기 때문에 한번 전랑을 지낸 사람이 특별한 사고만 없으면 평탄하게 공경(公卿)에 올라갈 수 있다. 그러므로 명예와 이익이 함께 부여되어 나이 젊은 신진(新進)들이 희망하지 않는 자가 없었다. 이 제도를 시행한 지가 오래되자 추천의 선후와 추천해 주고 주지 않는 사이에 다툼의 단서가 일어나지 않을 수 없었다.

… 〈중략〉 …

이중환

금상(今上 : 영조) 경신(영조 16년, 1740년)에 경연(經筵)의 신하가 붕당(朋黨)이 생긴 것은 전랑 때문에 시작된 것이니, 그 권한을 거두어 편벽된 의론을 없앨 것을 청하자 임금은 이 말을 믿고 허락하여, 전랑이 스스로 후임을 추천하며, 삼사가 주장하여 추천하던 규정을 파하도록 명령하였다. 이에 전랑이 다른 관청의 낭관들과 같이 되니, 3백 년 내려온 규례(規例)가 비로소 폐지되었다.

···〈중략〉···

서울은 사색(四色)이 모여, 풍속이 서로를 질시하여 평탄하지 못하고, 지방은 서북의 평안도 · 함경도 · 황해도 3도를 제외하고는 사색이 동남 5도, 즉 경기도 · 강원도 · 충청도 · 전라도 · 경상도에 나누어 살고 있는데, 오직 경상도만은 모두 예안의 이황의 학문을 종주(宗主)로 삼고 있었으며, 유성룡은 그의 문인이었다. 남인의 명칭이 유성룡으로 말미암아 일어났기 때문에 온 도내의 사대부가 모두 남인이 되어 의론이 통일되었고, 타도(他道)는 사색이 고을마다 섞여 살았다.

이보다 앞서 이이의 문인 김장생이 벼슬에서 물러나 연산에 살면서 후진들을 가르쳤는데, 회덕의 송시열 · 송준길과 이산의 윤선거 형제가 가서 배웠다. 윤선거의 아들 윤증은 또 송시열에게 배웠는데, 얼마 되지 않아 틈이 생겼다. 경신년(숙종 6년, 1680년) 후에 송시열은 노론이 되었고 윤증은 소론이 되었다. 얼마 후 회덕과 이산의 문인(門人)들이 서로 공격하여 마치 물과 불처럼 갈라졌으므로 연산과 회덕 근처는 모두 김씨 · 송씨 양가의 문생(門生)과 자손들이었다. 그 중에 오직 이산만은 모두 소론인데, 이는 삼윤(三尹 : 윤선거 · 윤증 · 윤전) 때문이었다.

강원도와 경기도의 강가에 있는 정자는 대부분 남인의 고가(古家)였다. 전라도는 국조(國朝) 중엽 이후로는 대신들이 드물어 인재를 배양하지 못하여 인물이 본래 적으며, 사대부는 다만 서울의 친지를 따라 당색을 구별하기 때문에, 옛날에는 남인과 북인이 많았지만 이제는 노론과 소론이 많다. 도내(道內)의 대족(大族)이라 불리는 자는 10여 집에 불과한데, 대부분 부유하지만 현달(顯達)한 자는 적었다. 기대승과 이항밖에는 선생과 장자(長者)로서 사표(師表)가 되어 훈계할 만한 사람이 없으니, 인심이 더욱 메말라서 상도(上道)에 미치지 못하였다.

대개 사대부가 사는 곳은 인심이 퇴폐하지 않은 곳이 없다. 붕당을 만드느라 문객(門客)을 끌어들이며, 권리를 부려 소민(小民)을 침해하였다. 이미 자신을 검속하지 못하고 또한 남이 자기를 말하는 것을 싫어하며, 모두 한 지방을 혼자 제패하기를 좋아하여, 혹 한 고을에 함께 살지 못하니, 이 때문에 마을과 마을 사이에 헐뜯음이 이루 헤아릴 수 없었다.

신축·임인년 이래로 조정에서 노론·소론·남인의 삼색이 날이 갈수록 더욱 사이가 나빠져 서로 역적이란 이름으로 모함하니, 이 영향이 시골에까지 미쳐 하나의 싸움터를 만들었다. 그리하여 서로 혼인을 않을 뿐만 아니라, 이색끼리는 서로 용납하지 않는 지경에 이르렀다. 다른 색과 친하게 지내면 절개를 잃었다느니 항복했다느니 하여 서로 배척하고, 유사나 천한 노예까지도 한번 아무 집안의 신이라고 이름이 지어지면, 비록 다른 집안을 섬기려 하여도 또한 받아들이지 않았다.

사대부의 혜우와 고하의 구분은 같은 당색 안에서만 행해질 뿐, 다른 당색에는 행해지지 못했다. 이 색의 사람이 저 색의 사람에게 배척을 당하면 이 색에서는 더욱 그를 존중히 여기는데 이는 저 색에서도 또한 마찬가지였다. 비록 하늘에 뻗치는 죄가 있더라도 한번 다른 색에게 공격을 당하게 되면, 시비와 곡직을 논할 것도 없이 모두 일어나 비호하며 도리어 허물 없는 사람으로 만들고, 비록 행실이 독실하고 숨은 덕이 있더라도 같은 색이 아니면 반드시 먼저 그 사람의 잘못부터 찾아낸다.

이중환

대저 당색이 처음 일어날 때는 매우 미미했는데, 자손들이 그 조상의 당론을 지킴으로 인하여 2백 년을 내려오면서 마침내 굳어져, 깨뜨릴 수 없는 당이 되고 말았다.

노론과 소론은 서인으로부터 분열한 지 겨우 30여 년밖에 되지 않았기 때문에, 혹 형제 숙질 간에도 노론·소론으로 나뉜 자가 있었다. 각색이 갈라지면 마음이 마치 초나라와 월나라처럼 대립하여, 동색과는 서로 의논하여도 당색이 다른 지친(至親)에는 서로 말하지 않았다. 이 지경에 이르렀으니, 천당과 윤리가 없어졌다고 하겠다.

근래와 와서는 사색이 모두 진출하여 오직 벼슬만 할 뿐, 옛부터 저마다 지켜 온 의리는 한꺼번에 쓸모 없는 물건처럼 되었고, 사문을 위한 시비와 국가에 대한 충역은 모두 과거의 일로 돌려 버리니, 기운을 내고 피를 흘리며 싸우던 버릇은 비록 전일에 비하여 조금 적어졌으나 나쁜 구속에다가 위미하고 나태하며 위약한 새로운 병폐만이 더하게 되었다.

그리하여 마음은 본래 갈라져 있었으나 겉으로 말할 적에는 모두가 혼연히 일색이 되었다. 매양 공석상과 대중이 모인 자리에서 조정의 일을 이야기하게 되면, 규각을 드러내려 하지 않고, 대답하기 곤란하면 문득 농담과 웃음으로 꾸며대고 얼버무리기 때문에 벼슬하는 자들이 모이면 오직 온 집안에 큰 웃음소리만 가득할 뿐이며, 조정의 정사를 할 때 보면 다만 자기 이익만을 도모할 뿐, 실제로 나라를 염려하고 공무에 전념하는 사람이 적으며, 벼슬자리를 매우 가벼이 여기고 관청을 여관처럼 하찮게 여겼다. 재상들은 중도만 지키는 것으로 어질다고 여기고, 삼사들은 말하지 않는 것으로 고상하다고 여기며, 지방관은 청렴하고 검소한 것을 어리석다고 여겨서, 끝내는 차츰 어떻게 구제할 수 없는 지경에 이르렀다.

대저 천지가 개벽한 이후로 수많은 나라 가운데서 인심이 타락하고 함몰되어, 곧 그 떳떳한 본성을 잃어버린 것이 오늘날 붕당의 환난처럼 심한 적이 없었으니, 이대로 나가고 고치지 않는다면 장차 어떤 세상이 될 것인가. 한 모퉁이에 있는 탄환만한 나라로서 작다고는 하지만 백성이 수백만인데, 그 심성을 모두 잃어버려서 구제하지 못하게 된다면 그 또한 서글픈 일이다.

그러므로 그 고을에서 살려면 인심이 좋고 나쁜 것을 논할 것도 없고, 비록 건조하고 습해서 알맞지 않더라도, 형편상 부득이 동색이 많이 사는 곳을 찾지 않을 수 없다. 그리하여 찾아가 이야기를 나누는 즐거움을 가질 수 있고 또한 문학을 연마하는 일도 할 수 있다. 그러나 오히려 사대부가 살지 않는 곳을 선택하여 문을 닫고 교유하지 않으며 홀로 자신을 잘 수양한다면, 비록 농부가 되고 공장이가 되고 장사꾼이 되더라도 즐거움이 그 가운데에 있을 것이니, 이와 같이 한다면 인심의 좋고 나쁜 것도 논할 것이 없다.

(『택리지』, 「복거총론」 '인심' 중에서)

(나) 이중환이 병조정랑으로 재직하고 있던 경종 3년, 이중환은 목호룡 사건의 주범이라는 혐의를 받고 체포되었다. 목호룡은 경종 2년에 당시의 집권대신이었던 김창집 등 노론측이 경종을 시해하려 한다고 고발하였던 사람이다. 이 목호룡의 고발이 사실인지 아닌지는 불분명하나, 이 고발로 노론이 아닌 소론이 정권을 잡게 되었다는 점에서 커다란 파장을 일으켰다. 이 목호룡의 고발이 경종 3년에 가서는 거짓이었다고 판정되면서 정국은 다시 노론의 주도하에 들어가게 된다. 이중환은 이 사건에 연루된 인물로 지목되어 모진 문초를 받았지만 사실이 아니라고 끝까지 부인하였다. 이로 인해 이중환은 외딴섬으로 유배를 가게 되고, 이후 전국을 방랑하는 존재가 되었다.

이중환의 『택리지』는 단순 지리서가 아니다. 여기서 이중환은 당쟁을 비판하고 탕평에 대한 자신의 견해를 밝혀 놓았다. 특히 『택리지』는 이러한 사회정치 상황 속에서 참다운 사대부의 삶이란 어떤 것이어야 하는가를 진지하게 탐색한 내용을 폭넓게 담고 있다. 당쟁의 원인을 전랑의 자천제에서 찾아 일관된 관점에서 서술하고 있는 대목과 지역별 당색의 정리 내용에 관심을 가지면서 읽으면 이중환의 속뜻을 엿볼 수 있을 것이다.

통합형 문·답

1 (가)에서 밑줄 친 두 번째 중략된 부분에는 당쟁 해소를 목적으로 당대 정국에서 시행되던 탕평책에 대한 이중환의 비판적 서술이 들어가야 한다. 전후 맥락을 통하여 볼 때, 어떤 내용이어야 하는지 정리해 보자.

대체로 탕평책은 영조대의 공정한 인사 정책의 일환으로 논의되고 있다. 그러나 이중환은 자신의 시대에 진행된 탕평책에 대하여 신랄하게 비판했다. 타락하고 유약하며 기회주의적 풍조가 대두된다는 비판이 그것이다. 당색이 다른 사대부들은 서로 속마음이 다르다는 것을 알면서도 겉으로는 아무 일도 없는 듯이 흔연한 기색으로 상대방을 대하며, 공적인 자리에 사람들이 가득 모여도 논의가 조정에 미치면 입바른 소리는 하지 않으려 애쓰고 그저 우물우물 넘어가려고만 한다는 것이다. 이에 따라 진실로 나라를 걱정하는 신하들이 드물게 되었다는 것이다.

이러한 풍조가 지배적인 가운데, 사색에서 고루 인물이 등용되자 자리 경쟁이 치열해졌고, 전랑 자천제의 폐지로 도덕성 상실이 조장되었으며, 그 결과 권력이 분산되는 것이 아니라 의정부(3정승)로 집중되는 폐단을 낳게 되었다고 하였다. 따라서 위에서 살펴본 바를 바탕으로 하여 위 제시문의 생략 부분에 들어갈 말을 간략하게 정리하면 다음과 같을 것이다.

'조정에서 탕평책을 시행한 지 오래되어 사색당파가 함께 벼슬하게 되자, 벼슬자리는 적고 벼슬하려는 사람은 많아서 경쟁이 심했는데, 또 전랑의 권한마저 없어져 이런 풍조는 조장되었다. 그리하여 벼슬을 탐내어 조급히 출세하려는 기풍이 크게 일어나 사대부의 풍속이 한번 무너지자 다시는 수습할 수 없게 되고, 조정의 대권(大權)은 또 모두 의정부로 돌아가게 되었다.'

2 (나)는 이중환의 일생을 결정지은 사건에 대한 설명이다. 이를 통해서 추측하자면, 『택리지』를 지리서라고만 파악하기 어렵다는 생각이 든다. 이런 각도에서 (가)의 내용을 이해하여, 이중환의 『택리지』가 어떤 성격의 저술인지 다시 정리해 보자.

관직에서 물러난 이후의 30여 년에 걸친 인생을 통하여, 이중환이 자신의 운명을 바꾸어 버린 당시의 정치현실에 대하여 깊이 생각한 결과라 할 수 있는 내용이 제시문 (가)에 잘 나타난다. '대개 사대부가 사는 곳은 인심이 퇴폐하지 않은 곳이 없다. 붕당을 만드느라 문객(門客)을 끌어들이며, 권리를 부려 소민(小民)을 침해하였다. 이미 자신을 검속하지 못하고 또한 남이 자기를 말하는 것을 싫어하며, 모두 한 지방을 혼자 제패하기를 좋아하여, 혹 한 고을에 함께 살지 못하니, 이 때문에 마을과 마을 사이에 헐뜯음이 이루 헤아릴 수 없었다'는 대목에서 잘 드러나듯이, 이중환은 조정내 관료들 간의 당쟁의 폐해가 전국의 향리 구석구석까지

스며들어 있음을 알고, 당쟁이 어떻게 발생하여 이 지경에 이르게 되었는지 규명하고자 하였다.

이중환은 오직 다른 당색에게 이기려는 마음만 있어서 정의나 도덕을 전혀 돌보지 않을 정도로 윤리가 무너져 내린 당시의 현실을 개탄하였다. 이중환 그 자신이 당쟁의 희생자요, 그런 의미에서 자신이 직면하였던 부정적 현실을 비판적으로 바라볼 수 있게 되었을 것이다. 이중환은 당시의 정치적 현실을 냉정하고도 객관적으로 파악하려고 노력하였다. 그는 조선의 정치제도의 본질이 권력 분산에 있음을 잘 알고 있었다. 때문에 조선에서는 고려와는 달리 신하로서 권력을 전부 장악한 권간(權奸)이 출현할 수 없다고 하였다. 그리고 권력이 분산되더라도 책임 소재가 불분명하게 되지 않았던 것은 조선의 정치가 도덕정치이고 정치 담당자들인 사대부가 도덕적 완성을 추구하는 이념을 따르는 존재들이기 때문이라 보았다. 이러한 정치이념은 이조 전랑의 자천제를 통해 이루어졌다고 하였다. 전랑 자천제는 조선 정치제도의 핵심이고 그 전랑의 지위야말로 모든 관료들의 선망의 대상이 되었다는 것이다.

이 자리를 둘러싸고 관료들 간에 대립이 생기는 것은 어쩌면 자연스러운 일이어서, 선조 때 동서(東西)의 분당으로 시작되는 조선의 당쟁도 이에서 연유하였다고 하였다. 그러면서도 이 전랑 자천제가 예의와 염치를 존중하는 결과를 가지고 왔음도 함께 평가하였다. 이후 전랑 자천제가 폐지됨에 따라 조선 통치의 핵심이 무너지게 되어, 예의와 염치를 불고하고 모두가 차례를 뛰어넘어 출세하기만을 생각하게 되었으며, 조정의 권한이 소수의 정승(의정부)에게로 집중되고 말았다고 파악하였다.

이처럼 이중환은 당대 정치현실의 복잡한 문제를 이조 전랑 자천제라는 단일한 실마리를 가지고 설명하려고 하였다. 이러한 안

목은 정치현실에서 배척된 한 개인의 불평불만이 아니라 현실을 깊이 탐구한 존재의 공개적인 발언으로 평가할 수 있다. 그런 의미에서 이중환은 지리연구가라기보다는 역사가의 입장에 더욱 가까이 서 있다고 할 수 있고, 『택리지』도 탁월한 당쟁사라고 말할 수 있는 것이다.

담헌서

홍대용
洪大容

조선 후기 실학자 홍대용(1731~1783)은 청주 출신으로, 북학파 학자인 박지원·박제가 등과 친교를 맺었으며, 학풍은 유학보다도 군국(軍國)·경제에 전심하였다. 1765년 북경을 방문하여 당시 청나라 문물을 접할 수 있는 기회를 가졌으며, 엄성·반정균 등과 사귀어 경의·성리·역사·풍속 등에 대하여 토론했다. 이후 여러 번 과거에 응시하였으나 낙방하고, 음보로 관직에 올랐다. 종래의 음양오행설을 부정하고 기화설을 주장한 북학파의 선구자로, 지구의 자전설을 설파했고, 국가의 부강과 인재 등용, 토지제도 등에 대해서 적극적인 개혁안을 마련하는 데 노력을 기울였다. 다음의 박지원이 쓴 그의 묘비명은 천하의 명문으로 꼽힌다.

'아, 슬프다. 덕보(홍대용의 자)는 툭 트이고 민첩하며, 겸손하고 아담하며 식견이 원대하고 사물의 이해가 정밀하여 일찍이 지구가 한 번 돌면 하루가 된다고 하여 그 학설이 오묘하고 깊었다.'

홍대용의 사상이 집대성되어 있는 『담헌서(湛軒書)』는 '내집(內集)과 '외집(外集)'으로 이루어져 있다. 저자의 사상과 문학에 관한 중요한 부분을 열거해 보면, 「심성문(心性問)」「임하경륜(林下經綸)」「의산문답(醫山問答)」「연기(燕記)」 등이다. 「심성문」은 심성이기설에 대한 홍대용의 견해를 밝힌 것으로, 기일원론적 철학을 제시하였다. 「임하경륜」은 홍대용이 경세제민에 대한 방안을 제시한 논저이다. 그 기본 구상은 모든 제도상의 개혁을 통하여 농민의 최저생활의 보장을 위시한 국가의 경제적 제도 재건을 시도하고 국방의 기반을 마련하려는 데 역점을 두고 있다. 「의산문답」은 홍대용의 전사상을 총괄한 주저로서, 그의 세계관을 한눈에 파악할 수 있다. 가상인물인 허자와 실옹 두 사람의 대화 형식을 취하여, 지전설·우주론·오행설 비판 등을 서술하고 있다. 「연기」는 북경여행기로서, 종래의 숭명배청 사상을 타파하고 청을 배워야 한다는 적극적인 태도를 취하여 서양의 문물을 먼저 접한 청나라 문물에 대한 새로운 견문과 중국 사회에 대한 인상을 적은 글이다.

(가) 지난 가을에 쓴 편지를 전해 드리지 못하여 슬프고 한탄스러웠는데, 초여름에 돌아온 사신의 편에 멀리 회답을 주시고 곁들여서 송전(宋錢)의 좋은 선물까지 주시니 삼가 감사하였습니다. 그 동안 편히 지내셨습니까?

시험 기일이 또 다가왔으니 공부하시기에 많은 애를 쓰실 터인데,

새로 얻은 것이 많습니까? 저는 3년 상을 마치고 몸이 많이 쇠약해졌습니다. 공명이 분수에 없는 줄로 익히 아는데다가 다행히 선대의 음덕(陰德)으로 두어 이랑의 논이 있어 먹고살 만합니다. 장차 영달할 생각은 단념하고 힘에 맞도록 덕을 쌓아 집안을 편히 하고, 여가로 고인의 가르침에 노력하여 대장부의 굳센 본령을 찾는 데 전심하려 합니다. 이러는 것이 즐거움으로 말하자면 국록을 먹는 것보다 못하지도 않을 것 같습니다. 그러나 오직 좌절되고 나태함이 나날로 심하여 끝내 이 뜻을 달성하지 못할까 두렵습니다. 족하(足下)와 같은 분은 재주도 뛰어나고 나이도 젊으니 힘차게 실행해 나간다면 무슨 일인들 하지 못하겠습니까?

어른을 모시고 살아가는 어려움이란 생각할수록 실감이 납니다. 부모가 늙고 집안이 가난함은 옛사람도 피로워하였거늘, 자식 된 자의 마음에 어찌 그렇지 않을 수 있겠습니까. 그러나 일생의 기로에 섰을 때는 돌이켜 생각해 보는 것이 옳습니다. 과거(科擧)는 순간적인 일이라 매헌(梅軒)같이 영특하고 뛰어난 사람이라도 자중하여야 될 것입니다.

편지 가운데 '경서의 문장은 틈나는 대로 연구하는 데 그친다'고 하셨는데, 저는 이 글을 읽고서 족하가 세심하게 탐구하여 학문하는 데 방법이 생겨 구구하게 기억하여 외워 읽는 것을 일삼지 아니함을 알았습니다. 그렇지 않다면 어떻게 그처럼 진경을 묘사해 내고, 조어가 정밀하고 심오함이 이와 같을 수가 있단 말입니까?

그전 시골 집에 있을 때에 한두 사람 마을의 수재들이 때때로 찾아와서 글자를 묻기에 두어 마디 한 것이 있습니다. 진부하기 그지없지만 감히 대방가(大方家)에게 질문하오니, 바라건대 고치고 가르쳐 주십시오. 나머지는 저번 편지에 있으니 덧붙이지 않겠습니다.

독서는 실로 기억하여 외워 읽는 것을 키중하게 여기는 것은 아니지만, 오직 초학자(初學者)로서는 이렇게 하지 않으면 더욱 의거할 데가 없어진다. 그러므로 매일 배운 것을 먼저 정확하게 외고 음독(音讀)에 착오가 없이 한 뒤에 비로소 서산(書算)을 세우고, 먼저 한 번 읽고 나서 다음에는 한 번 외고, 그 다음에는 한 번 보며, 한 번 보고 나서는 다시 읽어 모두 3, 40번 되풀이한 뒤에 그친다. 매양 한 권이나 혹은 반 권을 다 배웠을 때는 전에 배운 것도 아울러 또한 먼저 읽고, 그 다음에 외고, 그 다음에는 보되, 각각 서너 너댓 번 반복한 뒤에 그친다.

글을 읽을 때는 높은 소리로 읽어서는 안 된다. 소리가 높으면 기운이 떨어진다. 눈을 놀려서는 안 된다. 눈을 놀리면 마음이 달아난다. 몸을 흔들어서도 안 된다. 몸이 흔들리면 정신이 흩어진다.

글을 외울 때는 틀려서는 안 되고, 중복되어도 안 되고, 너무 빨라도 안 된다. 너무 빠르면 조급하고 사나워서 음미함이 짧으며, 그렇다고 너무 느려도 안 된다. 너무 느리면 정신이 해이하고 방탕해져서 생각이 부풀어진다.

책을 볼 때는 마음속으로 그 문장을 외면서 그 뜻을 곰곰이 생각하여 찾되 주석을 참고하고 마음을 가라앉혀 궁구해야 한다. 만일 한갓 눈만 책에 붙이고 마음을 두지 않으면 또한 이득이 없다.

이상의 세 조목은 나누어 말하면 비록 다르나, 요컨대 마음을 한 곳에 집중하여 체득해야 하는 점에서는 동일하다. 모름지기 몸을 거두어 단정히 앉고, 눈을 똑바로 보고, 키는 거두어들이며, 수족은 함부로 놀리지 말며, 정신을 모아 책에 집중해야 한다. 계속 이처럼 해나가면 의미가 날로 새로워 자연히 무궁한 묘미가 쌓여 있음을 알게 된다.

처음 공부할 때에 회의를 품지 못하는 것은 사람들의 공통된 병통이다. 그러나 그 병의 근원을 따져 보면, 뜬 생각에 따라 쫓다가 뜻을 책에 전념하지 못하기 때문이다. 그러므로 뜬 생각을 제거하지 않고

홍대용

억지로 의심을 품으려고 하면, 주의가 부족해지고 천박하고 경솔하여 참다운 의심을 품지 못한다. 이 때문에 의심을 품으려면 먼저 뜬 생각을 제거해야 한다. 그러나 뜬 생각도 억지로 제거할 수는 없다. 억지로 배제하려고 하면 이로 인해 도리어 한 가지 생각을 더 첨가시켜 마침내 정신적인 교란만을 더하게 된다. 오직 어깨와 등을 꼿꼿이 세우고, 뜻을 높여 한 글자 한 구절에 마음과 입이 상응하게 되면, 뜬 생각이 자신도 모르는 사이에 없어지게 된다.

뜬 생각이란 하루아침에 깨끗이 없어질 수는 없다. 오직 수시로 정신을 맑게 하는 방법을 잊어버리지 않는 것이 중요하다. 혹 심기가 불편하여 꽉 얽매어 없어지지 않으면, 묵묵히 앉아서 눈을 감고 마음을 배꼽 근처에 집중시킬 때, 신명이 제자리로 돌아오고 뜬 생각은 사라지게 된다. 과연 이러한 방법을 잘 실행한다면 얼마 안 가서 공부하는 것이 점점 익숙해지고 효험이 점차 늘어나 오직 학식만이 날로 진척될 뿐 아니라, 마음이 편안하고 기운이 화평하여 일을 함에 있어서 오로지 하나에만 힘쓰고 정밀하게 된다. 위로 이치에 통달하는 학문도 이에서 벗어나지 않는다.

의리(意理)는 무궁한 것이니, 함부로 스스로 만족하게 여겨서는 안 된다. 문자를 거칠게 통한 사람은 반드시 의문이 없게 마련인데, 이는 의문이 없는 것이 아니라 철저하게 궁구하지 못했기 때문이다. 의문은 의문이 없는 데서 생기고 맛이 없는 데서 맛이 생긴 뒤에라야 능히 글을 읽는다고 말할 수 있다.

독서는 결코 의문을 품으려고만 해서는 안 된다. 마음을 가라앉히고 뜻을 오로지 하나에만 집중하여 읽고, 읽어가되 의문이 없는 것을 걱정하지 말고, 의문이 생기면 반복해서 참고하고 연구해야 한다. 반드시 문자에만 집착하지 말고, 혹 일을 당했을 때는 시험도 해보고, 혹 노는 가운데서도 구하기도 하며, 무릇 걸어갈 때나 앉고 누울 때도 수시로 궁구하고 탐색하여야 한다. 이와 같이 하기를 끊이지 않고 계속하면 통하지 못할 것이 거의 없고, 설사 통하지 못한 것이 있다 하더라도 먼저 이처럼 궁구하고 탐색한 다음에 남에게 물으면 마침내 말이 떨어지기가 무섭게 깨달을 수가 있다.

독서를 함에 있어서 쓸데없이 소리를 크게 지르거나 음독이 뒤섞이게 되거나, 억지로 자구를 맞춘다든가 입에서 나오는 대로 어려운 것을 들추어 낸다든가, 남의 대답이 채 끝나기도 전에 지나쳐 버리고 돌아보지 않는다든가, 한 번 묻고 한 번 대답으로 다시는 더 생각하지 않는다면 이는 이익을 구하는 데 아무 뜻이 없는 사람이니 더불어 학문을 할 수가 없다.

성현의 언어를 볼 때는 고인에게 참고하고 이미 이루어졌던 자취를 더듬어 그것을 나 자신에게 돌이켜 적당한 변통책을 강구해야 한다. 그리고 흠양하고 부러워하며, 고마움 속에 간절함이 마치 바늘로 몸을 찌르는 것 같아야 한다. 고인의 독서는 대개 이러한 본령이 있었으니 이와 같이 아니하면 모두가 거짓 학문이 되고 만다.

나는 일찍이 맹자(孟子)의 '내 뜻으로서 남의 뜻을 거슬러 구한다'는 이의역지(以意逆志) 네 글자를 가지고 독서의 비결로 삼았다. 고인이 지은 글에는 의리와 사공(事功)뿐만 아니라, 시문을 짓는 방법이나 기승전결 등 문사의 말기(末技)라도 모두가 각각 그 뜻이 담겨져 있지 않은 것이 없다. 이제 나의 뜻으로써 고인의 뜻을 받아들여 빈틈없이 합하고 흔연히 풀려지면, 이는 고인의 정신과 식견이 내 마음속에 침투해 들어온 셈이 된다. 비유컨대 굿을 하는 무당이 신이 내려 혼령이 몸에 붙으면, 훤히 깨달아져 그것이 어디로부터 어디에 왔는지 아는 것과 같다. 능히 모든 변화에 적응하되, 이리 가나 저리 가나 근원을 찾게 될 것이니, 나도 또한 고인이 되는 것이다. 이처럼 독서한 연후라야 가히 자연의 기교를 체득할 수가 있다.

고인의 글을 짓는 것은 사람들에게 문장에 힘써 공명을 취하려는 것도 아니요, 널리 보아 기억한 것을 밑천으로 삼아 명예를 구하려는

홍대용

것도 아니다. 그러나 문장에 힘쓰고 널리 보아 기억한 것을 밑천으로 삼으려는 사람도 또한 조급하게 섭렵해서 얻을 수는 없는 것이다. 그는 종일 외고 읽어 눈이 글줄에서 떠나지 않으면서 스스로 이것으로 만족한다. 그러나 입으로만 읽고 마음을 쏟지 않으니 작자의 본지(本志)에도 견주어 볼 때, 열 겹 스무 겹의 철관(鐵關)이 가로막혀 있을 뿐이다. 이 어찌 도에서 더욱 멀어지지 않겠는가? 이는 천하의 쓸모 없는 재주이다.

초학자의 독서에 있어서 누구인들 그 어려움을 괴롭게 여기지 않겠는가? 그러나 그 괴롭고 어려운 것을 그대로 두고 편의함만 찾아 구차스럽게 편안히 지내려고 한다면, 이는 쓸모 없는 재주로 끝날 따름이다. 만약 조금만 스스로가 굳게 참고 반성하여 점검하기를 잊지 않는다면, 십여 일 내에 반드시 소식이 있어 고난은 점차 사라지고 취미는 날로 새로워져서, 점차 손이 저절로 춤추고 발이 저절로 뛰는 지경에 이르리니 무한한 즐거움을 느끼게 될 것이다. 인생 백 년 간에 근심과 피로움이 쉴새없이 찾아들어 편히 앉아 독서할 시간이란 거의 얼마 안 되는 것이다.

진실로 일찍 스스로 깨달아 노력하지 않고 구차스럽게 살아가다가는 쓸모 없는 재주로 끝나고 말 것이니, 만년에 가서 궁박한 처지에 놓였을 때 누구를 원망할 것인가? 자네들이 나에게 와서 글을 배운 지도 이미 2년이 되었다. 뭇 장님이 코끼리를 더듬는 격이었으니, 자못 부끄럽고 우습다. 오직 나의 지도 방법이 잘못되었을 뿐 아니라, 또한 자네들도 참으로 이익됨을 구하려는 뜻이 없었다. 종전에 누누이 일러 들려준 것이 하나도 채택되고 시행됨을 보지 못하였으니, 나 역시 싫증이 나고 게을러져서 다시는 소용없는 말을 되풀이하고 싶지 않았다. 오직 서글픈 것은 자네들이 재주는 있는데 뜻이 없고, 마음먹은 것이 얕아 비록 과거 공부나 문장 공부도 남보다 뛰어나지 못할 것인즉 끝내 재주가 버려지게 됨을 면치 못할 것이기 때문이다.

이에 다시금 마음속에 있는 것을 모두 털어놓아 이처럼 조목조목 들었다. 이는 내가 평생 동안 독서하는 가운데 이미 시험해 본 효험이며, 감히 쓸데없이 큰소리를 질러 남을 놀라게 하려는 것이 아니니, 자네들은 시험삼아 이대로 해보라. 열흘이나 달포 만에 효험이 없으면 청컨대 나는 망령된 말을 한 죄를 달게 받겠다. 그렇게 하지 않으려면 각기 좋아하는 바를 좇을 일이고 다시는 문자를 가지고 서로 변론하지 않을 것이니, 자네들은 깊이 생각할지어다.

(홍대용,『담헌서』,「매헌에게 보내는 편지(與梅軒書)」중에서)

(나) 1.『주역』에 이르기를 "하늘이 산중에 있는 것은 대축괘이다. 군자는 이것을 보고 옛 언행을 많이 알아서 그 덕을 기른다." 하였습니다.

정자(程子)가 말하기를 "하늘은 지극히 큰 것으로서 산중에 있는 기르는 것의 지극히 큰 형상이다. 군자가 형상을 보아 그 깊이 쌓아둔 것을 큰 것으로 하였으니, 사람의 깊이 쌓은 학문으로 말미암지마는, 큰 것은 옛날 성현의 언행을 많이 듣는 데 있다. 남긴 자취를 생각하여 그 쓰임을 볼 수 있고 말을 살펴서 그 마음을 구할 수 있어서 지식을 얻어서 그 덕을 길러 이루는 것이니, 곧 대축이라는 뜻이다." 하였습니다.

본심이 타락한 지 오래되어 의리가 투철하게 통하지 아니한다면, 글을 읽고 이치를 궁구하여 항상 끊임없이 하면 물욕이 능히 이기지 못하여 본심의 의리가 편안하고 굳어질 것입니다.

주자는 말하기를 "천하의 이치는 미묘하고 정미하여 각각 마땅한 바가 있기 때문에 예와 지금을 통하여 쉽게 바꾸지 못한다. 오직 옛날 성인은 능히 그 언행을 다하여 천하나 뒤 세상에서의 바꿀 수 없는 규범이 되지 않은 것이 없다. 그 나머지 순하게 한 이는 군자가 되어서 길하고, 저버린 이는 소인이 되어서 흉할 것이다. 길한 것이 많은 이는 사해를 보전하여 모범이 될 것이며, 흉한 것이 심한 이는 그 몸도 보전하지 못하여 경계하게 될 것이다. 이것은 그 찬연한 흔적이며, 반드시 그 공효로서 경훈과 사책 가운데 갖추어 있지 않은 것이 없는데, 천하의 이치를 궁구하려고 하면서 나아가 구하지 아니하면 이는 담 앞에 선 것과 같은 것이다. 이것의 궁리는 반드시 독서하는 데 있다는 것이다."하였습니다.

또 말하기를 "사람이 학문하는 까닭은 나의 마음이 성인의 마음과 같지 못하기 때문이다. 마음이 성인의 마음과 같지 못하면 이치를 밝히는 데 밝지 아니하고, 준칙이 되는 바가 없어서 그 좋아하는 것에 따라서, 높은 이는 지나치고 낮은 이는 미치지 못하여 스스로 지나치고 미치지 못하는 것을 알지 못하리니, 반드시 앞에 나아간 이의 말로써 성인의 뜻을 구하고, 성인의 뜻으로써 천지의 이치에 달하여야 한다. 구하는 데는 얕은 곳에서 깊은 곳으로 미치고, 이르는 데는 가까운 곳에서 먼 곳에 미쳐야 할 것이니, 순순하여 차례가 있기 때문에 서두르나 박절한 마음으로 구하면 안 되는 것이다."하였습니다.

또 말하기를 "글을 읽되 즐겨하지 않은 이는 게으르고 소홀하며 지속성이 없어 성공하지 못할 것이며, 글읽기를 즐겨하는 이는 많은 것을 탐하고 넓은 것을 힘써서 가끔 그 실마리도 잡지 못하고 급작스레 그 끝을 탐하려고만 하는 것을 면치 못할 것이며, 이것을 궁구하지도 못하고 문득 뜻이 저기에 있다. 그러므로 비록 종일토록 노동을 하고도 쉬지 못하며, 마음이 총총하고 항상 분주하게 쫓기는 것과 같아서 고요히 함영하는 즐거움이 없으니, 어찌 스스로 얻는 것을 깊이 믿어서 오래도록 싫지 않은 것이 저 게으르고 소홀하여 지속성이 없는 이와 다른 것이 있겠는가. 공자의 이른바 '급히 서두르면 달하지 못한다.' 한 것이나 맹자의 이른바 '나아감이 빠르면 물러나는 것도 빠르다.' 한 것은 진실로 이를 말한 것이다. 진실로 이것을 거울로 삼아 반성하면 마음이 하나로 가라앉아 오래도록 흔들리지 않아서, 글을 읽으면 문의가 이어지고 혈맥이 관통하며 자연히 점점 배어서 흡족하게 마음과 함께 사리를 깨달아 알아서, 선한 것을 친하는 것이 깊고 약한 것을 경계하는 것이 절실하게 될 것이니, 이것이 차례를 따라 정밀해져서 독서하는 법이 되는 것이다." 하였습니다.

(이이, 『성학집요』 중에서)

(다) 책을 읽는 데는 두 가지 방식이 있다. 하나는 '빠지면서 읽기'이고, 다른 하나는 '따지면서 읽기'이다. 그 두 말은 자음 하나의 차이밖에 없지만 뜻하는 바가 아주 다르다. 독서 태도나 방식을 정반대가 되게 지칭한다. 그 둘 가운데 어느 쪽을 택하는가에 따라서 독서에서 무엇을 얻는가 결정적으로 달라진다. '빠지면서 읽기'는 독자가 자기를 내세우지 않고 저자가 이끄는 대로 책 속으로 들어가, 책에서 하는 말을 그냥 받아들이는 독서 방식이다. '따지면서 읽기'는 독자가 정신을 차려 저자와 맞서면서, 저자와 논란을 벌이는 독서 방식이다.

그 두 가지 독서는 책에 따라서 선택할 수 있다. 빠지면서 읽도록 써 놓은 책도 있고, 따지면서 읽어야 비로소 독서의 보람을 누릴 수 있는 책도 있다. 독서하는 목적이 무엇인가에 따라서 책에 빠질 수도 있고, 책의 내용을 따질 수도 있다. 흥미를 찾아 추리소설을 읽는 방식으로 수학 책에 접근할 수는 없다. 그러나 양극단에 속하지 않는 대부분의 책은 빠지면서 읽을 수도 있고, 따지면서 읽을 수도 있다. 그래서 같은 책을 두고서 읽는 방식의 차이 때문에 다른 의미를 찾게 된다. 또한 독자가 책을 읽어 무엇을 얻어야 하는가 하는 근본적인 물음에 대한 해답이 판이해진다. 그 점을 구체적으로 논의하기 위해서, 독서 행위는 독자와 저자의 키 재기 시합이라는 관점을 설정하는 것이 유익하다.

빠지면서 읽을 때는, 저자는 크고 독자는 작다고 여긴다. 독자는 저자를 우러러보면서 존경할 따름이다. 저자가 이끄는 대로 따라다니는

홍대용

것이 당연하다고 한다. 책에서 신기한 경험을 하거나, 새로운 지식을 얻거나, 저자의 지식에 감화되면 독서한 보람이 있다고 여긴다. 독자는 원래 마음에 지닌 것이 없이 가난하기만 했는데 좋은 책을 읽은 덕분에 저자의 훌륭한 생각을 조금이나마 나누어 가지게 되어 다행이라고 여긴다. 자기가 무엇을 이미 알고 있다고 자만하지 않고, 겸허한 마음으로 독서를 계속하면 정신적인 성장을 할 수 있다고 한다.

따지면서 읽을 때는, 독자가 저자와 키가 같거나 독자가 더 클 수도 있다고 전제한다. 그래서 저자가 하는 말을 그냥 받아들이지 않고, 타당성을 검증하고 반론을 제기하면서 독서를 한다. 저자의 설득력에 감탄하지 않고, 문제점을 찾아내 논란을 하는 것을 보람으로 삼는다. 허점이 많아 치열한 논란을 벌이지 않을 수 없게 하는 책이 훌륭하다고 여긴다. 독자가 자기 생각을 개발하게 되는 것을 독서의 도달점으로 삼는다.

독자는 자기 나름대로의 살아온 경험에 근거를 두고, 세상만사에 관해 고민하고 주장한 바가 쌓여 이미 상당한 식견을 갖추고 있어, 저자와 토론을 할 수 있다. 그런 식견이 독서과정에서 풍부하게 환기되고, 성격이 명확해지고, 보편성이나 객관성이 입증되어 크게 즐거울 수 있다. 거기서 더 나아가, 거듭 논란해 온 심각한 쟁점에 대해서 저자보다 앞선 식견을 가지고 더욱 타당한 해답을 찾게 되었다고 문득 깨닫는 보람은 참으로 크다.

이렇게 비교할 수 있는 두 가지 독서 가운데, 빠지면서 읽는 것을 지금까지 권장해 왔다. 학교에서 독서 지도를 할 때 그렇게 하라고 가르쳤을 뿐만 아니라, 학문을 하기 위한 독서도 저자의 생각을 있는 그대로 정확하게 받아들이는 데 목표를 두어야 한다고 했다. 그러나 이제 방향을 바꾸어야 한다. 지금까지의 교육은 중등교육뿐만 아니라 고등교육마저도, 지식의 생산자가 아닌 소비자를 양성하는 데 목표를 두었다. 외국에서 남들이 이미 마련해 놓은 지식을 수입해 와서 충실하게 익히는 것이 올바른 공부라고 여겼다. 독서론을 전개할 때는 자기를 잊고 책에 빠져들어 이른바 독서삼매(讀書三昧)의 경지를 극구 칭송한 이유가 바로 거기 있다. 독서삼매란 독자가 독자로 머무르기만 하고 스스로 저자가 되지는 않겠다고 하는 독서다.

이제 방향을 바꾸어야 한다. 기존의 명저를 빠지면서 읽는 데 힘써 위인을 숭배하라고 하는 교육을 버리고, 어떤 저자와도 대결하면서 역사를 새롭게 창조하는 과업을 발견하고 스스로 위인이 되는 길을 여는 새로운 교육을 해야 한다. 남들의 학문을 뒤따라가면서 학자를 존경하고 학설을 숭앙하는 데 그치는 저급한 단계에서 벗어나, 세계 학문 발전을 스스로 선도하는 거대한 과업을 담당해야 한다. 책에 빠져들어 가는 것이 최상의 독서라고 여기는 독서삼매론을 타파하고, 비판적이고 창조적인 독서법을 개발하는 것이 방향 전환을 위해 맨 처음 해야 할 일이다.

통합형 문·답

> 제시문 (가)·(나)·(다)에서 주장하는 내용의 공통점을 정리해 보고, 본인 스스로 올바른 독서 방법이란 무엇인가 설명해 보자.

(가)에서 주장하는 올바른 독서의 본령이란, 옛 성현들의 글을 읽어 거기에서 얻은 지혜를 어떻게 현실에 적용하고 변통하느냐 하는 데 있다고 하였다. '자신의 뜻으로 남의 뜻을 거슬러 헤아리는' 방법을 통해, 책에 담긴 저자의 의미를 이해하고 자기화하는 노력이 가장 중요한 것이라 하였다. 여기서 잘 드러나듯이, (가)에서 강조하는 독서의 방법이란 책의 내용을 맹목적으로 추종하는

것이 아니다. 반대로, 자신의 체험과 사고에 근거하여 책에 담긴 저자의 생각을 재해석하는 길이야말로 참된 독서방법이 되는 것이다. 자기의 주체적 시각으로 글 쓴 사람의 뜻을 완전히 파악해서, 그 책에 담겨 있는 정신과 지혜를 자기의 것으로 소화해야 한다는 것이다. 이렇게 해야만 실천을 할 때 자유자재로 응용할 수 있기 때문이다.

(나)에서 주장하는 책 읽는 방법도 같은 맥락에서 이해할 수 있다. (나)는 임금에게 올리는 글이기는 하지만, 거기서 주장하는 바의 핵심은 독서하는 사람이 독서하는 목표는 바로 '성인이 되는 것에 있다'는 점이다. 아무리 책에 담긴 내용이 고상하고 탁월할지라도 스스로 그 내용에 부합할 수 있도록 노력하여 성인이 되는 길로 나아가지 않는다면, 그때의 독서란 아무런 의미도 없는 것이다. 책 자체를 위해서 혹은 성인들을 위해서 책을 읽는 것이 아니라, 나 자신이 성인이 되기 위해서 책을 대하는 것이다. 책 읽는 사람의 주체적인 노력이 동반되지 않는 한 그러한 목표는 이루어지기 어렵다. 책만 읽는다고, 혹은 그 내용을 모두 이해하였고 해서 곧 성인이 되는 것은 아니다. 책은 스스로 더 나은 존재가 되기 위한 방편일 뿐이다. 스스로에게서 성인이 될 수 있는 자질을 확인하고 실천하는 노력이 필수적이다.

(다)는 독서의 방법을 크게 빠지면서 읽는 방법과 따지면서 읽는 방법으로 나누고, 올바른 독서법은 따지면서 읽는 방법이라고 하였다. 책의 저자가 주장하는 내용에 아무런 의문도 제기하지 않고 그 내용을 그대로 추종하는 방식으로 책을 읽는다면, 그것은 빠지면서 읽는 방식에 지나지 않는다. 반면에 따지면서 읽는 독서 방법은, 저자의 주장을 면밀히 살피고 그 허점과 문제점들을 검출하면서 저자와 대화하듯 읽는 방식이다. 그러한 과정에서 무엇보다 필요한 것은 독자의 창조적 역량이다. 창조적 역량을 바탕으로

한 독서 방식이 올바른 길이고, 동시에 그런 독서만이 창조적 능력을 함양하는 데 기여하는 방식이라는 것이다. 그러므로, 스스로 성인이 되겠다는 (나)에서의 의지와 마찬가지로 (다)의 따지면서 읽는 독서법은 주체성과 창조성을 중시한다.

　(가)·(나)·(다)에서 확인할 수 있듯이, 올바른 독서란 독자가 주체적인 관점에서 저자와 무언의 대화를 나누며 독서하는 방식에서 찾아야 한다. 책에 담긴 지식을 단순히 받아들여 암기하는 방식이 아니라, 그 내용의 맥락이나 지식이 생산되는 과정 자체를 이해하고, 책에서 주장하는 바의 논리를 검토하면서 과연 스스로 인정할 만한가 질문하는 독서여야 할 것이다. 이제 올바른 독서란 독서하는 사람의 주체성을 함양하고 창의력을 신장시키는 독서여야 할 것이다. 그것이야말로 독서의 본질적 목표라 하겠다.

홍 대 용

열하일기

박지원
朴趾源

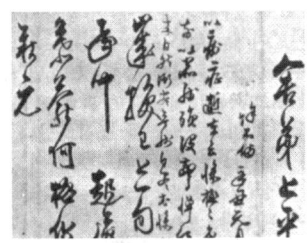

박지원 필적

조선 후기의 뛰어난 문인이자 학자인 박지원(1739~1805)은 본관이 반남이고 호가 연암(燕巖)이다. 서울 출생으로 어려서부터 명민하여 일찍이 문장에 소질을 발휘하였지만, 과거에의 뜻을 포기하고 학문과 저술에만 전념하는 삶을 살았다. 1768년에 백탑 근처에 살게 되면서, 박제가 · 이서구 · 서상수 · 유득공 등과 이웃하여 깊은 교유를 가졌다. 이후 황해도 금천 연암협으로 이주하여 살면서 농사와 목축에 깊은 관심을 기울였고, 1780년에 8촌형인 박명원이 중국에 사신으로 가는 길에 동행하여 북경과 열하 등지를 여행하는 기회를 가졌는데, 이 당시의 체험을 정리하여 저술로 남긴 것이 바로 『열하일기』다. 이 저술로 인하여 박지원의 문명이 드날리기도 하였지만 동시에 부정적인 비난도 적잖이 받았다. 이후 약 10여 년 간 낮은 벼슬자리에 있으면서 현실 개혁의 가능성을 구체적으로 확인하여 저술로 남기기도 하였다. 주요 저서에 『연암집』『과농소초』 등이 있고, 작품으로는 그 당시 양반계층의 타락상을 고발한 10여 편의 한문소설인 「허생전」「호질」「마장전」「예덕선생전」「양반전」「민옹전」 등이 있다.

　『열하일기(熱河日記)』는 박지원이 1780년 6월 압록강을 건너 요동 및 북경을 거쳐 청나라 고종의 피서지인 열하를 여행한 후 8월에 다시 북경으로 돌아가기까지 약 2개월 동안 청조 중국과 만주 지방에 대한 견문과 중국 문인들과의 교유 등을 통해 느끼고 생각한 바를 날짜 순서에 따라 항목별로 정리한 기행문이다. 책의 구성은 크게 두 부분으로 나눌 수 있는데, 1∼7권은 여행경로를, 8∼26권은 보고 들은 것을 한 가지씩 자세히 기록하였다. 발표 당시 이 책은 보수파들로부터 많은 비난을 받았으나 중국의 신문물(新文物)을 서술하고 그곳의 실학사상을 자세히 소개했다는 점에서 그 의의를 찾을 수 있다.

　이 책의 내용을 살펴보면 대략 다음과 같다.

　「도강록」은 압록강으로부터 요양에 이르는 여정의 기록으로 이용후생(利用厚生)에 대한 관심을 서술한 내용을 담고 있으며, 「성경잡지」는 필담으로 주로 구성되었고, 「일신수필」은 병참지(兵站地) 중심의 내용이다. 「관내정사」에는 백이·숙제에 대한 이야기와 「호질」이 들어 있어 특히 유명하다. 「막북행정록」은 연경에서 열하에 이르는 도정의 기록이고, 「태학유관록」에는 열하의 태학(太學)에 머무르며 중국 학자들과 지전설을 토론한 내용이 들어 있다. 「구외이문」은 고북구(古北口) 밖에서 들은 여러 이야기로 이루어져 있고, 「환연도중록」은 열하에서 연경으로 다시 돌아오는 기간의 기록으로 주로 교통제도에 대하여 언급하였다. 「금료소초」는 의술에 대한 이야기가 풍부하다. 「옥갑야화」는 역관들에 대한 이야기를 하면서 허생의 행적을 소개한 내용을 담고 있어 특히 유명하고, 「황도기략」은 황성의 상황을 기록한 것이다. 이러한 글 외에도 『열하일기』는 「앙엽기」 「망양록」 「심세편」 외 여러 글들로 구성되어 있다.

　이와 같이 『열하일기』는 중국의 역사·지리·풍습·토목·의학·인물·정치·경제·사회·문화·종교 등 수록되지 않은 분야가 없을 정도로 모든 분야를 망라하여 광범위하고 상세히 기술하였는데, 그저 경치나 풍물 등을 단순히 묘사하는 데 그치지 않고 이용후생의 측면을 중시함으로써 조선시대의 연행록 중에서도 백미로 손꼽힌다.

작품 읽기 1

　나는 우리 나라 사람으로 중국에 유람하는 자에게 다섯 가지 허망한 것이 있다고 생각한다.

　문벌을 가지고 서로 뽐내는 것은 애당초 우리 나라의 나쁜 풍습이었으므로 국내에 거주하는 유식한 자들도 오히려 양반을 말하기 부끄러워하는데, 하물며 외국의 토성(土姓)으로서 도리어 중국의 옛부터 내려오는 가문을 깔보려고 하니 이것이 첫 번째의 허망이다.

　중국의 붉은 모자와 이상한 소매로 된 의복은 비단 한인(漢人)들만이 부끄러워하는 것이 아니라 만주족들도 부끄러워한다. 그러나 그들의 예의를 잘 지키는 풍속과 문물은 사이(四夷)로서는 당해낼 수 없음이 사실이다. 그들과 겨룰 만한 조그마한 장점도 없으면서 다만 한 줌 정도의 작은 상투 하나를 가지고서 스스로 천하에 뽐내려 하니 이것이 두 번째의 허망이다.

　옛날 월정(月汀) 윤근수(尹根壽) 공이 명나라에 사신을 가다가 길에서 어사 왕도곤(王道崑)을 만나자, 가만히 길 왼편에 서서 그의 행진(行塵)만을 바라보고도 오히려 영광으로 생각했다 한다. 이제는 중국이 비록 변하여 오랑캐가 되었다고는 하지만 천자(天子)의 칭호는 오직 고쳐지지 않았으니 그들의 각부대신(閣部大臣)은 바로 천자의 공경(公卿)이다. 옛날이라고 해서 지위가 더 높았던 것도 아니며, 지금이라고 해서 지위가 더 낮아진 것도 아니다. 그럼에도 불구하고 현재 사신으로 간 자들은 옛날 관장(官長)을 뵙는 예식이 그대로 있는데도 그들의 조정에서 절하고 읍하는 것을 부끄러워하며 곧 모면하기를 일삼아, 이것이 마침내 하나의 규례가 되었다. 때로는 그들을 만나게 되면 모두들 거만한 것으로 고치(高致)를 삼고, 공손히 대하는 것을 치욕으로 여긴다. 이에 대하여 그들은 비록 가혹하게 추궁하지는 않지만 어찌 우리의 무례함을 비웃지 않겠는가. 이것이 세 번째의 허망이다.

우리 나라 사람들이 문자를 안 뒤로부터 중국의 서적을 빌어다가 읽지 않은 것이 없었기 때문에 중국 역대의 일을 말하는 것은 모두가 꿈속의 꿈 이야기에 불과함에도 불구하고, 이에 과문(科文)을 익히던 기습(氣習)을 가지고 운치 없는 시문(詩文)을 억지로 지으면서 경솔히 '중국에는 훌륭한 문장이 없다' 하니, 이것이 네 번째의 허망이다.

중국의 선비들은 강희(康熙: 청 聖祖의 연호) 이전에는 모두 명나라의 유민이었지만 강희 이후로는 바로 청나라의 신하이며 백성인 것이다. 그런 만큼 그들은 현재의 정부에 대하여 충성을 바치고 국법을 존중하여야 한다. 만일 잠시라도 언론함에 있어 자기 나라에 대한 말을 외국에 털어놓는다면 이는 곧 이 세상의 난신(亂臣)이며 적자(賊子)이다. 그런데도 우리 나라 사람들은 중국 선비 중에 자기들의 치적을 과장하는 사람을 만나면 곧 「춘추」한 질을 다시 읽을 곳이 없다' 하며, 매양 '연조(燕趙)의 시가(市街)에 슬픈 노래를 부르는 사람이 없다'고 탄식하니, 이것이 다섯 번째의 허망이다.

중국 선비들에게는 외국 사람이 따르기 어려운 점이 세 가지가 있다. 그들은 한번 과거에 급제한 사람이면 모든 경서(經書)나 사서(史書)에 있어서는 일마다 변증(辨證)을 하고 백가(百家)와 구류(九流)에 대해서도 원류(源流)를 대강 섭렵해서 물음에 막힘이 없어 대답한다. 만일 그렇지 못하면 선비가 될 수 없으니, 이것이 첫 번째의 어려운 점이다.

그들은 마음이 너그럽고 행동이 속되지 않으며 예절에 밝고 포용력이 있으며 교만한 태도를 하지 않고 허심탄회하게 사람을 대하여 대국(大國)의 체통을 잃지 않으니, 이것이 두 번째의 어려운 점이다.

대소(大小)나 원근(遠近)을 막론하고 그들은 모두 국법을 존중한다. 이처럼 법을 존중하기 때문에 직책을 삼가 수행하며, 직책을 삼가 수행하기 때문에 제도가 한결같고 사·농·공·상의 사민(四民)이 각기 분업화되어 자기가 해야 할 일을 모두들 잘해 내고 있으니, 이것이 세 번째의 어려운 점이다.

(『열하일기』, 「심세편(審勢篇)」 중에서)

논점 이 글에서는 중국(청나라)에 대한 선입견과 조선인의 편견을 비판하고 있다. 중국의 실상과 조선인의 참모습을 무엇이라고 주장하고 있는지 주목하면서 읽어 보자.

통합형 문·답

> 제시문에는 중국 청나라와 조선 사람들에 대한 박지원의 의견이 들어 있다. 여기서 박지원은 기존의 중국(청) 인식이 잘못되었음을 비판하였다. 이 글을 읽고 박지원의 비판 내용이 어떻게 구성되었는지 정리하고, 그 비판의 궁극적 의도가 무엇인지 생각해 보자.

기존의 중국 인식에 대한 박지원의 비판은 크게 두 가지 영역으로 나누어진다. 조선인이 지닌 중국(혹은 청)에 대한 잘못된 편견이나 선입견을 비판하는 영역이 그 하나이고, 조선인의 잘못된 인식과는 달리 중국인의 참된 모습이란 어떠한가를 보여 주는 영역이 다른 하나이다. 전자가 조선인이 그릇되게 품고 있는 허상이나 어휘에 대한 논의라면, 후자는 그 허상을 넘어서서 실재하는 참된 모습 곧 실상에 대한 설명이다. 다시 말해, 박지원은 허상을 비판하고 실상을 보여 주는 방식으로 자신의 견해를 펼치고 있는 것이다.

이러한 박지원의 논의는 결국 잘못된 중국 인식을 바로잡고 조선의 자기 인식을 올바르게 하자는 의도에서 나왔다. 잘못된 중국관을 바로하고 조선의 자기인식을 올바르게 수행하자는 것은 결국 중국과 조선의 관계를 새롭게 설정할 필요가 있다는 뜻이다. 그릇된 이해에서 벗어나 정당한 시각을 지녀야 한다는 박지원의 주장은 결국 조선과 중국의 관계를 어떻게 설정할 것인가 하는 문제에 다름 아니다.

흔히들 박지원의 이러한 인식을 '북학파'적 사상이라고 한다. 이는 효종 이후 청에 대한 복수의 집념을 강하게 표출한 이른바 '북벌론', 즉 청은 우리 나라를 유린한 원수일 뿐만 아니라 참된 중화의 나라인 명나라를 멸망시킨 오랑캐이므로 쳐서 무찔러야 한다는 논리의 허구성을 비판하는 입장이다. 제시문에서 직접 드러나 있지는 않지만 그 배경이 되는 상황은 이러한 것이었다.

박지원의 주장의 핵심은 결국 이렇다. '조선은 청이 지배하는 중국을 잘못된 시각으로 바라보고 있다. 그러므로 중국에 대한 인식을 올바른 방향으로 바로잡아야 한다. 그 방향이란 곧 조선 자신의 반성이다. 스스로 잘못된 점을 고쳐야 올바른 인식에 이를 수 있다. 올바른 인식을 갖추어야 잘못된 인식이 바로잡히고, 그런 연후에 참된 실상이 보인다.' 그 참된 실상의 핵심은 북벌론에서 주장하듯 청나라가 단순한 오랑캐가 아니라 문화·문물이 매우 발달한 선진 국가라는 데 있다. 그러므로 우리는 북쪽의 청나라를 무찌를(북벌) 게 아니라 오히려 적극적으로 배워야(북학) 한다는 것이다.

작품 읽기 2

(가) 오늘 나는 한밤중에 한 가닥 강물을 이리저리 아홉 번이나 건넜다. 강물은 밖에서부터 흘러들어와 장성을 뚫고 유하(楡河)와 조하(潮河)와 황화(黃花)·진천(鎭川) 등 여러 가닥의 강물이 한 군데 모여 밀운성(密雲城) 밑을 거쳐 백해(白河)가 되었다. 나는 어제 두 번 백하를 건넜는데 이 역시 그 하류였다. 내가 아직 요동 땅에 들어서지 못했을 때는 바로 한여름철이라 뙤약볕 아래 길을 가는데 갑자기 큰 강이 앞을 막았다. 붉은 흙탕물이 산더미처럼 밀려 끝이 보이지 않았는데 이런 경우는 대체로 천리 밖에 폭우가 내린 까닭이다.

물을 건널 때 사람마다 모두 고개를 쳐들고 하늘을 바라보았다. 나는 속으로 사람들이 고개를 젖히고 하늘에 조용히 기도를 올리는가 생각했는데 훨씬 뒤에야 알았지만 물 건너는 사람들이 강물이 넘실거리고 빙글빙글 빨리 돌아가는 것을 보면 마치 자기 몸은 물을 거슬러 올라가는 것 같고 눈은 강물과 함께 따라 내려가는 것만 같아서 갑자기 빙그레 도는 듯 현기증이 생기면서 물에 빠지게 된다는 것이다. 그러고 보니 고개를 젖히고 우러러보는 것은 하늘에 대고 기도를 하는 것이 아니라 곧 물을 피하여 보지 않으려고 함이다. 역시 그렇다. 어느 겨를에 경각에 달린 생명을 위하여 기도를 드릴 경황인들 있을 것이랴. 이토록 위험하다 보니 물소리를 듣지 못하는 것이다. 모두들 말하기를 요동벌은 넓고 편편하기 때문에 물소리가 요란하게 나지 않는다고. 이는 물을 모르는 말이다. 요동 땅 강물들이 소리를 내지 않는 것이 아니라 단지 밤에 건너지 않았기 때문이다. 낮에는 눈으로 물을 볼 수 있으므로 눈은 오직 위험한 데만 쏠려 바야흐로 으스스 떨면서 오히려 눈이 있는 것을 걱정하는 판인데 어찌 키에 들리는 소리가 있을 것인가.

오늘 나는 밤중에 물을 건너는지라 눈으로는 위험을 볼 수 없으니 그 위험은 외곬으로 듣는 데만 쏠려 키가 바야흐로 무서워 부들부들 떨면서 그 걱정을 이기지 못하게 되었다. 나는 오늘에서야 그 이치를 깨달았도다. 마음의 눈을 감는 자, 곧 마음에 선입견을 가지지 않는 사람은 육신의 키와 눈이 탈이 될 턱이 없고, 키와 눈을 믿는 사람일수록 보고 듣는 힘이 더욱 까탈스러워서 더욱 병통이 되는 것이라고.

오늘 내 마부가 말발굽에 발이 밟혀서 뒷수레에 실렸다. 나는 하는 수 없이 혼자 말의 고삐를 늦추어 강물에 띄우고 무릎을 굽혀 발을 모으고 안장 위에 앉았는데 한 번만 까딱 곤두박질치면 그대로 강물 바닥이다. 강을 땅으로 생각하고, 물을 옷이라 생각하고, 강을 내 몸이라 생각하고, 물을 내 성정(性情)이라 생각하고, 마음속으로 에라 한번 떨어지기를 각오했다. 그랬더니 내 킷속에는 강물 소리가 없어져 무릇 아홉 번이나 강물을 건너는데도 아무런 근심이 없었다. 마치 안방의 궤석 위에서 앉고 눕고 기동하는 것 같았다.

옛날 우(禹)임금이 강물을 건너는데 타고 있던 배가 황룡(黃龍)의 등에 올라앉는 위험을 당했다. 그러나 죽고 사는 판가름이 이미 마음속에 분명해지니 그의 앞에는 용인지 지렁인지 그 크기는 족히 문제가 되지 않았던 것이다.

소리와 빛깔은 바깥 사물에서 생겨난다. 이 바깥 사물이 항상 키와 눈에 탈을 만들어 이렇게 사람으로 하여금 똑바로 보고 듣게 하는 힘을 잃도록 만든다. 더구나 한 세상 인생살이를 하면서 겪는 그 험하고 위태함이야 강물보다 훨씬 심하여 보고 듣는 것이 문득문득 병이 됨에 있어서랴. 내가 사는 연암협 산골짝으로 돌아가 다시 앞 개울의 물소리를 들으면서 이를 증험해 보니 영락없이 맞았다. 그리하여 이로써 사람이 제 몸 건사하는 처세술에 능란하고 제 자신의 듣고 보는 총명만을 자신하는 것을 경고하는 바이다.

(『열하일기』,「일야구도하기(一夜九渡河記)」중에서)

(나) 글이란 자신의 생각을 나타내면 그만이다. 제목을 놓고 붓을 잡은 다음 문득 옛말을 생각하고 억지로 고전의 내용을 찾아서 뜻을 근엄하게 꾸미고 글자마다 장중하게 하려는 태도는 마치 화공을 불러 초상을 그리게 하면서 용모를 고치고 앞에 나서는 것과 같다. 눈알이 돌아가지 않고 옷에 주름도 잡히지 않아서 평소의 모습을 잃었으니 아무리 훌륭한 화공이라 하더라도 참 모습을 그려 내기 어려울 것이다.

글을 짓는 것 역시 이와 무엇이 다르랴. 말은 대단한 것만 한다고 해서 맛이 아니다. 털끝만큼 작은 것도 말할 수 있다. 말할 만한 것이라면 깨진 기와와 자갈 부스러기인들 내버릴 것이 무엇인가? 그러므로 '도올'이란 문자는 흉악한 짐승 이름이나 초나라 역사책 이름으로 빌려 썼고, 사마천과 반고와 같은 유명한 역사가도 사람을 때려 죽이고 무덤을 파헤치는 흉악한 도적의 사적을 서술하였다. 글을 짓는 사람은 오직 진실해야 할 뿐이다.

이렇게 본다면 글을 잘 짓고 못 짓고는 내게 달려 있고 비방과 칭찬 등의 평가는 남에게 달려 있어 마치 이명증(耳鳴症)이나 코를 고는 것과 같다.

어린아이가 뜰에서 노닥거리다가 귀가 갑자기 '잉' 하고 울리니 싱글벙글하며 동무아이에게 소곤거렸다.

"너 이 소리 좀 들어 볼래? 내 귀가 앵앵거린다. 마치 생황(生簧)을 부는 듯, 피리를 부는 듯 그 소리가 동글동글한 별 모양 같아."

동무아이가 귀를 기울여 들어 보려 해도 끝내 들리는 것이 없다

하자 그 어린아이는 딱하여 소리를 지르며 남이 알지 못함을 안타까
워하였다.

일찍이 촌사람과 같이 자는데 어떤 사람이 드르렁드르렁 코를 골
았다. 토하는 듯, 휘파람 부는 듯, 탄식하는 듯, 숨을 내뱉는 듯, 불을
부는 듯, 물이 끓는 듯, 빈 수레가 엎어지는 듯하여 숨을 들이쉴 때는
삑삑 톱 켜는 소리가 나고, 내쉴 때는 씩씩 돼지가 씨근거리는 것 같
았다. 옆 사람이 흔들어 깨우자 그는 벌컥 성을 내며,

"내가 언제 코를 골았단 말인가?"

아하! 자기 혼자만 아는 것은 남이 알아주지 못함을 항상 걱정하
고, 자기가 미처 깨닫지 못한 것은 남이 먼저 깨달을까 기피한다.

어찌 유독 코와 키에만 이런 병이 있으랴? 글을 짓는 데는 더 한층
심한 것이 있다. 이명증은 병이건만 남이 알아주지 않음을 민망하게
여기니 하물며 병이 아닌 것이랴? 코를 고는 것은 병이 아니건만 남
이 일깨워 주면 골을 내니 더구나 병인 것이랴?

(박지원, 「공작관문고 자서」 중에서)

논점 외부의 사물에 현혹되어 참된 인식에 이르지 못한다는 점과 참
된 인식에 이르는 길이 무엇인지에 대하여 논의하고 있는 내용이다. 참
된 인식이란 어떤 것이고 참된 인식의 주체는 어떠해야 하는지 생각하면
서 읽어 보자.

통합형 문·답

> (가)에서 박지원은 하룻밤에 아홉 차례나 강을 건너는 과정에
> 대해 언급하였다. 박지원이 (가)에서 논의하는 내용이 무엇인
> 지 설명한 다음, (나)를 참고하여 박지원이 주장하는 바에 따
> 른다면 어떤 글이 '좋은 글'이 될 수 있는지 추론해 보자.

제시문 (가)에서 작가는 열하로 가는 도중에 하룻밤 새 무려 아홉 번이나 강물을 건넌 일을 기록하면서 그 과정에서 깨달은 바를 언급하였다. 여기에서 작가는 사납고 무서운 물소리는 객관적이지 않고 듣는 이가 어떻게 듣는가 하는 데 달려 있다고 주장했다. 즉 자신의 마음이 설정한 바에 따라 귀가 소리를 듣는다는 뜻으로, 낮에는 감각이 시각으로 집중되기 때문에 청각에 의해 인지되는 물소리를 의식하지 못할 뿐이라고 했다. 요컨대 사람의 눈과 귀는 옳고 그름이나 참·거짓을 올바르게 분별하지 못한다는 뜻에 다름 아니다. 이러한 논의 내용과 주장은 사물을 참되게 인식하는 문제와 관련된다. 즉, 인식론의 문제이다.

(가)에서는 참된 인식에 도달하기 위해서는 눈·귀와 같은 감각적 기관에 현혹되어서는 안 된다고 주장하였다. 참된 인식의 주체는 눈과 귀가 아니라 '마음'인 것이다. 눈이나 귀를 통해 받아들여지는 객관 세계에 현혹되지 않아야 참된 인식에 이를 수 있으니, 눈과 귀를 통한 인식은 거짓된 허상이기 때문이다. 참된 인식은 '마음'의 고요함 속에서만 획득할 수 있다. 참된 인식이 이처럼 마음에 의지하여 획득할 수 있는 것이라면, (나)의 글에서 알 수 있는 '올바르고 좋은 글'도 '마음'과의 관련 속에서 생겨날 수밖에 없을 것이다.

그렇다면, 좋은 글이란 곧 눈과 귀가 아니라 마음의 소리를 담아 내는 글이어야 할 것이다. 그 마음은 참된 마음이고 올바른 마음이기에, 좋은 글이란 글이 표현하고자 하는 대상이나 객관적 세계를 얼마나 잘 그려 냈는가에서 판가름나는 것이 아니라 마음을 얼마나 진실하고 절실하게 표현했는가에 의해 결정된다고 보아야 할 것이다. 그러므로, 대상을 정확하게 그려 내고 세세하게 묘사한다고 좋은 글일 수는 없다. 뿐만 아니라, 다른 사람의 평가가 자기 글을 판정하는 기준일 수도 없다. 따라서, 외부 사물에 종속되거나

타인의 평가에 얽매인 글은 결코 좋은 글이 될 수 없다. 좋은 글이란 외부의 것에 현혹되지 않는 자기 자신의 마음의 소리를 진실하게 담아 내는 글인 것이다.

북학의

박제가
朴齊家

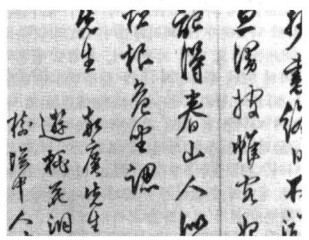

박제가 필적

조선 후기의 실학자인 박제가(1750~1805)는 소년 시절부터 시·서·화에 뛰어난 재능을 보여 중국에까지 문명을 떨쳤으며, 19세 때 박지원의 문하에서 실학을 연구하였다. 그 후 이덕무·유득공·이서구 등의 실학자들과 합작하여 시집 『건연집(巾衍集)』을 펴내기도 하였다. 1778년 사은사 수행원으로 청나라에 갔다 돌아온 후 보고 들은 바를 정리하여 『북학의』를 펴냈다. 이후 정조의 서얼 등용 정책으로 규장각 검서관에 임명되어 13년 간 규장각에 근무하면서 저명한 학자들과 깊이 사귀고 많은 책을 교정·간행했다. 말년에는 역모 사건에 연루되어 유배되었다가 풀려난 지 얼마 되지 않아 세상을 떠났다. 주요 저서에는 『명농초고』 『정유시고』 『유정집』 등이 있다.

『북학의(北學議)』는 1778년 실학자 박제가가 청나라의 풍속과 제도를 시찰하고 돌아와 쓴 책이다. 이 책은 북학파의 사상을 가장 명료하게 대변하는 것으로, 북학파라는 이름도 이 책의 제목인 '북학의'에서 유래한 것이다. '북학'이란 본래 『맹자』에 나온 말로 중국을 선진문명국으로 인정하고 겸손하게 배운다는 뜻을 담고 있는데, 만주족의 나라인 청나라를 이 '북학'의 대상으로 놓는다는 것은 당시로서는 대단히 혁명적인 발상이었다. 당시 조선은 정치적 조건상 외형으로는 청나라와 사대 관계를 맺으면서도 청나라를 멸시하는 풍조 또한 일반적인 상황이었기 때문이다. 박제가는 이런 상황에서 구국의 길은 오직 북학밖에 없다는 소신을 역설하였고, 그런 소신을 바탕으로 이 책을 쓴 것이다.

이 책은 내외편 2권으로 구성되어 있다. 내편은 「거(車)」「선(船)」「성(城)」「벽(甓)」「와(瓦)」를 비롯한 총 30항목으로, 일상생활에 필요한 모든 기구와 시설을 들어 현실 경제와 문화 전반을 분석하면서 개혁의 방향을 제시했으며, 외편은 「전(田)」「분(糞)」「농잠총론(農蠶總論)」「과거론(科擧論)」「북학변(北學辨)」「재부론(財賦論)」「병론(兵論)」을 비롯한 17항목의 논설로 이루어져 있어, 상공업과 농경생활에 대한 기초적인 문제를 집중적으로 다루고 있다. 그 내용은 대략적으로 중국을 본받아 상공업을 발전시키고 이를 통해 놀고 먹는 양반의 문제를 처리하며, 나아가 상공업의 발전에 바탕하여 농경기술·농업경영을 개선함으로써 생산력을 발전시키고 민부(民富)를 증대하자는 것이다. 박제가는 실학자들마저도 벗어나지 못했던 금사론(禁奢論)을 배격하고 용사론(用奢論)을 제창하여 수요 억제와 절검이 경제 안정에 필요하다는 일반 통론을 물리쳤다. 그리고 생산 확충에 따른 물품의 충분한 공급이 유통 질서를 원활하게 한다는 경제관을 보여 주었으며, 이러한 공급 확충을 위해서는 선진 문물의 습득과 보급에 적극적이어야 함을 주장하였다. 그러므로 과학기술 교육을 위해서는 서양 학문도 배워야 할 것임을 피력하기도 했다. 이러한 사상이 담긴 『북학의』는 구국의 명론인 동시에 당시 조선의 도시와 농촌의 의식주에 관한 귀중한 자료를 담고 있다는 점에서도 의의가 깊다.

『북학의』 내외편 가운데 3분의 1 정도의 내용만 간추린 『진소본북학의(進疏本北學議)』라는 책도 전하는데, 이는 그가 경기도 영평 현령으로 있을 때 농서(農書)를 구하는 임금의 요청에 따라 응지상소(應旨上疏)의 형식으로 바친 것이다. 그러므로 논지는 『북학의』 내외편과 같으나 분량 및 논지의 세밀한 전개에서 다르므로, 이 둘은 엄격히 구분하여야 한다.

작품 읽기

(가) 과거는 무엇 때문에 실시하는가? 인재를 뽑으려고 하는 것이다. 인재를 뽑는 것은 무엇 때문에 하는가? 장차 등용하려고 하는 것이다. 문장으로 인재를 뽑아 그 사람의 문장을 쓰는 것은 마치 활 쏘는 사람을 뽑아 활을 쏘게 하는 것과 같은 이치이다.

그렇다면 지금의 과거란 무엇을 위해 존재하는가? 앞서 과거에 급제한 사람도 다 수용하지 못하였는데, 뒤에 또 과거에 급제한 사람이 많이 쏟아져 나온다. 3년마다 보는 정식 과거 외에 부정기적으로 시행되는 많은 과거 제도가 있어, 수십 년 동안 합격한 인원 수가 국가 관직의 정원 수보다 10배나 많다. 이 10배나 되는 합격자를 결코 다 등용할 수는 없으니, 그렇다면 10분의 9는 분명 헛되이 과거시험을 치른 것이다.

인재를 등용하는 의의는 어디에 있는가. 요즘에는 시사적인 글로써 인재를 뽑아 그 문장이 위로는 관각(홍문관과 예문관)에 임명되어 임금의 자문에 대비할 만하지도 못하며, 아래로는 사실을 기록하고 성정을 서술하지도 못한다. 어려서부터 글을 배워 과거에 급제하면, 곧 그날부터 전에 배웠던 것을 버리게 되니, 평생 동안의 정력이 이미 소멸되어 국가에서는 사용할 만한 것이 없다.

과거시험에는 많은 종류의 작문이 있다. 그 작문 내용은 거의 대부분 진부하고 부화뇌동하여 한 글자도 참으로 이해해서 새로이 터득한 것이 없다. 글을 읽는 자가 글자를 보면 운(韻) 달 것을 생각하고 문구를 보면 시험 제목을 생각하여 그 용어를 사용하면서도 그 뜻을 모르는데, 이로써 인재를 뽑으니 참으로 잘못된 제도이다.

더구나 남의 글씨를 빌리고 대신 저술해 주어 요행으로 부정하게 합격하는 폐단이 있다. 대수롭지 않은 지방 시험에도 시험생이 천 명이 넘고 서술에서 치르는 대동과에는 가끔 수만 명이 응시한다. 이 수만 명이나 되는 많은 인원을, 간혹 한나절 안에 합격자를 발표하는데, 주관하는 사람이 채점을 하기에 피로하면 눈을 감고 낙점을 한다. 이런 때엔 비록 당나라의 문장가 한유로 하여금 과거를 주관하고 송나라의 문장가 소식으로 하여금 글을 짓게 하더라도 너무 짧은 시간이라서 합격하지 못할 것이다.

아, 선비를 뽑는 당당한 곳이 도리어 운명에 맡기는 제비 뽑기만도 못하니, 인재를 뽑는 방법을 과연 믿을 수 있는가. 여기에다 문벌과 붕당이 있어 합격되기도 하고 탈락하기도 하니, 다행히 이런 고비를 넘기고서 이 시대에 등용된 자는 참으로 교묘하다고 하겠다. 인재를 뽑는 것은 과연 저 시험관들의 농간에 달려 있지 선비들의 실력에 달려 있는 것이 아니다.

중국 송나라의 구양수는 소동파를 위하여 시험 일자를 연기하였으니, 대저 소동파가 어진 사람인 줄 분명히 알았으므로, 그를 위하여 시험 일자를 연기까지 하면서 채용하였는데, 지금은 과거에 든 자는 뽑힐 만한 사람이 아닌 것을 분명히 알면서도 뽑으니, 시문(時文)을 공부한 따위가 바로 이것이며, 과거에 들지 않은 사람임을 분명히 알면서도 뽑지 않으니 박학하며 기예에 능한 자들이 바로 이런 사람들이다. 옛날의 과거는 인재를 뽑으려는 것이었는데, 지금의 과거는 사람을 제한시키려 하는 것이다.

대저 사람이 나서 10세쯤 되면 지혜가 날로 자라는 것이 마치 댓순이 처음 돋아날 때 만척이나 솟아오를 기세인 것과 같다. 이런 때에 시사문장을 가르쳐서 몇 년을 골몰하게 하니, 그 병을 고칠 수가 없다. 요행히 과거에 급제한다고 하더라도 바로 그날부터 자기의 학문을 버리게 되니, 평생 정력만 낭비하는 꼴이 되고 국가에서 등용할 만한 자질이 없는 상태가 되고 만다.

이미 인재를 뽑아 놓고도 등용하지 못하고, 또 무가치한 글을 취하는 것은 내가 종일토록 밥을 먹지 않고 밤새도록 자지 않으면서 생각해 보아도 그 이유를 알 수 없는 것이다. 어떤 사람이 말하기를, '조정의 훌륭한 신하들이 이 과거에서 나온 사람이 많다'고 하는데, 그렇지 않다. 천하의 길을 모두 막아 버리고 길 하나만을 낸다면, 공자도 역시 이 길을 경과해 나올 것이다.

하물며 옛날 과거는 지금의 과거와 달랐음에랴. 무엇 때문인가. 옛날에는 과거에 응시한 사람이 4백 명이나 된다고 하여, 백관들이 기뻐한 일이 있었다. 대저 4백 명인데도 가장 많다고 하였으니, 다른 때는 말할 것도 없다. 다만 시험장에 들어가는 한 가지 일만 하더라도, 이미 앞을 다투느라 짓밟히는 폐단이 없었을 것이다. 지금은 그때의 백 배나 되는 유생들이 물과 불 같은 무거운 생활 도구를 가지고 입장하느라, 힘센 무사도 들어가고 심부름하는 종도 들어가고 술 파는 장사꾼도 들어가니, 시험장이 어찌 비좁지 않겠는가. 심지어는 서로 몽둥이로 때리고 대나무로 서로 찌르며, 문에서 가로막고 길에서 욕설하며, 변소까지 구걸하는 형편이다. 하루 동안 과거를 보는 것이 사람들로 하여금 머리를 세게 만들고, 가끔 살인과 압사 사건도 일어난다. 서로 포용해 주고 겸손해야 할 자리에서 강도들이 싸우는 연습을 하니, 옛날 사람들이 만일 지금의 광경을 보신다면, 반드시 오늘날의 과거 시험장에 절대 들어가지 않으려 할 것이다.

　일찍이 들으니, 옛날의 사대부는 과거에 응시하는 것을 오히려 부끄럽게 여기는 뜻이 있었는데, 지금은 온 나라 사람들이 과거시험장에 들어가는 것을 성명과 의리처럼 버릴 수 없는 것으로 여기고 있다. 구차한 시사적 안목으로 방자하게도 유교의 경전과 정통의 모범적인 고문(古文) 문장을 말한다. 그 폐단이 경서를 배반하고 고문을 업신여김에 이르고 말 것이니, 세도의 걱정스러움을 이루 다 말할 수 있겠는가. 그렇다면 지금 개혁할 것은 과거보다 급한 것이 없고 과거를 개혁하는 것은 중국의 법을 따르는 것보다 급한 것이 없다.

(『북학의』, 「과거제도를 논함」 중에서)

　(나) 여러분은 공부라 하면 어떤 것이 떠오릅니까? 전 물론 공부가 나쁘다고만 생각하지는 않습니다. 공부를 좋아하는 사람도 있을 테지요. 그러나 대부분은 어떻게 생각할까요?

　공부는 꼭 해야만 하는 것은 아닙니다. 하지만 안하면 사람 취급을 못 받으므로 합니다. 몇 년 전부터 점점 공부가 제 인생에서 아주 큰 부분을 차지하기 시작했습니다. 그런데 학년이 올라가면서 학교에서는 인생에 도움이 될 만한 것은 안 가르치고 시험만을 위해서 가르치는 식으로 흘러가고 있습니다. 예를 들어 '도덕' 과목이 성적표의 맨 앞에 있기는 하지만 실제로 모의고사에는 들어 있지도 않으며 일주일에 두 시간만 합니다. 그리고 이름만 '도덕'이지 말만 하고 선생님과 같이 쓰레기를 줍고 도덕적인 행동을 실천한 적은 한번도 없습니다. 공부는 사람을 만들기 위해 하는데 요즈음은 시험을 위해서 합니다. 초등학교 때는 못 느꼈지만 중학교에 들어오면서부터 선생님들이 부쩍 '이것은 시험에 잘 나오니까 공부 많이 해라' 또는 '이것은 시험에 안 나오니까 뛰어넘고' 하는 식의 말씀을 자주 하십니다.

시험을 보는 것은 좋습니다. 그러나 교과서를 딸딸 외우는 아이가 1등을 하는 것은 옳니까? 생각하는 문제, 이해하는 교과서가 되어야지요. 시험 때문에 피로워하는 학생이 한두 명이 아닙니다. 피로워하다가 컨닝을 하게 되고 그래서 사람을 나쁘게 만들지요. 시험 성적을 최고로 생각하는 부모들은 반성해야겠지요. 부모들이 과외를 만들어 더욱 경쟁심을 부추기고 자랑하고 걱정하고 비교하여 우리를 불행하게 합니다. 자랑하려고 공부시킵니다. 우리는 딸딸딸 외우느라 머리만 나빠지고 친구도 없어지고 그러면 이팔 청춘이 다 가고 말 것입니다. 저는 친구들에게 말하고 싶습니다. '일부 어른들이 정신을 못 차려도 우리만은 공부 못하는 아이 깔보지 말고 다 함께 즐겁게 공부할 수 있도록 노력합시다. 참도덕을 지킵시다' 라고 말입니다.

(어느 중학생이 쓴 '작문'에서)

(다) 외국의 한 대학이 최근에 발표한 장기발전 계획을 보면 이 대학보다 약간 앞선 경쟁상대 대학과 대등한 경쟁을 벌이기 위해서 실험시설비, 컴퓨터망, 연구비 규모 등에서 최소 다섯 배 이상의 예산을 투입할 것을 강조하고 있다. 우리의 경우, 경직된 사고에 젖어 있는 학생들의 창의력을 훈련시키려면 선진국 명문대학의 수준을 훨씬 웃도는 예산이 필요하다. 왜냐하면 그들과는 달리 우리 대학은 교수인력의 확보가 동시에 병행되어야 하기 때문이다. 그러나 우리 대학은 이와 같은 예산을 투입할 능력이 없을 뿐만 아니라, 가까운 시일 안에 대대적인 교수인력 확충을 기대할 수도 없다는 데 문제의 심각성이 있다.

··· 〈중략〉···

　대학에 들어오기 전에 우리 학생들이 거쳐 온 교육과정을 검토해 보기로 하자. 우리 학생들은 초등학교에 입학하면서부터 고생이 시작되며, 이 고생은 대학입시를 '무사히' 치를 때까지 계속된다. 이 과정에서 우리 학생들은 주입식 교육과 암기식 학습에 젖어들면서, 원래 이들이 지녔던 창의적 사고능력은 체계적으로, 지속적으로 철저히 파괴되는 과정을 거쳐 왔음을 쉽게 발견할 수 있다.

　대학입시 작전의 성공을 거두기 위해서라면, 학부형, 고등학교 교사, 선배들은 이구동성으로 '분별력'이 뛰어나야 한다고 말한다. 가령, 아무리 과학에 흥미가 있는 학생이라도 국어·수학·영어 등의 배점에 따라 학습시간을 전략적으로 배정해야만 한다. 즉, 재미있는 과목의 공부를 절제하고 배점이 많은 과목에 매달리는 것이 올바른 전략으로 강조된다. 객관식형 시험 전략도 그렇다. 처음 보는 문제가 나오면 '생각하지 말고' 뒤로 넘겨야 높은 점수를 받게 되고, 복잡한 문제의 해답은 가능성이 적은 몇 가지 후보 답안을 미리 '제거'해 나가면서 확률적으로 높은 답안을 선택해야 한다고 가르친다. 이러한 입시 위주 교육에 가장 잘 적응한 학생들에게 명문대학 입학이 허용되는 것이 우리 입시제도의 현실이다.

　두말할 나위 없이, 대학교육에서 가장 중요한 목표는 창의적인 사고를 훈련하는 데 있다. 창의력을 훈련하는 전제조건은 모험정신이며, 모험은 실패를 두려워하지 않는 경우에만 시도될 수 있다. 그러나, 우리 학생들이 대학 입학 전에 연마해 온 내용은 창의적 교육의 요체인 탐구정신보다는, 입시준비 과정에서 수없이 반복해 온 '요점정리' '정답작전' '문제의 함정파악' 등으로 창의적 사고에 역행하는 훈련만을 받아 온 것이다. 시험을 앞두고 최종점검 일주일 작전과 최고득점 마스터플랜 등에서 강조되는 내용은 실패하면 모든 것이 끝이며, 모험만은 절대로 하지 말라는 점이다. 이런 과정에서 경직된 사고방

박제가

식에 길들여진 학생들에게는 입학 성취감만이 앞서게 되고 정작 대학교육에서 필요한 창의적인 사고에 대한 가치관은 설 자리가 줄어들게 되는 것이다.

(이면우, 『W 이론을 만들자』 중에서)

논점 (가)에서는 과거제도의 폐해를, (나)에서는 주입식 학습의 병폐를, (다)에서는 입시교육의 폐해를 논의하고 있다. 여기에서 공통적으로 확인할 수 있는 것이 무엇인지 유의하면서 정리해 보자.

통합형 문·답

> (가)에서 지적하고 있는 과거제도의 병폐를 기준으로 삼아, (나)와 (다)에서 논의하고 있는 우리 나라 교육 현실의 문제점을 서술해 보자.

(가)에서 제시하고 있는 과거제도의 병폐는 크게 두 가지로 나누어 볼 수 있다. 하나는, 무리하게 많은 인원을 선발하는 까닭에 뽑아만 놓고 관료로 기용하지 못하는 사람들이 너무 많다는 점이다. 다른 하나는, 인재를 선발하기 위하여 실시하는 과거시험이 뛰어난 인재를 선발하기에 합당하지 못하다는 점이다. 이 두 가지 병폐 가운데, (나)와 (다)에서는 후자에 해당하는 내용들이 서술되어 있다.

(나)에서 어느 중학교 학생이 비판하는 것은 입시위주의 교육 현실과 그로 인한 암기식(주입식) 교육에 대해서이다. 입시위주의 교육으로 인해 학교수업은 '과목'의 중요성을 평가할 때 시험에서의 배점이 얼마나 되는지를 기준으로 삼는다. 한 사람의 사회인으

로 성장하기 위하여 훈련하고 수련해야 하는 자질에 대한 교육이 아니라 시험 점수를 잘 받을 수 있도록 만드는 교육이 우선시되고 있다는 것이다. 그렇기에, 구체적인 체험이나 자율적인 탐구 과정은 모두 생략되고 교과서에 담긴 내용을 암기하는 '죽은' 교육만이 횡행하게 된다. 배운 내용을 내면적으로 소화하여 자신의 인격 성장에 밑거름이 될 수 있도록 노력하기를 권장하는 교육이 아니라 단순암기를 조장할 뿐이다. 시험 문제도 결국 암기한 내용의 많고 적음이나 정확성 여부를 확인하는 기계적 절차에 다름 아니다.

이처럼 입시위주의 주입식 교육에 길들여지다 보니, 피교육자들은 늘상 수동적인 학습 태도를 취할 수밖에 없다. 의문을 제기하고 스스로 답을 찾아 궁구하는 과정이 곧 배움이라는 인식이 없기 때문에, 항상 다른 사람에 의해 주어지는 내용만을 단순히 복창하듯이 암기만 하는 것이다. 이러한 교육은 주체적이고 능동적이며 스스로의 삶을 개척할 수 있는 자질을 함양하게끔 만드는 교육이 아니다. 이에 따라, 한 사람의 독자적 인격체로서 개개인이 갖추어야 할 주체성이 부족하게 되고, 주체성이 부족함에 따라 주어진 문제를 스스로 해결할 수 있는 자율성이 희박하게 되며, 새로운 문제를 스스로 제기하고 해결 방안을 능동적으로 모색하는 창의성이 결여된 존재를 양산하는 결과를 초래하였다.

(가)에서 확인할 수 있는 기준을 가지고 (나)와 (다)에서 논의된 내용을 정리하자면, 이상과 같은 내용으로 요약할 수 있을 것이다.

묘향산에서 박제가는 스님 한 사람과 대화를 하게 되었다. 박제가가 물었다.

"중 노릇이 즐거운가요?"

"제 한 몸을 위해서는 편하지요."

"서울은 가 보았소?"

"한 번 가 보았지요. 티끌만 자욱해 도저히 못 살 곳입디다."

"환속할 생각은 없소?"

"열둘에 중이 되어 혼자 빈 산에 산 것이 사십 년입니다. 예전에는 수모를 당하면 분하기도 하였지만, 지금은 칠정이 다 말라 버려 속인이 되려고 해도 될 수 없고, 속인이 된들 무슨 쓸모가 있겠소?"

"대사는 처음에 왜 중이 되었소?"

"만약 자기가 원하지 않으면 부모라 해도 중 노릇을 억지로 시킬 수는 없는 법이지요."

서울 사는 박제가는 한편으로 묘향산 깊은 속에 사는 중이 부러워졌다. 이 대화를 마치고 나서, 박제가는 이렇게 말했다.

어지러이 떠들썩하게 구는 것은 나의 뜻이 아니다. 속된 자들은 선방(禪房)에서 기생을 끼고 시냇가에서 풍악을 베푸니, 꽃 아래서 향을 피우고 차 마시는 데 과일을 두는 격이다. 어떤 이가 내게 와서 묻기를,

"산속에서 풍악을 들으니 어떻습디까?"

"내 귀는 다만 물소리와 스님이 낙엽 밟는 소리밖에 안 들립니다."

나의 대답이었다.

여유당전서

정약용
丁若鏞

정약용(1762~1836)은 조선 후기의 문신이자 실학자로서, 다산(茶山)·여유당(與猶堂)은 그의 대표적인 호다. 경기도 광주에서 아버지 정재원과 어머니 해남 윤씨 사이에서 4남 2녀 중 4남으로 태어났다. 어려서 아버지에게 학문을 배운 그는, 1776년(영조 52년) 상경하여 이듬해 이익(李瀷)의 유고를 보고 민생을 위한 경세의 학문에 뜻을 두었고, 이후 이벽에게서 서학을 배웠다. 1789년(정조 13년) 문과에 급제하여 벼슬길에 올랐으나, 천주교인이라는 이유로 배척받아 해미에 유배되었다가 10일 만에 풀려났다. 1794년 경기도 암행어사, 이듬해 동부승지·병조참의가 되었으나 주문모 사건에 연루되어 좌천되었다. 그 뒤 고산부사·병조 참지·현조 참의 등을 지내며 규장각의 편찬사업에 유득공·박제가 등과 함께 참여하였다. 1799년 서학 문제로 다시 탄핵을 받자 상소를 올리고 관직에서 물러났다. 1801년(순조 1년) 신유박해 때 장기로 유배된 뒤에 다시 황사영 백서 사건으로 강진에 이배되었는데, 그곳 다산 기슭에 있는 정자에서 19년 간 경서학에 전념한 끝에 학문적인 체계를 완성하고 많은 저술을 남겼다. 1818년(순조 18년) 이태순의 상소로 풀려 나와 고향에서 저술 생활로 일생을 보냈다. 정약용의 학문 체계는 유형원과 이익의 주류를 계승하였고, 이이의 사상과 홍대용·박지원 등 북학파의 사상도 폭넓게 흡수한 것으로 유명하다.

『여유당전서(與猶堂全書)』는 조선 후기 실학자 정약용의 저술을 총정리한 문집으로, 여유당이라는 그의 호를 따 제목을 붙인 것이다. 정약용의 후손 김성진이 편집을 맡고 정인보·안재홍 등이 교열에 참여하여 완성하여 1934~38년에 걸쳐 신조선사에서 발행되었다. 이에 앞서 1883년 고종의 명으로 『여유당집』이 필사된 적이 있었다고 하나 지금은 확인할 수 없다. 전서 간행 이전에 단행본으로 출판된 것으로는, 『목민심서』『흠흠신서』『경세유표』『아언각비』『이담속찬』『강역고』『마과회통』 등이 있다.

『여유당전서』는 모두 7집으로 구성되어 있다. 제1집은 25권 12책으로 시문집, 제2집은 48권 24책으로 경집(經集), 제3집은 24권 12책으로 예집(禮集), 제4집은 4권 2책으로 악집(樂集), 제5집은 39권 19책으로 정법집(政法集), 제6집은 8권 4책으로 지리집, 제7집은 6권 3책으로 의학집이다.

제1집은 시문집과 잡찬집(雜纂集)으로 구성되어 있는데, 시문집 가운데 시(詩)편에는 총 1천3백12수, 14세 때의 작품인 「회동악(懷東岳)」에서부터 노년기에 이를 때까지의 시작(詩作)이 모두 담겨 있어 그의 60년 인생을 조망할 수 있게 해준다. 이들 시작품에는 현실 비판의 예리한 시정신이 날카롭게 빛나고 있음이 특징이지만, 또 한편 선미(禪美)가 풍기는 말년 작품의 예술성도 주목할 만하다. 그 외에도 시문집에는 국가 시책에 대한 의견을 개진 또는 진언한 글을 모은 문(文)편과 교(敎)·정(政)·덕(德)·사(赦)·무(舞)·원(怨)·목(牧)의 본질을 개진한 원(原)편, 「지구도설」「종두설」 등 주로 근대 과학적 지식을 다룬 설(說)편, 관리의 죄상이나 민간의 억울함을 임금에게 아뢴 계(啓)편과 장(狀)편, 여러 가지 문제를 학술적으로 다룬 논(論)편, 고증적 변론인 변

(辨)편과, 그 밖에 명(銘)·잠(箴)·송(頌)·찬(贊)·기(記)·발
(跋)·제(題)·서(敍)·묘갈명(墓碣銘)·비명(碑銘)·제문(祭文)
등이 있다. 학연과 학유 두 아들에게 주는 편지를 모은 가계(家
戒)와 당대 석학들과의 편지를 모은 서(書) 등도 여기 실려 있다.
제1집의 다른 한 부분을 차지하고 있는 잡찬집에는 「문헌비고간
오」「아언각비」「이담속찬」「소학주관」 등이 실려 있다.

　제2집인 경집은 『대학』『중용』『맹자』『논어』 등 사서와 『시경』
『상서』『춘추』『주역』 등 사경에 대한 소론을 모은 것이다. 『대
학』에 대해서는 「대학공의」와 「대학강의」, 『중용』에 대해서는 「중
용자잠」과 「중용강의」, 『맹자』에 대해서는 「맹자요의」, 『논어』에
대해서는 「논어대책」 등이 여기 실려 있는데 대개 주희의 학설을
비판하는 논조를 띠고 있으며, 『시경』 해설인 「시경강의」「시경강
의보유」, 『상서』에 대한 고증학적 저술인 「상서고훈」, 춘추삼전에
대한 비판인 「춘추고징」, 『주역』의 이른바 음양오행설 중 음양설
만을 취하고 오행설을 비판한 「주역사전」 등도 여기 실려 있다.

　제3집인 예집은 상례(喪禮)와 제례(祭禮), 가례(嘉禮) 등에 대한
글을 싣고 있는데, 이 중 상례에 대한 내용이 가장 상세하고 양으
로도 방대하다.

　제4집인 악집은 본래 육경 중 하나였다고 하는 『악서』의 내용
을 복구하기 위해 여러 곳에 흩어져 있는 글을 모으면서 오성육
률(五聲六律)에 관한 이론을 정립한 글이다.

　제5집인 정법집에는 이른바 일표이서(一表二書), 즉 「경세유표」
「목민심서」「흠흠신서」 등이 수록되어 있다. 「경세유표」는 1817년
의 소작으로, 형식에서는 주공의 『주례(周禮)』를 본뜨고 있으며
『주례』의 원칙 역시 인정하고 있으나, 이를 바탕으로 현실적인 개
혁 의지를 강조한 글이다. 그러므로 불가역(不可易)의 항목 15조
를 제시한 반면 많은 개혁이론 역시 함께 제기되었다. 「목민심서」

정약용

는 1818년에 완성된 저술로, 그가 가장 역점을 둔 저술의 하나이며, 정약용의 글 중 가장 유명하다. 목민의 도리를 12편으로 나누되 이(吏)·호(戶)·예(禮)·병(兵)·형(刑)·공(工) 등 6전을 전후로 하여 앞에는 부임(赴任)·율기(律紀)·봉공(奉公)·애민(愛民)의 4편을 싣고, 뒤에는 진황(賑荒)·해관(解官)으로 마무리하였다. 각 편마다 6항씩을 마련하였으니, 모두 72항으로 이루어진 셈이다. 이 「목민심서」는 수기치인(修己治人)하는 목자(牧者)로서의 정약용의 자세가 약여하게 드러나 있다. 「흠흠신서」는 「목민심서」를 쓴 다음해인 1819년에 쓴 글로서, 형정(刑政)은 목민관의 중요한 임무 중 하나이므로 이에 따라 저술한 것이다. 여기에서는 경서에서 찾을 수 있는 여러 가지 판결 사례를 들면서 경학적 법이론을 전개하고 있다.

제6집인 지리집에는 「강역고」와 「대동수경(大東水經)」두 글이 있는데, 「강역고」에서는 조선·한사군·낙랑·현도·임둔·진번·대방·삼한·마한·진한·변한·옥저·예맥·말갈·발해·졸본·국내·환도·위례·한성 등의 고(考)가 각각 항을 달리하여 서술되어 있으며, 이어 팔도연혁총서(八道沿革總敍)·패수변(浿水辨)·백산변(白山辨)·발해·북로연혁(北路沿革)·서북연역 등의 속고(續考)가 실려 있다. 「대동수경」은 임진강 이북의 여러 강 유역을 설명하고 있는 지리서이나, 남한 수경(水經)에 대해서는 전연 설명이 없으며 그 이유 또한 서술되어 있지 않다.

제7집인 의학집은 마진(痲疹)에 대한 저술인 「마과회통(痲科會通)」과 부록 「의령(醫零)」이 실려 있다.

이 밖에 1973~74년에 다산학회 편으로 『여유당전서보유』가 간행되었는데, 이는 정약용의 저술 중 1930년대에 발간된 『여유당전서』에 빠져 있는 글을 따로 묶은 것이다. 여기에도 총 50여 편 정도의 글이 실려 있다. 이처럼 『여유당전서』의 규모는 양으로나 내용의 범위로나 타의 추종을 불허할 만큼 방대한 것으로, 정약용 사상의 근간을 이루고 있는 육경사서(六經四書)와 일표이서(一表二書)는 후손들에게 헤아릴 수 없이 큰 영향을 미쳤다.

작품 읽기 1

(가) 옛날에는 도(道)를 배우는 사람을 선비라고 하였는데, 선비는 국가를 위해 일하는 사람을 가리킨다. 그러므로 선비는 위로는 대궐의 관리가 되고 아래로는 하급의 관리가 되어 국왕을 섬기고 백성에게 혜택을 주어야 한다. 그리고 세상을 떠나 숨어 버리지 않는다. 그러므로 숨은 것을 찾고 괴이한 것을 행하려 함을 성인이 항상 경계한 바 있다. 그러나 지금 성리학을 배우는 자들은 으레 은일(隱逸)로써 자처한다. 비록 그 사람이 대개 재상 집으로 국가와 운명을 같이 하여야 할 처지임에도 불구하고 국가를 위해 일하지 않으며 비록 조정에서 초빙하는 예절이 극진하다 하더라도 국가를 위해 나서려고 하지 않는다.

서울에서 성장한 사람들은 성리학을 배우면 문득 산으로 들어가서 산림(山林)이라고 자칭한다. 이런 사람들이 벼슬을 한다면 오직 임금에게 강의하는 자리인 경연(經筵)에서 선생 노릇이나 하거나, 세자를 보좌하는 직무를 맡아서 글귀 해석이나 해주는 것으로 만족한다. 이런 사람들에게 만일 국가로부터 재정·군사·재판·외교 중 그 어느 것 하나라도 책임을 지우면 그들은 문득 떠들고 일어나서 '선비를 그렇게 경솔하게 대접할 수 있느냐?' 하며 야단스럽게 시비한다. 만약 이러한 논법으로 미루어 본다면, 옛날의 현인 주공께서 벼슬을 하지 않았을 것이며, 공자도 벼슬자리에 있지 않았을 것이며, 공자의 제자인 자로도 벼슬을 할 수 없었을 것이다.

정약용

성인이 이런 사람들을 가르쳐서 장차 무엇을 맡길 것이며 국왕이 이런 사람들을 데려와서 장차 무엇에 쓸 것인가? 그러나 이런 사람들은 자기를 글로 나타낼 때는 으레 '나는 주자를 배우며 존중한다'고 한다. 아, 주자가 어찌 이렇게 하였는가. 주자는 육경을 연구하여 참과 거짓을 분별하였으며 사서를 주석하여 심오한 것까지 보여 주었다. 또 주자는 벼슬길에 올라 바른말과 격렬한 논쟁으로 사생을 돌아봄이 없이 제왕의 과오를 정면으로 공격하였으며 권신들의 꺼림을 무릅쓰면서 천하의 대세를 논하였다. 어찌 그뿐이랴. 주자는 군사에 대해서는 원수를 갚고 수치를 씻어 대의를 천추에 바로잡으라 하였고, 지방관이 되어서는 백성들에게 부역을 공평히 하며 기근과 질병이 없게 하라 하였다.

이와 같이 주자에게 있어서는 큰 강령과 세밀한 조목이 족히 나라의 정치에 실시할 수 있었으며 부르면 오고 버리면 그만 물러가되 항상 국가를 사랑하여 잊어버리지 않았다. 주자가 어찌 지금 학자들과 같았는가? 아, 지금 속학에 빠진 자들은 은근히 주자를 끄집어 당겨서 자기를 변명하려고는 하지만 모두 주자를 속이는 것밖에는 안 된다. 주자가 어찌 그렇게 하였던가. 이런 사람들이 그 체면을 차리고 행동을 가다듬는 것은 비록 방종하고 음탕한 자들보다는 낫다고 할 수 있으나 빈 속에 고심만 하고 있으니 옛날의 참된 도(道)로 돌아갈 수 없는 것이 지금의 성리학이다.

(정약용,『여유당전서』,「다섯 가지 학문을 논함」 중에서)

(나) 퇴계 이황 선생께서 말씀하셨다. "자기 자신을 위하는 위기(爲己)의 학문은 도리로써 우리들이 마땅히 알 바요, 덕행은 우리들이 마땅히 행할 바이니, 가까운 데서 손을 대 마음으로 각득해서 몸소 실행하는 데 있음을 기약하는 것이 이것이요, 다른 사람을 위하는 위인(爲人)의 학문은 마음으로 깨달아 몸소 실행하는 데 힘쓰지 않고 헛

된 것을 꾸미고 밖으로만 좇아서 이름을 구하고 명예를 취하는 것이다."

또 선생께서 말씀하셨다. "군자의 학문은 위기일 뿐이니, 이른바 위기라는 것은 즉 장경부라는 사람이 말한 바, 하는 바 없이 그러한 것이다. 깊은 산의 무성한 수풀 속에서 하나의 난초가 종일 향기를 내나 스스로 그 향기가 나는 것을 모르는 것 같은 것이 정말로 군자의 위기에 부합되는 것이니, 마땅히 길이 그것을 몸으로 체득해야 한다."

(이황,『퇴계언행록』,「남을 가르치는 문제」중에서)

논점 (가)에는 현실에서 쓰일 수 없는 공허한 학문만을 일삼는 자들을 비판한 내용이 담겨 있고, (나)에는 '위기(爲己)의 학문'과 '위인(爲人)의 학문'이 어떻게 다른지 설명하고 있다.

통합형 문·답

(나)에서의 논리를 기준으로 삼아서, (가)에서 주장하고 있는 '참된 학문'을 비판해 보자.

(가)에서 주장하고 있는 바는, 결국 살아가는 데 유익한 학문이야말로 참된 학문이라는 것이다. (가)는 '선비'의 본분을 재해석하면서 논의를 시작하고 있다. 선비란 곧 국가를 위해 일하는 사람이라고 하였다. 국가를 위해 일한다는 것은 보다 나은 세상을 만들기 위해 현실의 잘못을 개혁하고 개선시켜 나가는 노력을 의미하는 것이기도 하다. 그러므로, 언제나 현실에 적극적으로 참여하여 실질적으로 현실을 개선할 수 있는 역량과 자질을 갖출 수 있도록 열심히 노력하는 학문이 참된 학문이라는 뜻이기도 하다.

잘못된 학문을 하는 자들은 주자(朱子)를 본받는다고 하면서 성리학에 힘쓰지만, 그 학문이란 것은 구체적으로 현실을 개선할 수 있는 데는 아무런 도움이 되지 않을 뿐만 아니라 현실에서 자꾸 도피하려는 성향이 강하다는 것이다. 하지만, 참된 주자의 모습은 전혀 그렇지 않다고 하였다. 첫째, 학자로서 육경과 사서를 연구하여 유학의 의미를 발견하는 것, 둘째, 중앙관으로서 군주와 권력자의 잘못을 바로잡고 국가를 경륜하는 것, 셋째, 지방관으로서 일반 백성을 직접 다스리는 것 등이 주자의 학문을 참되게 본받는 것임을 주장하였다. 주자가 수행했던 선비로서의 역할은 실제 정치를 위한 실용적인 학문을 탐구하고 실천하는 데서 찾아야 한다는 것이다.

　그러나 (나)에서는 마음을 바르게 하는 학문을 새롭게 일으켜야 함을 역설하고 있다. 스스로 깨달아 자기 마음을 바르게 하는 데 힘써야 참된 학문이 될 수 있다는 것이다. 그러기 위해서는 위인(爲人)의 학문을 배격하고 위기(爲己)의 학문에 힘써야 하는데, 위인의 학문은 마음에서 스스로가 얻어 실행하고자 하는 바가 없으면서 세상 사람의 환심을 사기 위해 말을 헛되이 꾸미고, 바깥의 기준에 따르면서 이름을 얻고 칭찬을 받고자 하는 헛된 짓이라고 하였다. 반면 위기(爲己)의 학문은 그렇지 않아, 마땅히 알아야 할 도리를 깨달아 덕행에 힘쓰면서, 가까운 데서부터 시작하여 내실 있는 공부를 하고 몸소 실행하기를 기약하는 건실한 학문이라고 하였다.

　(나)의 논리에 따르면, (가)에서 주장하는 '참된 학문'이란 곧 위인의 학문에 가깝다고 할 수 있다. 물론 위인의 학문이 맹목적으로 잘못된 것이라고 할 수는 없지만, 스스로를 닦고 바르게 노력하는 위기(爲己)의 학문이 밑받침이 되지 못한다면 그것은 한갓 망상에 불과한 것이 되고 만다. (가)에서는 거의 현실 개혁에 적

극적으로 참여할 수 있는 학문만을 참된 학문이라고 하지만, 참으로 참된 학문이란 자신의 인격적 완성이 함께 이루어지는 상태에서 세상에도 이로움을 주는 학문일 것이다.

작품 읽기 2

탕왕이 하나라 걸임금을 추방한 것이 옳은 일인가. 신하로서 임금을 정벌한 것이 과연 옳은 일인가.

이것은 옛부터 있던 도(道)이니, 탕왕이 처음으로 한 일이 아니다. 신농씨의 세대가 쇠퇴하자, 제후들이 서로 침해하였다. 황제 헌원씨는 무기를 사용하여 왕명을 받들지 않는 자를 정벌하니, 제후들은 모두 그를 따랐다. 염제 신농씨와 판천 들판에서 싸웠는데, 세 번 싸워 세 번 모두 이기고는 신농씨를 대신하였다. 이는 신하가 임금을 정벌한 것으로 황제 헌원씨가 맨 먼저 하였으니, 신하로서 임금을 정벌했다 해서 죄 주려고 한다면, 황제가 맨 처음의 범죄자가 되어야 한다. 어찌하여 탕왕을 문죄하겠는가.

대저 천자란 무엇 때문에 존재하는 것인가. 하늘이 천자를 내려 보내 세운 것인가, 아니면 땅에서 솟아나 천자가 된 것인가. 다섯 집을 인(隣)이라 하는데, 다섯 집에서 장으로 추대된 자가 인의 장이 되고, 다섯 인을 리(里)라 하는데 다섯 리에서 장으로 추대된 자가 리의 장이 되며, 다섯 마을을 현(縣)이라 하는데, 다섯 마을에서 장으로 추대된 자가 현의 장이 되고, 여러 현장들이 함께 추대한 자가 제후가 되며, 제후들이 함께 추대한 자가 천자가 되니, 천자란 민중이 추대해서 만든 것이다.

대저 민중들이 추대하여 천자가 되었으니, 또한 민중들이 추대하지 않으면 될 수가 없다. 그러므로, 다섯 집에 합당하지 못하면 다섯 집

278
정약용

에서 의논하여 인장을 다시 뽑고, 다섯 인에 합당하지 못하면 스물다섯 집에서 의논하여 이장을 바꾸고, 9후(侯)와 8백(伯)에 합당하지 못하면 9후와 8백이 의논하여 천자를 다시 선출한다. 9후와 8백이 천자를 선출하는 것은 마치 다섯 집에서 인장을 다시 뽑고, 스물다섯 집에서 이장을 개선하는 것과 같은데 누가 즐겨 신하로서 임금을 정벌한다 하겠는가. 또 개선하게 되면 천자의 지위만을 가지지 못하게 할 뿐이고, 지위를 낮추어서 제후로 복귀하는 것은 허락하였다 …〈중략〉… 천자가 제후로 복귀하는 것을 끊어 버리고 제후로 삼지 않은 것은 진(秦)나라가 주(周)나라의 대를 끊어 버린 데서 시작되었다.

이에 진나라는 주나라의 대를 끊어 제후로 삼지 않았고, 한나라는 진나라의 대를 끊어 제후로 삼지 않았다. 사람들은 대를 끊어 제후로 삼지 않는 것을 보고는, 천자를 정벌하는 자는 불인(不仁)하다고 말하는데, 이것이 어찌 본래의 마음이겠는가. 천자의 뜰에서 춤추는 사람의 수는 64명인데, 그 중 한 사람을 선출하여 깃을 잡고 선두에 서서 춤추는 자를 지도하게 한다. 깃을 잡은 자가 여유 있게 절차에 맞추면 여러 사람들은 높여서 우리 무사(舞師)라고 부르고, 깃을 잡은 자가 통솔하지 못하여 절차에 맞추지 못하면 여러 사람들이 잡아 내려서 대열에 복귀시키고 다시 유능한 자를 선출하여 올리고는 높여서 우리 무사라고 한다. 그를 잡아 내린 사람들도 대중이고, 그를 올려서 높인 사람도 또한 대중이니, 대저 올려서 높이고는 그 올라가서 남을 대표한 자를 탓한다면, 이것이 어찌 도리이겠는가.

한나라 이후로는 천자가 제후를 세우고 제후가 현장을 세우고 현장이 이장을 세우고 이장이 인장을 세웠다. 그리고 불순한 자가 있으면 역(逆)이라고 하였으니, 그 역이란 무엇인가. 옛날에는 아래에서 위를 뽑아 올리는 것이 순리(順理)였으나, 지금에는 위에서 아래로 임명해 내리므로, 아래에서 위를 뽑아 올리는 것이 역이 된다. 그러한 것을 알지 못하고, 무력으로 쳐서 앞의 왕을 내친 탕(湯)과 무왕을 깎아

내려 요임금과 순임금보다 낮추고자 하니, 이 어찌 고금의 사실이 변화한 과정에 정통한 사람이라 하겠는가. 장자가 말하기를 '쓰르라미는 봄과 가을을 모른다'고 하였다.

(정약용, 『여유당전서』, 「탕론(湯論)」 중에서)

논점 정약용은 군주를 천명의 대행자로 보되 천명은 민심이 이탈하면 바뀔 수 있다고 생각하였다. 그러므로, 주권은 백성들에게 있고 군주는 백성들에 의해 추대되는 것에 지나지 않는다는 것이다.

통합형 문·답

1 제시문에서 밑줄 친 문장이 무엇을 의미하는지, 전체 문맥을 참고하여 설명해 보자.

탕이 걸을 쫓아낸 것은 옳은 일인가? 과연 신하로서 임금을 쳤는데도 옳은가? 「탕론」은 이러한 문제를 제기하고 나름의 답을 제시하는 방식으로 논의가 펼쳐져 있다. 탕은 하나라 걸왕을 축출하고 자신이 천자의 자리에 올라 상(商)이란 신국가를 세운 사람이다. 폭력에 의한 정권교체라 할 수 있다. 중국 전래의 개념으로는 '방벌(放伐)'이라고 하는데, 여기에 대비해서 평화적으로 정권을 이양하는 것을 '선양(禪讓)'이라고 하였다. 요순은 선양의 전형으로, 탕임금과 무왕은 방벌의 전형으로 여겨 왔다. 따라서 위 제시문은 신하가 임금을 폭력적 방법으로 갈아치운 방벌 행위가 과연 정당한가, 요컨대 무력에 의한 정권교체가 정당한가라는 물음을 탕의 예를 들어 제기한 것이다.

이 물음에 대한 정약용의 답은 간명하다. 옛날의 도이지, 탕이 처음 한 일이 아니라고 하였다. 이에 황제가 염제를 친 사실을 증거로 제시하였다. 탕이 방벌의 처음은 아니라는 것이다. 그러나 방벌이라는 행위 자체가 아무리 옛 도일지라도 정당한 도인가 하는 물음은 그대로 남아 있다. 여기서 정약용은 최고의 통치자인 천자를 향한 근원적 질문을 던진다. 천자는 무엇을 위해서 존재하는 것인가 하는 질문이 그것이다.

이 물음에 대한 해명이 「탕론」의 본론이다. 하늘이 천자를 내린 것인가, 아니면 땅에서 솟아나 천자가 된 것인가 하는 천명사상을 정약용은 일소에 부친다. 그리고 왕권신수설에 대치해서 '아래에서 위로'의 선거제적 방식을 제기한다. 즉 집을 기준으로 해서 인, 리, 현, 제후, 천자의 순으로 각 단위의 수장들이 상위 단위의 수장을 뽑는다는 것이다. 그래서 천자는 곧 대중이 뽑는 것이 된다. 천자의 존재가 이렇기 때문에 대중에 의해 거부될 수 있는 존재로 보았다. 천자 노릇을 잘못하는 천자를 갈아치우는 것은 스물다섯 집이 모여 이장을 개선하는 것과 마찬가지로 정당한 권리의 행사일 뿐이라는 것이다. 이 원리에 비추어 탕이 걸왕을 축출한 것은 정당하다는 결론이 나온다.

이러한 백성이 주체가 되는 정치제도는 옛날의 도였는데, 한나라 이후부터는 위에서 이레로 내려오는 것이 순리가 되고 말았고, 아래에서 위로 올라가는 방식은 이제 순리가 아니라 역리가 되고 말았다는 것이다. 이러한 논의 진행 다음에 정약용은 명확한 결론을 내리는 대신에 다음과 같은 인용으로 논의의 결론을 대신하였다. '쓰르라미는 봄과 가을을 모른다.'

쓰르라미의 생존은 여름에 한정되어 있다. 그러므로, 쓰르라미는 유감스럽게도 봄이 오면 꽃이 피고 가을이 되면 낙엽이 지는 진리를 모른다. 전제군주제에 묶인 지식인들은 고금의 변화를 알지 못한다는 말이다. 자신의 시대에서 통용되고 있는 원리가 언제

281
여유당전서

나 불변하는 절대적 원리 혹은 진리라고 믿는 좁은 식견을 비판한 것이다. 역사는 변화하는 법이고, 옛날에는 아래에서 위로 대표를 뽑는 방식이 순리였지만 세월이 흐르고 시대가 바뀌어 그 반대 방향이 순리로 통용되고 있을 뿐이라는 의미로 해석하면 될 것이다.

2 위의 글 「탕론」에서 저자가 주장하는 논의 전개 방식에 따라, '지방수령과 백성의 관계는 어떠한 것인가'를 밝히는 논설문을 한 편 써 보자.

수령이 백성을 위하여 존재하는가, 백성이 수령을 위하여 존재하는 것인가? 백성이 미곡과 옷감을 바쳐서 수령을 섬기며 백성이 거마와 종복을 내어서 수령을 맞고 보내며, 백성의 고혈을 짜내어 수령을 살찌게 하니 백성이 수령을 위하여 생존하는 것은 아닐까. 그러나 그렇지 않다. 수령이 백성을 위하여 있는 것이다.

태초에는 백성뿐이었으니 어찌 수령이 있었겠는가. 백성은 자유스럽게 무리를 지어 살았다. 어떤 한 사람이 이웃과 다투게 되었는데 결말을 짓지 못했다. 그들 중의 한 노인이 공정한 말을 잘하므로 그 사람에게 가서 바른 판결을 받았다. 온 마을 사람들은 다함께 그 노인에게 복종하며 마을 어른으로 섬겼다. 또 몇 마을의 백성이 그 마을과 마을끼리 다투어 해결을 짓지 못하는 경우가 발생했을 때, 그들 중에는 한 노인이 있었는데, 준수하고 지식이 많았으므로 그 사람에게 가서 바른 판결을 얻었다. 그 몇 마을은 그 노인에게 복종하고 그 노인을 추대하여 당정(黨正 : 당 구역의 어른)이라 불렀다. 그리고 또 몇 방백(方伯)들이 한 사람을 추천하여 우두머리로 삼고 황제라 불렀다. 이렇게 황제의 근원은 마을의

정약용

어른에서 시작한 것이다. 그렇기 때문에 수령은 백성을 위하여 있는 것이다.

지금의 수령은 옛날의 제후에 해당한다. 그들의 생활은 나라 임금에 못하지 않다. 그들의 권능은 족히 사람을 즐겁게 할 수 있으며, 그 형벌의 위력은 족히 사람을 겁나게 할 수 있다. 이에 이르러 그들은 오만하고 자존하고 방종안일하여 수령이 해야 할 것을 잊어버리고 말았다. 어떤 한 백성이 다투다가 그것을 공정하게 판결해 줄 것을 바라면 한 발로 차 버리듯이 말하기를, 어찌 이와 같이 시끄러우냐 한다. 또 한 백성이 굶어죽게 되면 말하기를, 네 스스로 죽을 따름이라고 하는 것이다. 백성이 만일 미곡과 옷감을 바치지 않으면 그들은 회초리와 곤장으로 백성을 때리고 차서 피가 흐르는 것을 본 후에야 그친다. 그들은 날마다 문서 장부에다가 고쳐 쓰고 덧붙여 써서 돈과 필목을 징수해 간다. 그것으로 밭과 집을 장만하고 또 권세 있는 재상과 귀족에게 뇌물을 바쳐 자신의 자리를 길이 보전한다. 그런고로 백성이 수령을 위하여 생존하고 있다고 말하나 이것이 어찌 이치에 합당하겠는가. 수령은 백성을 위하여 존재하는 것이다.

동경대전

최제우
崔濟愚

동학의 창시자 최제우(1824~1864)의 호는 수운(水雲)이다. 몰락 양반 출신으로 조선 말기의 불안정한 국내외 정세 속에서 성장하면서, 천명(天命)을 알아 이 문제를 헤쳐 나가는 것에 관심을 두었다. 1856년 천성산에 들어가 기도를 올리면서 시작된 그의 구도(求道)를 향한 노력은 1860년 하느님을 직접 보는 종교 체험으로 결실을 맺어 이후 1년 동안 도(道)를 정비하였다. 그는 유(儒)·불(佛)·선(仙)의 장점을 융합하여 인내천(人乃天) 사상을 교리로 한 동학(東學)을 주창하였다. 그 후 포교 활동에 전념한 그는 놀랄 만큼 급속도로 교세를 확장시켜 많은 신자와 접소를 확보하였다. 그러나 동학의 성장에 두려움을 느낀 조정에 의해 체포되어 1864년에 사도난정(邪道亂正)이라는 죄목으로 효수되었다. 주요 저서에 『용담유사(龍潭遺事)』『동경대전(東經大全)』등이 있다.

『동경대전(東經大全)』은 동학(東學)의 창시자 최제우가 지은 동학의 경전으로 포덕문(布德文)·논학문(論學文)·수덕문(修德文)·불연기연(不然其然)의 네 편으로 이루어져 있다. 동학 제2대 교주인 최시형이 1880년 경전인간소를 강원도 인제에 설치하여 6월에 완간하였다.

이 경전의 첫째 편인 「포덕문」은 서학(西學)이 아닌 동학이라는 깨달음에 이르기까지의 경위를 밝히면서, 예전에는 사람들이 천명을 공경하고 천리(天理)에 순종하였으나 근래 와서는 제 마음대로 행동하여 천리를 순종하지 않음을 개탄한 다음, 당시의 천주교 잠입과 서세동점(西勢東漸)을 직시하여 보국안민·광제창생의 도를 앞세운 동학을 창시하게 되었음을 설파하고 있다.

제2편 「논학문」은 동학을 논한 경문이라는 뜻으로, 천지조화의 무궁한 운수와 천도의 무극한 이치를 설명하고 있다. 서학에 맞서 서학이 아닌 동학을 창도하게 된 연유와 깨달음의 경위, 그리고 포덕을 위해 마련한 주문 21자를 말한 다음, 문답 형식으로 서학에 대비한 동학의 교리와 사상 전반을 밝혀 주었다.

제3편 「수덕문」은 각지의 문도들에게 수덕에 힘쓸 것을 당부한 경문이다. 동학의 극의(極意)는 '수심정기(守心正氣)'에 있으므로, 하늘 조화의 참된 마음을 고이 지켜 공경하고 믿는 데서 창조의 바른 기운을 살려 내는 것을 수덕(修德)의 근본으로 삼을 필요가 있고, 그러기 위해 알아 두어야 할 참고 사항과 취할 태도와 정신을 밝히고 있다. 『주역』의 괘에서 대정수(大定數)를 살피고, 하·은·주 3대에 걸쳐 하늘을 공경한 이치를 자세히 외우며 궁을기형(弓乙其形)의 불사선약을 가슴에 간직하고 21자의 주문을 입으로 암송하며 천도(天道)와 인도(人道)의 이치를 알아야 한다고 지

적한 다음, 의관을 정제하고 길에서 음식물을 먹거나 뒷짐 지는 천한 행세를 하지 말아야 하며 악한 고기를 먹는 일이나 유부녀를 방색(防塞)하는 일도 삼가야 한다는 것 등을 당부하였다.

마지막 편인 「불연기연」은 최제우가 체포·처형되기 얼마 전 지어 보급한 것으로, 사상적으로 가장 원숙하고 심오하게 천도(天道)의 인식론적 근거를 통찰·개진하고 있다.

■ 작품 읽기 ■

(가) 노래로 마음에 품은 뜻을 나타내 보기로 한다. 영원히 생멸(生滅)하는 온갖 사물은 저마다 제 성분과 형체를 갖추었다. 그 보이는 현상을 따져 보면, 당연하고 또 당연한 듯하다. 그러나 그렇게 된 기원을 살펴보면 끝없이 아득하다. 이것은 역시 아득하여 헤아릴 수 없는 사실이며, 미루어 알아내기 어려운 문제다. 내가 지금 나를 생각해 보면, 내 부모가 여기에 있고 다음으로 뒷날을 생각해 보면 내 자손이 앞으로 있을 것이다. 앞날을 살펴 내려가면 이치는 지금 내가 나를 생각해 보는 것과 다름없다. 그러나 지난날을 더듬어 올라가면 사람이 사람으로 된 까닭이 헛갈려 분명치 않다. 아아, 이렇게 헤아려 보니 알쏭달쏭하기만 하다. 그 그러함을 찾아보면 그렇고 또 그럴듯하다. 그렇지 않음을 찾아서 생각해 보면 끝까지 그렇지 않기만 하다.

왜 그럴까? 아득한 옛날 천황씨(天皇氏)는 어찌 사람일 수 있을까? 어찌 임금일 수 있을까? 이 사람은 뿌리가 없으니 어찌 그렇지 않다고 말하지 않으랴! 세상에 부모 없는 사람이 없을 것이고, 그 조상을 따지면 모두 그렇고 또 그렇기 때문이다.

그리고 '하늘이 세상을 위하여 백성의 임금을 마련하고 백성의 스승을 마련했다'고 한다. 임금은 법으로써 백성을 다스리고 스승은 예

286
최제우

로써 백성을 가르친다. 임금이 만일 자리를 전해 받은 앞 임금이 없다면 그 법의 요지를 어디서 받았을까? 스승이 만일 가르침을 받은 앞 스승이 없다면 그 예의 본의를 어디서 배웠을까? 알 수 없는 일이다. 도무지 알 수 없다. 나면서부터 알아서 그렇게 되었을까? 저절로 되어져서 그렇게 되었을까? 나면서부터 안다고 해도 마음은 깊은 의혹 속에 잠기게 되고 저절로 되어진다고 해도 이치는 아득하기만 하다.

··· 〈중략〉 ···

또 이 세상 사람들이 어찌 모르랴! 세상의 대세가 정해져서 몇 해가 지나면 운수가 저절로 찾아와서 회복된다는 것을 어찌 모르랴! 그러나 예나 지금이나 이치는 변함이 없다고 하면 어찌 운수라고 말하며, 어찌 회복이라고 말하랴! 아아, 이렇게 만물은 그렇지 않은 쪽이 있다! 이 점을 몇 가지 들어서 밝히고 적어서 거울 삼으려고 한다. 사시(四時)에 어김 없는 차례가 있는데 왜 그럴까? 과연 왜 그럴까? 산 위에 물이 있는데 어떻게 그럴 수 있을까? 과연 어찌 그럴 수 있을까?

어리고 어린 갓난아기는 말도 못하나 그 부모를 알아낸다. 어찌 알지 못하랴! 이 세상 사람들이 어찌 알지 못하랴! 성인이 나서 흐린 황하(黃河)가 천 년에 한 번씩 맑아지는 것을 어찌 모르랴! 그러나 운수가 저절로 찾아와서 회복되는 것일까? 아니면 물이 스스로 알고 변하는 것일까? 밭 가는 소가 말귀를 알아들으니 마음이 있는 듯하고 지각이 있는 듯하다. 이 소는 제 힘으로 넉넉히 살아갈 수 있는데 어찌하여 사람 밑에서 고생하다가 잡히는 것일까? 까마귀 새끼가 어미에게 먹을 것을 물어다가 준다고 하니, 그들도 저 효도와 우애를 아는 것일까? 제비는 주인을 안다. 주인이 가난해도 제비는 변함 없이 찾아든다.

그러므로 단정하기 어려운 것은 사물의 그렇지 않은 쪽이고, 판단하기 쉬운 것은 사물의 그럴듯한 쪽이다. 사물의 먼 근원을 캐 들어가는 쪽으로 살펴보면, 모두가 그렇지 않을 뿐이다. 그러나 조물주에게 원인을 돌리고 보면 모두가 그렇고 그런 당연한 이치일 뿐이다.

(『동경대전』, 「불연기연」 중에서)

(나) 천지는 곧 부모요 부모는 곧 천지이니, 천지부모 일체이고 천지는 만물의 부모니라. 천지가 그 부모인 이치를 알지 못한 것이 오만 년이 지나도록 오래되었고, 그것을 알지 못하면 억조창생이 누가 능히 부모에게 효도하고 봉양하는 도리로써 공경스럽게 천지를 받들 것인가? 땅 아끼기를 어머니 살갈이 하라. 침을 멀리 뱉고, 코를 멀리 풀고, 물을 멀리 뿌리는 것은 곧 천지부모님 얼굴에 뱉는 것이니 각별히 조심하옵소서.

(최제우, '포교문' 중에서)

논점 (가)는 『동경대전』의 '불연기연(不然其然)' 편으로, 존재의 근원을 논리적으로 따져 알고자 하는 것은 쓸데없는 수고요, 모든 것이 조물주, 즉 동학에서 말하는 '한울님'에게서 비롯되었음을 알아야 한다고 말하고 있다. 이때 동학에서 말하는 '한울님'이란 따로 존재하는 것이 아니고 모든 이의 마음속에 있는 것이다. '사람이 곧 하늘'이라는 동학의 가르침은 이를 일컫는다. (나)는 최제우가 순국문으로 지은 포교문의 일부이다.

통합형 문·답

아래의 인용문에 나타나 있는 입장을 정리하고, (가)와 (나)에서 보이는 인식이 아래의 주장을 실천해 가는 데 어떤 의의와 한계를 가지는지 생각해 보자.

최제우

생태학적 세계관은 거시적 입장에서 미시적 입장에 갇혀 있는 인간중심적 세계관의 포기를 의미한다. 자연은 인간의 욕망 충족을 위한 도구나 자료가 아니라 인간의 근원적 모체이며 조화를 찾아야 할 대상이다. 인간 외의 생물체는 정복과 약탈의 대상이 아니라 인간과 공생할 권리를 갖고 있다.

오늘날 우리가 살아가고 있는 지구 환경의 오염은 단순히 '환경 문제'라고 부를 수 있는 수준을 이미 넘어서고 있다. 인간의 부와 편익을 위하여 자연을 개발·이용한다는 의식이 바뀌지 않는 한 문제가 해결될 수 없으리라는 점에서 그렇고, 이 문제가 인류의 생존을 위협할 정도로 큰 문제라는 점에서 또한 그렇다. 그러므로 이제는, 단순히 그때 그때 환경오염을 처리하고 환경 문제에 대한 관심을 촉구한다는 수준을 넘어서, 근본적인 인식상의 전환이 필요하다는 생각을 하지 않을 수 없다.

돌이켜보면 근대 문명의 성립 이후 인간은 늘 자연에게 파괴적인 존재였다. 인간은 더 많은 부의 창출을 위해 산을 깎고 강의 흐름을 바꾸고 숲을 없애 버렸으며, 숱한 동식물을 멸종시켰고 지구 환경을 바꾸었다. 오존층 파괴니 엘니뇨니 하는 현상은 그 결과로 이제 우리 눈앞에서 벌어지고 있는 재앙이다. 인간에게 보다 편리하게, 또 익숙하게 하기 위해 우리는 자연을 함부로 구획짓고 파괴하면서 그것이야말로 '발전'이라고 생각해 온 것이다. 인간의 이성은 만물 위에 군림하는 전능의 힘이고, 이성을 가지고 있는 인간은 다른 생명체와는 비견할 수 없는 존재이며, 세계의 질서는 그런 인간을 중심으로 재편되어야 한다는 것이 몇 백 년 전부터 인류를 몰아온 서구적 이성의 전제이고 명령이었다. 사실 인간도 다른 생명체와 마찬가지로 자연 속의 한 존재일 뿐이라는 생각, 지구는 그 자체로 하나의 커다란 생명체이므로 그 안에 사는 우리는 그 생명의 질서를 존중해야 한다는 생각은 오랫동안 잊혀져 왔던 것이다. '천지는 곧 부모'라는 말은 오랫동안 우리에게 공허한 수사 이상이 되지 못했다.

그러나 자원의 고갈과 지구 환경의 변화 등 인간으로서도 극복할 수 없을 것으로 보이는 여러 가지 재앙이 현실적인 위협으로 다가오기 시작하면서, 이런 오만한 자세는 바뀌지 않을 수 없다. 인간은 자연의 일부이며, 자연이 온전하게 움직일 때만 살아갈 수 있는 미소한 존재이다. 자연의 파괴란 궁극적으로 인간의 파괴이며, 생태계의 조화를 무너뜨리는 것은 곧 우리 생존의 발판을 부수는 일이다. 그러므로 인류는 이제 모든 것을 알 수 있고 통제할 수 있다는 오만에서 벗어나, 우리 역시 다른 존재와 똑같은 한 존재로서 우주에 속해 있다는 사실을 인정할 필요가 있다. 그리고 짧은 시야로 인간의 편익만을 도모하는 데서 벗어나 '전 생명'을 고려하는 자세가 필요하다.

물론, 인간도 생명체인 이상 자기 보존을 위해 애쓰는 것은 당연하다. 문제는 우리가 인류의 유지와 생존에 필요한 것 이상으로 자연을 약탈해 왔다는 데 있다. 그리고 이 문제는 오늘날 우리 문명이 바탕하고 있는 생각, 즉 인간이 세계의 중심이라는 생각이 바뀌지 않는 이상 궁극적으로 해결될 수 없을 것이다. 물론, 의식의 전환은 하루아침에 이루어지지도 않고, 아무 기반 없이 이루어지지도 않는다. 그러나 중요한 것은 첫걸음이다. 인간은 이제 인간 역시 자연의 일부라는 사실을 겸허하게 받아들이고, 숱한 생명체가 그리는 원 안의 한 존재로 자신을 바라볼 필요가 있다.

최제우

이야기로 전하는 동학 창시자 최제우의 일생

실제 최제우가 어떤 일생을 살았는가 하는 문제는 역사가 밝힐 일이지만 그에 못지않게 최제우의 일생을 전하는 설화들이 많이 있다. 그 설화에 나타나는 최제우의 일생을 요약하여 정리하면 다음과 같다.

1. 최제우 같은 인물이 세상에 나타나리라는 예언은 신라시대부터 있었다.
2. 아버지 최옥과 어머니 한씨가 예사롭지 않은 방식으로 부부가 된다.
3. 잉태되거나 태어날 때, 기이한 현상이 있어 비범한 인물이 나올 것임을 암시한다.
4. 역적의 눈을 가졌다는 말을 들었으나, 변명하지 않았다.
5. 울산에 갔는데, 어떤 여자가 동침하기를 원했으나 들어 주지 않았다.
6. 금강산에서 왔다는 중이 하늘이 내린 책을 전해 주고는 사라졌다.
7. 천성산에서 기도하다가, 신통력으로 숙부의 죽음을 알고 돌아왔다.
8. 어떤 노파를 죽이게 되었으나, 신통력으로 다시 살려 냈다.
9. 아버지 성묘를 가는데, 비가 오는 날임에도 머리 위에 태양이 빛났다.
10. 말을 타고 가다가 말이 멈추지 않아 제방이 무너졌다.
11. 말을 타고 물이 불어난 강을 건너는데, 물에 빠지지 않았다.
12. 경주 관가에 잡혀 가는데, 빨래하는 여자들이 보니 머리 위에 빛이 서려 있었다.
13. 잡혔으나 무사하게 되고, 경주 부윤 부인의 병을 고쳐 주었다.
14. 하늘의 신녀가 나무 위에 앉아 마을을 환하게 했다.
15. 꿈에 나타난 징조로 화가 닥쳐올 것을 미리 알았지만 피하지 않았다.
16. 잡혀 가는데, 포졸들이 무례하게 굴자 타고 가던 말이 움직이지 않았다.
17. 잡혀 가는 도중에 국상이 날 것을 예시했는데, 실제로 철종이 죽었다.
18. 대구 감영에서 취조를 받는데, 곤장으로 다리를 치니 우레 같은 소리가 났다.
19. 곤장을 맞아서 생긴 상처가 즉시 아물고 회복되었다.
20. 칼이 목에 들어가지 않았으나, 묵념한 다음 스스로 죽음을 택하였다.
21. 시체에 칼 흔적이 없고 관에는 무지개가 펼쳐져 기이한 일이 일어났다.

매천야록

황 현
黃 玹

한말의 순국지사·시인·문장가인 황현(1855~1910)의 호는 매천(梅泉)이다. 전라남도 광양 출신으로 어려서부터 총명하여 사람들을 놀라게 했으며, 청년 시절에 과거를 보러 서울에 왔다가 문명(文名)이 높던 강위·이건창·김택영 등과 깊이 교유하였다. 1883년 과거에 응시하여 본래 첫째로 뽑혔으나 시골 출신이라는 이유로 둘째로 내려앉은 후 조정의 부패를 절감하여 벼슬길에 나서지 않고 구례에 내려가 살면서 독서와 시문(詩文) 짓기, 역사 연구와 경세학 연구에 몰두하였다. 1894년 이래 정세의 급박함을 느껴 후손들에게 남기기 위해서 『매천야록』『오하기문』을 지어, 듣고 경험한 바를 적었다. 1910년 8월 국권을 빼앗긴 후 절명시를 남기고 자결하였다. 저서로 『매천집』『매천시집』『매천야록』『동비기략』 등이 있다.

『매천야록(梅泉夜錄)』은 매천 황현이 고종이 즉위한 해인 1864년부터 1910년까지 47년 간의 역사를 편년체로 서술한 책이다. 전부 6권 7책으로 되어 있다. 이 중 고종 원년부터 동 30년까지의 기록은 1책 반에 지나지 않으며, 고종 31년부터 융희 4년까지 17년 간의 기록이 5책 반이나 되는 많은 양을 차지하고 있어, 갑오 경장을 전후로 기사 분량이 뒤쪽에 치우쳐 있음을 볼 수 있다. 체재에 있어서도 1894년 이전은 들은 대로 기록하여 연대순으로 배열한다 하였으나, 연월이 분명하게 표시되어 있지 않을 뿐 아니라 사건 내용에서 연대순이 뒤바뀐 것도 적지 않다. 그러나 그 뒤의 기록은 연월일 순으로 비교적 잘 정리되어 있다.

이 책은 한말에 정치 문란을 주도하였던 대신들의 사적인 비리·비행이라든가 일제의 갖은 만행을 낱낱이 고발하고 있어 일제의 식민 통치가 끝날 때까지는 빛을 보지 못했다. 매천 자신도 이 사실을 알고 있어 후손들에게 이 책을 다른 사람에게 보이지 말 것을 당부했으며, 후손들 또한 극비에 붙이고 깊이 간직하여 세상 사람들은 이 책의 존재를 알지 못했다. 후손들은 원본 한 벌만으로는 책이 유실될 위험이 있음을 걱정하여 부본(副本) 몇 부를 작성, 그 중 한 부를 상해에 망명해 있던 창강 김택영에게 보내 교정을 청한 바 있다. 김택영은 이를 교정·정비하면서 한편으로 자신의 글에서「매천야록」이라는 글이 황현에 의해 저술되었음을 알리기도 했으나, 여전히 이 책의 실체는 밝혀지지 않았었다. 일제 관변 사학을 주도한 조선사 편수회에서도 1939년 이 책을 입수하기는 했으나 전혀 공개하거나 활용하지 않았던 것이다. 광복 후 1955년, 국사편찬 위원회가 일제가 소장하고 있던 등사본과 황현의 후손이 보관하고 있던 원본을 대조하여 『한국사료총서』 제1

집에 수록한 후에야 이 책의 존재는 널리 알려지게 되었다. 1978년 아세아문화사에서 『매천집』과 합본해 『황현 전집』으로 발간했다.

이 책의 내용 가운데 갑오경장 이전의 일은 들은 대로 기록한 것이라 사실 자체가 잘못 전달되어 틀린 부분도 있고 다소 과장된 부분도 있으며, 갑오경장 이후의 일 역시 황현 자신이 중앙에서 직접 보고 들은 것이 아니어서 잘못 기술된 부분도 있다. 그러나 이 책은 1864년부터 1910년까지의 사회상, 주요 사건 및 인물들을 생생하게 묘사하고 비판적으로 평가해 냄으로써 근대사 연구의 중요한 자료를 제공하고 있다. 또한 전통 유학에 근거하면서도 개혁의 필요성을 주창하는 입장을 곳곳에서 보여 주고 있어, 개화도 수구도 아닌 제3의 관점을 볼 수 있게 해준다는 점에서도 의의가 크다. 『매천야록』의 내용 기사 중 1910년 한일합방 체결부터 황현이 자결할 때까지를 다룬 10여 건의 끝부분은 황현의 문인 고용주가 덧붙여 쓴 것이다.

작품 읽기

(가) 초시(初試)를 매매하기 시작한 처음에는 2백 냥도 주고 3백 냥도 주어 금액이 고르지 않았고, 5백 냥을 달라면 사람들이 혀를 찼다. 갑오(1894년) 전의 액수는 천여 냥을 달래도 아무렇지 않게 생각했으며 회시(會試 : 문·무과의 초시에 합격한 자가 다시 서울에 모여 보는 복시)는 많으면 1만 냥을 썼으니 그것은 돈이 점점 많아짐에 따라 천하게 되었기 때문이다.

(『매천야록』 중에서)

(나) 정상각오랑(井上覺五郎)의 용모는 누추하나 문학에 재주가 뛰어났고 우리 나라 말을 터득했으며 시배(時輩)들과 함께 왕래가 잦았다. 일찍이 눈 내린 밤에 외무아문에서 곡연(曲宴 : 임금이 궁중 내원에서 베푸는 연회)이 열렸는데 여러 주사(主事)들이 자리를 같이 해서 운(韻)을 내어 시를 읊었다. 술이 취해서 정상각오랑이 웃으며 말하기를 "오늘 밤은 대단히 즐거우니 말을 좀 지껄여도 될지 모르겠습니다." 하였다. 여러 사람들이 "괜찮다." 하니 그는 입을 열기를 "제공들이 평소 큰말로 지껄이며 사대부를 자처하고 우리 일본인을 가리켜 꼭 왜놈 왜놈 하는데 대저 왜놈은 왜놈이오. 하지만 가히 왜놈을 꺾어 굴복시킨 연후에 왜놈은 스스로 굽혀 왜놈이란 것을 인정할 것입니다. 오늘날의 왜놈들을 제공이 사대부의 세 글자로 입에서 떠든다고 가히 물리칠 수 있겠소?" 하였다. 사대부들은 다만 왜놈을 보고 있는데 촛대 곁에서 연약을 빼 들고 빙빙 돌아가며 빙빙 돌리는 것이 붉은 바퀴를 그리며 집을 뛰어오를 기세이고 불꽃이 늠연(凜然)한데 정상각오랑은 보이지 않아서 여러 사람들은 깜짝 놀랐다. 조금 있다가 연약의 땡그렁 하는 소리가 들리더니 그는 촛불이 있는 오른쪽 가운데 자리에 서서 한숨을 쉬며 말하기를 "제공들은 폐방을 욕하지 마시오. 통상을 하던 초기에 당신네 국민들이 듣지 않고 일어나 우리를 찔러 죽이려 하니 나 같은 외국 사람이 검술을 배웠소. 무력이 강해야 화의도 이루어지는 것인데, 필경은 소용 없게 되었소. 내가 조금 전 시험한 바는 바로 그 기술이외다. 제공들은 입으로만 사대부라는 것을 빙자하고 또 칼이 어떠한 물건인지 살피지 아니하고 왜놈을 다스리려 하니 우리 왜놈들이 잘 복종하겠소?" 하니 여러 사람들은 아무 대꾸도 못하고 서로 돌아보며 말하기를 "검술이 능하다"고만 하였다.

(『매천야록』 중에서)

(다) 박정양이 미국에서 소환되었다. 정해(고종 24년, 1887년) 여름 박정양은 내무 협판으로 미국 주재 전권공사에 임명되어 미국에 건너가서 공사의 직책을 처리했다. 미국인이 일찍이 연회를 베풀고 각국 공사를 초대하여 박정양도 참석했으나, 청국 공사와 대등한 예를 받는다고 청국 사신은 노해서 속번(屬藩)이 외국과 사사로운 외교를 한다고 펄쩍 뛰었고 또한 감히 위로 끌어올린다 하였다. 드디어 중국에서는 놀라며 북경에서는 계속 야단법석을 하였다. 고종은 알지 못하는 일이라 하여 박정양에게 죄를 돌리고 일이 끝나는 것을 기다리지 아니하고 바로 귀환할 것을 명령했다. 다른 일로 핑계하여 죄인과 관련이 있다 하여 전하묵 등을 귀양 보냈다. 그리고 박정양은 한 해를 한가로이 보냈다. 고종은 무릇 외교관계에 있어서 비로소 독단을 내렸는데, 한 가지 안 된 것은 아랫사람에게 허물을 뒤집어쓰게 하여, 그러므로 책임을 맡은 신하는 주저하며 힘을 다해 응하지 않았다.

(『매천야록』 중에서)

(라) 조선 인민이 독립이라 하는 것을 모르는 까닭에 외국 사람들이 조선을 업수이 여겨도 분한 줄을 모르고 조선 대군주 폐하께서 청국 임금에게 해마다 사신을 보내서 책력을 타 오시며 공문에 청국 연호를 쓰고 조선 인민은 청국에 속한 사람들로 알면서도 몇 백 년을 원수 갚을 생각은 아니하고 속국인 체하고 있었으니, 그 약한 마음을 생각하면 어찌 불쌍한 인생들이 아니리오. 백성이 높아지려면 나라가 높아져야 하는 법이요 나라와 백성이 높으려면 그 나라 임금이 남의 나라 임금과 동등이 되어야 하는데, 조선 신민들은 말로는 임금께 충성이 있어야 한다고 하되 실상은 임금과 나라 사랑하는 마음이 자기의 몸 사랑하는 것만 못한 까닭에 몇 백 년을 조선 대군주 폐하 밑에서 별하던 신하들과 백성들이 그것을 분히 여기는 마음이 없어 대군주 폐하를 청국과 타국 임금과 동등이 되시게 한번을 못하여 보고 삼

년 전까지 끌어오다가, 하느님이 조선을 불쌍히 여기셔서 일본과 청국이 싸움이 된 까닭에 조선이 독립국이 되어 지금은 조선 대군주 폐하께서 세계 각국 제왕들과 동등이 되시고 그런 까닭에 조선 인민도 세계 각국 인민들과 동등이 되었는지라. 이 일을 비교하여 볼진대 남의 종이 되었다가 종 문서를 무른 셈이니 이것을 생각하면 개국한 지 오백여 년에 제일되는 경사라.

(「독립신문」 1896년 6월 12일)

(마) 12일 황혼이 깃들일 무렵 일본군 대대 병력이 남대문에 이르렀으나 대문을 닫아서 성을 허물고 남산을 넘어서 성안에 들어왔다. 잠두(蠶頭)에 진을 치고 대포를 돌려 묻고 장차 격전을 벌일 것 같았다. 서울에서부터 수원·인천 간의 수십 리 거리마다 일개 진영씩을 두고 횃불을 들어 서로 접하고 징을 쳐서 연락을 취하며 행인을 끊으니 철통에 갇힌 것 같아 인근이 크게 진동했다. 일본공사 오시마 게이스케(大島圭介)가 고종을 뵙고 상주문을 올리며 말하기를 "근대 남도민들이 동요하여 반항하며 서울의 함락이 조석에 달렸고 난을 회복하기가 용이하지 않아서 우방에게 구원을 청하시기에 이르렀습니다. 우리 정부는 이러한 소식을 듣고 군대를 이끌고 가서 공사관과 상인을 보호하며 아울러 귀국의 휴척(休戚)을 생각하여 가령 만일의 요구하시는 것이 있으면 또한 서로 도우며 친목을 두터이 하려 이에 사신의 명을 받고 서울에 온 것입니다. 마침 전주를 회복하기에 이르렀고 나머지 무리들이 도망하였으니 선후책은 점차 실마리가 풀려 가는데 이것은 내외가 경송하는 바 성덕(聖德)이 아님이 없습니다. 대저 아국과 귀국은 동양 한편에 같이 자리잡고 있으며 지역적으로 가까워서 서로 도와야 하는 밀접한 관계에 있습니다. 이제 열강의 대세를 보면 정교(政敎)로 백성을 다스리고 입법으로 재정을 다스리며 농사일을 권장하고 상업을 장려하여 저절로 부강하게 되니 천하의 뜻을 크게

본 것입니다. 그렇다면 옛날부터 내려오는 법에 구애되어 변통을 못하고 그때그때 형세를 봐서 스스로 입장을 취한다면 어찌 능히 열강들 사이에 한몫 끼일 수 있겠습니까. 이로 말미암아 우리 조정은 또한 사신에게 명해서 귀 정부와 회동하여 이러한 방법을 강구하여 밝히며 현실 정치에 적응하게 되면 편안하고 근심스러운 상관관계의 편의와 서로 돕고 의지하는 정국을 시종 서로 보전하게 됩니다. 엎드려 바라건대 칙령으로 대신들을 모아 그 말을 다 일러주시면 우리 황제가 우방을 생각하는 뜻을 저버리지 않게 될 것입니다." 하였다. 이미 의정부에 오강십육조(五綱十六條)를 보내서 국가의 기율을 개혁하라고 권했다. 그 16조를 간략하게 말하면 불필요한 관원을 감축하고 재덕을 겸비한 자를 채용하며 문벌을 따지지 않는다. 대외의 대권은 모두 의정부에 돌리며 그 밑에 6부를 둔다. 왕궁과 정부는 구별되어 간섭하지 말게 한다. 조선 8도가 현(縣)으로 쪼개진 것이 많으니 서로 합병하여 경비를 줄인다. 뇌물을 바치고 벼슬을 하는 자는 모두 추방한다. 관원의 봉급은 넉넉히 지불하여 분에 넘치는 재물을 탐내지 말도록 한다. 뇌물을 받은 벼슬아치는 엄중히 다스린다. 중앙에 있는 관리나 지방에 있는 관리를 막론하고 상업을 경영하지 못하게 한다. 전국의 재정은 하나하나 밝혀서 들어올 것을 헤아려서 나갈 것을 계산하여 새로운 법을 안정시킨다. 국내의 토산물을 일일이 조사해서 세칙(稅則)을 정한다. 국내에 있는 국도(國道)는 모두 평평하고 넓게 하며 서울에서부터 철도를 부설하여 통상하는 항구에까지 연결시킨다. 각 해관(海關)은 정부가 장악해서 관리하며 외국사람들이 참여하는 것을 듣지 않는다. 법률을 정하여 죄인을 공평하게 다스린다. 군대를 증원하여 내란을 안정시킨다. 무관도 마땅히 글 읽은 사람을 등용해서 문무의 재능을 갖추게 한다. 도성과 각 도 요충에 순포방(巡捕房)을 설치한다. 학교를 세우는 장정을 만들어 각 도에 유학당(幼學堂)과 중학·전문학교를 설치하고 서양 여러 나라의 예를 좇는다. 학교에서 우등생을 뽑아 각국에 내보내서 학업을 익히게 하여 기다렸다 채용한다는 등등이다. 이러한 모든 조문을 보면 진정으로 우리 나라를 위해서 내놓은 것이라고만 볼 수는 없으나 대증지제(對症之劑)가 아니라고 보는 것도 옳지 않다. 힘써 실행했다면 어찌 오늘날의 화가 있었겠는가? 속담에 '나라는 제 손으로 망하게 한 연후에 남이 망하게 한다'고 하는데, 슬픈 일이다.

(『매천야록』 중에서)

논점 (가), (나), (라), (마)는 각각 『매천야록』에서 뽑은 글로서, (마)는 갑오년의 농민운동 및 청·일전쟁에서 비롯된 이른바 갑오경장의 내용을 정리한 것이다. (다)는 「독립신문」에 실린 논설로, 독립 국가의 증거로 독립문을 짓자고 제안하는 내용의 일부이다.

통합형 문·답

제시문 (가)~(마)를 토대로 이른바 갑오경장 이전의 상황을 개괄하고, 갑오년 농민전쟁 및 청·일전쟁 이후에 이루어진 개혁 시책인 갑오경장이 갖는 의미를 논해 보자.

한국에서 근대 사회의 물질적·제도적 기초가 언제 갖추어졌는지를 따질 때 늘 문제되곤 하는 사건 가운데 하나가 갑오경장이다. 갑오년에 동학농민운동이 일어나고, 이어 이를 진압하기 위해 요청받았다는 명목으로 청·일 양국이 충돌하여 일본이 승리한후 일본의 주도하에 이루어졌던 이 개혁 시책은, 근대적 사회·정치제도의 정립을 촉구했다는 점에서 이후 한국이 거치게 된 근대화의 발판을 마련했으나, 동시에 근대화의 방향을 일본의 이익에 부합하는 방향으로 왜곡시켜 많은 문제를 낳기도 했다.

황현이 '힘써 실행했다면 어찌 오늘날의 화가 있었겠는가'라고 탄식했듯이, 근대적 개혁이 다른 나라에 의해 이루어진 것은 그만큼 한국의 정치·사회 상황이 어지러워 타국의 개입을 용이하게 하고 있었기 때문이다. 갑오경장 직전, 과거 제도나 관리 임용 제도는 부패할 대로 부패하여 초시에 얼마, 회시에 얼마 하는 식으로 매매되고 있었으며, 입으로만 양이(洋夷)를 꾸짖을 뿐 실력의 증강을 위해서는 별반 노력을 보이지 않는 나태함도 계속되고 있었다. 게다가 조선은 청나라의 속국처럼 되어 독립적인 정치권·외교권을 실질적으로는 행사하지 못해, 외국에 파견해 있던 공사를 청국과 동등한 나라 사람인 양 행세했다는 이유로 소환할 만큼 청나라에 속박되어 있었다. 물론 이런 부패상의 다른 한편에는 개혁을 위한 노력, 민중 권리의 획득을 위한 노력이 계속되고 있었으나, 동학농민전쟁의 좌절에서 보이듯 정부는 이런 노력을 수렴하기는커녕 두려워하고 억압했던 것이다.

이런 시기에 있었던 갑오경장은 일단 청나라의 속박에서 조선을 해방시킴으로써 형식적으로나마 독립권을 갖추게 했다. 또한 엄격한 신분 구별에 바탕한 옛 제도를 철폐하고 만민 평등이라는 정신에 기반한 제도를 마련할 수 있는 기반을 만들었으며, 철도나 도로 설비, 세관의 장악 등 근대의 물질적 기반을 만들어 가게 힘쓰도록 하기도 했다.

그러나 청나라의 속박에서 풀려났음을 자축하는 '독립문'은 일본의 억압과 강탈 아래서 곧 빛이 바래고 만다. 갑오경장으로 상징되는 근대적 제도의 마련은 자주적 국가의 기틀을 마련한 것이 아니라, 일본의 침략을 용이하게 하는 제도적 기반을 마련하게 되었던 것이다. 또한 갑오경장 이후에도 매관매직 같은 정치의 부패는 계속되었으니, 갑오경장은 구제도의 변모나 근대화를 위한 내적 동력이 되지 못하고 제국주의와의 동일화를 위한 거점이 되었던 셈이다. 내용으로 볼 때 갑오경장은 '치료약이 아닌 바도 아니었고', 또 독립권에 대한 요구를 진작시키고 만민 평등의 사상을 전파시키며 정치 · 사회 제도의 개혁을 주창하게 하는 등으로 효과를 발휘하기도 했지만, 내부로부터의 힘에 의해 이루어지지 않고 침략을 목표로 하는 외부의 힘에 이루어졌다는 점에서, 그러므로 결국 침략을 위해 동원되는 힘이 되었다는 점에서 진정한 개혁이 될 수는 없었던 것이다.

『매천야록』이 세상에 출간되기까지는 그다지 순탄하지 않은 경과가 있었다. 황현은 1910년 조선이 일본에게 국권을 빼앗기게 되자 국치를 통분하며 절명시(絶命詩) 네 편을 남기고 음독 순국한 지사이다. 그는 스스로 자결하기 전에 자손들에게 그 동안 자신이 써 온 글들을 모은 책을 감추어 다른 사람에게 보여 주지 말 것을 당부하였다. 책의 내용이 일제의 침략상과 매국노들의 실상을 자세하게 담고 있기 때문이었을 것이다.

그래서 자손들은 선생의 명을 따라 비밀리에 이 책을 보관하였다. 자손들은 이 책의 원고가 유실될 수 있으리라고 걱정하여 사본을 몇 개 더 만들어 보관하였다. 그 가운데 하나가 중국에 있던 황현의 친구 김택영에게 전해졌고, 김택영은 이를 교정하고 정리하여 후일의 간행에 대비하였다.

시간이 흐르자 일제의 관변 단체인 조선사 편수회도 이 사본을 하나 구하게 되었다. 그러나 조선사 편수회는 이 책의 내용이 자신들에게 전혀 도움이 되지 않음을 알고서 그 사본을 해방 무렵까지 창고에 처박아 두었다. 그러다가 1955년 국사편찬위원회가 일제가 소장했던 등사본과 황현의 자손들에 의해 보관되고 있던 원본을 대조한 후에야 『매천야록』이 발간되었다. 오랜 세월 묻혀 있다가 비로소 세상의 밝은 빛을 보게 된 것이다.

황현의 사상은 기본적으로 전통적인 유학의 세계관을 옹호하면서 새로운 시대의 조류를 받아들이려고 하였다. 동학농민운동을 반란의 차원에서 이해하고, 개화파들을 이완용과 같은 매국노들과 하등 다를 바 없는 존재로 비판하고 있다든지 하는 대목에서 그러한 모습이 잘 드러나 있다. 그럼에도 개화기 무렵의 상황을 아주 자세하고 친절하게 담아 내고 있는 저술로 『매천야록』만한 것을 달리 찾아보기 힘들다.

한국통사

박은식
朴殷植

단재 신채호와 함께 2대 민족사학자로 꼽히는 백암(白巖) 박은식(1859~
1925)은 한말·일제강점기의 학자·언론인·독립운동가로 황해도 황주에서
서당 훈장의 아들로 태어났다. 어려서부터 아버지의 서당에서 정통 성리학을
공부해 성리학자로 이름을 날렸으나, 이미 자기 학문을 정립한 후 독립협회
의 운동에 영향을 받아 개화사상을 갖게 되었다. 이후 독립협회 회원이 되었
고 『황성신문』과 『대한매일신보』, 서우학회의 회지 『서우』의 주필로 활동하
기도 했다. 1905~1910년 사이에 박은식은 청말의 변법자강파인 량치차오의
사상을 수용하여 국권회복을 위한 자강론을 제시했으며, 1909년 '유교구신
론'을 발표하여 유교개혁을 주장했다. 1910년 이후 만주로 망명, 독립운동에
종사하면서 『한국통사』와 『한국독립운동지혈사』 등을 써 민족의식을 고취시
켰다. 1924년 임시정부의 국무총리 겸 대통령 대리가 되었고, 1925년 제2대
대통령으로 취임하였으나 재직시 내각책임제로 바꾸고 대통령직을 사임하였
다. 1925년 건국사 집필의 한을 이루지 못한 채 이국 땅에서 생애를 마쳤다.

『한국통사(韓國痛史)』는 박은식이 한국의 최근세사를 한문으로 쓴 책으로, 중국 상해에서 1915년에 출판되었다. 이 책은 한 나라에 국교(國敎)와 국사(國史)가 있는 한 나라도 결코 망한 것이 아니라는 생각을 바탕으로 서술된 역사서로, 그러니만큼 철저한 민족주의 사관을 표방하고 있다. 체제는 범례·목록·서·서언·삽화·제1편 2장·제2편 51장·제3편 61장·결론·후서·발로 되어 있다. 이 중 본문에 속하는 것은 제1편에서 제3편까지의 총 114장이다.

제1편은 서설편으로 지리와 역사의 대강을 적었다. 제1장은 한반도의 위치와 산천, 각 지방의 중요도시와 명승지 및 특산물을 서술한 내용이고, 제2장은 단군신화에서 시작하여 고종 즉위 전까지의 역사를 민족사관에 입각하여 간략하게 서술한 것이다. 제2편은 대원군 섭정에서 고종의 아관파천 이후 대한제국 성립 직전까지의 중요한 역사적 사실을 다루고 있다. 제1~10장에서는 대원군이 집정하게 된 경위, 그리고 이후의 대내외적 상황과 대원군의 개혁정치 및 쇄국정치를 서술했다. 박은식은 이 부분에서 대원군의 세도정치 척결과 왕권 강화를 위한 내정 개혁은 높이 평가했지만, 서세동점의 국제정세에 어두워 쇄국정책으로 한국이 중흥할 기회를 잃었다고 하면서 통사(痛史)는 여기서 비롯되었다고 보았다. 제11~13장에서는 민씨 일파에 따른 문호 개방을 서술하고, 문호 개방은 우리 나라가 스스로 부강해질 수 있는 실력을 가진 후에 이루어져야 했다고 주장하였다. 제14~17장은 임오군란과 그 결과로 일어난 청나라의 군사적 개입 및 일본과의 제물포 조약 체결, 청·일 양국의 군대 주둔 문제에 대해 서술하였으며, 제18장은 구미열강과의 통상조약 체결에 대하여, 제19~25장은 갑신정변

에서부터 동학혁명이 일어날 때까지의 추이를 기록하였다. 여기서 저자는 갑신정변에서 일본이 소극적이었다 보았는데, 그 이유는 개화당이 성공하여 정권을 계속 유지하면 한국이 지나친 발전을 하게 되지 않을까 우려한 때문이었다고 적고 있다. 제26~44장은 동학혁명에서부터 청·일전쟁·갑오경장을 거쳐 민비시해 사건이 일어날 때까지의 사건을 서술하였다. 동학혁명의 책임은 정부에게 있다는 것, 갑오경장은 우리 힘으로 이룩한 것이라는 등이 여기서 저자가 보이는 시각이다. 제45~47장은 민비시해 사건과 의병운동을, 제48~51장은 아관파천과 그 뒤에 일어난 열강의 이권 쟁탈을 다루고 있다.

제3편에서는 1898년 대한제국이 성립한 때부터 1911년 105인 사건까지를 기술하였다. 제1장은 대한제국 성립 당시의 국내 사정과 독립협회의 활동상을, 제2~13장은 열강의 이권 쟁탈, 특히 일본의 경제적 침략과 1904년 러·일전쟁의 발발을 다루고 있다. 제14~32장에서는 일제의 통신기관 강점, 일본 선박의 내해 항해의 자유권, 황무지 개간 요구와 이에 대한 반대 운동, 일제의 압록강변 삼림채벌권 및 각 지방 광산채굴권 장악, 그리고 일제가 경찰권을 빼앗고 고문정치를 실시하기까지의 과정과 러·일전쟁의 추이, 전쟁 후의 강화 내용 등을 서술히였디. 제33~44장에서는 일제의 침략 앞에 매국과 애국의 길을 간 인물을 각각 소개하였으며, 을사조약 체결의 경위와 일본의 이권 침탈 및 문화재 약탈상 등을 중점적으로 논하였다. 제45~61장은 1905년 을사조약 이후 1910년 국권 상실, 1911년 105인 사건까지의 내용을 담고 있다. 제45장에서는 일제가 동양척식주식회사를 설립하여 한국의 토지를 강탈한 사실, 제46장에서는 헤이그 밀사 파견 사건, 제47장에서는 고종의 퇴위, 제48장에서는 정미 7조약, 제49장에서는 군대 해산과 박승환의 순국 사실, 제50장에서는 군대 해산 후 각 지방에서 일어난 의

병들의 활동을 다루었다. 제51~58장은 일제의 한국인 탄압상, 일제의 외교 고문 스티븐슨을 살해한 장인환·전명운 사건, 이재명의 의거, 안중근의 의거 등을 기록하고 있다. 제59~61장에서는 국권 상실 이후의 사실을 다루고 있다.

이 책은 국권상실 과정을 직접 목격하고 또 독립운동에 직접 참여한 저자가 투철한 민족사관을 가지고 반제·반일 의식을 고취한다는 뚜렷한 목적의식에 입각하여 쓴 역사서로, 한국 근대사를 종합적으로 서술한 최초의 책이라는 점에서 높이 평가되고 있다. 1915년 출간되자마자 중국과 러시아의 한인 교포들 사이에서 널리 읽혔고, 미국에서는 순한글로 번역되어 교민들의 교과서로 보급되었으며, 국내에서도 비밀리에 대량 보급되어 널리 영향을 미쳤다.

작품 읽기

(가) 대륙의 원기는 동쪽 바다로 달려 백두산에 극했고, 북으로는 요야(遼野)를 열고, 남으로는 한반도를 이루었다. 한국은 당요(唐堯:중국 전설상의 성왕 요임금) 시대에 나라를 세워 인문이 일찍이 열렸고, 그 백성은 윤리가 돈독하여 천하가 군자의 나라로 지칭했으며, 역사는 면면이 4천3백여 년이 계속되었다. 아! 옛날의 문화가 극동 삼도(三島)에 파급하여 저들(일본인)의 음식·의복·궁실이 우리로부터 나왔고, 종교와 학술도 우리로부터 나온 까닭으로 일찍이 우리를 스승으로 삼아 왔는데 이제는 이를 노예로 삼는가.

나는 재앙이 닥쳐왔을 때 태어나서 나라가 망한 것을 애통해 하였는데 이미 죽지 못하고 있다가 마침내 도망하게 되었다. 경술년 모월 모일 아침에 서울을 떠나 저녁에 압록강을 건너 다시 북안(北岸)을

박은식

거슬러 올라 위례성을 바라보며 머물렀다.

고금을 살펴보니 허전한 느낌이 들어 고개를 숙인 채 거닐며 연연 (戀戀)하여 오랫동안 떠날 수 없었다. 이역 땅에 망명하자 다른 사람을 대하기가 더욱 부끄러우니 거리의 아이와 시정의 사람들이 모두 나를 망국노라고 욕하는 것만 같다. 세상이 비록 넓다고는 하나 이러한 욕을 짊어지고 어디로 돌아가겠는가. 때에 혼하(渾河)의 가을을 저물어 쑥은 꺾어지고 풀은 마르고 원숭이는 슬퍼하고 부엉이는 울어 댄다. 내가 고향을 하직할 때 슬퍼하던 눈물이 아직 마르지도 않았는데 이런 정경을 보니 더욱 서글퍼져 견딜 수가 없구나. 고국을 바라보니 구름과 연기가 서린 듯 아득하기만 하구나. 아름다운 산천에선 우리 조상들이 살았고, 울창한 삼림은 우리 조상들이 심었으며, 기름지고 넓은 옥토는 우리 조상들이 경작했고, 금·은·동·철도 우리 조상들이 채취했고, 가축·천어(川魚)도 우리 조상이 길러 왔다. 궁실로 비바람을 피하였으며, 의관으로 금수와 구별하였고, 기명(器皿)으로 생활을 도왔으며, 예악(禮樂)과 형정(刑政)도 모두 우리 조상들의 손으로 이룩된 것이다. 대저 우리 조상은 그 무한한 두뇌와 피와 땀을 다하여 우리 자손들에게 생산과 교육의 기구를 끼쳐 주어 갖추게 하였다. 이로써 대대로 전수하여 우리 생활이 풍요롭게 되었고, 우리의 덕이 바르게 되어 개제(愷悌 : 용모와 기상이 화락하고 단아함)함이 길이 전하였거늘 어찌하여 하루아침에 다른 민족에게 호탈(豪奪)당하여 사방에서 호구하며 전패유리(顚沛流離)하여 그 고통을 견디지 못하고 또한 장차 멸절(滅絶)의 환란으로 빠지려는가.

대저 세상의 강폭한 자는 날로 약국을 침탄(侵呑)하고 약한 종족을 도태하는 것을 능사로 삼아 그 참독(慘毒)을 받는 자가 많기는 하나 우리 한민족과 같은 예는 없는 것 같다. 고금의 망국으로서 비교하여 예를 들면 스웨덴이 노르웨이와, 오스트리아가 헝가리와 모두 합방했다고 이르나 그 민족의 대우는 차별 대우가 없었는데 한국인이 그렇단 말인가. 터키가 이집트를 합병하였으나 아직도 그 왕을 존속시켜 조상에 제사지내는 것을 쉬지 않게 하였으나 한국의 황제는 일본의 왕작(王爵)이 되었다. 영국이 캐나다 등지에서 헌법을 갖는 것을 허락하여 보장해 주며 의회를 세워 그것을 유지토록 하고 타국과 체결한 조약을 모두 하나 하나 보존토록 하는데 한국인은 이것을 획득할 수 있었는가. 저들이 한국에 대한 시정은 대만에서 베푸는 것과 똑같이 차이나는 것이 없게 했는데 대만은 나라도 아닌데 동등하게 하고 있으니 이것은 망국으로 더욱 낮은 대우를 받는 것이다.

또한 대저 사람은 옷을 걸치고 음식을 먹으니 흙을 집어먹고 샘물을 마시는 벌레와는 같지 아니한즉 삶을 돕게 하는 것은 오직 산업이다. 저 영국이 인도와 이집트에서, 프랑스가 안남에서, 미국이 필리핀에서 비록 강한 힘으로 그 국권을 점유하였으나 백성의 재산은 진실로 스스로 보존토록 맡겼다. 일본은 가난한 나라로서 궁한 백성이 많아 재정이 날로 쪼들리게 되고 부채가 날로 늘어났다. 그러므로 가혹한 세금과 난폭한 수렴을 한국인에게 가함에 그 조목이 번거롭다.

그리고 가난한 일본 국민들로서 맨손으로 한국에 건너오는 자들이 벌떼같이 몰려 오는데 우리 국민의 재산을 빼앗지 않고는 생로를 타개할 수 없다. 그 정부는 식민하는 데 급하여 또한 그들에게 줄 재물이 없으니 비록 한국인에게 관대한 정치를 베풀어 생명선을 보존케 하려 한다 해도 형세가 할 수 없게 되어 있다. 이로써 보건대 고금 망국의 처참함이 한민족보다 더 심한 곳을 어디에서 찾아볼 수 있겠는가. 하늘과 땅은 망망(茫茫)하고 쇠잔한 숨결은 경경(耿耿)하여 아픔을 울부짖고 원통함을 호소하는 것을 스스로 그칠 수가 없구나.

옛사람이 이르기를 나라는 스스로 멸할 수가 있으나 역사는 멸할 수가 없다고 하였으니 그것은 나라는 형(形)이고 역사는 신(神)인 때문이다. 이제 한국의 형체는 허물어졌으나 정신만이 독존(獨存)할 수는 없는 것인가. 이것이 통사(痛史)를 저작하는 소이이다. 신(神)이 보

박은식

존되어 멸하지 아니하면 형(形)은 부활할 시기가 있을 것이다. 그러나 이 한국통사는 갑자년 이후 50년사에 불과할 뿐이니 어찌 족히 우리 4천 년 역사 전부의 정신을 전할 수가 있으리오. 그것은 우리 민족이 우리 조상을 생각하며 잊지 않는 데 있을 것이다.

대저 예루살렘이 망하여 유대인들이 다른 나라를 유리(流離)하나 다른 민족에게 동화되지 아니하고 이제 2천 년에 이르기까지 유대족의 칭호를 잃지 않았던 것은 그들 조상의 가르침을 보존할 수 있었기 때문이다. 인도가 비록 망하였으나 바라문이 능히 그 조상의 가르침을 굳게 지키며 부흥을 기다리고 있다. 멕시코가 에스파냐에 망하자 교화와 문자가 모두 멸하여 이제 인종은 비록 존재하나 외우는 바가 다 에스파냐의 글이고 행하는 바가 에스파냐의 교화이며 흠모하는 바가 모두 에스파냐 사람들의 호걸이고 보면 멕시코 인종의 형은 비록 존재하나 신은 이미 전멸하였다.

오늘날 우리 민족 모두가 우리 조상의 피로써 골육을 삼고 우리 조상의 힘으로 영각(靈覺 : 영혼)을 삼고 있으니 우리 조상은 신성한 교화가 있고 신성한 정법에 있고 신성한 문사(文事)와 무공(武功)이 있으니, 우리 민족이 그 다른 것에서 구함이 옳다고 하겠는가. 무릇 우리 형제는 서로 생각하고 늘 잊지 말며 형과 신을 전멸시키지 말 것을 구구히 바란다. 이러한 점은 본 책자 이외에 우리 민족이 융성하던 시대의 역사에서 구하는 것이 옳다고 생각한다.

(『한국통사』, 「서언」 중에서)

(나) 우리 나라는 소위 동인이니 서인이니 남인 · 북인 하는 사색(四色) 당파가 있어 정권을 쟁탈하는 것을 유일의 표적으로 삼으며 불세(不世)의 공으로 생각하여 그 투쟁의 도가 혹심하여 진신(搢紳)이 어육(魚肉)이 되고 국가의 기반이 표요(漂搖)함이 우금 3백 년에 이르나 그칠 바를 모른다. 그러한 까닭에 사대부로 나라를 위해 죽음으로

써 세계에 혈광(血光)을 남기고 생민(生民)의 복리를 주려는 자는 극히 적고, 한갓 순당(殉黨)의 피로써 가보(家譜)에 반반(斑斑)하여 자손에 보복을 끼치는 자는 상당히 많으니 순당의 피를 순국의 피로 옮길 수 있을 것 같으면 우리 나라도 천하를 웅비(雄飛)할 수 있으련만 어찌해서 헤아리기조차 어려운 많은 수량의 피를 사권(私權)·사리(私利)의 싸움에 던지고 국가·민족의 큰 관계가 되는 대사업에 던지지 아니하는가.

당쟁의 역사가 시작된 이래 갑이 제안한 것을 을이 저지하고, 병이 심어 놓은 것을 정이 뽑아 버려 일책(一策)이 실행되지 않고, 일사(一事)가 세워지지 아니하여 정강(政綱)이 퇴락하고 만다. 동인이 끈 것을 서인이 막고, 남인이 명예로운 일을 한 것을 북인이 헐뜯어서, 입에는 좋은 사람이 없고 몸에는 완전한 살이 없어서 인재가 고갈하고 시비가 전도되고 충역(忠逆)이 변환하며, 아침에 악수하고 저녁에 창을 잡고 변피가 망측하며 형제도 그 천륜(天倫)을 멸하고 사제(師弟)도 그 분의(分義)를 절(絶)하며 친척도 그 문호를 절하여 파가멸족이 적지 아니하며, 심지어 조정에 화가 미치며 왕실에 해가 이르니 인현왕후의 실위(失位)·출궁(黜宮)과 사도세자의 무록즉세(無祿卽世)가 모두 당쟁으로 말미암아 일어난 일들이다.

또한 임진왜란이 시작되던 날 구묘(九墓)가 실수되고 삼경(三京)이 모두 함락되어 어가가 창황히 용만(龍灣) 일우(一隅)에 파천하여 이에 호종 제신이 수족이 피곤하고 천식(喘息)이 진정되지도 않았는데 오히려 당쟁을 잊지 않고 마사영·황득공의 무리가 어깨를 나란히하고 행사한다.

이순신은 무인이라 정당의 자격도 없었으며 당 외에서 초연하였던 분인데 그분을 천거한 사람이 상신 유성룡이라 해서 조신간에 유성룡을 미워하는 사람들은 이순신까지 증오하여 그를 죽이려 하니, 당시에 이순신이 아니면 나라가 망한다는 것은 자명한 일로서 삼천리

박은식

판도와 이천만 생명이 이순신 한 몸에 달려 있다는 것을 잘 알고 있
는 사람들도 불과 당쟁의 간접 관계로 해서 국가의 만리장성을 스스
로 파괴하려 하니 이 무슨 일이란 말인가. 이러한 것으로 말미암아
살펴보건대 사색(四色)이란 것은 실로 만악(萬惡)의 근원이라 할 것이
다.

(『한국통사』 중에서)

(다) 사림세력이 나뉘어 붕당이 서립한 뒤 정치는 붕당을 세력 결집
의 일차적인 범주로 하여 이루어졌다. 이전까지는 국왕 앞에서 붕당
을 만드는 것이 불법시되었지만, 사림파는 군자는 군자끼리 소인은
소인끼리 모이게 된다는 성리학자들의 이론을 끌어다 붕당의 존재를
합리화하였다. 그런데 당시의 붕당은 실상 군자와 소인으로 구성된
것은 아니었으므로, 복수 붕당 간의 공존 위에서 상호 견제와 비판을
통해 정치를 운영하려 하였다. 이러한 논리는 인조 때 서인과 남인에
의해 정립되었다.

붕당정치는 구성원의 의사를 폭넓게 반영해야 했으므로 공론(公論)
이 어느 때보다 강조되었다. 공론은 중앙 정치에 직접 참여하지 못하
는 사류(士類)들의 의견까지 수렴해야 했다. 이에 따라 서원이 지방
사류의 의견을 결집하는 수단으로 중요한 역할을 하였다. 이 시기에
와서 공론을 반영하는 삼사의 언관(言官)은 정치적인 비중이 더 무거
워졌다. 그리고 상대적으로 소장 관료인 낭관(郎官)들이 자신의 후임
을 스스로 천거하는 자천제(自薦制)는 왕이나 대신들의 압력을 이겨
내도록 하는 장치였다. 특히 정쟁에서 가장 활발한 역할을 하는 삼사
의 당하관을 천거하는 권한을 낭관들에게 부여한 것은 당시 정치의
가장 큰 특색이었다. 언관들 사이에는 소수 의견을 보장하고 공론에
따라 의견을 조정하는 장치로서 피혐제(避嫌制)가 운영되었으며, 그러
한 원리가 다른 관서에도 적용되어 갔다.

한편 공론이 더욱 강조되자 재야에서 공론을 주도하는 지도자로서 '산림(山林)'이 출현하였다. 또한 붕당정치가 전개됨에 따라 임진왜란으로 기능이 확대된 비변사가 종래의 의정부를 대신하여 국정 운영의 중추 기구가 되었다. 집권 세력은 합좌기구인 비변사를 통해 여러 의견을 수렴하는 방식으로 정국을 주도하였다.

이와 같은 조선의 붕당정치는 정치 권력에 참여할 자격과 실력을 갖춘 계층이 확산되고 철학을 주된 내용으로 하는 성리학이 정치의 가장 중요한 기준이었던 상황에서 필연적으로 나타난 현상이었다. 그러나 적극적으로 내세운 '공론'도 지배층의 의견을 수렴하려는 데 그치는 것이어서 붕당정치는 엄연한 한계를 가지고 있었다.

(한국역사연구회, 『한국역사』 중에서)

논점   (나)는 『한국통사』 가운데서 박영효의 2차 망명을 다루고 있는 대목에 나오는 논평이다. 박영효는 갑신정변 주도자 중 한 사람으로 정변의 실패 후 10여 년 간 망명하였다가 귀국, 정권을 장악하고 개혁을 위해 노력하였으나, 민비의 우대에 기대어 친러파 등과 대립하다 마침내 다시 축출되기에 이른다. 박은식은 이런 박영효의 실패가 '합심하여 화충(和衷)·공제(共濟)의 한길로 노력했어야 함에도' '자기와 다른 자를 배제하는 것을 능사로 삼'은 데서 비롯되었다고 보고, 이 문제를 당쟁의 역사와 관련시켜 논하고 있다.

통합형 문·답

(가)에는 박은식이 『한국통사』를 집필하게 된 기본 의도가 밝혀져 있다. 이러한 박은식의 역사관을 염두에 두면서, 붕당정치에 대한 (나)와 (다)의 시각을 대비하여 논해 보자.

한국사에 대한 시각을 문제 삼을 때 가장 첨예하게 의견이 엇갈리는 주제 중 하나가 붕당 및 당쟁에 관한 것이다. 어떤 이는 붕당정치를 '권력다툼의 이전투구(泥田鬪狗)'이며 '망국의 병'으로 생각하는 반면, 어떤 이는 붕당정치의 이념적 기반을 따져 붕당이 일종의 공론 형성 제도이자 권력 견제 장치였음을 주장하기도 한다. 제시문에서 (나)는 전자의 입장을, (다)는 후자의 입장을 전형적으로 보여 주는 글이라 할 수 있다.

　'붕당정치'라는 사상의 성립 자체를 보아도, 이에 대한 생각은 중국 한·당대와 송대에 있어 큰 변모를 겪었다. 신하들 사이의 세력 결집이라 할 수 있는 붕당은 처음에는 금기시되었으나, 송대에 들어오면서 정치참여층이 확대됨에 따라 적극적으로 평가되기에 이른 것이다. 구양수 같은 학자는 붕당에는 군자의 당과 소인의 당이 있으니, 전자는 진붕(眞朋)이고 후자는 위붕(僞朋)이라 하여 군주가 진붕의 승세를 유지시킨다면 정치는 절로 바르게 될 것이라 하였고, 주희 역시 이에 동의하면서 더 나아가 군주 역시 '군자의 당'에 합류해야 한다고 주장하기도 하였다. 우리 나라에서 붕당정치가 문제시된 조선 시대의 경우도, 훈신(勳臣)·척신(戚臣)이 중심이 되어 수구파가 정치를 독점했던 15세기까지는 붕당이 금기시되었으니, 이후 중소지주층의 경제적 기반이 확대되고 이를 바탕으로 '사림(士林)'이라는 새로운 선비 세력이 등장하면서 붕당론이 적극 주장된 것이다. 사림 세력의 우위가 판명된 선조 시대 이후 붕당론은 정설로 수용되었고, 나아가 '군자의 당'과 '소인의 당'을 가르는 것을 넘어서 각각의 붕당에 선(善)과 불선(不善)이 모두 있음을 주장하면서 붕당의 공존을 논리적으로 지지하고, '공론'에 입각한 상호 비판을 천명하기에 이르렀다. 이때 사림은 관직에 참여하지 못했을 경우라 할지라도 지방 서원을 통해 여론을 형성, 중앙 정치에 영향을 미칠 수 있었고, 이조의 낭관(郞

官)들이 독자적 권한을 가지는 등, 붕당정치의 제도적 기반 역시 확충되었다고 할 수 있다.

그러나 17세기 후반에 붕당 간의 공존의식이 무너지면서 붕당이 일당전제(一黨專制)의 성향을 보여 붕당 간의 대립이 격렬해지고 사화(士禍)나 당쟁 등 그로 인한 여러 폐해가 나타나기에 이르렀다. 영·정조 때의 탕평책으로 인한 일시 무마에도 불구하고 이런 폐해는 근절되지 않아, 조선 말에 이르면 붕당이 가문 일변도의 성향과 연결되어 이른바 '세도정치'를 낳기도 했던 것이다. 이런 폐해가 붕당정치의 상(像) 자체에 내재되어 있는 것인지 어떤지를 따지는 것은 또 복잡한 일일 것이나, 적어도 조선 말에 양반정치의 폐해를 비판하고 새로운 질서를 모색하고자 하는 세력의 눈에 당시 부패의 극을 달리고 있었던 붕당정치가 척결해야 할 악으로 보인 것은 십분 이해할 만한 일이다. 박은식의 『한국통사』에 나오는 붕당정치에 대한 부정적 인식 역시 이런 맥락에서 태어난 것이라 보아야 할 터이다.

그러나 앞에서 살펴보았다시피 붕당정치는 하나의 모습으로만 설명될 수 있는 것이 아니다. 붕당정치는 왕권 정치하에서 공존과 상호비판의 원리를 도입한 중세적 정치운영의 후기적인 전형인 동시에, 이미 중세적 정치질서가 파탄을 보이기 시작한 시기에 있어서는 그 문제를 집약적으로 보인 계기이기도 했던 것이다. 이에 대한 평가가 부정 일변도로 흐르게 된 것은 조선 말 새로운 세력에 의한 비판을 계기로 한 것이라 하겠으나, 이를 한국사 전반을 파악하는 부정적 근거로 삼고 나아가 한국민의 천성을 분열·시기로 몰아붙이기까지 된 데는 일제 관학(官學)의 개입이 없었다 할 수 없다. 붕당정치의 연원만을 보아 붕당을 '공론의 기구'로 무작정 옹호하는 것도 공정한 태도는 아니라 하겠으나, 조선 중기에 비로소 제기되어 여러 변모를 거친 붕당정치를 부정적인 모습

일변도로 이해하고 나아가 이를 한국사 부정의 초월적 근거로 삼는 것은 더욱 위험한 일이라 하겠다. 다른 경우와 마찬가지로 붕당을 평가하는 데 있어서도 우리에게 필요한 것은 균형 잡힌 시각인 것이다.

조선상고사

신채호
申采浩

한말 및 일제강점기에 역사가 · 언론인 · 독립운동가로서 활동했던 단재 신채호(1880~1936)는 충청남도 대덕군 산내에서 태어났다. 신숙주의 후예로서 어려서부터 할아버지에게서 한학 교육을 받았고, 10여 세에 『통감』과 사서삼경을 읽고 시문을 짓는 등의 자질을 보여 신동이라 불렸다. 할아버지의 소개로 전 학부대신 신기선의 집에 드나들면서 장서를 섭렵했고, 신기선의 천거로 성균관에 입학해 수학하였으나, 26세 때 성균관 박사가 된 이후 관직에의 길을 버리고 장지연의 초청으로 『황성신문』 기자가 되면서 애국계몽운동에 헌신하기 시작하였다. 이후 『대한매일신보』 주필을 지내면서 여러 논설을 썼고, 1910년 이후에는 중국에 망명하여 독립운동을 전개하였다. 학교를 세우거나 교사로 일하면서 교육에 힘쓰는가 하면 『조선상고사』 『조선상고문화사』 『조선사연구초』 등의 역사 연구서와 「꿈하늘」 「용과 용의 대격전」 등 문학적인 글을 쓰기도 했다. 일제에 의해 투옥되어, 1936년 옥중에서 병사하였다.

『조선상고사(朝鮮上古史)』는 1931년 『조선일보』에 연재되었다. 연재 당시 제목은 '조선사'였으나, 실제로는 상고사 부분까지의 서술로 연재가 끝났으므로 이를 '조선상고사'라 부른다. 전 11편으로 구성되어 있으며, 제1편 총론, 제2편 수두시대, 제3편 삼조선(三朝鮮) 분립시대, 제4편 열국쟁웅(列國爭雄)시대, 제5편 고구려 전성시대, 제6편 고구려의 중쇠(中衰)와 북부여의 멸망, 제7편 고(高)·백(百) 양국의 충돌, 제8편 남방제국(南方諸國) 대고구려 공수동맹(攻守同盟), 제9편 고구려 대수전역(對隋戰役), 제10편 고구려 대당전역(對唐戰役), 제11편 백제의 강성과 신라의 음모 등이 그 구체적인 내용이다.

신채호는 총론에서 '역사란 아(我)와 비아(非我)의 투쟁의 기록'이라 하고, 조선사 서술이란 조선 민족을 '아(我)의 단위로 잡고' '아(我)의 생장 발달의 상태를 서술의 제일 요건으로 삼으며' '아(我)의 상대자인 사린(四隣) 각족(各族)과의 관계를 제이의 요건으로 삼'는 것이라 하여 민족주의적 색채를 뚜렷이 드러냈으며, 이에 바탕하여 사료 취택(取擇)이나 사건 평가에 있어서도 다른 사가(史家)들과 구분되는 특징을 보였다. 고대사의 계보가 단군·기자·위만·삼한, 혹은 단군·기자·삼한·삼국으로 이어진다는 주장을 비판하고 대단군조선·삼조선(三朝鮮)·부여·고구려 중심의 역사 체계를 확립한 것은 그 대표적인 예이다. 신채호는 『위서(魏書)』의 기록에 의거하여 고조선 건국 연대를 4천여 년 전으로 끌어올렸고, 당시 고조선의 세력이 북으로는 북만주, 서남으로는 요서에까지 미치는 등 중국에 식민 활동을 전개했다고 주장했으며, 이후 신조선·불조선·말조선으로 삼분되어 계속 넓은 영토를 경략하다가 유민들의 남하 이후 비로소 마한·진한·변한이

성립되었다 하여 이른바 전후삼한설(前後三韓說)을 주창하기도 했
다. 또한 삼국시대에 대해서도 신라 중심의 서술을 거부하고 고구
려와 백제를 중시, 고구려의 대(對)중국 전쟁과 백제의 일본 식민
지 경영을 부각시킴으로써 조선사의 판도를 넓히려는 노력을 계
속하였다. 신채호에게 있어 고구려는 한민족을 외세로부터 보호하
고 대외투쟁에서 승리를 거둔 일종의 이상적인 국가였으며, 고구
려와 마찬가지로 해외 경략에 힘쓴 백제 역시 고구려의 정신을
이은 나라였다. 때문에 신채호는 삼국통일 이후 있었던 고구려와
백제의 부흥을 자세하게 서술하였고, 그 연장선상에서 발해를 우
리 역사에 끌어들이려고 적극적으로 노력하였다. 결국 신채호는
한국사의 본격적인 전개 시기를 삼국 이전으로 끌어올리고 그 판
도를 넓히려 한 것이라고 요약할 수 있다. 그러므로 그는 김부식
의 『삼국사기』 등을 사대주의적 이념에 입각한 역사서라 하여 극
히 경계했으며, 외침(外侵)의 역사로 한국사를 서술하여 그 타율
성을 주장했던 당시의 식민주의 사학에도 엄격하게 비판적인 태
도를 보였다.

이처럼 민족주의적 역사 이념을 강조하면서 신채호는 또 한편
으로 실증주의적 정신을 역설하기도 했다. 신채호는 사료의 수
집·선택·비판을 누구보다도 강조하여 「단군신화」가 '신화'로만
받아들여지고 있음을 비판하고 합리적인 해석을 가했다. 신채호는
단군이 1천여 년을 살았다는 전승 등이 불교적으로 윤색된 '신
화'일 뿐이라 비판하고 '단군'을 '수두'('광명신이 거처하는 신성
한 숲'이라는 뜻으로 '신단(神壇)'과 통한다), 종교 지도자에 대한
일반적 명칭이라고 해석했으며, 대단군왕검은 이 종교적 지도력이
정치적 권력으로 전환되면서 출현한 인물이라고 평가하는 등, 합
리적 연구 방법을 중시하는 근대 사학자로서의 면모 또한 보여
주었다. 신채호가 주창한 대단군조선설이나 전후삼한설 등에는 문

제가 없지 않지만, 이처럼 역사 이념을 중시한 동시에 실증주의적 ─ 합리주의적인 연구 방법을 보여 준 『조선상고사』는 우리 근대사에서 기념할 만한 역사서라고 하기에 부족함이 없을 것이다.

(가) 역사란 무엇이뇨. 인류사회의 '아(我)'와 '비아(非我)'의 투쟁이 시간부터 발전하며 공간부터 확대되는 심적 활동의 상태의 기록이니, 세계사라 하면 인류 사회의 그리 되어 온 상태의 기록이며, 조선사라면 조선 민족의 그리 되어 온 상태의 기록이니라.

무엇을 '아'라 하며 무엇을 '비아'라 하느뇨. 깊이 팔 것 없이 얕게 말하자면, 무릇 주관적 위치에 선 자를 '아'라 하고 그 외에는 '비아'라 하나니, 이를테면 조선인은 조선을 아라 하고 영·미·법·로…… 등을 비아라 하지만, 영·미·법·로…… 등은 각기 제 나라를 아라 하고 조선을 비아라 하며, 무산계급은 무산계급을 아라 하고 지주나 자본가…… 등은 각기 제 붙이를 아라 하고 무산계급을 비아라 하며, 이뿐 아니라 학문에나 기술에나 직업에나 의견에나 그 밖에 무엇에든지, 반드시 본위인 아가 있으면 따라서 아와 대치한 비아가 있고, 아 중에 아와 비아가 있으면 비아 중에도 또 아와 비아가 있어, 그리하여 아에 대한 비아의 접촉이 번극(煩劇)할수록 비아에 대한 아의 분투가 더욱 맹렬하여, 인류 사회의 활동이 휴식될 사이가 없으며 역사의 전도가 결정될 날이 없나니, 그러므로 역사는 아와 비아의 투쟁의 기록이니라.

아나 아와 상대되는 비아의 아도, 역사적인 아가 되려면 반드시 양개(兩個)의 속성을 요하나니,

(1) 상속성(相續性)이니, 시간에 있어서 생명의 부절(不絶)함을 위(謂)

함이요.

(2) 보편성이니, 공간에 있어 영향의 파급됨을 위함이라.

그러므로 인류말고 다른 생물의 아와 비아의 투쟁도 없지 않으나, 그러나 그 '아'의 의식이 너무 미약하여 상속적 · 보편적이지 못하므로, 마침내 역사의 조작을 인류에만 양(讓)함이라. 사회를 떠나서 개인적인 아와 비아의 투쟁도 없지 않으나, 그러나 그 아의 범위가 너무 약소하여 또한 상속적 · 보편적이지 못하므로, 인류로도 사회적 행동이라야 역사가 됨이라. 동일한 사건으로 양성(兩性) —— 상속 · 보편 —— 의 강약을 보아 역사의 재료될 만한 분량의 대소(大小)를 정하나니, 이를테면 김석문이 삼백 년 전에 지원설(地圓說)을 창도(唱導)한 조선의 학자이지만, 이를 '후루노(서양 천문학자 부루노)'의 지원설과 같은 동양(同樣)의 역사적 가치를 쳐 주지 못할 것은, 피(彼)는 그 학설로 인하여 구주 각국의 탐험열이 광등(狂騰)한다, 아메리카의 신대륙을 발견한다 하였지만, 차(此)는 그런 결과를 가지지 못함이라. 정여립은 사백 년 전에 군신강상설(君臣綱常說)을 타파하려 한 동양의 위인이지만, 이를 『민약론』을 저작한 '루소'와 동등되는 역사적 인물이라 할 수 없음은, 당시에 다소간 정설(鄭說)의 영향을 입은 검계(劍契)나 양반살육계(兩班殺戮契) 등의 전광일섬(電光一閃)의 거동이 없지 않으나 마침내 '루소' 이후의 파도 장활한 프랑스 혁명에 비길 수 없는 까닭이다.

비아를 정복하여 아를 표창(表彰)하면 투쟁의 승리자가 되어 미래 역사의 생명을 이으며, 아를 소멸하여 비아에 공헌하는 자는 투쟁의 패망자가 되어 과거 역사의 진적(陳跡)만 끼치나니, 이는 고금 역사에 바꾸지 못할 원칙이라. 승리자가 되려 하고 실패자가 되지 않으려 함은 인간의 통성(通性)이어늘, 매양 예기(豫期)와 위반되어 승리자가 아니되고 실패자가 됨은 무슨 까닭이뇨. 무릇 선천적 실질부터 말하면 아가 생긴 뒤에 비아가 생긴 것이지만, 후천적 형식부터 말하면 비아가 있은 뒤에 아가 있나니, 말하자면 조선 민족 —— 즉 아 —— 이 출현한 뒤에 조선 민족과 상대되는 묘족·지나족 등 —— 비아 —— 이 있었으리니, 이는 선천적인 것에 속한 자이다.

그러나 만일 묘족·지나족 등 —— 비아 —— 의 상대자가 없었다면 조선이란 국명(國名)을 세운다, 삼경(三京)을 만든다, 오군(五軍)을 둔다, 하는 등 —— 아 —— 의 작용이 생기지 못하였으리니, 이는 후천적인 것에 속한 자라. 정신의 확립으로 선천적의 것을 호위하며, 환경의 순응으로 후천적의 것을 유지하되, 양자의 일(一)이 부족하면 패망의 임(林)에 키(歸)하는 고로, 유대의 종교나 돌궐의 무력으로도 침륜(沈淪)의 화를 면치 못함은 후자가 부족한 까닭이며, 남미의 공화(共和)와 애굽 말세의 흥학(興學)으로도 쇠퇴의 환(患)을 구(救)치 못함은 전자가 부족한 까닭이니라.

이제 조선사를 서술하려 하매, 조선 민족을 아의 단위로 잡고,

가) 아의 생장 발달의 상태를 서술의 제일 요건으로 하고, 그리하여,

1. 최초 문명의 기원이 어디에서 된 것,

2. 역대 강역(疆域)의 신축이 어떻게 되어 온 것,

3. 각 시대 사상의 변천이 어떻게 되어 온 것,

4. 민족적 의식이 어느 때에 가장 왕성하고, 이느 때에 가장 쇠퇴한 것,

5. 여진·선비·몽고·흉노 등이 본디 아의 동족(同族)으로, 어느 때에 분리되며, 분리된 뒤의 영향이 어떠한 것,

6. 아의 현대의 지위와 부흥 문제의 성부(成否)가 어떠할 것인가의 등을 분서(分敍)하며,

나) 아와의 상대적인 사린(四隣) 각족(各族)의 관계를 서술의 제이의 요건으로 하고, 그리하여,

1. 아에서 분리한 흉노·선비·몽고며, 아의 문화의 강보에서 자라

온 일본이, 아의 거실(巨室)이 되던 것이 아니 되어 있는 사실이며,

2. 인도는 간접으로, 지나는 직접으로, 아가 그 문화를 수입하였는데, 어찌하여 그 수입의 분량을 따라 민족의 활기가 여위어 강토의 범위가 줄어졌나,

3. 오늘 이후는 서구의 문화와 북구의 사상이 세계사의 중심이 된 바, 아 조선은 그 문화사상의 노예가 되어 소멸하고 말 것인가? 또는 그를 저작(詛嚼)하며 소화하여 신문화를 건설할 것인가?

등을 분서(分敍)하여 우(右)의 가)와 나) 양자로 본사(本史)의 기초로 삼고,

다) 언어·문자 등 아의 사상을 표시하는 연장의 이 이둔(利屯)은 어떠하며, 그 변화는 어떻게 되었으며,

라) 종교가 오늘 이후에는 거의 가치 없는 폐물이 되었지만, 고대에는 확실히 일 민족의 존망성쇠의 관건이었으니, 아의 신앙에 관한 추세가 어떠하였으며,

마) 학술·기예 등 아의 천재를 발휘한 부분이 어떠하였으며,

바) 의식주의 정황과, 농상공의 발달과, 전토(田土)의 분배와, 화폐의 제도와, 기타 경제조직 등이 어떠하였으며,

사) 인민의 변동과 번식과, 또 강토의 신축을 따라 인구의 가감이 어떻게 된 것이며,

아) 정치제도의 변천이며,

자) 북벌 진취의 사상이 시대를 따라 진퇴된 것이며,

차) 귀천빈부 각 계급의 압제하며 대항한 사실과, 그 성쇠소장(盛衰消長)의 대세며,

카) 지방 자치제가 태고부터 발생하여, 근세에 와서는 형식만 남기고 정신이 소망(消亡)한 인과며,

타) 자래(自來) 외력(外力)의 침입에서 받은 거대의 손실과, 그 반면에 끼친 다소의 이익과,

신채호

파) 흉노·여진 등의 일차 아와 분리한 후에 다시 합하지 못한 의문이며,

하) 종고(從古) 문화상 아의 창작이 불소(不少)하나, 매양 고립적 단편적이 되고, 계속적이 되지 못한 괴인(怪因),

등을 힘써 참고하며 논례(論例)하여, 우(右)의 다)와 라) 이하 각종 문제로 본사의 요목(要目)을 삼아, 일반 독사자(讀史者)들로 하여금 거의 조선 면목의 만분의 일이라도 알게 될까 하노라.

(『조선상고사』, 「총론」 중에서)

(나)『삼국사기』 김유신전을 보면, 유신은 전략과 전술이 다 남보다 뛰어나, 백전백승의 명장이다. 그러나 대개는, 그의 패전은 휘닉(諱匿)하고 소승(小勝)을 과장한 무록(誣錄)이다. …〈중략〉… 김유신의 전공(戰功)이 거의 무록이라 하면, 김유신을 무엇으로 칭하느뇨. 대개 김유신은 지용(智勇) 있는 명장이 아니요 음험취한(陰險鷲悍)한 정치가며, 그 평생의 대공(大功)이 전장(戰場)에 있지 않고 음모로 인국(隣國)을 난(亂)한 자이다. 그 실례의 일(一)을 들리라.

신라 부사현령 조미곤이 백제의 포로로 잡히어, 백제 좌평 임자의 가노(家奴)가 되어, 충근(忠勤)하게 임자를 섬기어 출입의 자유를 얻음에 이르렀다.

조미곤이 이에 가만히 도망하여, 신라에 돌아와 백제의 국내 정형을 고하니, 유신이 가로되 "임자는 백제왕의 총행(寵幸)하는 대신이라 하니, 나의 뜻을 통하여 신라의 이용이 되게 하면 그대의 공이 누구보다 크리니, 그대가 능히 액을 무릅쓰고 나의 말대로 하겠느냐." 조미곤이 가로되 "생사를 불고(不顧)하고 명령대로 하리이다." 조미곤이 이에 유신의 밀명을 띠고 다시 백제에 들어가 임자를 보고 가로되, "이 나라의 신민이 되어 이 나라의 풍속을 모름이 몹쓸 일인 고로, 미처 여쭙지 못하고 출유(出遊)하였다 돌아왔습니다."

임자가 이 말을 곧이듣고 의심치 않거늘, 곤이 이에 틈을 타 임자에게 고하여 가로되, "향자(向者)에, 실로 고향을 생각하여 신라에 갔다가 왔고, 출유란 말은 일시 꾸민 말이올시다. 그런데 신라에 가서 김유신을 본즉, 유신의 말이 '백제와 신라가 서로 구적(仇敵)이 되어 전쟁이 그치지 않은즉, 양국 중 일국은 반드시 망할 것이요, 그러면 우리 양인 중 일인은 현재의 부키를 잃고 남의 부로(俘虜)가 되리니, 원컨대 우리 양인이 미리 상약(相約)하여, 신라가 망하거든 유신이 공에 의하여 백제에 다시 벼슬하며, 백제가 망하거든 공이 유신에게 의하여 신라에 다시 벼슬하기로 하자. 그리하면 양국 중 하국(何國)이 망하든지, 우리 양인은 의구(依舊)하게 부키를 보(保)할 것이 아니냐.' 하더이다." 임자가 잠자코 말이 없으니, 곤이 황공한 빛으로 물러났다. 그 뒤 수일에, 임자가 곤을 불러 전(前)말을 묻거늘, 곤이 다시 유신의 말을 부술(復述)하고, 또 고하여 가로되, "국가는 꽃과 같고 인생은 나비와 같은 것인데, 만일 이 꽃이 진 뒤에 저 꽃이 핀다면, 이 꽃에서 놀던 나비가 저 꽃으로 옮겨 가, 사시(四時)를 봄으로 놀 것이 아니냐. 어찌 구태여 꽃을 위하여 절(節)을 지키어 부키를 버리고 몸을 굽히랴." 하니, 임자가 본래 부키에 얼빠진 비부(鄙夫)인 고로, 이 말을 달게 여기어, 곤을 보내어 유신의 말에 허(許)하거늘,

유신이 이에 다시 임자를 꼬이어 가로되, "일국(一國)의 권(權)을 독장(獨掌)치 못하면, 무슨 부키의 위력이 있으랴. 들은즉, 백제에는 성충이 왕의 총애를 받아, 말하는 바가 다 시행되고, 공은 겨우 그 밑에서 우유(優遊)한다 하니, 어찌 치욕이 아니냐." 하여 백방으로 임자를 꼬이어, 부여 성충을 참(讒)하게 하고, 마침내 요녀(妖女) 금화를 임자에게 천(薦)하여, 백제 왕궁에 납(納)하여, 부여 성충 이하 현신(賢臣)을 살해 혹 서축(鼠逐)하여, 백제로써 백제를 망침에 이르렀느니라.

(『조선상고사』, '김춘추의 외교와 김유신의 음모' 중에서)

(다) 무열왕 2년 9월에 유신은 군사를 거느리고 백제로 쳐들어가 도비천성(刀比川城)을 공격하여 승리하였다. 이때 백제의 군신들은 사치를 일삼고 음탕한 생활에 빠져 국사를 돌보지 않으므로, 백성들의 원망이 높고 신령도 노하였는지 괴이한 재변이 번번이 나타났다. 이때 유신은 왕에게 아뢰기를 "백제는 무도하여 그 죄상이 걸주(桀紂)보다도 심하오니, 이제 천리(天理)에 순응하여 그 백성을 불쌍히 여기며 그 죄를 쳐야 될 때입니다." 하며, 백제 정벌을 주장하였다.

… 〈중략〉 …

유신이 일찍이 한가윗날 밤에 자제들을 거느리고 대문 밖에서 소요하고 있는데, 갑자기 한 사람이 서쪽으로부터 오므로, 유신은 그가 고구려의 간첩임을 알고, 곧 앞에 불러 세우고 말하기를 "너희 나라는 지금 무슨 일을 꾸미고 있는가?" 하니, 그 사람은 엎드려 감히 대답을 하지 못하였다. 유신은 말하기를 "조금도 두려워하지 말고 오직 사실대로 알려라." 하였으나, 또 말을 하지 못하였다. 유신은 말하기를 "우리 나라 대왕은 위로 하늘의 뜻을 어기지 않고 아래로는 인심을 잃지 않았으므로, 백성들은 모두 기쁘게 생업을 즐기고 있다. 지금 너는 이를 보고 너희 나라로 돌아가서 사람들에게 이를 알리라." 하고, 드디어는 그를 위로하여 돌려보냈다. 고구려 사람들은 이 말을 듣고 말하기를 "신라는 비록 작은 나라이나 유신 같은 재상이 있으므로 감히 가볍게 보지 못하겠다." 하였다.

(김부식, 『삼국사기』 중에서)

(라) 이상과 같이 역사의 사실과 역사가의 관계를 검토해 온 우리들은 두 가지 이론 사이에서 진퇴유곡에 빠져 어쩌지 못하는 매우 위태로운 상태에 도달하고 말았다. 두 가지 이론이란 곧 역사를 사실의 객관적인 편찬이라고 보고 해석에 대한 사실의 무조건적 우월성을 주장하는 타당치 못한 이론과 역사상의 사실을 확립하고 해석하는

조선상고사

과정을 통해 이를 지배하는 역사가의 마음의 주관적인 산물을 역사라 보는 역시 타당치 못한 이론이다. 다시 말해 앞의 이론은 무게 중심을 과거에 두는 역사관이고 뒤의 이론은 무게 중심을 현재에 두는 역사관이라 할 수 있다. …〈중략〉…

역사가가 처해 있는 곤경은 인간 본성의 반영이다. 사람이란 아주 어렸을 때나 아주 늙었을 때를 제외하고는 자기 환경 속에 전적으로 휘말려들거나 무조건 거기에 예속당하지 않는다. 또한 이와 반대로 전적으로 환경으로부터 벗어나 있거나 환경을 무조건 지배할 수도 없다. 인간의 환경에 대한 관계는, 역사가의 주제에 대한 관계이다. 역사가는 사실이라는 것의 천한 노예도 아니고, 포악한 주인도 아니다. 역사가와 사실과의 관계는 평등의 관계이고 서로 주고받는 관계이다.

(E. H. 카, 『역사란 무엇인가』 중에서)

논점 (가)에서 보이듯 신채호는 역사를 '아와 비아의 투쟁'으로 보았고, 주체성을 강조하고 사대주의에 대단히 적대적이었다. 신채호의 『조선상고사』 중 '김춘추의 외교와 김유신의 음모' 편은 김부식의 『삼국사기』에 나타난 사료를 바탕으로 하였음에도 불구하고 『삼국사기』와 현저한 시각 차이를 보여 주는 글이다. 신라의 왕족 출신이자 고려의 대신인 김부식이 편찬한 『삼국사기』는 김유신을 민족 영웅으로 부각시킨 반면, 해외 경략의 웅혼한 기상을 보였던 고구려를 민족사의 중심에 두려 한 단재의 『조선상고사』는 신라의 삼국 통일로 민족의 활동 무대가 축소되었다고 보고, 삼국 통일에서 중심적인 역할을 한 인물인 김춘추·김유신 등에 대해서도 역시 가혹한 평가를 내렸던 것이다.

(가)는 신채호의 역사관이 잘 드러난 부분이다. 이를 토대로 하여 같은 대상에 대해 언급한 (나)와 (다)를 읽은 후, (라)를 참조하여 '올바른 역사 인식의 문제'에 대해 생각해 보자.

인간이 얼마나 객관적인 인식에 이를 수 있는지, 아니 인식이 진정 '객관적'일 수 있는 것인지는 쉬운 문제가 아니다. 우리가 세계를 인식하는 출발점은 여기 이렇게 있는 나 자신, 특정한 방식으로 느끼고 생각하고 살아가는 자신일 수밖에 없다. 세계를 객관적으로 인식할 수 있느냐를 문제삼기 시작할 때 '나'는 이미 어떤 모습으로 거기 존재한다. 그러므로 일체의 편견이나 선입견에서 벗어나 대상을 있는 그대로 정확하게 알고자 하는 모든 활동에서 그 활동의 주체인 '주관'을 어떻게 평가하고 처리할 것인가는 중요한 문제가 되지 않을 수 없다.

예컨대 삼국 통일을 주도했다는 김유신을 평가하는 데 있어서 (나)와 (다)의 입장은 극단적으로 다르다. (나)에서는 김유신을 '음험한 정치가' '음모가'로 보고 있다. 백제를 멸망시키는 과정에서 음모와 이간질을 사용한 점에서 알 수 있듯, 김유신은 '용장(勇壯)'이 아니라 비열한 재사(才士)에 지나지 않는다는 것이 (나)의 평가이다. 그러나 (다)에서는 김유신을 천하 민중을 생각하는 대의(大義)의 사람, 담대한 기상을 가진 꿋꿋한 장군으로 그려 내고 있다. 이것이 채택하고 있는 사료의 차이일 뿐이라면 할 말이 없으나, 실상 (나)에서 들고 있는 사료는 (다)에서 가져온 것이며, 따라서 문제는 사료 선택의 문제일 뿐 아니라 평가의 입장 문제이기도 하다.

사실 역사를 완전히 객관적으로 쓴다는 것은 불가능하다. 우선 우리는 존재했던 숱한 사실 중에서 극히 일부만을 알고 또 자료로 선택할 뿐이며, 그 자료를 평가하는 데 있어서도 역사가의 입장은 개입되지 않을 수 없다. (다)의 저자인 김부식이 신라의 왕족 출신이자 고려의 대신으로서 신라의 정통성을 주장하려 한 것이 당연했다면, 일제 식민지 시대에 살았던 (나)의 저자 신채호에게 있어서는 또한 민족의 기상을 일깨우는 역사를 서술하려는 의지를 갖는 것이 당연했을 것이며, 그런 차이 때문에 김유신에 대한 평가는 극단적으로 엇갈리지 않을 수 없었을 것이다. 한국이라는 범위를 벗어나서 생각하면 이 문제는 더욱 복잡해진다. 영토 축소라는 견지에서 신라에 의한 삼국 통일을 개탄하고 고대의 식민 활동 등을 부각시키는 (나)의 관점이란 다른 민족의 입장에서 보자면 제국주의적 공상에 다름 아닐 수도 있는 것이다.

그렇다고 객관적으로 역사를, 세계를 인식하려는 노력이 모두 헛된 것이라는 말은 아니다. 객관성이라는 기준은 적어도 주관의 근거 없는 횡포를 막을 수 있게 해주며, 근거를 확충하고 다른 가능성에 귀를 기울이는 노력을 계속할 수 있도록 해준다. 사료 없이는 (나)도 (다)도 있을 수 없으며, 사료의 조작이나 날조로 역사 서술을 행할 수는 없는 것이다. 객관성이라는 기준은 적어도 이런 견제와 반성의 장치로서 의미를 가진다고 할 수 있다.

현재의 입장 없이 역사가 있을 수 없는 것은 당연하다. 어쩌면 현재의 자기 자리를 점검하고 혹은 정당화하려는 생각이야말로 역사에 관심을 기울이게 하는 출발점일 것이다. 그러나 입장과 주관만으로 역사가 씌어질 수는 없다. 역사란 과거의 사실에 기반해야 하는 것이며, 그 선택이 아무리 임의적이더라도 사실이 존재한다는 사실 자체가 현재의 입장을 점검하고 반성하며 '보다 널리 합의될 수 있는' 입장을 찾아 나가게끔 하기 때문이다. 세계를 알아 나가는 출발점은 지금 여기 있는 '나'이지만, '나'는 또한 세

신채호

계와의 대화를 통해 자기 자리를 잡아 나가는 것이다. 입장을 가질 것을 피하지 않되 또한 사실의 반박 앞에서 입장을 바꿀 것 또한 피하지 않는 태도, 현재와 과거의 엄격하고 생산적인 대화로서 써 나가는 역사 외에 우리에게 다른 '역사'와 다른 '사실'은 없을지도 모른다.

백범일지

김 구
金 九

독립운동가이자 정치가인 김구(1876~1949)는 본명은 창수(昌洙)이며 호는
백범이다. 구한말인 1876년 황해도 해주 백운방에서 태어난 김구는 부패한
세태에 울분을 참지 못해 18세 때 동학에 입도하였으며, 이듬해 동학군 선봉
장으로 해주성을 공략하기도 했다. 1896년, 민비 시해 사건에 충격을 받고
귀향하던 중 일본군 중위 쓰치다를 처단한 것을 계기로 민족주의 운동에 투
신하기 시작, 교육운동 · 농촌부흥운동 등에 힘썼으며, 1919년 상해로 망명한
후에는 임시정부 각료로 활동하면서 조선광복군을 조직하는 등 군사적 활동
에도 주력했다. 광복 후 국민회의 부주석에 취임, 남한 단독 선거를 반대하고
자주 독립된 통일 정부를 세울 것을 호소하는 등 민족통일운동을 전개하다가
1946년 6월 암살당하였다. 저서로 『백범일지』를 남겼으며, 1962년 건국훈장
대한민국장이 추서되었다.

『백범일지(白凡逸志)』는 백범 김구의 자서전으로 상권은 1929년 상해에서 집필한 것이고, 하권은 1942년에 집필 종료된 것이라 한다. 그 밖에 '민족국가' '정치이념' '내가 원하는 우리 나라'라는 세 편의 글로 구성된 논설 「나의 소원」이 끝부분에 붙어 있어, 구한말 및 일제 강점기의 사회·정치 상황을 보여 주는 외에도, 완전 독립된 통일국가 건설을 지향하는 김구의 민족 이념을 보여 주는 역사적인 문헌 역할을 하고 있다. 본래 원본은 한문과 고어가 많은 국한문 혼용체 세로쓰기로 되어 있으나, 출간본들은 편의를 위해 현대어로 윤문한 것이 대부분이다. 『백범일지』의 출간본은 백범이 암살된 이듬해인 1947년, 아들 김신이 도서출판 국사원에서 초판본을 펴냄으로써 처음 나왔고, 이후 오늘날에 이르기까지 10여 본이 여러 출판사에서 중간되고 있다. 전기문학의 현대적 고전으로 독립운동의 증언서이다.

『백범일지』는 죽음을 무릅쓴 항일독립운동의 최전선에서 유서 대신으로 민족독립운동에 대한 경륜과 소회를 기록한 글로, 과장이나 수식 없이 사실 그대로를 밝히는 데 힘쓴 소박·담백한 글이면서도 비장감이 넘친다. 상권은 머리말에 해당하는 「두 아들에게 주는 글」과 본문 「우리 집과 내 어린 적」 「기구한 젊은 때」 「방랑의 길」 「민족에 내놓은 몸」으로 엮여 있으며, 하권은 김구가 주도한 1932년 한인애국단의 두 차례에 걸친 항일 거사, 즉 이봉창 의사의 일왕(日王) 저격 의거와 윤봉길 의사의 4·29 상해 의거로 임시정부가 상해를 떠나 중국 각처로 표류하다가 중경으로 옮겨가 있던 제2차 세계대전 중에 집필한 것으로 칠순을 앞둔 망명가의 회고 기록이 되고 있다. 하권에서는 「3·1 운동의 상해」 「기적장강만리풍(寄跡長江萬里風)」 등의 제목 아래 광복을 맞기까지의 투쟁 역정을 엮고 있는데, 임시정부 환국이나 삼남(三南) 순회 대목 같은 것은 광복 이후에 첨가된 것으로 보인다. 아들 김신이 소장하고 있는 원본, 1929년 상권 집필 후 백범이 미주 지역 동포들에게 보냈던 등사본, 고서점에서 발견된 필사본, 여러 출판사에서 간행된 다양한 출간본 등이 있어 한국 서지학에서도 특기할 만한 책이라 하겠다.

작품 읽기

(가) 나는 시급히 청나라 금주에 있는 서옥생의 집으로 가기로 결정하였다. 김형진은 자기 본향으로 가게 되어 동행하지 못하고 단신으로 출발하였다. 평양에 도착하니 관찰사 이하 전부가 단발을 하고, 길목을 막고 서서 지나가는 행인들을 붙들고 머리를 깎고 있었다. 단발령을 피하려고 시골로나 산골로 숨어 들어가는 백성들의 원성이 길을 가득 메운 것을 목격하고, 나는 머리끝까지 분기가 가득하였다.

안주에 도착했는데, 게시판을 보니 단발정지령이 내려 있었다. 소문을 들으니, 경성 종로에서 사람들에게 단발을 시켰다가 대소동이 일어났다고 했다. 일본인들의 가옥을 때려부수고 일인을 다수 때려죽이는 등 변란이 나고, 당시 정부 당국자들에게도 큰 변동이 일어났다고 했다. 이야기를 들어 보니, 장차 나라 안 사정이 많이 변할 낌새가 굳이 출국할 것이 없다는 생각이 들었다. 또 삼남 방면에서 의병이 봉기한다고도 하니, 다시 돌아가서 시세를 관찰하리라 결심하고 회정하였다.

용강군에서 안악군 치하포로 배를 타고 건너게 되었는데, 때는 병신년(1896년) 2월 하순이었다. 강 위에 빙산이 떠 다니는 바람에 열대여섯 명의 남녀 선객이 이 빙산에 포위되고 말았다. 진남포 하류까지 빙산에 싸여 내려갔다가 조수를 따라서 다시 상류로 오르락내리락하게 됐는데, 선객들은 물론 뱃사공들까지 모두 얼음키신이 되는 줄 알고 당황해 했다. 나도 해마다 얼음이 얼었다가 풀리는 때가 되면 사람들이 종종 이런 나루터에서 빙산에 포위되어 참사를 겪게 된다는 것을 들어 알고 있었던 바, 이날 불행히도 내가 그런 위태로운 지경에 빠지게 되었던 것이다. 사람들이 살려 달라고 하나님께 부르짖는 소리, 어머니를 부르는 울음소리가 배에 진동하였다.

나는 살아 나갈 방도를 찾아보았다. 배 안에는 식량이 없어 얼어죽는 것보다 먼저 굶어죽을 판이었다. 다행히 나키 한 필이 있어, 빙산의 포위가 오랫동안 계속될 것 같으면 잔인하나마 부득불 나키를 잡아서 열대여섯 사람의 생명을 보전하기로 했다. 무작정 소리내어 우는 것이 우리 목숨을 구하는 길이 아니니, 뱃일을 사공에게만 맡길 것이 아니라 선객 모두가 일제히 힘을 합해서 빙산을 밀어내자고 했다. 빙산이 순식간에 물러가지는 않는다 하더라도, 추위 속에 몸을 움직이면 운동이 될 터이니 유익할 것 같았다. 내가 이런 주장을 맹렬히 내세우고 힘쓸 자를 구하니 선객들과 뱃사공이 일제히 찬성하였다. 나는 몸을 날려 빙산에 올라가서 얼음들이 모여 있는 형세를 살펴보고, 큰 얼음덩이에 의지해서 작은 것을 힘껏 밀어내 보았다. 이렇게 노력하던 중 간신히 힌 줄기 살 길을 찾게 되었다.

멀리 떨어진 치하포에는 닿지 못하고 5리 밖 강기슭으로 올라갔다. 서산에 지는 달이 아직 희미하게 빛을 발하고 있었다. 치하포에 도착해서 여관을 정하고 있는 나루터 주인의 집에 들어갔다. 풍랑으로 인해 유숙하는 손님들이 세 칸 여관방에 가득하였다. 자정이 넘은 시각이었으므로 방방마다 코 고는 소리만 들렸다. 함께 고생했던 우리 일행들도 방 세 칸에 나뉘어 들어가 잠을 자고 쉬었다.

잠이 막 들자마자 먼저 들어온 여행객들이 일어나 떠들며, 오늘은 날씨가 좋으니 배를 타고 건너게 해달라고 한바탕 야단을 쳤다.

조금 있다가 아랫방에서부터 아침식사가 시작되어 가운뎃방과 윗방까지 밥상이 들어왔다. 그때 가운뎃방에는 단발을 하고 한복을 입은 사람 한 명이 같이 앉은 나그네와 인사를 나누고 있었다. 성은 정씨라 하고 장연에 산다고 하는데, 말투는 장연말이 아니고 경성말이었다. 촌 늙은이들은 그를 진짜 조선인으로 알고 이야기를 나누었으나, 내가 보기에는 분명히 왜놈이었다. 자세히 살펴보니 흰 두루마기 밑으로 칼집이 보였다. 가는 길을 물어 보니 진남포로 간다 했다.

나는 그놈의 행색에 대해 곰곰이 생각해 보았다.

'이곳은 진남포 맞은편 기슭이므로 매일매일 여러 명의 왜인이 자기들의 본래 행색대로 통행하는 곳이다. 그러니 저놈이 보통 장사치나 기술자 같으면, 굳이 우리 조선사람으로 위장하지 않아도 되었을 것이다. 그렇다면 혹시 저자가 우리 국모를 시해한 미우라가 아닐까? 경성에서 일어난 분란 때문에 도망하여 당분간 숨으려는 것은 아닌가? 만일 미우라가 아니더라도 미우라의 공범일 것 같다. 여하튼 칼을 차고 숨어 다니는 왜인이 우리 국가와 민족의 독버섯인 것은 명백한 사실이다. 내가 저놈 한 명을 죽여서라도 국가의 치욕을 씻어 보리라.'

먼저 주위 환경과 나의 역량을 살펴보았다. 방 세 칸에 가득 찬 손님의 수가 40여 명 되어 보였고, 그놈의 패거리가 몇 명 정도 섞여 있을지는 알 수 없었으나, 나이 17~18세 되어 보이는 총각이 그놈 옆에서 무슨 말인가 하고 있었다.

'나는 혼잣몸에 빈손이 아닌가? 섣불리 손을 썼다가 내 목숨만 저놈의 칼 아래 끊어 보내는 것은 아닐까? 그렇게 되면 내 의지와 목적은 세상에 드러내지도 못하고, 도리어 도적놈의 시체 하나만 남기고 죽고 말 것이다. 또 내가 빈손으로 단번에 저놈을 죽일 수는 없다. 만약 죽을 결심을 하고 대들더라도 방안에 있는 사람들이 만류하면 그 틈을 타서 저놈의 칼이 내 몸에 들어오고 말 것이다. 그러니 아무리

생각하여도 이 일은 불가능한 일이다.'

이런 생각을 하니 가슴이 심하게 울렁거렸다.

심신이 자못 혼란한 상태에 빠져 고민하고 있는데, 홀연히 한 가닥 광명이 가슴속에 비치는 듯하였다. 그것은 바로 후조(後凋) 고능선 선생이 가르쳐 주신 교훈이었다.

가지 잡고 나무를 오르는 것은 기이한 일이 아니나
벼랑에 매달려 잡은 손을 놓는 것이 가히 장부로다.

나는 곧 자문자답해 보았다.

문 : "너는 보기에 저 왜인을 죽여 설욕하는 것이 옳다고 확신하는가?"

답 : "그렇다."

문 : "너는 어릴 때부터 '마음 좋은 사람'이 되기가 소원이 아니었더냐?"

답 : "그렇다. 그러나 나는 지금 성공하지 못할 경우를 먼저 걱정하고 있다. 원수 왜놈을 죽이려다가 성공하지 못하고 도리어 내가 죽임을 당하면, 한낱 도적의 시체로 세상에 남겨질까 그것을 미리 걱정하고 있는 것이다. 그렇다면 내가 이때까지 '마음 좋은 사람'이 되고자 했던 것은 다 거짓 소망이었던가? 사실은 '몸에 이롭고 이름 내는 것을 좋아하려는 사람'이 되려는 소원만 가졌던 것이 아닌가?"

자문자답 끝에 어느덧 죽을 작정을 하고 나니, 가슴속에서 일렁이던 파도는 어느덧 잔잔해지고 백 가지 계책이 줄지어 떠오르기 시작했다.

우선 방안에 있는 40여 명의 손님들과 동네 사람 수백 명을 무형의 노끈으로 꽁꽁 동여 움직이지 못하게 하기로 했다. 그 왜놈이 조금이라도 불안한 상태를 느끼게 되면 거기 대비하게 될 터이니, 일단

아무 눈치도 채지 못하도록 안심을 시키고, 나 한 사람이 자유자재로
연극을 연출하는 방법을 쓰기로 했다.

아랫방에 먼저 도착하여 제일착으로 밥상을 받은 사람이 숟가락질
을 시작했다. 그러나 자던 입에 새벽밥이라고 밥이 제대로 넘어갈 리
가 없었다. 삼분의 일도 채 못 먹고 있을 무렵, 나중에 밥상을 받은 나
는 네댓 숟갈로 한 그릇 밥을 다 먹어치웠다. 일어서서 주인을 부르
니 골격이 준수하고 나이 약 37~38세나 되었음직한 사람이 문 앞에
와서 물었다.

"어느 손님이 불렀소?"

나는 주인을 보고 말했다.

"내가 좀 청했소이다. 다름 아니라 내가 오늘 7백여 리나 되는 산
길을 걸어서 넘어가야 하는데, 아침을 더 먹고 가야겠으니 밥 일곱
상만 더 차려다 주시오."

주인은 아무 대답 없이 나를 보기만 하더니, 내 말에는 대답도 아
니하고 방안에서 아직 밥을 먹고 있는 다른 손님들을 보고서 이렇게
말했다.

"젊은 사람이 불쌍도 하다. 미친놈이군."

이 말 한마디를 하고는 안방으로 들어가 버렸다. 나는 한켠에 드러
누워서 방안 사람들의 평판과 분위기를 보면서 왜놈의 동정을 살펴
보았다. 방안에서는 두 갈래 논쟁이 일어나기 시작했다. 그 중 유식하
게 보이는 청년들은 주인의 말과 같이 나를 미친 사람이라 했고, 식
후제일미로 긴 담뱃대를 붙여 물고 앉은 노인들은 이 청년들을 나무
라며 말했다.

"여보게. 말을 함부로 말게. 지금인들 이인(異人)이 없으란 법 있겠
나? 이런 말세에는 마땅히 이인이 나는 법일세."

청년들이 대번에 그 말을 받아 대꾸했다.

"이인이 없을 리 없겠지만, 저 사람 생긴 꼴을 보세요. 무슨 이인이

저렇겠어요?"

그 왜놈은 별로 주의하는 빛도 없이 식사를 마치고 중문 밖에 서서 문기둥을 의지하고 방안을 들여다보며 총각아이가 밥값 계산하는 것을 지켜보고 있었다.

나는 서서히 몸을 일으켜 크게 호령하며 그 왜놈을 발길로 차서 거의 한 길이나 되는 계단 밑으로 떨어뜨렸다. 그리고는 바로 쫓아 내려가서 놈의 목을 힘껏 밟았다.

세 칸 객방의 앞쪽 출입문이 아랫방에 한 짝, 가운뎃방의 분합문(分閤門) 두 짝, 윗방에 한 짝, 합해서 모두 네 짝인데, 이 방문 네 짝이 일제히 열리면서 문마다 사람머리가 다투어 나왔다.

나는 몰려나오는 사람들을 향하여 간단하게 한마디로 선언하였다.

"누구든지 이 왜놈을 위해 내게 달려드는 자는 모두 죽이고 말리라."

선언이 채 끝나기도 전에, 방금 내 발에 차이고 밟혔던 왜놈이 새벽 달빛에 칼빛을 번쩍이며 달려들었다. 얼굴로 떨어지는 칼을 피하면서 발길로 왜놈의 옆구리를 차서 거꾸러뜨리고 칼 잡은 손목을 힘껏 밟으니 칼이 저절로 땅바닥에 떨어졌다.

나는 그 왜놈을 머리로부터 발끝까지 점점이 난도질했다. 아직 2월 날씨라 마당은 빙판이었는데, 피가 샘솟듯 넘쳐서 마당으로 흘러내렸다. 나는 손으로 왜놈의 피를 움켜 마시고, 그 피를 얼굴에 바르고, 피가 떨어지는 칼을 들고 방안으로 들어가 호통을 쳤다.

"아까 왜놈을 위하여 내게 달려들려고 하던 놈이 누구냐?"

방안에 있던 자들 중 미처 도망가지 못한 자들은 모두 엎드려서 빌기 바빴다.

"장군님, 살려 주시오. 나는 그놈이 왜놈인 줄 모르고 보통 싸움으로만 알고 말리려고 나갔던 것입니다."

또 어떤 사람은 이렇게 말했다.

"나는 어제 배 위에서 장군님과 같이 고생하던 장사꾼입니다. 왜놈과 같이 오지도 않았습니다."

노인들은 겁이 나서 벌벌 떨면서도 아까 청년들을 책망하며 나를 편들어 준 일로 떳떳이 가슴을 내밀고 말했다.

"장군님, 아직 지각이 없는 청년들을 용서하십시오."

이러는 가운데, 주인 이화보가 왔다. 그는 감히 방안에 들어오지도 못하고 방 바깥에 엎드려서 빌었다.

"소인이 눈은 있지만 눈동자가 없어 장군님을 멸시하였으니, 그 죄 죽어도 여한이 없습니다. 그러나 저 왜놈에게는 다만 밥 팔아먹은 죄밖에 없습니다. 아까 장군님을 능욕하였으니 죽어도 마땅합니다."

나는 방안에 꿇어 엎드린 채 떨고 있는 사람들을 향하여 일어나 앉으라고 명하고 주인 이화보에게 물었다.

"네가 그놈이 왜놈인 것은 어떻게 알았느냐?"

"소인이 나루터 객주를 하는 탓에 진남포로 내왕하는 왜인들이 종종 제 집에서 자고 다닙니다. 그러나 한복을 입고 오는 왜인은 오늘 처음 봅니다."

나는 다시 물었다.

"이 왜인은 복색뿐만 아니라 조선말도 능한데 네 어찌 왜인인 줄 알았느냐?"

"몇 시간 전에 황주로부터 온 목선 한 척이 포구에 들어왔는데, 뱃사람들의 말이 일본 영감(令監) 한 분을 태워 왔다고 하기에 알았습니다."

"그 목선이 아직 포구에 있느냐?"

"그렇습니다."

나는 그 뱃사람을 데려오라고 하였다.

이와 같이 문답하는 가운데, 눈치 빠른 이화보는 일변 세면도구들을 들여오고, 그런 다음 밥 일곱 그릇을 한 상에 놓고, 다른 한 상에는 반찬을 차려 들여놓고서 먹기를 청하였다. 나는 얼굴을 씻고 밥을 먹게 되었다.

밥 한 그릇을 먹은 지 10분 정도밖에 안 되었으나, 과격한 행동을 한 뒤라서 한두 그릇쯤은 더 먹을 수 있었다. 그러나 일곱 그릇까지 먹는다는 것은 무리였다. 그래도 애시당초 일곱 그릇을 더 요구한 것이 거짓말로 알려져서는 재미없는 일이라 큰 양푼 하나를 청하여 밥과 반찬을 한 군데에다 붓고 숟가락 한 개를 더 청하였다. 숟가락 두 개를 포개 들고서 밥 한 덩이가 사발통만큼씩 되게 밥을 떠 먹었다. 곁에서 보는 사람 생각으로는 몇 번만 더 뜨면 그 밥을 다 먹겠구나 하도록 보기 좋게 한 두어 그릇 분량을 먹다가 숟갈을 던지고 혼잣말로 중얼거렸다.

"오늘은 먹고 싶던 원수의 피를 많이 먹었더니 밥이 들어가지를 않는다."

식사를 마치고 일의 조처에 착수했다.

왜놈을 싣고 온 뱃사람 7명이 문 앞에 엎드려 죄를 청하였다.

"소인들은 황주에 사는 뱃사람들인데 왜놈을 싣고 진남포까지 뱃삯을 작정하여 가던 죄밖에 없습니다."

나는 뱃사람들에게 명하여 왜놈의 소지품 전부를 가지고 오도록 했다. 소지품을 조사해 본 결과, 그 왜인은 쓰치다(土田讓亮)라는 지였고 직위는 육군 중위였다. 가진 돈이 엽전 800냥 남짓 되었다. 그 돈으로 뱃삯을 지불하고, 이화보를 시켜 동네의 동장을 불러오라 했다. 그러자 이화보가 말하기를,

"소인, 명색이 동장이올시다."

했다. 동네의 극빈한 집에 그 나머지 돈을 모두 나눠 주라고 명령했다.

"왜놈의 시체는 어찌하오리까?"

하고 물으므로 이렇게 분부하였다.

"왜놈들은 우리 조선의 사람들뿐 아니라 모든 생물들의 원수니, 바 닷속에 던져서 물고기와 자라들까지 즐겁게 뜯어먹도록 하라."

그런 다음 이화보에게 필기구를 갖고 오게 해서 몇 줄의 포고문을 썼다. 먼저 왜놈 죽인 이유를 '국모보수(國母報讐)의 목적으로 이 왜 인을 죽이노라'라고 밝히고, 마지막 줄에 '해주 백운방 텃골 김창수' 라 써서 사람들이 지나다니는 길거리 벽에 붙였다.

그리고 다시 이화보에게 명령하였다.

"네가 이 동네 동장이니 안악 군수에게 사건의 전말을 보고하라. 나는 내 집으로 돌아가서 연락을 기다리겠다. 기념으로 왜인의 칼은 내가 가지고 가겠다."

출발하려고 보니, 전신 의복꼴이 말이 아니었다. 흰옷이 피로 물들 어 붉은 옷으로 변해 있었다. 다행히도 벗어 걸어두었던 두루마기가 있었으므로 그것을 입고 허리에 칼을 찼다. 한가로워 보이는 태도로 행객들과 동네사람 수백 명이 모여 쳐다보는 사이를 지나 키로에 올 랐다. 겉으로는 태연자약하였으나 마음속으로는 매우 조급하였다. 만 약 동네사람들이 가지 못하게 막는다면, 사실을 설명할 기회도 없이 왜놈들이 와서 나를 죽이고 말 것이다.

"네가 복수를 하였든지 무엇을 하였든지 우리 동네에서 살인을 하 였으니 네 스스로 일을 해결하고 가라."

만약 이렇게 나온다면 어떻게 할 것인가? 물론 이것은 내 생각이 었을 뿐이지, 그 사람들 중 아무도 내게 그런 말을 할 자는 없었을 것 이다.

발길을 일부러 천천히 옮겨 고개 위에 올라서서 곁눈으로 치하포 를 내려다보니, 사람들이 여전히 모여 서서 내가 가는 것을 구경하고 있었다. 시간은 어느덧 흘러 아침해가 높이 올라와 있었다.

고개를 넘은 후에는 빠른 걸음으로 신천읍에 도착하였다. 그날은 신천읍 장날이었다. 시장 이곳 저곳에서 치하포 이야기가 들렸다.

"오늘 새벽 치하포 나루에 어떤 장사가 나타나서 일본사람을 한 주먹으로 때려죽였다지."

"그래, 그 장사하고 같이 용강에서부터 배를 타고 갔다는 사람을 만났는데, 나이 스물도 채 못 되어 보이는 소년이라더군. 강 위로 빙산이 몰려와서 배가 그 사이에 끼여 다 죽게 되었는데, 그 소년 장사가 큰 빙산을 손으로 밀어내고 배에 탄 사람들을 다 살렸다던데. 게다가 그 장사는 밥 일곱 그릇을 눈 깜짝할 사이에 다 먹더라는걸."

이런 말을 듣다가 신천 서부에 사는 동학당 친구 유해순을 찾아갔다. 유씨가 한참 후에 "형의 몸에서 피비린내가 난다."하며 자세히 보더니, "의복에 웬 피가 이다지 많이 묻었소?"하고 물었다. 나는 대강 둘러댔다.

"길에 오다가 왜가리 한 마리를 잡아먹었더니 피가 묻었소이다."

그러나 유씨는 다시 물었다.

"그 칼은 웬 것이오?"

"여보, 노형이 동학 접주 노릇할 적에 남의 돈을 많이 강탈하여 두었다는 말을 듣고 내가 강도질하러 왔소."

그러나 유씨는 또 다시 물으며, 사실 이야기를 하라고 졸랐다.

"동학 접주가 아니고서 그런 말을 하여야 믿지요. 어서 사실대로 말해 보시오."

나는 대강 지난 일을 말해 주었다. 내 이야기를 들은 유해각·유해순 형제는 크게 놀라면서, 과연 쾌남아다운 행동이라 하였다. 그리고 내게 강권하기를, 본가로는 가지 말고 다른 곳으로 피신하라 하였다. 그러나 나는 절대로 그렇게 할 수 없다고 말하였다.

"사람의 일은 모름지기 밝고 떳떳하여야 하오. 그래야 사나 죽으나 값이 있지. 세상을 속이고 구차히 사는 것은 사나이 대장부가 할 일이 아니오."

곧 떠나서 집으로 돌아왔다. 아버님께 그 동안 있었던 일을 일일이 보고하니 부모님 역시 피신할 것을 애써 권하셨다. 그러나 나는 이번에 내가 왜놈을 죽인 것은 사사로운 감정으로 한 일이 아니라 국가적인 수치를 씻기 위해 행한 일이니 정정당당하게 대처하겠다고 말씀드렸다.

"피신할 마음이 있었다면 애시당초 그런 일을 하지 않았을 겁니다. 이미 실행한 이상 자연히 법사(法司)에서 사법적인 조치가 있을 터이니 그에 따르도록 하겠습니다. 이 한 몸 희생하여 만인을 교훈할 수 있다면 죽어도 영광된 일입니다. 제 소견으로는 집에 앉아서 마땅히 당할 일을 당하는 것이 의로운 일이라 생각합니다."

아버님도 다시 강권을 아니하시고 이런 말씀을 하셨다.

"내 집이 흥하든 망하든 네가 알아 하여라."

(『백범일지』 중에서)

(나) 나는 우리 나라가 세계에서 가장 아름다운 나라가 되기를 원한다. 가장 부강한 나라가 되기를 원하는 것은 아니다. 내가 남의 침략에 가슴이 아팠으니, 내 나라가 남을 침략하는 것을 원치 아니한다. 우리의 부력(富力)은 우리의 생활을 풍족히 할 만하고, 우리의 강력(强力)은 남의 침략을 막을 만하면 족하다. 오직 한없이 가지고 싶은 것은 높은 문화의 힘이다. 문화의 힘은 우리 자신을 행복하게 하고, 나아가서 남에게 행복을 주겠기 때문이다. 지금 인류에게 부족한 것은 무력도 아니요, 경제력도 아니다. 자연과학의 힘은 아무리 많아도 좋으나, 인류 전체로 보면 현재의 자연과학만 가지고도 편안히 살아가기에 넉넉하다.

인류가 현재에 불행한 근본 이유는 인의(仁義)가 부족하고, 자비가 부족하고, 사랑이 부족한 때문이다. 이 마음만 발달이 되면 현재의 물질력으로 20억이 다 편안히 살아갈 수 있을 것이다. 인류의 이 정신을 배양하는 것은 오직 문화이다. 나는 우리 나라가 남의 것을 모방

김구

하는 나라가 되지 말고, 이러한 높고 새로운 문화의 근원이 되고, 목표가 되고, 모범이 되기를 원한다. 그래서 진정한 세계의 평화가 우리 나라에서, 우리 나라로 말미암아서 세계에 실현되기를 원한다.

홍익인간(弘益人間)이라는 우리 국조(國祖) 단군의 이상이 이것이라고 믿는다. 또 우리 민족의 재주와 정신과 과거의 단련이 이 사명을 달하기에 넉넉하고, 국토의 위치와 기타의 지리적 조건이 그러하며, 또 1차 · 2차 세계대전을 치른 인류의 요구가 그러하며, 이러한 시대에 새로 나라를 고쳐 세우는 우리의 서 있는 시기가 그러하다고 믿는다. 우리 민족이 주연 배우로 세계의 무대에 등장할 날이 눈앞에 보이지 아니하는가. 이 일을 하기 위하여 우리가 할 일은 사상의 자유를 확보하는 정치 양식의 건립과 국민 교육의 완비다. 내가 위에서 자유의 나라를 강조하고, 교육의 중요성을 말한 것이 이 때문이다. 최고 문화 건설의 사명을 달할 민족은 일언이 폐지하면, 모두 성인(聖人)을 만드는 데 있다. 대한 사람이라면 간 데마다 신용을 받고 대접을 받아야 한다.

우리의 적이 우리를 누르고 있을 때는 미워하고 분해하는 살벌 · 투쟁의 정신을 길렀었거니와, 적은 이미 물러갔으니 우리는 증오의 투쟁을 버리고 화합의 건설을 일삼을 때다. 집안이 불화하면 망하고, 나라 안이 갈려서 싸우면 망한다. 동포 간의 증오와 투쟁은 망조다. 우리의 용모에서는 화기가 빛나야 한다. 우리 국토 안에는 언제나 춘풍이 태탕하여야 한다. 이것은 우리 국민 각자가 한번 마음을 고쳐먹음으로써 되고, 그러한 정신의 교육으로 영속될 것이다. 최고 문화로 인류의 모범이 되기로 사명을 삼는 우리 민족의 각원(各員)은 이기적 개인주의자여서는 안 된다. 우리는 개인의 자유를 극도로 주장하되, 그것은 저 짐승들과 같이 저마다 제 배를 채우기에 쓰는 자유가 아니라, 제 가족을, 제 이웃을, 제 국민을 잘살게 하기에 쓰이는 자유다. 공원의 꽃을 꺾는 자유가 아니라 공원에 꽃을 심는 자유다.

우리는 남의 것을 빼앗거나 남의 덕을 입으려는 사람이 아니라, 가족에게, 이웃에게, 동포에게 주는 것으로 낙을 삼는 사람이다. 우리말에 이른바 선비요 점잖은 사람이다. 그러므로 우리는 게으르지 아니하고 부지런하다. 사랑하는 처자를 가진 가장은 부지런할 수밖에 없다. 한없이 주기 위함이다. 힘드는 일은 내가 앞서 하니 사랑하는 동포를 아낌이요, 즐거운 것은 남에게 권하니 사랑하는 자를 위하기 때문이다. 우리 조상네가 좋아하던 인후지덕(仁厚之德)이란 것이다.

　이러함으로써 우리 나라의 산에는 삼림이 무성하고 들에는 오곡백과가 풍성하며, 촌락과 도시는 깨끗하고 풍성하고 화평한 것이다. 그리하여 우리 동포, 즉 대한사람은 남자나 여자나 얼굴에는 항상 화기가 있고, 몸에서는 덕의 향기를 발할 것이다. 이러한 나라는 불행하려하여도 불행할 수 없고, 망하려 하여도 망할 수 없는 것이다. 민족의 행복은 결코 계급투쟁에서 오는 것도 아니요, 개인의 행복이 이기심에서 오는 것이 아니다. 계급투쟁은 끝없는 계급투쟁을 낳아서 국토의 피가 마를 날이 없고, 내가 이기심으로 남을 해하면 천하가 이기심으로 나를 해할 것이니, 이것은 조금 얻고 많이 빼앗기는 법이다. 일본의 이번 당한 보복은 국제적·민족적으로도 그러함을 증명하는 가장 좋은 실례다. 이상에 말한 것은 내가 바라는 새 나라의 용모의 일단을 그린 것이거니와,

　동포 여러분! 이러한 나라가 될진대 얼마나 좋겠는가. 우리네 자손을 이러한 나라에 남기고 가면 얼마나 만족하겠는가. 옛날 한토(漢土)의 기자(箕子)가 우리 나라를 사모하여 왔고, 공자께서도 우리 민족이 사는 데 오고 싶다고 하셨으며, 우리 민족을 인(仁)을 좋아하는 민족이라 하셨으니, 옛날에도 그러하였거니와 앞으로는 세계 인류가 모두 우리 민족의 문화를 이렇게 사모하도록 하지 아니하려는가. 나는 우리의 힘으로, 특히 교육의 힘으로 반드시 이 일이 이루어질 것을 믿는다. 우리 나라의 젊은 남녀가 다 이 마음을 가질진대 아니 이루어

344

김구

지고 어찌하랴!

나는 일찍이 황해도에서 교육에 종사하였거니와 내가 교육에서 바라던 것이 이것이었다. 내 나이 이제 칠십이 넘었으니, 직접 국민교육에 종사할 시일이 넉넉지 못하거니와, 나는 천하의 교육자와 남녀 학도들이 한번 크게 마음을 고쳐 먹기를 빌지 아니할 수 없다.

(『백범일지』,「나의 소원」 중에서)

논점 (가)의 이른바 '치하포 사건'은 『백범일지』에 기록된 사건 중에서도 가장 드라마틱한 사건이다. 김구는 이 사건에서 하루에 7백 리를 간다 하고 밥 일곱 그릇을 청하는 등 이인(異人)의 면모를 지어 보임으로써 민족의 사기를 더욱 진작시키고자 했으며, 일인을 죽인 후에는 실명(實名)으로 방을 써 붙였고, 고향으로 돌아가 하회를 기다렸다. 그는 석 달 후 투옥되었으며, 사형 선고를 받았지만 탈출했다. (나)는 『백범일지』 끝부분에 붙어 있는 유명한 「나의 소원」 중 마지막 부분이다.

통합형 문·답

> (가)와 (나)를 읽고 상황에 따라 다르게 나타날 수 있는 민족주의의 다면성에 대해 생각해 본 후, 민족주의의 가치 및 의의에 대한 생각을 정리해 보자.

민족주의라는 이름 아래 포괄되는 이념이나 운동은 너무도 다양하다. 지난 세기 유럽의 여러 나라로 하여금 다투어 세력을 확장하고 식민지 경영에 몰두하게끔 한 기반이 자기 민족과 국가의 우월성을 믿고 그 안전과 번영을 확보하고자 한 민족주의였다면, 식민지 국가에서 이들에 맞서 민족의 생존권을 주장하면서 저항을 조직할 수 있도록 한 힘도 민족주의였다. 일본 제국주의가 공격적인 민족주의 이념에서 출발한 것이었던 반면, 식민지 한국의 저항 논리 역시 민족주의였다. 한 나라 안이나 한 개인 내부라고 상황이 다른 것은 아니다.

한국 근대사에서 민족주의를 대표한다 말할 수 있는 백범 김구의 경우를 보더라도 그렇다. 21세 때 그가 행했던 첫 '거사'는 일본군 중위 쓰치다를 살해한 이른바 '치하포 사건'이었는데, 이 사건에서 그가 보여 주는 모습은 군사·정보 계통에 종사한다고 짐작되는 일본인을 만나자 별다른 이유 없이도 곧 제거할 결심을 하는 공격적인 모습, 일본인의 피를 몸에 두르고 피를 마시기까지 하는 폭력적인 모습이다. 이 공격성의 기반은 물론 쇠약해 가는 민족 정기를 살려야 한다는 민족주의이며, 여기에는 어떤 반성의 시선도 개입되지 않는다. 한 개인으로 보자면 살해된 일본인 역시 '이해할 만한' 존재였을 것이다. 게다가 그 역시 김구처럼 국가와 민족을 위해 자기 몸의 안위를 돌보지 않은 사람이기도 했을 것이다. 문제는, 김구가 식민지화되어 가고 있는 조선의 백성이었던 반면, 쓰치다는 제국주의적 야심을 뻗쳐 나가기 시작한 일본의 국민이었다는 차이에만 있는 것인지도 모른다. 만일 그렇다면, 민족의 생존과 번영을 기한다는 민족주의는 언제든지 제국주의로 탈바꿈할 준비가 되어 있는 위험한 이념일지도 모른다.

그러나 김구는 광복 후 쓴 「나의 소원」에서 그런 위험을 스스로 경계했다. '내가 남의 침략에 가슴이 아팠으니, 내 나라가 남을 침략하는 것을 원치 아니한다'고 하며, 부강이나 무력보다 전 인류에 기여할 수 있는 문화의 가치를 쌓아 '가장 아름다운 나라'로 조국을 만들어 가자는 호소에는 제국주의나 팽창주의로의 위험을 경계하는 사려 깊은 민족주의자로서의 모습이 투영되어 있다. 김구가 이미 지적했던 대로, 민족주의가 영원불멸의 절대적 가치일 수는 없다. '민족'이라는 관념이 본격적으로 형성되기 시작한 것이 고작 몇 백 년 전의 일일 뿐이라는 사실을 상기하더라도, '민족'만을 지상(至上)의 가치로 생각하는 태도에는 문제가 있다. 그러나 김구가 또한 역설하듯, 사해동포(四海同胞)라는 아름다운 목표 역시 현실을 기반으로 하지 않을 수 없으니, '현실의 진리는 민족마다 최선의 국가를 이루어 최선의 문화를 낳아 길러서 다른 민족과 서로 바꾸고 서로 돕는 일'이라 할 수 있겠다.

그렇다면 민족주의라는 이념은 택할 것인가 아닌가의 대상이 되기보다는 어떻게 실천해 갈 것인가 하는 방법론의 대상이 되는 셈이라 하겠다. 우리가 아직 민족주의의 시대에 머물러 있다는 사실을 인정한다면, 자기 민족의 안위와 번영을 먼저 고려하는 이념은 당연한 것으로 인정되지 않을 수 없다. 그러나 또한 인류의 평화와 공영(共榮)이라는 이상을 인정한다면, 그리고 그 이상에 전 인류가 동등하게 참여해야 함을 인정한다면, 민족주의는 또한 이 이상으로 견제하고 조절해야만 하는 힘이 될 것이다. 침략에 맞서 폭력을 써서라도 자기 생존을 지키겠다는 것이 민족주의였다면, 그 이념의 정당한 계승은 강성해진 후에는 남을 짓밟겠다는 야심이 아니라, 자기 민족을 피해자로 삼았던 역사의 방향을 달리 세워야겠다는 각성, 전 세계의 평화와 공영이라는 이상을 일깨우는 자세일 것이다.

주요용어 보기

과거제도: 과거제도는 중국 수나라 때부터 실시되었으며, 이것은 왕권을 강화하는 데 큰 역할을 담당하였다. 과별로 나누어 시험을 치렀다고 해서 과거라는 명칭이 붙여지게 되었다. 수 문제는 587년에 기존에 시행하던 구품중정제(九品中政制)를 폐하고 선발시험을 보게 되었는데, 이후 양제 때 진사과를 설치하면서부터 본격적인 과거제도가 정착되었다. 주로 예부(禮部)에서 시험을 주관하고 관리 채용은 이부(吏部)에서 관장하였다. 이후 청나라 광제 31년 1905년에 과거제가 폐지되었다. 우리 나라는 958년 광종 9년에 개국공신 계열의 무신 대신에 학문을 하는 새 문신을 관리로 등용하려는 목적으로 최초로 실시되었다. 이후에 과거제도는 관리등용의 대표적 방법으로 이어져 오다가 갑오경장 당시 폐지되었다.

기(氣): 이 세계의 모든 것을 구성하는 근원 혹은 재료를 가리킨다고 할 수 있다. 주자학에서는 만물의 구성 재료라 할 만한 기에 대해서 그보다 보다 근원적인 이를 전제한다. 주자학의 창시자인 주희는 '이가 먼저이고 기가 나중이다' '이가 있으면 기가 있어서 변화하며 만물을 만들어 낸다'고 주장하였다.

기사본말체(紀事本末體): 한 사건을 서술할 때 그 사건의 발생부터 경과, 결과를 차례로 기술함으로써 이해하기 쉽도록 일목요연하게 정리하는 방식이다. 일반적으로 기전체나 편년체 역사서를 저본으로 하여 재구성하는 형식을 띤다. 남송(南宋) 때 원추(袁樞)가 『자치통감』을 저본으로 『통감기사본말(通鑑紀事本末)』을 처음으로 지었으며 『좌전(左傳)기사본말』 『송사(宋史)기사본말』 『명사(明史)기사본말』 등이 편찬되었다. 물론 기전체·편년체와 함께 중국의 3대 역사기술 방법 중 하나기는 하지만 그 수는 그리 많지 않다.

기전체(紀傳體): 역사서술에 있어서 가장 많이 이용된 방식이다. 전한 시기의 사마천이 『사기(史記)』를 쓸 때 처음으로 이 체제를 도입했다. 제왕의 흥망을 기록한 본기(本紀), 명사(名士)의 역사적 경험을 기록한 열전(列傳)을 기본으로 하고 기타 제후의 흥망을 담은 세가(世家), 문화사 성격의 서(書), 마지막으로 연표를 기술한 표(表) 등을 선택적으로 채용하여 서술하는 방식이다. 기전체 방식은 중국 특유의 역사기술 방식이라고 할 수 있지만 우리 나라와 일본에서 널리 사용되었다. 후한의 반고(班固)가 이 방식을 이어받아 『한서(漢書)』를 펴낸 이후 대부분의 사가(史家)가 기전체 역사서를 썼다. 중국의 24사(史) 등 정사(正史)는 모두 기전체를 채택하기도 하여 기전체 역사서를 정사로 부르기도 한다.

도(道): 쓰임에 따라 법칙·규율, 우주 만물의 근원, 일정한 세계관 등 여러 뜻을 지니고 있다. 법칙·규율을 의미할 때는 구체적인 사물에 해당하는 기(器)와 상대되며 또 한편으로 사물의 특수한 규율인 덕(德)과 짝을 이루기도 한다. 우주 만물의 본체와 근원을 의미하는 것으로서의 도는 노자(老子)에서 비롯된다. 노자는 '천지보다 먼저 생겨나 천하의 어미가 되는 것을 구태여 이름 붙인다면 도라고 한다'

고 하였다. 『논어』에서 .공자가 '도가 행해지지 않으면 뗏목을 타고 바다를 떠다닐 것'이라고 한 것이나 '도가 같지 않으면 서로 함께 일을 꾀하지 않는 것이다'라고 할 때 도라는 말은 일정한 세계관·사상체계를 가리키는 것이다.

돈오점수(頓悟漸修): 한국 선불교의 기본적 수행 원리로 고려의 지눌에 의해 이론적으로 완성되었다. 돈오란 자신의 마음이 곧 부처임을 점차적으로가 아니라 한꺼번에 깨닫는 체험인데, 이러한 돈오의 체험 뒤에 반드시 점차로 마음의 번뇌를 닦는 점수가 뒤따라야 한다는 것이 바로 돈오점수의 내용이다. 돈오는 자신의 마음이 언제나 부처였고 지금도 그렇다는 사실을 발견하는 의식상의 변화이며 확신을 의미한다. 지눌에 의하면 깨달음은 수행을 돕기 위한 지적 기초이며 계속되는 점수의 출발점이 된다. 그런데 자신의 마음이 곧 부처임을 깨달았다고 자신이 바로 부처가 되는 것은 아니며, 여러 겁을 통해 익혀 온 습기(習氣)를 제거해야 할 필요가 있다. 깨달음이란 수행을 위한 전제를 파악하여 이해한 것일 따름이므로 이러한 이해를 지속적인 실천을 통해 적용하여야만 그 깨달음이 진정한 것이 되는 것이다. 따라서 지눌에게 있어서 진정한 수행은 반드시 깨달음 뒤의 수행이어야 한다. 깨닫기 전의 수행에 있어 번뇌를 억누르는 노력은 끊임이 없는 것으로 이러한 노력 자체가 오히려 또 다른 장애를 일으켜 악순환에 빠지게 되는 것이다. 반면 깨달음 뒤의 수행은 끊음이 없는 끊음, 닦음이 없는 닦음과 같은 쉬운 길이다. 처음의 깨달음을 본래적인 본성으로 심화시키고 매순간 불성을 재확인하여 깨달음을 새로이 하는 것이다. 결국 이와 같은 수행은 다시금 최종적 완성을 기다리는 과정인데, 지눌은 점수의 깨달음을 '체득한 깨달음[證悟]'이라 하여 앞서의 '지적인 깨달음[解悟]'과 구별하였다.

무위(無爲): 도가(道家)의 철학 사상. 문자적 의미는 '하지 않는다'는 것인데 자연의 필연적 움직임에 순응하여 아무런 인위적인 것도 '하지 않는다'는 뜻이다. 노자(老子)는, 우주 만물의 근원은 '도(道)'이고 도는 아무것도 하지 않으면서 저절로 그러한 것이니 사람은 '도'를 본받아 마땅히 '무위'를 주로 해야 한다고 하였다. 중국 한(漢)나라 초기에는 '무위'가 국가가 아무것도 하지 않는 불간섭 정책으로 이해되었다. 한편 유가에서도 '아무것도 하지 않으면서' 다스리는 것을 최선의 다스림으로 보았는데, 이때의 무위는 사람 하나하나가 예를 완벽히 습득하여 마음 가는 대로 행하여도 법도에 어긋나지 않는 필연성에 도달하는 것을 말한다.

선종(禪宗): 불교 학파의 하나로 오로지 선(禪)을 닦는 것을 위주로 하기 때문에 선종이라는 이름이 붙었다. 선이란 '마음을 가라앉히고 허튼 생각을 그친다'는 것이다. 선종은 보리달마(菩提達摩)가 중국 남북조 시기 남송에 건너와 선법을 전수함으로써 시작되었으며 우리나라에는 통일신라 말기에 전래되었다. 달마 이래 제5조 홍인(弘忍) 문하에 북쪽 신수(神秀)의 점오설(漸悟說)과 남쪽 혜능(慧能)의 돈오설(頓悟說)로 나뉘게 되었다. 후에 남쪽의 돈오설이 성행하게 되었는데 그들은 비로 직접 사람의 마음을 가리키고 사람 마음속 본래의 성(性), 곧 불성을 봄으로써 부처가 될 뿐 글로 표현된 경전에 구애받지 않는다고 주장하였다.

성(性): 유가(儒家)에서 사람이나 사물의 본성을 가리키는 말로서, 대개의 경우 사람의 본성을 가리키는 것으로 사용된다. 맹자는, 사람은 식욕이나 성욕 같은 본능적 욕망을 뛰어넘는 인의예지(仁義禮智)와 같은 도덕적 속성을 타고난다고 보았으며, 이러한 도덕적 속성이 인간의 본성이라고 하였다. 『중용(中庸)』에서는 '하늘이 부여한 것을 성이라 한다'고 하였는데 주자학의 창시자 주희(朱熹)는 이에 대해 '성은 곧 이치이다[性卽理]'라고 주석을 달아 이 세상의 모든 이치·법칙이 본성에 본래 부여되어 있다고 보았다. 한편 불교에서는 성을 사물에 원래 있는 본질·본성이라는 뜻으로 사용하였다.

심(心): 생각하는 기관으로, 감각을 통괄하는 것을 말한다. 맹자는 '귀나 눈 같은 기관은 생각하지 못하므로 외부 사물에 가리워진다. 마음이라는 기관은 생각한다'고 하였으며 『관자(管子)』에서는 '마음은 몸에 있어서 임금과 같은 것이다'라고 하였다. 『순자(荀子)』에서는 마음은 몸 가운데 텅 빈 곳에 거하며 눈·코·입·귀·몸과 같은 기관을 다스린다 하여 마음을 '타고난 주인[天君]'이라 하였다.

심성(心性): 마음[心]과 본성[性]의 관계를 일컫는다. 마음과 본성의 관계에 대해서는 유학과 불교 모두에서 널리 이야기되고 또 논쟁되었다. 먼저 전국시대에 맹자는 '마음을 다하면 본성을 안다[盡心知性]'는 명제를 제시하였다. 불교의 선종에서는 '자기 마음이 곧 참된 본성'이라고 하여 마음을 밝혀서 본성을 보게 되면 깨달음을 얻을 수 있다, 즉 부처가 될 수 있다고 주장하였다. 중국 송나라 유학자인 주희 등은 불교 선종의 이 같은 주장을 비판하며 사람 마음은 성(性)으로만 이루어져 있는 것이 아니라 욕망에 해당하는 정(情)과 세상의 이치로서의 본성[性卽理]으로 이루어졌다고 주장하였다. 그런데 이 같은 주장은 모두 사람 마음속에 이미 이치가 있다는 것을 전제하는 것이다. 중국 청나라 학자인 대진은 사람 마음에는 본래부터 부여되어 있는 이치는 없고 다만 생각하는 능력이 있는 것이라 하였다. 이치는 사물에 있는데 그것이 마음에 접촉하며 이런 과정을 통해서 사람은 사물의 이치를 알게 된다는 것이 그의 주장이다.

유교 경전(儒敎 經典): 중국의 한나라 때 사람들은 유가의 경전을 존숭하여 그것을 해석하여 매우 중시하였다. 육경이라는 말은 일찍이 『장자(莊子)』에 보이는데 '시(詩)' '서(書)' '예(禮)' '악(樂)' '역(易)' '춘추(春秋)'를 육경으로 삼았다. 반고(班固)는 자신이 저술한 『한서예문지(漢書藝文志)』에서 육례(六禮)라고 칭하였다. 그런데 '악경(樂經)'은 유실되어 단지 '악기(樂記)' 한 편만이 남아 '예경(禮經)'에 포함되었다. 그래서 이후에는 오경(五經)이라고 하였다. 당나라 시기에 이르러서는 『춘추』가 '좌전(左傳)' '곡량전(穀梁傳)' '공양전(公羊傳)'으로 나뉘었고 『예경』도 '주례(周禮)' '의례(儀禮)' '재례(載禮)'로 나뉘어 각각 삼전(三傳), 삼례(三禮)가 되어 '역' '서' '시'와 함께 구경(九經)이 되었다. 이러던 것이 다시 송나라 때 이르게 되면 '이아(爾雅)' '효경(孝經)' '논어(論語)' '맹자(孟子)'가 더해져 십삼경이 되었다. 그런데 남송 시기에 주희(朱熹)는 '예기' 중의 '대학(大學)' '중용(中庸)'을 정리하여 '논어' '맹자'와 함께 사서(四書)라 하였다. '사서'는 이후에 공부하는 사람의 필독서가 되었다.

· **시경(詩經)**: 중국 최초의 시가집으로 오경 중의 하나이다. 공자가 서주(西周) 초기부터 춘추전국시대 중엽까지 각 제후국 지방의 시가 311편을 모아 정리한 것으로 현존하는 것은 305편이다. 이것은 '풍(風)' '아(雅)' '송(頌)'으로 나뉜다. 풍 160편은 대부분 민가이며, 아 105편은 귀족의 연회에 쓰이던 악가이고, 송 40편은 귀족이 종묘에 제사 지낼 때 쓰이던 악이다. 이들 작품은 문학작품으로서뿐만 아니라 당시 약 500년 간의 사회모습을 반영하였으므로 상(商)·주(周)시대를 연구하는 중요한 자료가 된다.

· **서경(書經)**: '상서(尙書)'라고도 불린다. 총 28편으로 중국 고대 최초의 산문 모음집이다. 공자와 그 제자들이 모아 전국시대에 완성했다고 전해진다. 요순(堯舜) 시기부터 춘추시대 주모공(秦穆公)까지의 군주와 집정자들의 언사(言事)가 담겨져 있다. '전(典)' '모(謨)' '훈

(訓)'·'고(誥)'·'서(誓)'·'명(命)'의 6가지 체제가 있으며 조령(詔令) 과 주의(奏議)가 대부분이다. 한대 이후 학자들의 구술에 의해 만들 어진 '금문상서(今文尙書)'와 공자의 유택에서 발견된 '고문상서(古文尙書)'가 있으며 현재 이 둘을 함께 취해 59편으로 만든 것이 통용 되고 있다.

· 예경(禮經): 총 49편으로 이루어져 있으며, 서한(西漢) 대성(戴聖)이 편집하고 동한(東漢) 마융(馬融)이 보충하였다. 공자와 그 제자들이 예에 관하여 논한 내용을 수록하였다. 교육, 예절, 음악, 농사, 관혼상 제 등 고대의 문화 전반에 관하여 유가의 입장에서 기록함으로써 유 가의 중요한 경전이 되었다.

· 춘추(春秋): 총 11권으로 되어 있다. BC 722년부터 BC 481년에 이 르는 242년 동안의 중요한 사건들, 예를 들어 열국 국군(國君)의 즉 위, 조빙(朝聘), 침벌(侵伐), 천재(天災) 등을 연월에 맞추어 간결히 기록한 노나라의 연대기다. 편년체이며 공자가 편집한 것이라고 전해 진다. BC 480년경에 완성되었는데 소위 춘추필법(筆法)으로서 역사에 대한 비판을 가했다고 하여 '춘추'의 자구마다 들어 있는 표폄(褒貶) 의 의(意)를 밝히는 작업이 후세에 공양학이라는 학문유파로서 성행 했다.

이(理): 사물이나 사회 등에 있어 그 법칙·조리 등을 의미하는 것으 로 원래 이(理)라는 문자는 나무나 돌의 '결'을 의미하는 것이었다. 『한비자(韓非子)』에서는 '만물에는 저마다 다른 이(理)가 있지만 도 는 만물의 이를 다 모은 것이다'라고 하였는데 이때 이는 사물의 특 수한 법칙을 말하는 것으로 보편적 법칙인 도와는 구별되어 사용된 것이다. 중국 송대의 주자학에 이르러 이는 우주만물의 보편적 법칙 과 같은 것으로 사용되었다. 주희는 '천지가 있기 전은 이 이(理)일 뿐이며 이 이가 있어 곧 이 천지가 있게 된다'고 하였다. 또 '우주의

안에는 하나의 이치가 있을 뿐이다' '모든 것은 이 이가 두루 충만하여서 어디고 이가 있지 않은 곳은 없다'고 하여 우주 만물의 이치로서 '이'의 보편성과 영원성을 주장하였다.

정전제(井田制): 중국 고대의 이상적인 토지제도로 과거 우리 나라 지식인들이 보편적으로 받아들인 토지제도이다. 그 출처는 『맹자(孟子)』에서 확인해 볼 수 있겠다. 정전제는 기본적으로는 중국 은(殷), 주(周) 시대의 토지제도라 할 수 있는데 사방 900묘의 전지(田地)를 정(井)자 형으로 9등분하여 중앙을 공전(公田)으로 삼고 주위를 8가구에게 사전(私田)으로 분배하였다. 공전은 8가구가 자신의 사전 경작에 앞서 공동으로 경작하여 그 수확을 국가에 바쳤다. 비록 이 제도는 유가(儒家)의 이상적인 토지제도로 받아들여졌지만 그 실행 여부에 대해서는 최근들어 적지않은 논란이 일고 있다. 일반적으로는 주공(周公)이 이 제도를 실시했다고 알려져 있다. 그러던 것이 서주(西周) 중기에 정전제가 무너지고 토지사유제가 널리 형성된 것으로 여겨진다.

주리론과 주기론: 우리 나라와 중국을 포함하여 동아시아의 철학에서는 이(理)와 기(氣)의 개념을 중시한다. 일반적으로 이는 세계를 이루게 하는 형이상학적인 규칙이며 기는 만물을 이루고 있는 형이하학적인 요소로 받아들여지고 있다. 책상의 경우를 예로 들면, 책상의 형이하학적인 재료가 되는 나무는 기에 해당된다고 할 수 있고 그 나무가 책상이 되게 하는 형이상학적 규칙인 설계도는 이에 해당된다고 할 수 있다. 한국철학에 있어서 이 둘 중 어느 하나를 더 강조하는가에 따라 주리론과 주기론으로 나뉠 수 있는 것이다. 대표적으로 서경덕, 김시습, 그리고 이율곡을 주기론자라 할 수 있고, 이언적, 이황 등은 주리론자에 속한다고 할 수 있다.

편년체(編年體): 역사서술 방법에 있어서 최고(最古)의 방식이다. 기전체, 기사본말체와 함께 중국의 3대 역사기술 방법 중 하나로 연월(年月)을 좇아 사건의 발생과 전개를 서술하는 일종의 연대기다. 기전체, 기사본말체에 앞서 제일 먼저 이 방법이 채택되었으며, 대표적인 것으로는 중국의 『춘추(春秋)』와 『춘추좌씨전(春秋左氏傳)』이 있다. 전한 시기의 사마천이 기전체로 『사기(史記)』를 서술하면서 대부분의 『사서(史書)』가 기전체를 채택함에 따라 편년체 역사서는 점차 사라지게 되었다. 그러나 이후에도 각 왕조의 실록이 편년체로 쓰였고 『자치통감(資治通鑑)』 등 통감류도 이 방식을 채택하였다.

한문 문장의 문체

· **기(記)**: 산천(山川)의 명승지(名勝地)나 누대(樓臺), 혹은 크고 작은 일을 기념하기 위하여 지은 글을 말한다. 기는 그 내용이 매우 복잡하지만 크게 기물유(記物類)와 산수기(山水記), 인사잡기(人事雜記)로 나누어 볼 수 있다. 기물(記物)의 기(記)는 『예기(禮記)』「고공기(雇工記)」에서 비롯하여 한유의 「화기(畵記)」가 후세의 모범이 되었다. 서화나 기물(器物) 등에 관한 짧은 글로 해당 서화나 기물(器物)의 형체와 예술적 특징, 얻게 된 경위 등을 기록한다. 산수기는 누대(樓臺)나 명승고적지를 유람하면서 그에 대한 연혁(沿革)과 자신의 감회를 적거나, 혹은 산수의 기행에 관해 적는 것이 대부분이다. 인사잡기는 인간의 잡사를 기록한 글이다. 이것은 누대나 산수, 기물이 아닌 인간의 행위 자체가 대상이 되는 글이다. 박지원의 「일야구도하기(一夜九渡河記)」, 이식(李植)의 「택풍당지(澤風堂志)」 등이 대표적인 작품이다.

· **논(論)**: 자신의 주장을 펴는 글로서, 『서경(書經)』 『홍범(洪範)』과 제자백가(諸子百家)의 글에 그 연원을 두고 있다. 특히 『한비자(韓非子)』의 글의 형식이 후대의 글과 거의 일치한다. 논에 있어서는 무엇

보다도 논리가 정연해야 하며, 말은 지리하지 않아야 한다. 우리 나라 문장 중에는 허균(許筠)의 「호민론(豪民論)」, 박지원의 「백이론(伯夷論)」 등이 대표적인 작품으로 꼽힌다.

· 명(銘): 신변의 기물(器物)이나 가옥(家屋) 등에 새겨 스스로의 경계로 삼는 글이다. 특히 좌우명(座右銘)은 몸 가까운 자리에 써 두어 늘 보고 각성하기 위한 글이다. 일반적으로 4언으로 짓는데, 내용이 충실하면서도 간결한 특징이 있다. 명에 앞서 서를 붙이기도 한다. 정도전의 「죽창명(竹窓銘)」 등이 유명하다.

· 묘지명(墓誌銘): 원래 시가(詩歌)로서 죽은 인물의 공덕(功德)을 칭송한 데서 비롯된 것으로, 후대에는 인물의 행적을 기술하고 뒤에 명(銘)이라는 운문(韻文)을 붙이는 글이 되었다. 경우에 따라서는 뒤에 명(銘)이 붙지 않기도 한다. 일반적으로 죽은 인물의 세계, 이름과 자, 벼슬, 행적, 나이, 자손의 대략과 장지(葬地) 등의 사실을 먼저 적고, 뒤에 명을 붙이는 형식을 취한다. 박지원의 「홍덕보묘지명(洪德保墓誌銘)」이 유명하다.

· 발(跋): 글이나 책 뒤에 붙이는 글이다. 주로 그 글(책)에 관한 사실과 그에 대한 자신의 논의를 함께 기록하는 경우가 많다. 이황의 「도산십이곡발(陶山十二曲跋)」 등이 유명하다.

· 서(序): 책의 앞에 붙이는 글로, 그 연원은 『시경(詩經)』의 시서(詩序)에 두고 있으나, 후대에 규범이 된 것은 사마천이 『사기』를 쓴 후 적은 「태사공자서(太史公自序)」이다. 기본적으로 서(序)는 저작(著作)이 이루어진 후 그 연유와 내용, 체제와 목차 등을 그 내용으로 하는데, 작자의 논리적인 주장이 함께 드러나기도 한다. 성현(成俔)의 「악학궤범서(樂學軌範序)」, 장유(張維)의 「백사선생문집서(白沙先生文集序)」 등이 유명하다.

· 설(說): 원래 경전의 뜻을 부연(敷衍)하여 자신의 뜻을 말하는 문체(文體)로 상세한 논의가 필수적인 문체이다. 그 형식적인 기원은 『장

자(莊子)』에 있는데, 대체적으로 두 종류로 나누어진다. 하나는 우언(寓言)을 위주로 하는 것이고, 다른 하나는 직서(直敍)를 위주로 하는 것이다. 우언의 설(說)은 문장의 전반부에서 허구적인 상황을 설정하고 후반부에 가서는 전반부에서 설정된 상황으로부터 유추된 결론을 바탕으로 새로운 자신의 뜻을 말하며, 직서의 설은 사실에 대한 직접적인 서술을 통해 자신의 뜻을 말한다. 전자의 예로서는 이규보의 「경설(鏡說)」, 권근의 「밀봉설(蜜蜂說)」 등이 있으며, 후자의 예로서는 중국 한유(韓愈)의 「사설(師說)」, 우리 나라 김택영(金澤榮)의 「천왕수하양설(天王狩河陽說)」 등이 있다.

· 소(疏): 신하가 임금에게 올린 글로서, 어떤 일의 이치(理致)를 소통(疏通)시킨다는 뜻으로, 상소문(上疏文)이 여기에 속한다. 우리 나라 문집에 많은 작품이 실려 있으며, 특히 관직을 사양할 때 여러 차례 올리기도 하였다. 조선 중기의 대표적인 문장가인 김창협(金昌協)의 「사호조참의소(辭戶曹參議疏)」가 유명하다.

· 잠(箴): 권(權)하거나, 경계(警戒)하는 말을 적은 것으로, 관잠(官箴)과 사잠(私箴)으로 나뉜다. 고대(古代)의 잠은 신하가 군왕에게 올리는 간언(諫言)인 관잠에서 출발하였으나 후대에는 스스로를 경계하는 사잠이 유행하였다. 사잠은 자신의 결점과 과실을 분석·비판하고 자신의 경계로 삼는 것이 많다. 이색의 「자경잠(自儆箴)」이 대표적인 작품이다.

· 전(傳): 사람의 일생을 기술한 글로, 그 근원은 사마천(司馬遷)의 『사기(史記)』 「열전(列傳)」에 두고 있다. 역사적인 실재 인물에 대해 기술하고, 이에 대해 글쓴이가 평가하는 것을 주내용으로 한다. 대체로 사전(史傳)과 사전(私傳)으로 나눌 수 있는데, 사전(史傳)은 역사서에 들어 있는 인물 전기를 일컫는 것으로, 열전(列傳)이라는 이름으로 알려진 것이 여기에 속한다. 『삼국사기(三國史記)』 열전에 실려 있는 김부식의 「온달전(溫達傳)」이 대표적인 작품이다. 사전(私傳)은

일반 문인들이 적은 전(소)으로서, 다른 사람뿐 아니라 자신에 대해 쓰기도 한다. 이때 자신에 대해 쓴 전을 자전(自傳)이라 일컫는다. 이외에 허구적인 인물의 이야기를 적는 경우도 있는데, 이는 소설적인 성격을 띤다. 박지원의 「양반전」이나 조위한(趙緯韓)의 「최척전(崔陟傳)」 등이 여기에 속한다.

· 차자(箚子): 신하가 임금에게 올리는 글을 말한다. 기본적으로 소(疏)와 같은 성격의 글이다.

· 표(表): 소(疏)와 마찬가지로 신하가 임금에게 올린 글을 일컫는 말이다. 특히 자신의 간절한 뜻이 잘 드러나며, 화려한 수식을 삼가도록 해야 한다. 제갈량(諸葛亮)의 「출사표(出師表)」, 김부식의 「진삼국사표(進三國史表)」가 대표적인 작품이다.

· 행장(行狀): 전(傳)과 같이 역사적 인물의 일생에 대해 기술한 글이다. 전과 비교할 때 인물의 평생의 사적에 대해 상세하게 기술하는 특징이 있으며, 대상 인물에 대한 칭송을 주로 한다.